本书为国家社会科学基金青年项目（11CZW011）成果

现代焦虑体验的美学研究

史修永 著

中国社会科学出版社

图书在版编目（CIP）数据

现代焦虑体验的美学研究/史修永著．—北京：
中国社会科学出版社，2018.10
ISBN 978－7－5203－2968－2

Ⅰ．①现…　Ⅱ．①史…　Ⅲ．①文学理论　Ⅳ．①I0

中国版本图书馆 CIP 数据核字(2018)第 178966 号

出 版 人　赵剑英
责任编辑　郭晓鸿
特约编辑　席建海
责任校对　周　昊
责任印制　戴　宽

出　　版　中国社会科学出版社
社　　址　北京鼓楼西大街甲 158 号
邮　　编　100720
网　　址　http://www.csspw.cn
发 行 部　010－84083685
门 市 部　010－84029450
经　　销　新华书店及其他书店

印　　刷　北京明恒达印务有限公司
装　　订　廊坊市广阳区广增装订厂
版　　次　2018 年 10 月第 1 版
印　　次　2018 年 10 月第 1 次印刷

开　　本　710×1000　1/16
印　　张　22.75
插　　页　2
字　　数　303 千字
定　　价　96.00 元

序　一

焦虑体验，人类有史以来普遍存在的一种心理状态，同时也是文学艺术作品经常表现的对象和情绪。特别是进入现代社会以来，恰如史修永博士所列举的陌生感、孤独感、无意义感、无家可归感、负罪感、恐惧感、身份危机感、死亡感、冲突感、排斥感、自卑感，等等，在各种现代艺术中得到充分、多样的表现，甚或成了某种时髦的艺术风尚，从而有别于以中正、和谐、静穆为表征的传统艺术精神。修永博士的论著便是以此为题，可谓正中现代社会与现代艺术的关节，其学理性与现实性不言而喻。

修永博士对焦虑体验的美学研究有多重意义，我这里之所以特别强调其学理性和现实性，在于此乃当下文学理论研究需要特别反思、改进的两个方面。“学理性”有赖于学术史的长期积累，没有充分的学术史积累很难侈谈学理性，最多是一种感性的、经验性的表达，或者是海阔天空式的高头讲章。这类模样的所谓“学术”，多假非学术之威在学界颐指气使，甚或能够招徕很多跟屁虫前来捧场。修永博士将自己所研究的“焦虑体验”定位在启蒙运动之后，主要是20世纪之后，对迄今为止的相关研究展开了细致、深刻地梳理，资料丰富，条理清晰，评价适当，从而为自己“接着说”设定了学术史前提。此类做法对于人文学术具有普遍意义。从某种意义上说，人文学术不可能游离它的历史，这是其不同于自然科学、也不同于社会科学的一个重要特点。就此而言，游离于学术史之外的人文研究很难具有学理性，不能呼应学术史的研究当然也就很难影响学术史，只能是自说自话而已。反观修永博士对焦虑体验的美学研究，显然是走在了正路上。

“现实性”即人文学术的现实关怀，并非与现实世界的一一对应，这也应当是人文研究必需的品格。即便韦勒克等极力倡导文学形式研究的学者，也没有否认过文学及其理论研究与现实世界的关联。以韦勒克所说的文学研究的“初步工作”为例，即作家作品的文献考订之类，如果这些作家作品已被广大受众长期遗忘，还有什么必要就此费工劳神、搅动历史的积尘重新张扬呢？反观当下某些所谓的国故整理，拉大旗作虎皮者有之，名为学术公器实为一己之私者有之，盖表征为缺乏现实的人文关怀，假借“承续传统”之风而已。人文学术缺乏人文关怀，与行尸走肉无异；打着学术旗号搅动历史的积尘，更是制造学术垃圾的罪人，为恶劣的学术生态火上浇油。总之，修永对现代焦虑体验的美学研究，在学理性与现实性兼具的点位上确立了自己的品格，应予肯定。

几年前，我曾应约在《中国研究生·学科导学》上说过这样的话：“王国维所谓‘学无古今中西’对于文艺学而言再适合不过了。这并不是说文艺学是一个大杂烩，而是说它是以‘理论’为研究对象，古今中西的文学史只是它的材料。”修永博士的这部焦虑体验的美学研究就是如此，可谓与我的上述表达一脉相承。在他的这部学术论著中，我似乎看到了南京大学的基因，以至于使我的阅读过程愉快而欣慰。具体说来，尽管这一选题本身主要源自西学，但在论著开篇，修永就明确了焦虑体验的普遍性。于是，焦虑体验的中国问题也就成了修永研究中的应有之义，并且设有专章展开讨论，在中西对比中认识了世界，也认识了自己。由此联想到新时期文艺学的知识结构，可谓“西风压倒东风”，西学新潮始终处于压倒优势，以至于有人惊呼我们“失语”了。那么，这是否意味着需要增加一些“中国料”呢？是否意味着摒弃现代话语而改用“之乎者也”呢？显然是绝无可能的妄想。在我们看来，文艺学之“学无古今中西”，最重要的在于它以理论问题为对象，不像文学史研究那样必须定位于特定的时间和空间。换言之，文艺学的“古今中西”，并非其中哪一方面的资源或多或少的问题。中国现代学术史已经证明，“学无古今中西”是一条光明大道，也应当是修永博士及其同辈这一代学人的光明大道。就此而言，新时期以来关于“古今中西”的争论都是无谓的、毫无价值的，因为早在100年前王国维就对这一问题有了定论；我们现在需要的不是在“古今中西”问题上喋喋不休，而是做出令人信服的东西来，将其打造成“学无古今中西”的例证。

修永2004年入南京大学攻读文艺学博士学位，朴实、勤勉是他给我的最初印象，没想到他的博士论文选题却非常前卫、前沿，出乎我的意料。该论著就是他以自己的博士论文为基础，经过十来年的精心打磨、充实，所以才有了今天我们看到的模样。需要特别指出的是，在我们南京大学文艺学专业的博士论文中，此前已有过类似或相近的选题，修永能够在这一领域继续开拓并能出新，说明他在学术上善于思考、善于发现，并勇于挑战、勇于攻坚。看来，“朴实、勤勉”并非修永的全部，善于思考和发现问题、勇于挑战也是他的特点。

修永博士毕业后已有了很好的发展，愿他继续前行，就像他研究焦虑体验而自己并不焦虑那样，从容地走向一个更加美好的前景。尽管当下学术体制并不能提供一个使人不焦虑的理由，但是以我对修永的了解，相信他具有从容行事的定力。从容而不焦虑，才使做学问成为可能，更是做出真学问、好学问之可能。

愿与修永共勉。

权为序。

赵宪章

2017年冬

于南京草场门寓所

序　二

我在20年前写《当代审美文化批判》一书时曾专题讨论过“焦虑”问题，但当时只是将其作为一种社会心理现象来描述，并未对“焦虑”概念本身作过多的厘定。其实还是需要将其来龙去脉梳理清楚，才能对其各种具体表现有一个准确的把握。其中有这样一些问题是需要加以考量的：在中国古代有“焦虑”概念吗？它本来是何意思？后来“焦虑”概念的生成有国外背景吗？以往的“焦虑”概念与20世纪以来大行其道的“焦虑”概念是一回事吗？

史修永博士经过几年努力完成了国家社会科学基金青年项目“现代焦虑体验的美学研究”，将其同题成果专著索序于我，恰好让我重新捡起这一未竟之事，甚至引起了我强烈的探究欲望。

中国古人使用“焦虑”一词很早，在《后汉书》《晋书》《资治通鉴》中都可以检索到该词。但总的看来，唐宋以前用得较少，明清以后用得较多。在文学作品中不乏其例，唐温庭筠《上蒋侍郎启》二首：“味谢氏之膏腴，弄颜生之组绣。劳神焦虑，消日忘年。”温氏自述博览群书，体会精研谢（灵运）、颜（延之）之诗法，“劳神焦虑”，以至忘却了时光的消逝。《西游记》第四十八回唐三藏：“僧不知有山川之险，顺口回奏，只消三年，可取经回国。自别后，今已七八个年头，还未见佛面，恐违了钦限，又怕的是妖魔凶狠，所以焦虑。”此为唐僧一行取经途中屡遭妖魔祸害，又遇大雪封路，行程艰难，三藏心焦垂泪之言。蒲松龄也不止一次用过“焦虑”一词，《聊斋志异》卷二《巧娘》一篇说缙绅子弟傅廉逃学离家，误入荒冢，与狐女巧娘成就一段姻缘，欲归告父母，订结婚约，“生乃归。时傅父觅子不得，正切焦虑，见子归，喜出非望”。近版《辞海》《辞源》《古代汉语大辞典》等多以温庭筠上文为例，对“焦虑”一词作解，《辞海》(1999)、《古代汉语大辞典》(2007) 释：“焦急，忧虑。”《辞源》(2015) 释：“忧心苦思。”这些大同小异的解释大抵能够说明“焦虑”一词的传统含义。

当今国内学界使用的“焦虑”一词其含义发生了重大变化，这是20世纪80年代起西方现代思潮的冲击使然，使得该词的内涵附丽了新的成分，其中克尔恺郭尔、尼采、海德格尔、弗洛伊德的学说的推助最力。具有代表性的是海德格尔，他将人的本质规定为Sorge（此在），指出它的意思大致是关心，但比关心来得强烈，明确具有担心、忧虑、焦虑不安的意思，因此Sorge也可以译作“烦”。相关的词还有Angst，可译作“畏”，其浅近的意思就是害怕，但在害怕的种种成分之中，它又特别突出焦虑的意思。[①] 总之，海德格尔是将“焦虑”视为人的本质，是“畏”“烦”的核心。“畏”和“烦”原本并没有字面上的联系，但通过“焦虑”这层意思，两者其实相当接近。[②] 正因为如此，所以国内《大辞海·哲学卷》(2003) 将“焦虑”解释为“畏”，指出这是存在主义用语，“指人的生存的基本结构及本真的生存方式”[③]。

至于在西方现代语境下的“焦虑”有哪些具体问题，那就是修永这本书研究的对象了。修永的《现代焦虑体验的美学研究》共七章，分别研究

① 海德格尔：《存在与时间》附录一，陈嘉映、王庆节译，生活·读书·新知三联书店2006年版，第502—503页。

② 同上书，第504页。

③ 《大辞海·哲学卷》，上海辞书出版社2003年版，第483—484页。

焦虑体验的历史概说、理论谱系、文化生成；焦虑体验与现代主义艺术、中国文化转型、后现代媒介消费、美学范畴维度等问题，对于现代焦虑的各个维度、各个层面进行了全面而深入的探讨，一气呵成、层次分明，条分缕析、鞭辟入里，值得赞赏。就“焦虑”这一概念而言，能够发掘出这么丰富而复杂的内涵，也正说明随着现代社会发展、现代科技进步和现代文明程度的提高，人类的本质、人类的精神世界、日常生活、审美经验和艺术创造得到了长足的提升和扩大，绝非古代、近代“各领风骚三百年”式的缓慢增长。

该书对焦虑体验及与其相似、相近的各种心理体验进行了比较充分的描述和论证，突出了“焦虑”内涵的审美特质，但对于“焦虑”概念的发生发展尚无明确说法。我以上的一些浅近的考证算是作一点提示吧。概念范畴作为对于人类经验的高度概括，在人类把握自身经验方面具有重要作用，理应对其进行清理和界定，方能使得对于自身经验的认识更加明确和深入，也能使得这种认识得到固化。因为人类的经验和体验往往是模糊、游移、不确定的，它需要得到确认和厘清。特别是中国从古到今，“焦虑”概念的发生发展状况如何，更是值得关注。千百年来，它是从蕞尔小国经过了曲折迂回的进化过程，才逐步蔚为洋洋大观的。即便如此，追本溯源仍是观照今天的汪洋浩大之所必需，因为汪洋浩大总是由涓滴细流汇聚而成，它寄寓着本源的精神，跃动着本源的灵魂。

是为序。

姚文放

2017 年 12 月 29 日定稿

目　　录

绪　论

焦虑是人类的基本处境，也是人类最普遍和最突出的情绪状态和心理体验。笼统地从时间上说，焦虑没有“古代”和“现代”之分，从空间上看，焦虑也没有“中国”和“西方”之别，在日常生活层面和审美实践上，焦虑古已有之。比如，原始人的祭祀仪式就是一种处理和克服焦虑的模式，其目的就是强化人们面对死亡、疾病、饥荒、洪水等生存困境时的应对能力，而大量以鬼怪神怪为载体对人的恐惧和焦虑体验进行的文本表达，构成了审美层面上的焦虑体验。因此，焦虑体验无时不在和无处不在。但是，焦虑现象的存在和焦虑体验处境的存在并不一定意味着焦虑成为一种公开的问题进入人类生活的视野和研究领域，相反，由于以追求和谐和幸福为主导的生活方式的影响，在某种意义上，焦虑会被不断边缘化，甚至被潜藏和遮蔽。

焦虑真正成为一个公开的、最迫切的议题被各个领域提到重要的议事日程上来，日益突出其存在的重要性，是启蒙运动乃至20世纪的事情。在文学艺术上，卢梭开启的浪漫主义文学关注到了现代性的负面影响，表达了对现代化运动的焦虑和担忧，以波德莱尔为代表的唯美主义思潮将恐惧和焦虑体验的表达作为一种艺术的真实，成为超越平庸陈腐的日常生活的方式，超现实主义更是沉醉于焦虑之中，寻找变形的真实存在，而表现主义文学艺术注重用诡诞和悖谬的审美形式表现现代人焦虑和恐惧的生存体验，荒诞派戏剧、黑色幽默，还有后来兴起并逐渐成熟的恐怖艺术电影等，都充溢着一种对恐惧和焦虑体验的迷恋。我们不难发现，在西方，启蒙运动以来，涌现出一股以主要表现焦虑和恐惧体验为主题的艺术思潮。这些文学艺术家都在不同程度上以激进的姿态，强调感性体验，颠覆传统审美观念中文学艺术与现实生活的关系，执着于表现震惊、孤独、分裂、虚无、恐怖、怪诞、扭曲、丑陋的精神形式，而这些都是焦虑体验所能整合在一起的或者“家族类似式”的生存体验，因此，焦虑体验不仅是一种单纯的情绪体验和生命体验，而是一股包含了诸多痛苦和悖谬的综合情绪体验，从更高的层面上看，它是超越了个体化、情感化、心理范畴层面，成为一种社会化、公开化的集体事件，是一个普遍而深刻的人文景象，成为“西方文明最耀眼的心理特质”（社会心理学家威洛拜语）[①]。与之相对应的是，焦虑理论的层出不穷。哲学、宗教、社会学、心理学、政治学等领域将焦虑看作一种较为复杂的心理体验，视为一个重要的学术关键词，焦虑理论话语开始逐渐凸现出来，其意义表述多种多样，概念和理论的衍生更是变化多端，这也意味着焦虑话语在人类进入现代以来从一个隐性话题逐渐成为一个显性的公共理论问题。这种转变和拓展首先和突出表现在焦虑体验是现代性的后果，是一种现代性体验形式，其理论话语是理论家对整个西方现代文化情境诊断的结果。更为重要的是，与焦虑相关的体验，如陌生感、孤独感、无意义感、无家可归感、负罪感、恐惧感、身份危机感、死亡感、冲突感、排斥感、自卑感等心理体验交织在一起，在各种现代艺术形态中表现出来，成为现代艺术和审美的新风尚，超越了传统的经典美学观念和艺术精神。换句话说，以优美、崇高、中和之美为主导的审美传统开始向一种震惊性和焦虑体验性的现代美转型。因此，这种崇尚表现恐惧、骚动不安的审美体验成了审美现代性的主要表征。这也是我们集中讨

① ［美］罗洛·梅：《焦虑的意义》，朱侃如译，广西师范大学出版社2011年版，第15页。

论的话题。

可以肯定地说，焦虑是现代文化转型带给人类的一种最为突出的体验形式。焦虑体验问题在现代性语境中产生，是对现代性困境的有力回应，在很大程度上推动了现代艺术及审美领域内的革新和超越。透过焦虑的分析，我们能够发现，现代人的精神气质、现代社会的心理结构和精神格调以及世界的本相。所以说，焦虑是我们进入现代性问题情境的一个关键切入点，也是我们探讨现代审美观念变化的重要路径。其核心就是将焦虑定位在现代文化的转型框架中，探讨焦虑审美理论话语和表意实践在现代文化转型过程中的发展脉络和审美特性。基于以上的考虑，我们要重点解决的问题就是：文化从现代性到后现代性发展过程中，焦虑体验生成的必然性和审美的可能性？作为一个现代美学问题的焦虑体验的基本内涵是什么？其主要的哲学理念有哪些？如何理解焦虑体验在现代文化转型的生成机制问题？中国文化转型中焦虑是如何体现的？媒介娱乐时代焦虑体验较之以前在审美文化上有哪些变化？焦虑与悲剧、崇高、荒诞等经典的审美范畴有哪些联系和区别？我们试图对这些问题进行尝试性回答，对现代人的精神和存在困境进行细致的考察，以此深入探究现代人的心理本质和生存状态，探寻焦虑在现代文化转型中承担的审美功能。

藏在人类心灵深处的焦虑浮现出来，成为一个重要的现代性事件。我们知道，18 世纪以来的启蒙运动以及随之而来的启蒙现代性充分彰显了主体性自由，但是也因为工具理性在社会各领域的渗透和泛滥，激化了人的个体存在与工具理性的规范和压制之间的矛盾，致使人的存在意义成了问题。加上宗教的衰落和信仰危机以及带来的价值真空，因此，人类处在无名无形的焦虑和恐惧中，生活在一个不确定性时代。美国诗人奥登认为，今天是一个焦虑时代，存在主义文学家加缪宣称这个年代是“恐惧的世纪”，社会学家齐格蒙特·鲍曼认为，“我们的时代再次成为恐惧的时代”①。这种文化局面的形成，在某种程度上是现代性发展的后果，而造成这种后果的恰恰是现代性自身具有的“断裂”性。这种断裂体现在现代文明形态变迁的速度上和变迁的范围上。现代性的到来，社会结构中充斥着革命、自由、危机、冲突、短暂、偶然、不确定性等基本取向，这必然加速推进现代社会在各个领域和层面的变迁，以前所未有的方式改变人们的生活轨道和最熟悉的生活色彩。传统的生活方式、思维方式和精神形式在现代性的推动下不断失去存在的根基，而现代的生活方式和价值立场还没来得及确立或者延续就被打破，现代社会不再遵循进化论的总体性原则发展，而是在非统一性原则的基础上发展，焦虑体验就是在这种短暂、断裂、流动的社会结构机制中迸发出来，成为与现代性相伴而生的文化心理体验。虽然现代焦虑体验在感性上是一种痛苦的、负面的文化体验，但是正是由于这种紧张和忧虑的体验的存在，人们才具有了被驱使着检视他们自己心灵的力量，才能不断激发人们对启蒙现代性进行反思和应对，创造性地寻找走出现代性困境的方案。

焦虑体验将现代性引向了文化心理体验的模式。正如齐美尔所说：现代性的本质是心理主义，是根据我们的内在生活的反应来体验和解释。因此，在现代性的视域下，时空转换、宗教衰落和自由的追求给现代主体的内在生活造成了较为激烈的反应。传统的封闭、静止和稳定的时空观被变动的、动荡的时空观取代，“一切凝固的东西都烟消云散了”。现代时空观的延伸和扩张，容易给人带来陌生感，在急剧变化的时空转变中，人在心理上容易产生紧迫感和危机感。因此，焦虑体验的生成被赋予时空的维度，成为现代审美表意的主题。这在现代派艺术中表现得较为突出。启蒙现代

① ［英］齐格蒙特·鲍曼：《流动的恐惧》，谷蕾、杨超等译，江苏人民出版社 2012 年版，第 3 页。

性一方面唤起了人们的进步观念和乐观主义精神，另一方面导致了世界的“祛魅化”，宗教的衰落意味着世界从神圣走向了世俗，在由货币和工具理性主宰的世俗世界中，人存在的意义出现了问题，人被推向了启蒙的反面，重新忍受焦虑和恐惧的折磨，寻找审美救赎将是走出焦虑生存困境的有效方式。在奴役挤压的状态下，焦虑不断激发人们对自由的渴望，因此，焦虑体验是在人的奴役状态和对自由的寻找中生成的，也正是在这样的状态中，个体的生命被重新理解和定位。显然，只有参与现代主体心理的建构，焦虑才能被现代社会所认同，才能肩负起反思现代性的责任，才能成为“我们的良师”。

20世纪50年代以来，西方文化从现代进入后现代也是无须证明的事实，其文化特征发生了重要转变。娱乐消费中心主义、文化的视觉化和虚拟化成为后现代主义区别现代主义的主要特征。如果说在现代性语境中，焦虑能够承担起对现代性的反动和批判的功能，表现得痛心疾首，但是在以消费和视觉为主导的后现代性情境下，焦虑体验的现代性功能不断被弱化，反而成为后现代社会充满活力、令人振奋的精神生产手段，是维持身体时尚消费和日常生活审美化的不竭动力。正如齐格蒙特·鲍曼所言：

> 消费者社会努力做到让不满足持久化。获得如此效果的一个手段，就是刚刚对产品大肆宣传使之进入消费者欲望的领域，紧接着就诋毁和贬低这些产品的价值。但是，另外一种更有效的手段，却隐藏在人们的注意力背后：满足每一种需求/欲望/需要的方式，只能诱发新的需求/欲望/需要。一开始作为需求的东西，最终必将成为一种强迫或者成瘾。确实如此，因为人们有一种在商店里，而且仅仅在商店里，寻求问题解决方案以及从痛苦与焦虑中摆脱出来的冲动，而这种冲动不仅被容许凝结成一种习惯，而且还是受到热切提倡的行为的一

个方面。①

在这里，我们可以看到，焦虑与消费欲望、需要、需求纠缠在一起，被置换成不能持久满足的欲望，控制着人们的消费心理和审美取向。因此，从心理层面上看，消费社会是靠焦虑和不满足感、不确定感来运行的。在消费心理中焦虑给人们的消费行为添加了无形的能量。焦虑是消费品宣传策划的心理抓手，摆脱焦虑也就意味着消费品价值的消失，也暗示着新的消费品必然产生，消费活动就这样往复循环。在视觉文化消费中，焦虑和恐惧自身也被不断地审美再生产，不断满足大众的审美快感和精神需要。因此，从某种意义上说，焦虑以及与之密切相关的欲望快感、精神分裂构成了后现代社会的重要审美文化心理，成为这个时代的常态和惯性。只有深刻体验到这一点，我们才能理解焦虑体验对现代性的超越，才能理解焦虑体验为我们对生命权力和生命形式重新深入思考提供了一种可能。

我们发现，从美学的角度入手，系统研究现代焦虑体验的成果相对较少。存在主义和精神分析理论为我们从美学角度研究焦虑提供了一些启示。随着哲学存在论和非理性的转型，焦虑才进入理论家的视野，并成为关注的焦点。焦虑与启蒙、理性、存在、非理性之间的关系问题成为存在主义哲学家和精神分析学家探究个体存在的焦点。焦虑规定和建构着现代主体成为存在主义、精神分析讨论主体与存在之间关系的重要思想。在存在论的层面上，克尔凯郭尔在《焦虑的概念》一书中较早将焦虑作为哲学命题提出，从宗教文化的层面反击现代工业社会的发展，将焦虑视为衡量个体真实存在的精神尺度，后来海德格尔在《存在与时间》一书中继承了克尔凯郭尔的一些观念，突破传统的存在观念，抨击理性和逻各斯对

① ［英］齐格蒙特·鲍曼：《流动的生活》，徐朝友译，江苏人民出版社2012年版，第86—87页。

存在的规定，将此在的在世规定为“烦”“畏”，以此澄明主体的本真存在。蒂里希、萨特将焦虑视为非存在对存在的威胁反应，认为存在的勇气是承担焦虑的能力。在精神分析层面上，弗洛伊德认为焦虑是本能压抑的后果，并以此表达对现代文明的不满，霍妮认为，焦虑是我们这个时代的神经症人格的基本要素，构成了现代人基本的存在状态，以此揭示了西方文化自身内在的矛盾性。后来拉康和齐泽克等精神分析学家指出焦虑是人生悲剧的基质，将焦虑与结构主义语言学结构起来，展开对现代文化的分析，突出焦虑体验在建构主体和现代文化中的作用。显然，存在主义和精神分析是西方学术界探究焦虑体验理论最重要和最成熟的两条路径。存在主义倾向于从存在论的高度确定焦虑的哲学内涵，具有抽象的理性色彩。精神分析则是从无意识和本能的角度将焦虑体验深入非理性的层面，确证焦虑在心理分析和治疗中的本质地位。因此，两者从不同角度将焦虑引向深处，使得焦虑成为抽象的理论概念。弗洛伊德也认为“只有引进正确的抽象概念，并且把这些概念应用到所得的材料上，这样才能看清焦虑的因由”①。显然存在主义和精神分析的许多研究成果对我们的研究具有重要的支撑作用和启发意义。一方面我们的研究必须以焦虑的哲学研究为根底，这为深入分析焦虑体验的审美文化心理提供有益的线索和启示；一方面，沿着焦虑理论的思辨性、针对性以及相关问题的延伸性，不拘泥于两种理论，而是发挥两种理论的各自优势，互为补充，这样可以带动焦虑体验在文化社会学、艺术理论和美学等领域的深入研究。在国内，在文学艺术研究领域，焦虑体验的美学研究主要在两个层面上进行。第一，从文学的心理哲学角度出发，讨论文学创作与焦虑体验这种特殊的情绪状态之间的密切关系，进而探究文学的本体问题。周宪《文学创作与焦虑体验》一文中对该问题的研究可谓是代表性成果之一。第二，主要从具体的文学

---

① Sigmund Freud, *New Introduction Lectures in Psychoanalysis*. New York: Norton, 1974, p. 113.

流派、文学作品、作家和批评家的角度出发，深入细致地讨论中国社会转型期的文化心理状态，研究指出转型期社会的失衡心态中蕴含强烈的焦虑体验的情绪。韦丽华《转型期中国的现代性焦虑——“新写实小说”论》（博士论文，2000 年）主要以新写实小说思潮为分析对象，研究转型期中国的焦虑情绪在文学中的表现。丁力《现代知识者形象与心理焦虑》（博士论文，2003 年）从作家作品的层面上，深入研究 20 世纪上半叶的现代文学知识者形象所表现出的“集体性焦虑”，认为这种心理表现与现代知识分子的生存立场有密切的关系。这些研究都从不同的角度透视了现代焦虑体验的表现情况，都表达了对现当代文学艺术和批评中焦虑问题的关注。尽管国内外学界在焦虑体验问题的研究上取得了可供借鉴的成果，但总体而言，还有一些不足。首先，焦虑体验并没有在现代性语境中作为美学问题得到系统和专门的梳理和阐释。其次，对西方现代美学和艺术哲学理论中的焦虑体验的论述缺乏梳理和比较，无法显现该问题的演变轨迹和表现特征，无法凸现焦虑的不同审美意义。再次，中国现代性特殊语境中的焦虑体验在审美层面上的研究存在欠缺的环节，针对具体的文本需要进一步从学理的层面上深入研究，突出中国现代性焦虑体验的特质。最后，把焦虑体验与当代媒介消费文化结合起来讨论，这方面的研究也极为薄弱，需要进一步深入研究。

另外，还有一个重要的研究盲点就是在审美范畴视野中，焦虑与悲剧、崇高、荒诞之间的关系问题。悲剧、崇高、荒诞是经典的审美范畴，在美学内涵、审美属性、审美心理、审美表现和审美接受上与焦虑、恐惧有着密切的关系，它们同居一体，相互依托，相互转化。在某种意义上，焦虑是悲剧、崇高、荒诞的情感根基，它们是时代和文化转型中人所面对和处理生存困境时的精神反应和精神需求。但是由于时代文化发展的局限，文学艺术发展的不同以及审美观念的不断嬗变，焦虑与悲剧、崇高、荒诞有着明显区别，它们在表现审美对象，满足审美主体的美感需求上承担着不同的美学追求。基于以上的分析，我们可以更好地理解焦虑在诸多美学范畴之间的话语融通、博弈和在不同美学观念中的异变及其内在发展机制，进一步从历史和逻辑的有机统一中，揭示焦虑美学背后隐藏的历史和文化价值。

总之，焦虑体验是一个重要的现代审美问题。一方面，它是启蒙现代性发展的产物，是现代人对存在的在世状态的痛苦思考和忧郁体验；另一方面，它以审美救赎的姿态显现现代人生存的精神状态和生存困境，以此激励人们重现缺席的意义。一方面，焦虑体验带来了中西现代艺术文化思潮的新风尚，是审美观念转换的重要表征；另一方面，在现代向后现代转型的过程中，焦虑体验直接触及后现代主义审美文化深层心理问题，成为日常生活审美的重要心理动因，这意味着主体必须在漂浮的焦虑中思考生存之道。

本书的基本思路是：第一，从现代性到后现代性的历史发展中，总体上概说和探究现代焦虑体验的必要性。针对焦虑概念历史在场的零乱状态，从词源学角度出发，大致分析和厘定焦虑概念内涵的历史演变及其特点，进而分析焦虑体验的审美内涵。第二，在宏观层面上考察作为现代美学问题的焦虑体验的理论话语。从研究范式的角度出发，系统阐发焦虑体验审美话语的演变和整体面貌。克尔凯郭尔、海德格尔、蒂里希代表存在主义美学的思路，弗洛伊德、拉康和德勒兹代表精神分析的研究角度，批判理论主要是以阿多诺、马尔库塞等人为代表，通过比较归纳的方式，试图深入阐发其美学范式转换的内在逻辑。第三，从现代文化发展的维度探讨焦虑体验的审美心理在具体文化场景中的成因。第四，在文本层面上分别考察西方现代文学艺术和中国现代文学中焦虑体验的呈现方式和实践形态，深入挖掘其审美形态在艺术表意实践中呈现的特点、存在方式、审美功能等，以此超越以往“主题式”的研究。第五，在媒介娱乐文化语境中考察焦虑体验的审美功能的转向和表现。第六，从审美范畴的维度，辨析焦虑与悲剧、崇高、荒诞之间的联系与区别，探索焦虑体验与美学观念的变迁，肯定其在建构和拓展美学现代性方面的重要价值和意义。我们以现代文化的转型为根本立足点，综合利用哲学、美学、文化社会学、精神分析、艺术理论、文化研究等学科的理论和视角，贯彻历史与逻辑、西方视野与本土意识、理论谱系与实践形态相结合的研究方式，对焦虑体验进行文本细读和理论建构，深入考察现代文化转型中的现实困境问题，以审美的姿态来应对充满不确定性的年代。

第一章　焦虑体验的历史概说

一　为何思考现代焦虑体验

自从人类进入文明社会以来，作为自然的一部分，人人都会遭受和面临残酷无情的自然灾害的威胁，始终感觉生活在不稳定和危险之中，总觉得生命短暂，幸福难以持久。作为社会组织成员，作为一个具有自我意识的主体，每个人都在与他人的关联中求得生存，人与人之间纽带关系的断裂和维护，常常引发恐惧和忧虑的情绪。面对自然界的威胁和社会群体之间的争斗，人只是无奈地面对恐惧和忧虑，把这种心理困境的解释权交给神、宇宙和超自然的力量，并没有真正探究过焦虑和恐惧本身的问题，因而，人们无法从根本上解开这个困扰人类心灵世界的疙瘩。随着文明程度的不断加速，每个人的心理世界和精神世界变得越来越复杂，人与自然和社会之间错综复杂的关系致使恐惧和焦虑体验问题变得越来越紧迫。

进一步说，我们这个时代实际上面临着比任何时候都要严峻的心理焦虑问题，许多看似孤立的事情和文化现象都与焦虑的心理处境有着密切关系。从现实生活的角度来看，比如就业，其实就是一个通过提供劳动力和知识技能来换取报酬的过程，但是，面对就业压力的增大和就业观念的扭曲，选择就业的过程必然成为不断调整焦虑不安情绪的心路历程。再如教育问题，从幼儿园到小学，从重点中学到大学，从大学毕业到职业选择，孩子受教育的整个过程中，许多家长与孩子要一起承受焦虑、担忧和恐惧带来的心理负担。随着全球人口增加，由于交通堵塞和拥挤，城市越来越不能为人们提供舒适便捷的生活，再加上全球气候变暖、贫富差距拉大、污染加重的威胁从来没有消除，因此，诸如此类的生存困境和危机，在很大程度上意味着人们为了获得并维持自己的生存空间和选择生存的竞争越来越激烈，这也就决定着焦虑不安的精神体验成为个体、群体社会心理的关节点和汇聚点，概言之，现代社会现实生活已经把焦虑①问题提出并凸显出来。

作为一种包含人类诸多情绪因素的普遍情感，焦虑在中国古代文化发展中有着不同的表达和描述。孔子在《论语·述而》中写道：子不语怪、力、乱、神。其中的怪异和鬼神难以明白，不足以谈。对于人类来说，它们都是神秘、不可知、不可抗拒的，具有超自然能力的存在，是人恐惧、膜拜和敬畏的对象。孔子以回避的态度来表达一种对焦虑和恐惧情感的认识，这符合他所推崇的中庸之道。但是，他对怪异、怪诞和鬼神所引发的焦虑与恐惧的非理性情感避而不谈，却也引发了后世文人对此问题的想象和建构。《山海经》《搜神记》《酉阳杂俎》《夷坚志》《聊斋志异》《子不语》等神话文献和鬼怪小说分别在不同历史文化发展阶段以鬼怪为题材对人的焦虑与恐惧情感进行文本记述和表达，同时，这种恐怖可怕的不和谐

① 根据2002年《世界精神健康调查报告》在18个国家收集到的资料显示，焦虑已成为全球最普遍的精神健康问题。在世界上，美国处于最高焦虑水准，终生患病率为28.8%。参见［加］皮尔逊《焦虑简史》，王保泉译，海天出版社2010年版，第14页。在中国，2014年，按照国内流行病学调查数据推算，中国焦虑患者人数可能达到五六千万，但与此形成鲜明对比的是，仅有16.5%的患者接受了相关治疗。当我们的生活越来越多彩，物质越来越富有，焦虑、压力和抑郁却前所未有的普遍。参见《昨天是世界精神卫生日 探究不同焦虑区别》，《钱江晚报》2014年10月11日第6版。

的审美体验形式突破了美学传统进入审美世界，成为美学图景中“狞厉的美”。在中国夏、商、周时代，恐惧的美学图景有不同的表现。以饕餮为代表的青铜器纹饰就是其中的典范。饕餮作为一种兽面纹，是原始祭祀仪式中的符号标记，这种符号是真实地想象出来的东西，在幻想中具有巨大的原始力量，是神秘、恐怖、威胁的象征，早期宗法制社会统治者通过其有意在公众中制造恐怖、焦虑的心理以达到统治目的。抛弃其中的意识形态属性，饕餮是从野蛮时代进入文明时代的一种审美象征。正如李泽厚所说的那样：“它们完全是变形了的、风格化的、幻想的、可怖的动物形象。它们呈现给你的感受是一种神秘的威力和狞厉的美。它们之所以具有威吓神秘的力量，不在于这些怪异动物形象本身有什么样的威力，而在于以这些怪异形象为象征符号，指向了某种似乎是超世间的权威神力的观念。”① 从这个意义上说，焦虑、恐惧体验在古代人的审美中是一种幻想的真实，是一种具有较强统治力的原始力量。

西方文化中对焦虑问题的描述与讨论，古已有之。无论是在反映西方早期美索不达米亚文明的优秀史诗《吉尔伽美什》中，还是在记载犹太人历史发展的《旧约》中，都有关于恐惧和焦虑体验的描述。美国著名历史学家马文·佩里在研究西方早期文明时有这样的发现：

> 美索不达米亚人的生活充满了不稳定性和危险。有时河水出人意料地暴涨，冲决堤坝，漫入田野，淹没庄稼，毁坏城市。有时，水流不足，田野缺水，庄稼歉收。大风暴使村舍田野覆上一层沙土。而大雷雨可以把田地变成一望无际的沼泽，使商旅裹足。不像埃及那样有大沙漠的保护，美索不达米亚没有天然的屏障以防御侵略。因此，美索不达米亚人常感到他们生活在各种难以预测的敌对力量的包围中，

① 李泽厚：《美的历程》，天津社会科学院出版社 2008 年版，第 59 页。

> 这种感觉使美索不达米亚人总是在焦虑不安的气氛中生活，而这种忧虑的情绪又渗透到他们的文明中……人生无常的忧郁情调，宇宙神秘莫测的感觉，对人类生存的脆弱性以及人类成就的不可靠性的恐惧感——这些情绪都和最早的文明一同存在。①

佩里所描述的焦虑状况，也表明严酷的自然环境威胁着远古的人类祖先，威胁着部落群体的生存，令人敬畏。而这一切都要归结到人类对死亡的恐惧和焦虑。卢梭也说道：对于死亡的认识和恐怖，乃是人类脱离动物状态后最早的收获之一。② 对于不可知的自然天象的神秘感和恐惧感，对死亡本能的恐惧，揭示了原始人生存困境的实质，这种生存困境和自我生存的感情的表述和呈现，在辉煌灿烂的古希腊文明中得到延伸，在苏格拉底、柏拉图、亚里士多德、伊壁鸠鲁学派和斯多葛学派的许多文献中都有明显或暗示性的描述，但是由于人们把探求知识的重心放在对事物本质的认识上，或者把对世界的认识看作神的启示，而在漫长的古典人文知识谱系中，对焦虑与恐惧的心灵世界缺乏系统的科学研究，因此，焦虑体验问题并没有在知识领域中凸现出来，未形成一种强烈的问题意识和话语结构。

进入现代社会以来，伴随着现代文明的发展，政治危机、经济危机、文化断裂、生态危机成为威胁现代人日常生活的常态现象，在诸种危机和冲突中滋生的焦虑心理机制和情绪功能，开始与人的日常存在密切联系在一起，不断在哲学美学与艺术领域中凸现出来，使与其相关的审美形式登上了舞台的中心，演绎和表达着“断裂年代”世界图景的存在之思，从文化和审美的层面上深刻地影响着现代人的日常生活，因而对它的讨论和研

---

① ［美］马文·佩里主编：《西方文明史》（上卷），胡万里、王世民等译，商务印书馆 1993 年版，第 18—19 页。

② ［法］卢梭：《论人类不平等的起源和基础》，李常山译，商务印书馆 1982 年版，第 85 页。

究也随之被提上日程。在世纪之交，这种焦虑感表现得更加明显，“随着 20 世纪将近尾声，人们日益坚信有很多事情也将随之结束。各种有关风暴的警报，不祥的预兆和关于灾祸的暗示搅得我们这个时代不得安宁。这种‘终结感’构成了 20 世纪文学的重要因素，并已广泛渗透到了普通人的想象之中”①。如果说，在以前，焦虑和恐惧这类问题还只是三两“好学深思之士，心自知之”的事，那么，在当下，焦虑体验问题已经成为人文知识界关心的热点话题。现代精神分析大师弗洛伊德敏锐地发现了研究这一问题的必要性和重要性，他的焦虑理论在很大程度上影响和支撑着整个现代精神分析理论的体系。在《精神分析引论》一书中，他意味深长地指出，“焦虑这个问题是各种最重要的问题的中心，我们若猜破了这个哑谜，便可明了我们的整个心理生活”②。在他眼中，焦虑是一个关系人类心灵生活的谜团，解开这个谜团对理解现代人的心灵世界有着重要的意义，精神分析学要为回答这个问题迈出坚实的一步。

在对现代焦虑的探究中，人们发现焦虑问题存有的一个重要特征就是，它已经摆脱了个体心理疾病，而成了一个普遍、明朗的社会化的心理状态，并且此种状态在一系列社会文化和文学艺术现象中表现得相当明显。美国当代文化学家蒂里希曾这样描述道：

> 当前的社会学分析已经提出了焦虑作为一个群体现象的重要性。文学艺术无论在内容上还是在风格上，都把焦虑作为其创作中的一个主题。这一切后果至少已经唤醒了知识阶层对于他们自己的焦虑的注意，并且通过有关焦虑的观念和象征渗透到公众意识之中。今天，把

---

① ［美］克里斯托弗·拉什：《自恋主义文化：心理危机时代的美国生活》，陈红雯、吕明译，上海译文出版社 2013 年版，第 1 页。

② ［奥］弗洛伊德：《精神分析引论》，高觉敷译，商务印书馆 2004 年版，第 315 页。

我们的时代称作“焦虑的时代”,[①] 已经差不多是一条自明之理了。[②]

严格地说，焦虑作为一个现代问题，它与早期或传统文明中的焦虑有所区别。如果说，传统社会中的焦虑是一种自然主义的焦虑，那么，现代焦虑则是一个文化冲突和断裂的焦虑，它更加广泛地存在于现代社会的各个层面上，成了一个具有普遍性和弥散性的心理体验，它蕴含复杂的文化意味。分离、断裂、终结感、差异、流散、危机、虚无主义、罪恶、道德沦丧、世纪末审判、混杂、去中心化、碎片化、欲望、自恋、凝视等都可以包含在焦虑体验问题中，而所有这些包孕着焦虑体验的精神状态都渗透在文化和文学艺术现象中，也就是说，讨论焦虑体验问题必然是在与其他文化因素的关联中展开。同时，在探寻焦虑的过程中，也必然导致其不同理论的形成。恰恰在这一点上，西方学界从哲学和精神分析等角度，酝酿并建构了焦虑作为一个现代文化问题的不同理论话语，通过具体问题的分析建立起推动进一步研究的术语、概念和基本理论框架。

虽然西方学界从各门学科对焦虑问题予以多重维度的讨论，但概括起来，大体上主要集中在三个层面，即哲学、精神分析和文学艺术。为了了解焦虑的研究进展和回答焦虑在现代性语境中存在的问题，我们有必要对这三个层面的研究特点做简单介绍。

首先是哲学层面。这一层面的研究特征是在存在或生存的名义下，确

① 焦虑的时代（The age of anxiety）在西方当代文化中是一个重要的概念，在马尔库塞、阿多诺、蒂里希等思想家的文本中都曾出现过，或者在某些不同场景中表达了类似的意思，同时在西方当代文学家的作品中，它也是被刻意渲染的对象。其中诗人奥登最具代表性。奥登，W. H.（Wystan Hugh Auden，1907—1973 年），著名诗人，在 20 世纪英美诗坛颇具影响力，继现代主义文学大师艾略特之后，发展了现代主义诗歌并将其引入玄学派象牙塔。他曾到过中国，《走向战争》（*Journey to A War*），写于 1939 年，记载了其在抗日战争中的亲身经历，1939 年移居美国，1947 年创作《焦虑的时代》（*The Age of Anxiety*），揭示时代困境和人们心理困扰，该诗集获得普利策诗歌奖。其诗歌形神兼备，语言大胆借用现代科学与工业术语。参阅虞建华主编《美国文学辞典作家与作品》，复旦大学出版社 2005 年版，第 32 页。

② ［美］蒂里希：《蒂里希选集》（上卷），何光沪选编，上海三联书店 1999 年版，第 175 页。

立讨论焦虑的本体论位置。一方面，从传统本体论的角度出发，把焦虑作为一种超越现实经验层面的精神存在。在人类整个精神发展中，焦虑只是其中一个不可或缺的环节，它表现着人的意识的发展历史，启示着人们不断构建精神科学知识。尽管它被表述为苦恼、恐惧和分裂等心理体验，但不参与对现实的直接回应和批判，而是彻底地附属于人内在的本质，如黑格尔所坚信的绝对理念。而许多神学家坚持把它与上帝和罪感联系在一起。另一方面，随着哲学本体论的现代转向，焦虑在现代生存本体论的语境下被交付给了对此在或存在的追问。现代意义上的存在与传统的存在有着本质的区别，尽管前者在讨论焦虑时已经摆脱了普遍、本质的理性基础，而回落到偶然、独特的个体层面，但在清理传统形而上学所执着的存在问题时，焦虑问题在现代存在论哲学的语境下，陷入了一种新的本体论怪圈，有意思的是，这种纠缠于本体论的哲学宿命，也昭示着焦虑作为一个哲学和美学问题的分支，拥有充满智慧的光环。

其次是精神分析层面。舒尔茨在梳理现代心理学史时指出，焦虑是精神分析学的重要概念，在分析和探索人的心理秘密时起关键作用，因此，在很大程度上，焦虑成了精神分析发展的重要支点。首先，精神病患者的焦虑情绪，为诊断和治疗各种精神病提供了必要的依据，与此同时，精神病治疗的临床实践，直接参与了焦虑理论的建构，两者是紧密结合的。另外，从精神分析理论本身看，焦虑是其理论发展的增长因素，无论是在弗洛伊德的无意识理论中，还是在拉康的镜像理论中，焦虑都是破解人、社会、世界的密码。如果说临床的精神治疗，是焦虑的经验事实，那么，深层的心理分析，让我们发现，焦虑依靠哲学式的玄思来建构生命的维度，从而超越了焦虑在临床治疗上的意义。按照拉康对弗洛伊德无意识理论的颠覆性理解，在本能与欲望之外，焦虑又在语言编制的空间中生成，这一焦虑与语言交织在一起的理论话语，为我们理解现代文化的内在机制奠定了言说基础。

最后是文学艺术领域中的分析。在这一层面，焦虑问题表现为两种样态：一种是焦虑被当作西方现代主义文学艺术的主题和风格，就像荒诞、神秘、新奇和变形等范畴一样，焦虑与它们共同构成了这一段历史时期的文学的基本特征，因此，这一方面的研究过多地强调对艺术作品的解读，深入挖掘艺术家是如何认识和表现现实世界，以及这种表现所构建的艺术世界有什么意义和功能？从这个意义上说，焦虑是一种移情与抽象的艺术象征，是艺术家内心世界冲突、紧张或内疚的冲动的精神隐喻。另一种是焦虑从主题内容蜕变成现代主义文学艺术批评理论的重要范畴。这一研究的取向在于注重精神分析学中的焦虑理论与批评实践的结合，把焦虑的内在机制转化成一种批评的共识性原则。在这一点上，布鲁姆、德勒兹等后结构主义者做出了重要贡献。在他们的诗学理论中，原创性地使用“焦虑法则”以及“反俄狄甫斯”式的文本的精神分裂性分析，因此，这一层面的研究开拓了焦虑在文学艺术领域的新局面，成为当代诗学理论的重要维度。总之，无论是作为主题风格，还是作为批评理论的范畴，对焦虑的分析和研究都渗透着一个时代的文化内涵和艺术家心灵的秘密。

通过以上的简要分析，我们不难发现，哲学层面的讨论是一种形而上的思路，无论是传统的形而上学和宗教神学，还是现代生存本体论，都试图强调焦虑是产生于无限与有限的冲突、精神与肉体的分裂，是在绝对精神或者上帝那里归位的意识阶段，这种特点也就使得焦虑在现实生存中的批判意识和反省精神显得相对薄弱，在某种程度上，焦虑的个体只是一种抽象的个体，个体的焦虑也是一种只追求内在本质的焦虑。与存在论不同，精神分析学注重临床实践和理论相结合的研究特点，除了遵循精神分析“治疗情绪失常的人”的目的原则以外，还把焦虑的研究拓展到了社会文化心理中，试图从中找寻和印证现代文明的迅速发展是否是导致人心理焦虑的重要原因，进而确立积极健康的人性和社会文化心理。因此，在我们看来，焦虑问题的讨论在修正无意识的基础上，应该把研究的重心放在充满虚无感和漂泊感的现代性文化中，重新建构焦虑的文化意义和美学价值。

问题是，焦虑及其体验如何成为一个重要的文化现代性问题？回答这个问题的关键在于，如何确立现代文化的特征。从社会学的角度看，对于现代社会的文化特征，许多西方学者做出了简单而深刻的描述，如英国著名社会学家吉登斯和德国著名社会学家贝克把现代社会称作“风险社会”，英国社会学家弗兰克·富里迪认为现代社会是一个恐惧文化不断增强的社会，不安全是其主要表征，而“9·11”事件以后，美国当代著名语言社会学家乔姆斯基则把现代社会的特征描述为恐怖主义文化，英国当代著名社会学家齐格蒙特·鲍曼则认为，现代社会处在被围困的状态，一方面旧有的结构和规则无法保留，而新的规则尚未形成，另一方面被围困的个人过着流动的生活，而这种生活便是“一种生活在永不确定环境下的、缺乏稳定性的生活。这种生活挥之不去的严重焦虑在于，人们害怕被弄得措手不及，害怕没能赶上迅速变化的潮流，害怕被抛在别人后面，害怕没留意‘保质期’，害怕死抱着已经不被看好的东西，害怕错过了掉转方向的良机而最终走进死胡同。流动的生活意味着持续不断的新的开端——正因为如此，它也意味着迅速而自然的终结，没有这些终结，也就谈不上新开端，新开端往往是流动的生活之最具挑战性时刻，也是最令人不安的烦恼”①。在两个层面的夹击下，自我处在没有定准的生活中，必然承担社会生活的深刻转型带来的焦虑不安的精神后果。而实际上，在较早的时候，法兰克福学派的阿多诺、霍克海默和马尔库塞等人也都在其著作中直言，现代社会是一个充满焦虑的时代，阿多诺甚至宣称，奥斯威辛之后不再有诗，以此揭示现代人的生存处境。的确，现代社会各个领域的急剧变化，势必导致人心理的严重失衡和扭曲，而我们每一个“去生存”的个体都能切身体验到这种生存的苦恼。从投资风险强度的加大到出行安全隐患的增强，从

① ［英］齐格蒙特·鲍曼：《流动的生活》，徐朝友译，江苏人民出版社 2012 年版，第 2 页。

生活节奏的加快到工作压力的加重，从人际关系的复杂到道德价值的沦丧等等，现代社会比任何时代都更让人感到孤独、冷漠和无家可归。我们有理由相信，恐惧、不安全、不确定是现代社会的文化特性，用吉登斯的观点概括就是：

> 我称之为风险强度的东西肯定是我们今天生活于其中的环境“可怕的外表”的基本要素。核战争的可能性，生存灾难、不可遏制的人口爆炸，全球经济交流的崩溃，以及其他潜在的全球性灾难，对我们每一个人都勾画出了一幅令人不安的危险前景。①

风险性和恐惧化的现代社会必然导致社会心理的动荡不安，因而，这必然涉及本书所要讨论的现代性语境中的焦虑问题，进一步说，就是如何在现代社会文化语境中讨论焦虑体验问题。

弗洛伊德认为，焦虑是面对危险的情景而引起的，不管在什么时候，危险的境遇一旦发生，焦虑就会从那以后有规则地再现。② 在我们看来，在某种程度上，对现代社会文化特征的不同描述，可以用“危险”一词来总结，也可以这样说，焦虑是面对现代社会中明显或潜在的危险时所做出的精神反应。

我们必须承认，进入现代社会以来，科技文明的迅猛发展，人们掌握、控制自然界力量的增强，使人们获得了巨大的物质财富，在心理上，人们是洋溢着幸福感和满足感的，但同时也带来许多无法想象的文化心理问题，诸如孤独、空虚、逃避自由、忧郁、恐惧和焦虑等，因此，从某种意义上说，讨论现代性的问题就是思考焦虑的文化心理问题，就是探索面对社会生活的危险时所做出的精神反应问题。在这个过程中，现代性问题也就从

① ［英］吉安东尼·登斯：《现代性的后果》，田禾译，译林出版社2000年版，第110页。

② Sigmund Freud, *The Problem of Anxiety*, New York: The Psychoanalytic Quarterly Press, 1936, p. 70.

客观的历史问题转变成一种社会文化的心理体验问题。当然，焦虑是无论如何都绕不开的话题，换言之，焦虑体验是现代性体验的重要一环。如果按照“焦虑是一种特殊紧张的不安状态”来理解的话，现代性可以表述为，总是处在动荡不安、急剧变化和跌宕起伏的状态的社会特性，或者，按吉登斯所说的那样，现代性是一种“风险”现代性。所以，从这个层面上说，讨论现代性就是思考其中的不安状态，而探究焦虑体验也就是在讨论现代性体验。

再从“体验”一词的角度来看，按照伽达默尔的观点，“体验”是一个极具美学维度的词汇。据他考证，“体验”（Erlebnis）一词在19世纪70年代才与“经历”（Erleben）一词区别开来，突然成了一个重要的常用词。它的构造是以两个方面的意义为根据的：“一方面是直接性，这种直接性先于所有的解释、处理或传达而存在，并且只是为解释而提供线索、为创作提供素材；另一方面是由直接性中获得的收获，即直接性留存下来的结果。”① 经狄尔泰和施莱尔马赫命名与使用之后，体验成了一种生命的要素，它不断传达和展现人们对启蒙理性主义的反感，从而彰显其充满生命气息的情感。进一步说，体验在对待理性主义的立场上，呈现出两种维度：一种是充分体现人作为生命体的存在方式；一种是体验概念在确立艺术的立足点上起到决定性的作用。“艺术作品被理解为生命的完美的象征性再现，而每一种体验仿佛正走向这种再现。因此，艺术作品本身被表明为审美经验的对象。这对美学就有一个这样的结论，即所谓的体验艺术看来是真正的艺术。”② 按照这一观点，我们可以推论，焦虑体验在现代性语境中为我们提供了一个颇具生命意义和审美价值的完美整体，这一完美整体的特征会在具体而直接的现代性文化场景和现代焦虑体验艺术中展现出来。

---

① ［德］伽达默尔：《真理与方法》（上卷），洪汉鼎译，上海译文出版社1999年版，第78页。

② 同上书，第90页。

按照美国学者卡林内斯库的看法，现代性可以分为资产阶级的现代性和文化现代性，我们可以把它理解为启蒙现代性和审美现代性。为了更好地说明现代性问题，卡林内斯库对此做了不同程度的区分：

一种资产阶级的现代性概念，我们可以说它大体上延伸了现代观念史早期阶级的那些杰出传统。进步的学说，相信科学技术造福人类的可能性，对时间的关切，对理性的崇拜，在抽象人文主义框架中得到界定的自由理想……另一种现代性，将导致先锋派产生的现代性，自其浪漫派的开端，即倾向于激进的反资产阶级的态度……更能表明文化现代性的是它对资产阶级的现代性的公开拒斥，以及它强烈的否定激情。①

很明显，审美现代性是启蒙现代性的产物，反过来，它又强调的是对启蒙现代性的拒斥、否定甚至是颠覆，因而，两者处于一种对立和冲突的张力结构中。它们谁也无法取代谁，但是要想深入完整地理解对方，必须相互参照才能完成。假如这种张力的结构是现代性问题的内在逻辑，那么，焦虑问题的讨论也自然纳入两种现代性的结构中，这样一来，一方面，焦虑作为一种现代性体验，是资产阶级现代性文化“灾异”的后果，焦虑问题应该在这种文化发展的“灾异”中阐发；另一方面，焦虑也站在审美现代性的立场上，反思自身，反思现代性，带着一种否定的激情寻求解救之道，从这个意义上说，焦虑除了承担现代性的后果以外，它还需要以一种审美的或文化的态度呈现现代人的精神状态，以此激发人们重现缺席的意义，激励人们对无限、不确定性、变幻和流动的时空离散保持一种警觉。

既然焦虑体验的文化现代性意义包孕着一种审美表意实践，那么，它

① ［美］卡林内斯库：《现代性的五副面孔》，顾爱彬、李瑞华译，商务印书馆 2002 年版，第 48 页。

的精神取向和价值诉求必然集中在现代主义文学艺术中，因为，在卡林内斯库等人看来，在现代主义或先锋派中，审美现代性的“拒斥和否定”的特质昭然若揭。然而，在19世纪的最后十年和整个20世纪，现代主义文学艺术都弥散着焦虑的影子。只要我们打开那段艺术思想史，我们就会惊讶地发现，从齐美尔与本雅明碎片式的忧郁，到波德莱尔与艾略特象征化的精神荒原，从叔本华与尼采的焦虑意识的自觉，到超现实主义对焦虑的迷恋，从蒙克的“呐喊”到康定斯基“恐惧”的抽象空间，诸如此类的艺术事实，都蕴含着焦虑的现代形象。在我们看来，深入分析其中的文化意蕴，可以进一步丰富焦虑在现代性不同层面的内涵。就审美而言，焦虑在现代主义艺术中的审美意蕴，与传统的古典、浪漫的美学范式区别开来，呈现出一种紧张、急促、恐惧而且抽象、神秘的美学面孔。

焦虑体验的文化意义和审美内涵也随着社会文化的发展而不断变化，进入后现代主义文化环境中，这种变化开始微妙地表现出来。然而想讨论这种变化出现的缘由，必须把它们放在现代性和后现代性的关系视野中。众所周知，当代西方学界对现代性的讨论，往往与后现代性结合起来，或者说，讨论现代性问题必须以后现代性作为参照。而关于现代性与后现代性之关系①的看法，仁者见仁，智者见智。哈贝马斯、利奥塔、福柯、鲍德里亚等后现代思想家提出了不同的看法，在此，后现代主义精神之父利奥塔的观点值得注意：

在现代中已有了后现代性，因为现代性就是现代的时间性，它自

---

① 关于现代性与后现代性，学者们有许多种观点。一种观点认为，后现代主义就是现代主义之后，是一个不同于现代主义文化的新阶段。另一种观点主张，后现代是对现代的反思，也包括现代性的更加宽容和多元的文化。参见周宪《20世纪西方美学》，高等教育出版社2004年版，第101页。本书并不参与他们各自观点的论述，也不纠缠于两者之间的关系，而只是为讨论现代焦虑体验提供一种研究视角，或者说把它带入另一个新的视野。因为，在我们看来，后现代的文化现实时刻提醒我们去关注当代社会文化变迁中的一些重要问题，当然也包括焦虑体验问题。

身就包含着自我超越，改变自己的动力。现代性不仅能在时间中自我超越，而且还能在其中分解成某种有很大限度的稳定性，比如追求某种乌托邦的计划，或者解放事业的大叙事中包含的简单的政治计划。现代性是从构成上，不间断地受孕于后现代性的。①

后现代性已不是一个新时代，它是对现代性所要求的某种特点的重写，首先是对建立以科学技术解放全人类计划的企图的合法性的重写。但是，我已经说过，这种重写已经开始很久了，并且是在现代性本身中进行的。最后一点看法是由被人们称为新技术的东西令人吃惊地进入文化财富的生产、传播、分配和消费问题而引起的。为什么要在这里提及它们呢？因为它们正在将人们称为文化的东西变成工业。这种看法是平庸的。人们可以把这种变化就理解为重写。②

在这里，利奥塔明确指出，后现代性是现代性的重写，是现代性认知的转向。它不单单是那个曾经略带挑衅和辩解的知识方法，也不是像其他理论家完全强调的断裂与对立，更不是被高声宣扬的现代性的终结论。从后现代性与现代性的关系来审视焦虑体验问题，我们可以引申出这样一种观点，那就是，从后现代性的角度讨论焦虑现象，应该是读解焦虑的另一种方式，同时，它不可避免地带着现代性的精神内涵。然而，问题的关键在于，我们不是证明焦虑所延伸的现代性精神，而是试图挖掘焦虑在后现代性话语中的新内涵。因而，在此情形下，焦虑体验具有什么样的特质？它又表现出何种审美特征？而这些特征与现代主义艺术有什么不同？针对这些问题，我们应该做出一些尝试性的研究。

按照詹明信、费瑟斯通、鲍德里亚等人的观点，后现代主义更倾向于

---

① ［法］利奥塔：《非人——时间漫谈》，罗国祥译，商务印书馆2001年版，第26页。
② 同上书，第37页。

一种商业社会的消费主义①，它蕴含着非中心化、差异化等文化特征，因此，这种观点和理论倾向为我们讨论焦虑问题提供了思考的范围和认知的方式。换句话说，通过消费文化的路径进入焦虑问题，焦虑体验也因此极具消费意味，这也是焦虑体验的新特性。

既然把焦虑体验放在消费社会中讨论，那么，它必然与生产脱不了关系。从传统经济学角度看，生产和消费是对立统一的，这在表征焦虑的特性方面有重要意义，但是，我们在关注或兼顾两者关系的同时，侧重点应该是文化消费中的焦虑体验分析。在消费主义的情景中，身体、时尚和身份等都是重要的消费景观，因此，焦虑的意义和功能应该从这些消费图像中表现出来。“现在广告所创造的是它所特有的一个产品：那永远得不到满足、心情烦躁、焦虑不安又百无聊赖的消费者。广告推广的与其说是某种产品，还不如说是作为一种生活方式的消费习惯。在它的‘教育’下，大众不仅对商品，而且对新的体验以及个人实现都产生了一种难以平息的欲望。它极力推崇消费，把它看成是对人们长期以来的孤独、病痛、厌倦和缺乏性满足等种种不满情绪的答复。”② 从这个意义上说，焦虑不仅是一种否定和反思现代性的意味，更重要的是，作为一种激发和控制消费的心理机制，焦虑以言语和图像的形式被生产出来的，正如后现代理论家德勒兹所说，痛苦、恐惧和焦虑是被生产出来。从社会主体的角度来说，物质生产和文化消费只是人的社会性格的象征，而人的焦虑取向是一种充满爱恨交织的基本文化性格，在日常生活中，人不仅受到这种性格和姿态的驱使，又能够体验和消费到这种姿态，但对此却无能为力。

结合以上的分析，我们可以发现，焦虑本身的内在逻辑发生了变化，

① 莱昂在分析了费瑟斯通、詹明信、鲍曼和鲍德里亚等后现代理论家的思想之后，也指出后现代与这样一种社会密切联系，其中消费生活方式和大众消费支配了所有社会成员：只要他们醒着。参见［加拿大］大卫·莱昂《后现代性》，郭为桂译，吉林人民出版社 2004 年版，第 100 页。

② ［美］克里斯托弗·拉什：《自恋主义文化：心理危机时代的美国生活》，陈红雯、吕明译，上海译文出版社 2013 年版，第 67 页。

在现代主义中，“焦虑是一种自我意识和反思的产物，一种极力超越的乌托邦精神”①。按照詹明信所认定的那样，现代主义就是主体中心化的焦虑，但是，后现代主义语境中，焦虑则是一种非中心化和零散化的精神体验，是对现代性焦虑的解构。“现代主义和后现代主义各有自己的病状，如果说现代主义时代的病状是彻底的隔离、孤独，是苦恼、疯狂和自我毁灭，这些情绪如此强烈地充满了人们的心胸，以至于会爆发出来的话，那么后现代主义的病状则是‘零散化’，已经没有一个自我的存在了。在后现代主义中，一旦你感到非爆发出来不可的时候，那是因为你无法忍受自己变成无数的碎片”②，因为主体是充满差异和重复的，为了寻找自我，必须在消费文化逻辑中寻找认同的感觉。在此意义上，焦虑不仅是一种社会心理情感，更重要的是，它蕴含政治经济学的诱因，开始超越了对现代性问题的认知和反思，再次与审美相结合，形成一种精神释放的“病态”场景，以期实现自己在现代社会文化中的存在价值。

从现代性到后现代性的发展过程中，在日常生活审美化的现实中，焦虑无处不在，无时不在，它引发了人的困惑、痛苦、怀疑、心理的失序等现象，而这些现象容易被普通人所忽视。但是一旦焦虑作为一种审美文化现象，或者成为文学艺术关注的对象时，必将升格为一个敏感的话题。因此，深入研究这一问题有着重要的开拓性意义。其主要体现在以下几点：第一，遵循逻辑与历史的方法，从现代性的问题视域入手，考察现代焦虑产生的社会文化基础，廓清焦虑理论的复杂性和问题本身的重要性，同时把这一理论形态从现代性话语中凸现出来，从而改变焦虑在美学中的尴尬地位。第二，从现代性的文化特性出发，勘定焦虑体验在现代性文化语境中的生成，一方面可以更深入地认识到现代人的生存意识和对自我的叩问，

① 周宪：《20世纪西方美学》，高等教育出版社，2004年版第150页。

② ［美］詹明信：《后现代主义与文化理论》，唐小兵译，北京大学出版社1997年版，第196页。

另一方面可以从心理微观的角度，为进一步理解现代性问题提供一种可能性。第三，以现代性的逻辑张力为框架，对焦虑体验在现代主义艺术中的呈现方式和价值诉求进行分析，确定焦虑的审美意义，与此同时，在后现代主义的消费逻辑中，厘定焦虑体验内涵的变化以及所承担的新的审美功能，较为全面地把握现代焦虑体验发展变化的脉络。第四，焦虑是随着现代化的发展而不断透现出来的震荡性的心理体验，西方如此这般，中国自然也不例外。从晚清社会到新文化运动中的中西之争和古今之争，到20世纪三四十年代文化形式的划分，再到改革开放以来的文化反思热、雅俗之争、文学理论失语症①，还有林林总总的晚生代作家的欲望写作，美女作家的下半身写作，娱乐时代各种粉丝群体认同和文化认同，知识分子文化认同危机和建构，等等。显然，在如何认识和分析这些文化现象上，焦虑体验研究可以为此提供有价值的参考。

二　何谓焦虑

通常意义上我们使用中文“焦虑”一词，在很大程度上是现代英语“anxiety”和“dread”的翻译，在现实生活中使用“焦虑”一词的意义，则相对简单，理解起来相对浅显和片面。如果仔细考究，焦虑在西语中则是一个内涵丰富且充满变化的历史概念。

从词源学上考证，焦虑（anxiety）来源于拉丁语“anxietās”与古法语

① 本书附录部分借鉴焦虑理论对当下中国文学理论的发展状况进行了分析，认为中国当代文论患上了“焦虑症”或“经验贫乏症”，对其中的根源和表现进行了认真剖析，并提出解决的建议。

"anxiété",① 两个词本义基本相同，都表示一种对于不确定的不安和困顿的精神状态。比较起来，这只是一种非常笼统的说法。其实，不仅焦虑表现出这样的精神体验与生存状态，而且其他词语，如"恐怖""忧郁"和"恐惧"等也能够表达人在不确定中的不安和紧张情绪，因此，对焦虑词义的理解，不能单纯依靠词的释义，应该把它放在历史发展的背景中加以厘定。

自人类有历史以来，焦虑就伴随着人类意识的左右，有时可能明显，有时或许隐蔽。在古希腊神话时代，人们对奥林匹亚神和自然力量的敬畏是人类较早的朦胧的焦虑意识。在古希腊哲人那里，焦虑也是一种他们必须面对的精神体验形式，作为一种人生经验的叙说，在《理想国》中，柏拉图与苏格拉底在对话交流钱财的过程中，就曾表达过面对死亡的焦虑："苏格拉底，当一个人想到自己不久要死的时候，就会有一种从来不曾有过的害怕缠住他。关于地狱的种种传说，以及在阳世作恶，死了到阴间要受报应的故事，以前听了当作无稽之谈，现在想起来开始感到不安了——说不定这些都是真的呢，不管是因为年老体弱，还是因为想到自己一步步逼近另一个世界了，他把这些情景都看得更加清楚了，满腹恐惧和疑虑。他开始扪心自问，有没有在什么地方害过什么人，如果他发现自己这一辈子造孽不少，夜里常常像小孩一样从梦中吓醒、无限恐怖。"② 柏拉图站在伦理的角度指出在死亡来临之时人的无助和焦虑。继柏拉图之后，亚里士多德在《修辞术》中描述"恐惧"一词时，指出恐惧就是"某种痛苦或不安，它产生于对即将降临的、将会导致毁灭或痛苦的灾难的意想"③。这里，恐惧表达一种焦虑的意义，但除此之外，这一描述也暗示出焦虑在修辞学上的意义，在亚里士多德看来，恐惧和不安的情感可以改变人们对事情的看

① Murray, James A. H., ed., *The Oxford English Dictionary*, VolI. Oxford: Clarendon Press, 1989, p. 538.

② ［古希腊］柏拉图：《理想国》，郭斌和、张竹明译，商务印书馆2003年版，第5页。

③ ［古希腊］亚里士多德：《修辞术》，颜一、崔延强译，中国人民大学出版社2003年版，第92页。

法，因为，修辞是以判断为目的的，了解这些感情因素，使演说更具有说服力。从这一意义上说，在古代西方，焦虑是面对外界的威胁，或者为了达到某种目的，自然而然产生的意识言说，它还没有进入人们需要认真思考和切实解决的问题意识之中。

进入近代社会，由于思辨哲学的发展，人们把对焦虑体验或恐惧意识的关注和思考，带到了哲学的边缘。莱布尼茨在《论情智的力量》一文中就指出，恐惧基本上是一个主体问题，换言之，它是个人心智状态或态度问题。他把恐惧与希望并列，认为它们都是怀疑者的特征。① 焦虑或恐惧是理解力的软弱，焦虑的意义应该在理性的范围内得到解释。由于当时的文化语境，焦虑问题并没有被斯宾诺莎纳入自己的思想体系中，而理性的力量和信心始终支撑着他的思想。黑格尔在《精神现象学》中，这样写道：

> 我们这个时代是一个新时期的降生和过渡的时代。人的精神已经跟他旧日的生活与观念世界决裂，正使旧日的一切葬入过去而着手进行他的自我改造……成长着的精神也是慢慢地静悄悄地向着它的新的形态发展，一块一块地拆除了它的旧有的世界结构。只有通过个别的征象才预示着旧世界行将倒塌。现存世界里充满了的那些粗率和无聊，以及对某种未知的东西的那种模模糊糊若有所感，都预示着有什么别的东西正在到来。可是这种逐步的、并未改变整个面貌的颓毁败坏，突然为日出所中断，升起的太阳就如闪电般一下子建立起了新世界的形象。②

在此，黑格尔将人的意识变化放在历史视野中考察，虽然时代的变革给人带来革命和进步的精神，但是也会使人陷入历史的虚无和精神危机之

① ［美］罗洛·梅：《焦虑的意义》，朱侃如译，广西师范大学出版社 2011 年版，第 25 页。

② ［德］黑格尔：《精神现象学》（上卷），贺麟、王玖兴译，商务印书馆 1979 年版，第 6—7 页。

中，因此，人类在面对虚无和无限时，必然表现出强烈的苦恼意识。在我们看来，黑格尔的“苦恼意识”也就是莱布尼茨意义上的焦虑意识，但值得注意的是，与莱布尼茨不同，黑格尔在讨论精神意识时鲜明地引进了时间概念。因为在他看来，时间是意识产生和呈现的方式，而正是时间概念的引入，为人们从时空的角度理解焦虑体验问题奠定了基础。

可以说，在19世纪以前，西方对“焦虑”词义的理解，只是一种描述性意义上的界定，并没有赋予它规范性的含义。但进入19世纪以后，“焦虑”一词含义的演化进入了一个崭新的阶段，开始被认为是一个重要问题而浮出水面。丹麦哲学家克尔凯郭尔首次确定“焦虑”一词在哲学上的重要位置，并把它作为一个重要的哲学概念提出来。他认为，焦虑是自我异化的状态。因为在他看来，黑格尔思辨哲学中所强调的普遍性和本质性，使得人的个体性被掩盖和遮蔽，而现代社会的发展，工业机器和媒介力量的不断增强，使得上帝被驱除出了人们的视野，因此，自我受技术理性思维的控制而变得容易破碎和不完整，这种异化状态被克尔凯郭尔描绘成焦虑。从这个意义上说，焦虑是现代文化批判的精神产物，它负载着沉重的文化内涵和对理性与情绪分离之后的深刻反思，被赋予了审美现代性的精神维度，这样一来，现代性文化问题成了理解焦虑的重要基础。另一方面，在1844年出版的《焦虑的概念》一书中，克尔凯郭尔又明确地指出，焦虑是自由的可能性。[①] 它的对象是虚无。可能性、自由、虚无这三个在某种意义上表征现代性特征的关键词和焦虑纠缠在了一起，因此，焦虑的心理体验意味与外界的威胁所造成的紧张和不安区别开来，从这个角度出发，我们不难发现，克尔凯郭尔所理解和规定的焦虑的意义发生了一种新的转变。在这里，焦虑不单单表示一种心理体验，更重要的是，它变成了一个富有生命力的哲学思辨概念和文化批判命题，这为以后讨论焦虑问题奠定了基

---

① S. Kierkegaard, *The Concept of Anxiety*, Princenton: Princenton University Press, 1980, p. 155.

础，也为本书铺陈焦虑体验的现代性特质提供了理论依据。

两位深受克尔凯郭尔影响的存在主义哲学家和美学家，海德格尔和蒂里希对焦虑的含义做了进一步发挥。1927 年，海德格尔的《存在与时间》出版，这标志着“焦虑”一词的含义在生存论美学领域的深化和拓展。他认为，焦虑是“烦”,① 是此在在世的现身状态，在存在论点层面上规定了“焦虑”的哲学本质地位。1952 年，蒂里希在《存在的勇气》一书中，在前人研究的基础上，把基督教新教和存在主义哲学结合起来，认为焦虑（anxiety）是“非存在”对存在的威胁所造成的人的心理状态和精神体验，进一步指证了焦虑的本体论意义。

由于焦虑是人类基本的心理体验，因此，心理学的介入必然会推进对“焦虑”一词的诠释。然而，遗憾的是，自 1879 年冯特建立第一个心理学实验室，标志现代心理学的诞生以来，现代心理学过多地关注意识层面的实证考察，对焦虑、恐惧等心理现象缺乏必要的研究，直到 20 世纪上半叶，弗洛伊德开创的精神分析学派才从根本上改变了这种研究状况，焦虑作为一个严格意义上的心理学词汇，被提上新的研究日程。弗洛伊德对焦虑的看法，分前后两个时期。在前期，他认为焦虑是本我的压抑，是由本我受到压抑而无法表达造成的创伤情绪，而其后期思想则认为，自我才是焦虑的真正中心，换句话说，焦虑是自我感受到外界的威胁时而产生的精神紊乱。很明显，弗洛伊德的焦虑的含义，与前面我们大致厘定的含义有着本

---

① 熊伟先生把德文中的“Sorge”翻译成“烦”，具有担心、焦虑和不安的意思。海德格尔把人的本质规定为“Sorge”，这与西方传统过分强调理性区别开来，强调关切。“Sorge”与“Angst”也密切相关，因为两个词都具有焦虑的意思。参阅［德］海德格尔《存在与时间》，陈嘉映、王庆节译，生活·读书·新知三联书店 1999 年版，第 502—504 页。另外，弗洛伊德、蒂里希和萨特等思想家在讨论焦虑时，都提到焦虑和恐惧的区别，认为焦虑是就情境而言，不问对象；而恐惧则集中注意于对象。但是并没有谈论两者之间的联系。参见［奥］弗洛伊德《精神分析引论》，高觉敷译，商务印书馆 2004 年版，第 316 页。蒂里希则认为，除了像弗洛伊德区分的那样以外，焦虑和恐惧是不可分割的。它们是相互内含的：焦虑力图指向恐惧，而恐惧产生的刺痛就是焦虑。参见何光沪编《蒂里希选集》上卷，上海三联书店 1999 年版，第 176—177 页。因此，为便于研究和表述，本书在讨论焦虑体验时将焦虑和恐惧放在一起使用，注重两者含义的相同性。

质区别。它是在临床诊断和具体文学文本分析的基础上，深入人的无意识层面开掘出来的，被赋予了一种精神紊乱和神经官能症的含义。尽管它也包含客观和道德的因素，但更倾向于一种精神病态，如此这般，焦虑也就成了深层心理学的重要概念，同时，在弗洛伊德看来，它也是一切精神疾病的基本因素，其最终目的是要被克服和治疗的。

新弗洛伊德主义的代表人物弗洛姆则认为，“不理解价值的本质和道德的冲突，就不能理解人和人的感情及精神上的紊乱”①，而人类价值的本质和道德的冲突会在一定的社会文化中得到集中体现。经过第二次世界大战的西方，在道德、价值、信仰的废墟上重构了现代社会的文化模式，即“顺从型的模式”，在这种文化模式中，焦虑的心理学内涵开始被淡化，而其中的社会文化内涵成了焦虑存在的主导因素。弗洛伊德的后继者们，大都以文化为分析的基础，借人的焦虑体验考察现代人的文化心理。其中，文化分析学派的代表人物，瑞士著名精神分析学家卡伦·霍妮，修正并超越了弗洛伊德对焦虑的看法，在社会文化的变迁中分析“焦虑”的内涵以及解决的方法。她认为，焦虑不是内在的，而是来自环境的影响，它是社会文化造成的，因此，她得出了“文化病因说”的论断。也就是说，人只有在文化环境中，经历人与人之间的敌对冲突、自我和他者的矛盾、价值和信仰的分离、文化价值的断裂，才能深刻领悟焦虑的真正含义。或者说，人与社会文化之间复杂的关系主宰着焦虑的生成和发展。从这个意义上说，焦虑则是现代文化的内在冲突和矛盾的情感表征，它既表达着现代人的生存受挫感以及对现实的强烈不满，而且还暗示着对自我的反思与觉醒意识，通过这一方式实现一种心理防御。

通过以上的简单梳理，我们不难发现，“焦虑”一词的演化大致呈现出三个特点。第一，焦虑从一个描述性概念发展成一个带有规范性和律令性

① ［美］弗洛姆：《为自己的人》，孙依依译，生活·读书·新知三联书店1988年版，第27页。

的概念；第二，焦虑从具有思辨色彩的哲学概念发展成为精神分析学的临床心理概念；第三，焦虑概念从哲学、心理学转化成文化社会学，成为文化心理批评的分析焦点。这其中的每次转变都特别值得我们认真思考。

让我们再回到“焦虑”一词的本义上来，即焦虑是心灵的不安，而造成这种不安的因素是“不确定性”。在克尔凯郭尔以前，哲学家大多称“不确定性”为“无限”，具有不可知论的色彩，焦虑因此也被导向一种认识论的困惑。然而，在克尔凯郭尔看来，从宗教的角度看，宗教信仰承担着“不确定性”的价值和意义，焦虑内在于这种不确定性中，是宗教信仰的动力，因此，焦虑是宗教信仰的重要根源。真理就是怀着无限的热情选择一种客观的不确定性的冒险行动。“我苦思冥想自然的秩序，希望发现上帝，我发现了全能和智慧，而且我也发现了扰乱我心灵和引起焦虑的许多别的东西。所有这一切的总和是一种客观的不确定性。但正是由于这个原因，心灵深处的东西才变得像它一样强烈，因为它怀着无限的热情而包含这种客观的不确定性。但是，上述关于真理的定义是一种和宗教信仰相同的表达方式，而宗教信仰就是个体心理深处的无限热情和客观的不确定性之间的矛盾。[①]”在这一表述中，“不确定性”是我们满怀无限热情在追求真理的过程中，所得到的一切东西的总和，它像上帝一样矗立在那里，也正是因为它，宗教信仰才生生不息。如果我们剥离“不确定性”的宗教成分，把它放在现代社会的世俗文化层面上来理解，我们会发现，克尔凯郭尔点中了现代文化的要害，这种“不确定性”是现代社会的一个显著特征，它是现代性发展的强大动力，也是导致人成为非人、人的异化的无形的力量。我们可以把它理解为一种不停息的变化，一种流动的特性，也可以理解为一种或然性、非中心化和差异性。卡林内斯库在分析现代主义时，提出

---

① S. Kierkegaard, *The Concluding Unscientific Postscript*, Princeton: Princeton University Press, 1941, p. 182.

“变化的观点是当代趣味辩护的基础”[①]，所以现代社会就是依靠这种不确定性的特性，与柏拉图以来建构的和谐与平静的社会结构区别开来。

在现代性的背景下，“不确定性”依靠理性的力量和非理性的激情不断物态化，它是我们能够看得到、体验得到，但又是无止境的东西，它是人们试图克服和消除的东西，但又是人们不断生产和制造的东西，它是现代人渴望为之冒险，但又是企图逃避的情景，因此，现代生活重要的心理主题就是在不确定性的状态中体验爱恨交织的焦虑心态。在克尔凯郭尔的精神指向中，焦虑、不确定性都在宗教信仰中得到看护。但伴随着宗教的衰落，现代社会的价值信仰是由工具理性或者技术逻各斯来控制，换句话说，理性取代上帝成为现代社会的宗教，自然，“不确定性”赋予焦虑新的内涵。

至此，我们应该对现代性情形中的焦虑内涵有一个大致的总结。一是，焦虑具有强烈的否定精神。它是从现代性发展过程中生产出的一种自足性的心理体验，它面对“不确定性”的威胁，站在现代性的对立面上，以一种非常敏感的态度表达对现实状况的强烈不满，渴望得到一种完美的现实。如奥古斯丁所说，在这个软弱的住所中，在这些罪恶的日子里，焦虑还有其用处，它激发我们带着急切的渴望去寻找那种和平、安全的和毋庸置疑的安全之地。[②] 二是，焦虑是一种现代意识，具有反思和质疑的精神，这一内涵可以为解决技术、意识形态等现代性问题提供动力资源，不断地提醒人们思考现代性的成功和失败，不断地敦促着人们把握现代化发展的方向，不断地为人们的生存提供意义，同时，焦虑的存在昭示着人类永远为人本真的存在提供一种思考的可能。

---

① ［美］卡林内斯库：《现代性的五副面孔》，顾爱彬、李瑞华译，商务印书馆 2002 年版，第 53 页。

② ［古罗马］奥古斯丁：《上帝之城》，转引自［美］莫蒂默·埃德勒、查尔斯·范多伦编《西方思想宝库》，《西方思想宝库》编委会译编，吉林人民出版社 1988 年版，第 352 页。

一言以蔽之，焦虑的要义在于，人在不确定性的感召和威胁之下，对存在的在世状态的痛苦思考和恐惧体验，以此达到实现找回自己和实现自我的生存目的。

三　焦虑体验的审美特质

在当今日益加速的现代化和都市化进程中，日常生活的压力和紧张，工具化和功能化的压制，已经让每个个体都需要认真面对焦虑，并以某种方式与之共处，或者采取各种方式来缓解焦虑，而后能够继续承受压力和紧张。对于艺术家和哲学家而言，他们在敏锐地感受这种紧张和不安的同时，更多地到艺术和审美世界中探寻和释放这种焦虑不安的情绪，并将这种病理性的情绪转化成独具个性的艺术品的塑造，以此寻求精神上的慰藉。进一步说，在外在文化环境的挤压之下，极端不安的焦虑体验从人类的深层自我中被激发出来，以一种近乎疯狂的否定和颠覆姿态来反击日常生活合理化的种种压制和规范，表达对现存社会结构和秩序的强烈批判，以此寻找生命的自由和解放。因此，这种极度不安的焦虑体验被赋予了审美的特质，正因为进入文学艺术世界，焦虑也具有了审美的内在品性。在文学艺术活动和审美活动中，焦虑体验的审美本质主要体现在以下三个方面：

第一，焦虑体验是文学艺术创造的内在动因和动力结构。关于文学艺术创造的内在动因问题，古代中国和西方都有不同程度的探索，但是对焦虑体验在其中扮演的角色很少有人问津。在中国古代，关于文学艺术创造的论说，主要集中在“诗言志”“文以气为主”和“诗缘情”上。所谓“诗言志”，其中“志”是创作的动因，也是创作的结果。“文以气为主”强调文学艺术创作的动因在于人的气质，文应以气为主，而气质因人而异，各有不同。而“诗缘情”强调情是文学艺术创造的动力。这些探索和总结文学艺术创造的内在动因的观点，都强调和突出了文艺创作的主体精神，同时，也强调“志”“气”和“情”的有机结合，是文学创作走向完美的动因所在。但是，在中国古代，文学艺术家受儒家和道家思想的影响较深，因此，“志”倾向于政治抱负和理想，“气”则倾向于“浩然之气”。“情”则是“天性的流露”“真性情”。在以“志”“气”和“情”为主导的古典艺术创作中，文学艺术家创造了大量优美和崇高的艺术作品，但是将焦虑和恐惧作为一种文学艺术创作动因是不入流的，是被遮蔽的。尽管，中国历代文人都怀有强烈的忧患意识，也以此为内在动力创作了许多忧国忧民和感时伤怀的名篇，但是，在“达则兼济天下”和“穷则独善其身”的对立性人格信念的统摄下，文学艺术创造大多受现实功利和自我超脱的动机驱使，缺乏对自我的拷问和审判。因此，焦虑体验与传统忧患意识有着根本的区别。其实，在古代西方，焦虑和恐惧也并没有在文学艺术创作中得到应有的重视。早在古希腊时代，柏拉图强调文学艺术创造依靠的是灵感和迷狂。在《斐得若篇——论修辞术》中，柏拉图这样写道：

> 此外还有第三种迷狂，是由诗神凭附而来的。它凭附到一个温柔贞洁的心灵，感发它，引它到兴高采烈神飞色舞的境界，流露于各种诗歌，颂赞古代英雄的丰功伟绩，垂为后世的教训。若是没有这种诗神的迷狂，无论谁去敲诗歌的门，他和他的作品都永远站在诗歌的门外，尽管他自己妄想单凭诗的艺术就可以成为一个诗人。他的神智清醒的诗遇到迷狂的诗就黯然无光了。①

在柏拉图那里，文艺创作不依靠理性的逻辑思维，也不凭借功利目的

① ［古希腊］柏拉图：《柏拉图文艺对话集》，朱光潜译，人民文学出版社 1959 年版，第 94—95 页。

带动，而是依借灵感带来的审美情感的高度激发，只有这样，文艺家才能进入创造的境界，才能创作出感染人的艺术形象。虽然，迷狂和灵感具有神秘的色彩和片面性，但是，柏拉图看到了灵感和艺术天赋在审美创造过程中的重要性。文艺复兴时代和康德美学时代也都强调天才和灵感在审美创造活动中的本质存在。特别是康德，他认为，天才就是一种天生的心理能力，通过这种能力，自然替艺术定规则。只有将想象力和知性能力自由结合，才能创造出审美意象。因此，他视天才为审美创造的根本所在。从柏拉图时代到康德时代，文艺创作和审美创造的内在动因在某种程度上都受天赋和灵感的操控，都受制于绝对“理念”和“先验理性”。反而现实中最熟悉和最日常性的情绪和情感以及病理性的现象无法进入审美创造中，更无法在审美中显现主体的真实存在。

进入现代以来，现代人更关注自己的日常生活以及自己的情绪状态，这已成为心理学发展的社会基础。随着心理学研究的不断深入发展，越来越多的心理学家和文艺心理学家研究发现，喜、怒、哀、乐等一些人们最熟悉和最常见的情绪都决定着文艺创作和审美活动。这也逐渐改变了人们对文学创作和审美活动的传统认识。他们认为，这些情绪一方面能够将人的思考和行动藏得很严实，另一方面也能将人生命的本来面目呈现出来。一方面，“这些被人们发现和创作出来的情绪和情感能给人愉悦，另一方面文艺作品中现实中固有的方面能够唤起某种称为情绪或情感的内心状态”①。情绪来临，不仅是对存在状态的挑战，而且决定和影响着我们对待世界的态度以及对生存方式的选择。在各种情绪状态中，焦虑是最根本和常见的。有心理学家甚至认为，焦虑就是人的本质。在弗洛伊德那里，焦虑是一种病理现象，是力比多受到压抑而产生的后果。对于艺术创作而言，这种情绪状态被看作艺术创造的内在动因。显然，这种对艺术创造动因的洞察与

① ［美］阿恩海姆等：《艺术的心理世界》，周宪译，中国人民大学出版社2010年版，第79页。

理性主义时代对艺术创造的认识有着明显区别。文学艺术创造破除了诗神凭附和天才的自然天赐以及对知性的自由运用，而是许多文学艺术家真实内心世界的独特显露和人格特质使然。许多艺术家将内心世界的强烈冲突和焦虑不安转换成对艺术品的塑造，以此缓解和置换焦虑情绪，同时产生出伟大而且影响深远的艺术作品。在中国现代作家中，鲁迅作品渗透着深沉有力的焦虑的“呐喊”，是内心焦虑体验在艺术创造方面的体现。“这寂寞又一天一天的长大起来，如大毒蛇，缠住了我的灵魂了”，“只是我自己的寂寞是不可驱除的，因为这于我太痛苦”，“在我自己，本以为现在是已经并非一个切迫而不能已于言的人了，但或者也还未能忘怀于当日自己的寂寞的悲哀罢，所以有时候仍不免呐喊几声”①。正是由于内在自我的孤独、寂寞、痛苦和忧虑对灵魂的缠绕，不惧怕和不规避内心的焦虑，敢于直面自身的生存困境和内心冲突，鲁迅才能创造出震撼心灵的伟大作品。鲁迅在阅读陀思妥耶夫斯基的作品时，谈及不寻常的内心冲突和震撼心灵的自我审判对陀思妥耶夫斯基创作的作用时，这样总结道：“一读到他二十四岁时所作的《穷人》，就已经吃惊于他那暮年似的孤寂。到后来，他竟作为罪孽深重的罪人，同时也是残酷的拷问官而出现了。他把小说中的男男女女，放在万难忍受的境遇里，来试炼它们，不但剥去表面的洁白，拷问出藏在底下的罪恶，而且还要拷问出藏在那罪恶之下的真正的洁白来。而且还不肯爽利的处死，竭力要放它们活得长久。而这陀思妥夫斯基，则仿佛就在和罪人一同苦恼，和拷问官一同高兴着似的。这绝不是平常人做得到的事情，总而言之，就因为伟大的缘故。”② 同样，卡夫卡的小说创作也是源于他生存的恐惧和焦虑。在《致密伦娜书简里》就有不少于30处提及恐惧和焦虑的情绪。其中有这样的描述：“我总是力图传达一些不可传达的东西，

① 鲁迅：《呐喊·自序》，《鲁迅全集》第1卷，人民文学出版社2005年版，第439—441页。

② 鲁迅：《陀思妥夫斯基的事——为日本三笠书房〈陀思妥夫斯基全集〉普及本作》，《鲁迅全集》第6卷，人民文学出版社2005年版，第425页。

解释一些不可解释的事情，叙述一些藏在我骨子里的和仅仅在这些骨子里所经历的一切。是的，也许其实并不是别的什么，就是那如此频繁地谈及的、但已蔓延到一切方面的恐惧……由于说出一句话而令人痉挛的恐惧。”这是卡夫卡对自我生存本质和生命本相的真实把握。卡夫卡带着恐惧和焦虑的诱惑，带着对异化世界及其戕害人性的痛苦思考来审视人的本真存在，在道德负罪感和人性的恐惧感中，表现人与现实之间的悖谬。《城堡》《变形记》《饥饿的艺术家》《审判》《地洞》等作品都是卡夫卡的焦虑和恐惧的确证。阅读卡夫卡的小说，与其说小说主人公充满焦虑，不如说是卡夫卡对自我原罪的拷问和判决，这种恐惧就是“未知的恐惧，对赎罪的恐惧”。而“对恐惧和焦虑的逃避和期待其实就是卡夫卡的存在方式”①。像卡夫卡一样的现代文艺家有很多，诗人荷尔德林、里尔克、艾略特，表现主义艺术家蒙克，存在主义文学家萨特、加缪等，他们的审美创造来源于内心世界悲哀和绝望的挣扎，是在生死之间倾诉自我的苦难和饱受焦虑折磨的结果。

由此可见，极度不安的焦虑和恐惧体验强有力地助长了文艺家的审美创造，使得艺术家能够超越常人的思维，创造性地领会和体味现代个体的生存困境，能够揭开生存现实背后的谎言和各种假象，在内心灵魂的挣扎中拷问自我，窥见自我存在的真实面孔。正如有学者所说的那样：“深刻的焦虑是作家对自我现存及其最内在困境所体验到的不安和恐惧。伟大的文学杰作所透露出来的焦虑，与其说是指向作家身外的社会文化，毋宁说是指向作家内在的个体文化，即是说，最能震撼我们心灵的焦虑，常常是作家在其最直接的存在困境中的一种自我叩问、自我深省乃至自我批判。在这种体验中，作家不只是反映传达焦虑的载体，他正是焦虑的主体和本

① 曾艳兵：《卡夫卡研究》，商务印书馆2009年版，第297页。

原。”① 这一点在许多文艺家身上得到证实，并成为众多文学艺术家的共识。

第二，焦虑和恐惧体验是一种生存抗争性情感，是现代主体的美感诉求。按照韦伯的理解，现代性是不断深化和扩张理性化的过程，它逐渐打破了传统社会统一的宗教—形而上学的世界观，形成了诸多价值领域，使得世界不断祛魅化，各个领域获得自身的合法性，这让现代社会告别了传统社会，取得了巨大进步，获得了解放的力量，但是，现代性却带来许多新的问题。韦伯认为，在工具理性的统治下，现代人生活在“铁笼”之中，生活在宗教衰落之后的价值混乱和真空中，始终是矛盾和冲突的。吉登斯也认识到“现代性是一种双重现象”，认为韦伯在社会学家中，最为悲观，“他把现代世界看成是一个自相矛盾的世界，人们要在其中取得任何物质的进步，都必须以摧残个体创造性和自主性的官僚制的扩张为代价”②。这种对现代性的质疑和批判，在舍勒那里有更为深刻的阐述：“现代化的发展，使国家的组织日益庞大，而人的感觉日益复杂精细，经济上的现代化劳动分工，技术性知识的增长和专业化，这些西方文明造成的现代化进程，迄今并未给西方带来可靠增长的幸福。”③ 在现代性困境的压力和威胁之下，焦虑不安的情感体验作为一种反应性和对抗性情感必然浮现出来。这一点与舍勒设定的“现代性不仅是一场社会文化的转变，而根本上是人本身的转变”的观念应该是一致的。尽管舍勒并没有明确将焦虑体验作为人的实存的类型转变形式，但是在《人的宇宙中的地位》一文中，他指出，“在历史上没有任何一个时代像当前这样，人对自身如此的困惑不解”。显然，现代人的焦虑体验和烦恼来自现代性自身的矛盾和冲突，这也使得它自身具有了双重性：一方面，作为一种现代性的体验形式，它直接形成了对现代性的否定和对抗，给乐观的现代性当头一棒，是现代文化病理性的表现；

① 周宪：《文学创作与焦虑体验》，《文艺理论研究》1990 年第 1 期。
② ［英］安东尼·吉登斯：《现代性的后果》，田禾译，译林出版社 2000 年版，第 6—7 页。
③ 转引自刘小枫《现代性社会理论绪论》，上海三联书店 1998 年版，第 18—19 页。

另一方面，焦虑体验的释放重新确立了现代社会结构变动中人的生存根基和精神气质。我们可以这样认为，人心的极度骚动不安，是现代社会理性化过程的基本心理条件。换句话说，如果说理性主义是现代行为、经济行为和个体行为的行为准则，现代生活的价值和结构因理性主义而深化，那么，极度不安的焦虑体验是伴随着理性主义而来的现代心理条件，只有在这种心理条件之下，焦虑的冲动才能承受现代性带给人们的困境，让现代人心存睿智敏锐，并且不断激发人们去思考解决困境的方案。焦虑体验是现代人的“苦感”，在审美活动中，它表现人的极度不安和强烈的内心冲突，表现现代社会“祛魅”之后的意义丧失和无家可归的痛苦，这是人的悲剧性的存在形式。同时，这种感性表现是现代主体的美感诉求，在现代艺术家的审美创造中，焦虑和恐惧体验是抵抗千篇一律、呆滞刻板的现代生活的审美形式，在某种程度上具有审美救赎的功能。因为，它恢复和激发了人的感性生命，人在感性的生命中找到存在的理由和生存的满足。麦克法兰在《现代主义思想》中这样写道：

> 新的关注对象是所选择的现象的特殊性，个性的独特本质，以及个体和整体之间的不断变化的关系。那些流浪者、孤独者、流亡者、焦虑不安者、不定居者和无家可归者不再是被自信的社会所遗弃的人，在这个时代，主观性乃是具有想象力的人们以权威性口吻说出来的真理，有一点在90年代初露端倪、而在本世纪初更加明显了，这就是维护生活完整的任务开始由社会转交给个人——转交给对生活中的事物具有独特看法的个人，他体现了某种神秘的本质，只有这种本质才使世界具有合理性。①

① ［英］麦克法兰：《现代主义思想》，［英］马·布雷德伯里、詹·麦克法兰编《现代主义》，胡家峦等译，上海外语教育出版社1995年版，第63页。

由此，我们可以看出，祛魅之后的世界是一个世俗和庸常的世界，自我是一个被抛在世界中的存在，人失去神的庇护而无法感到生存的价值和意义，只有回到个体生命体验才能确认自己的生存感。焦虑体验的审美品性就是在这样的语境中展开的。因此，焦虑体验作为世俗世界中的感性体验，能够使现代人从内在世界来体验和阐释世界，让个体感性的独一无二性处在现代世界的一般性的对立面上，获得规定人存在感的地位，以此凸显人的感性精神。这样一来，人的主体性发扬不再依靠理性精神，而是以人的感性体验为基础，人在感性的自在中重新获得生存论和价值论地位。这正是现代审美的特质，也是现代主体借助焦虑体验来实现自我的审美诉求。在现代主义的情景中，孤独、流浪、焦虑和无家可归者能够体现主体的本真存在，透过这些个性主体，现代性的本质能够得到真实的呈现。从这个意义上说，现代主义艺术中的焦虑体验的表现，不仅仅是现代个体的一种感性诉求和审美精神，其实质是重塑了西方存在论和现代价值论，那就是焦虑是一种生存感，是现代生活的重要品性，焦虑个体的存在本身就是对现代性的否定，而依靠这种否定能够在现代性情境中探索并获得自由的可能性，发现存在的意义。这也是现代人生存的悲剧。

面对现代性带给人们的两难处境，人们不得不生活在焦虑和恐惧中，感受自身的矛盾性和分裂性，但是，人们又不甘心在焦虑的苦闷中沉沦，试图在不确定的生活中寻找对抗平凡刻板和物欲横流的日常生活现实。这为现代艺术家提供了凸显新的美学原则的契机。在艺术审美中，恐惧和焦虑对象往往超越了现实。在安全的环境中，人们能够摆脱无聊乏味的日常生活，在震惊的美感中获得满足。爱伦坡、波德莱尔、王尔德、里尔克等现代艺术家试图表现现代人的恐惧、焦虑的体验来超越平庸生活，反映他们对现代文化的理解和对审美的追求。“自浪漫主义，尤其是波德莱尔以来，现代艺术家醉心于一种崇高、震惊甚至恐怖的审美体验，以超越平庸陈腐的日常生活。从波德莱尔的《恶之花》到尼采的《查拉图斯特拉》，再到毕加索的《阿维农少女》，从斯特拉文斯基的《火鸟》到阿尔托的‘残酷戏剧’，再到希区柯克的‘恐怖影片’，无不充溢着一种对极端情境和极端事物的迷恋，这是一种典型的现代性体验，内含着某种个性主义和英雄主义，包蕴着内在的‘越轨’冲动和尼采所说的‘破坏的快感’。”① 这充分体现出焦虑和恐惧的魅力，也体现出焦虑体验的审美现代性特质。如果说，艺术中焦虑和恐惧的想象和虚构是艺术家追求审美新奇和震惊的理想，是重建审美趣味的表达，那么，在焦虑体验之外或者受焦虑的激发，追求焦虑和恐惧之外的乌托邦的真实，也是艺术家追求的理想艺术境界。“不确定性就意味着恐惧。难怪我们总是梦想拥有一个没有意外的世界，一个秩序井然的世界，一个可以预测的世界，而不是一个面无表情、无法预估的世界。”② 这个可靠的、安全的和值得信赖的乌托邦世界，是与焦虑、恐惧的世界相对立而且密切相关的。乌托邦是时代进步的理想，也是我们反观当下时代悲伤和痛苦境遇的镜子，也是治愈不确定时代人的精神创伤的方法。从这个角度来说，我们不难发现许多美学家追求的理想的审美生存方式。克尔凯郭尔所描述的“宗教乌托邦”，尼采认为的“艺术的本质在于生存的完美”，海德格尔所定义的“人诗意的栖居”和福柯向往的“审美的生存”。焦虑和恐惧也能够让人们面对未来，想象和享受未来，将人们带到可能性和乌托邦面前。

第三，焦虑和恐惧已成为文学艺术表现的审美体验，形成了独立的审美风格。在现代主义艺术思潮中，焦虑主体对理性不抱任何幻想，而是凭借病态的人格气质，在超越道德和非功利的层面上，表现一种真实的审美体验和审美趣味。这种焦虑体验艺术作品，在表现内容上，主要是恐惧、焦虑、不确定感、孤独、忧郁、苦闷、荒诞、混乱、丑陋、猥琐等，场景

① 周宪：《审美现代性批判》，商务印书馆 2005 年版，第 169 页。

② ［英］齐格蒙特·鲍曼：《流动的时代：生活于充满不确定性的年代》，谷蕾、武媛媛译，江苏人民出版社 2012 年版，第 111 页。

总是具有病态性的梦魇和地狱般的特征，在形式上，则是悖谬、怪诞、扭曲、隐喻的，两者能够有机结合起来，形成较为成熟稳定的审美风格。这一点与传统文学中真、善、美的审美风格区别开来。侧重表现焦虑的现代文学艺术家生活在充满荒谬感、恐惧感和危机感的现代社会中，自身处在极度不安的焦虑之中，自身具有强烈的否定和批判精神，因此，只有表现恐惧和焦虑，在丑和恶中寻找审美的满足，才能达到艺术的真实，才能得到审美的满足，在焦虑和恐惧的审美观照中，使自己类似的生活经验和生命体验得到宣泄和宽慰，从而实现精神上的升华。“既然人是被世界所压倒的，那么只有在痛苦的命运中才能真正了解真实，只有承担痛苦才能达到庄严和崇高的境界。”① 从这个角度来理解作为一种审美体验的焦虑和恐惧，我们不难理解为什么会有表现主义画家蒙克的《呐喊》和《焦虑》这样疯狂的作品问世，为什么会有艾略特的《荒原》，为什么会出现像卡夫卡那样将恐惧和焦虑作为自己本质的作家，为什么会出现崇尚存在和虚无的存在主义作家，为什么鲁迅和郁达夫会在彷徨和苦闷中呐喊。因为，现代主义文学艺术家试图在“焦虑的时代”表现和凸显孤独、痛苦与焦虑的体验，正如蒙克在谈起代表作《呐喊》时所说：“孤独、由于剧烈的痛苦而战栗，我开始意识到一种发自人类本能的、无法遏制的呐喊。”② 以此表现理性的虚妄和个体存在着矛盾而又无法解决矛盾的痛苦，进而表达出一种生命的真实。在审美接受中，焦虑的审美表达总是跟丑陋和怪诞对接在一起，总是给人们带来孤独、不满、沉闷、愤怒、厌倦、烦躁、反感、病态的审美感觉。正如加缪在评价萨特的《恶心》时所说的那样：“活着，却又认为这是无所谓的，这就造成了焦虑。由于总是逆着潮流生活，一种厌恶，一种反抗便充满了整个生命，这种反抗在身体上的表现，就叫恶心。”因此，对

① 陈焜：《西方现代派文学研究》，北京大学出版社 1981 年版，第 135 页。

② 转引自赵鑫珊《天才与疯子——天才的精神构造》，江苏文艺出版社 2003 年版，第 389 页。

于这种艺术表现，我们无法用传统的审美观念来框定和衡量，也无法用传统的艺术表现形式来对标，它在表现内容和艺术形式上有机统一，是现代艺术中一种相对特殊和稳定的审美表意实践，也是一种升华了的审美风格或新的感性形态。

总而言之，焦虑是现代人的基本生存体验，是消极性的情绪，也是焦虑主体审美创造的有效精神心态。焦虑主体借助想象性的虚构情境和审美幻化，使自己焦虑不安的心灵得到不同程度的净化。或者说，也正是由于焦虑主体处在极端的生存困境中，才造就了许多伟大的艺术家。焦虑体验审美寄托着焦虑主体对生命本质和存在状态的痛苦性思考，与现代性困境形成抗衡，不断激发人们更加深刻地反思和审视现代文化，以巨大的勇气生存在这个世界上，追求更加美好的生活。因此，焦虑体验审美具有深刻的人文精神，它能够高扬人存在的价值，谋求个体的解放，追求人自身存在的合理性，这也是当代美学观念变化的一种必然体现。

第二章　现代焦虑体验的理论谱系

进入文明时代以来，神、自然的神秘力量是人类崇拜、敬畏和恐惧的对象，可以说，面对它们，人类产生了最原初的焦虑体验。按理说，这种恐惧和焦虑应该是人类认真面对和解答的人生之谜，但事实恰恰相反，哲学思想史的发展证明，焦虑是一个被人们长期忽视的重要问题。

焦虑的被遗忘或被忽视，一个基本的原因在于，西方传统哲学所坚持关注和研究的立场，是不断纠缠于感性和理性、存在和思维、现象和本质之间的张力关系，而漫长的理性主义哲学始终不渝地推崇本质、先验、本原和理性，认为这些是哲学知识的“第一原理”。作为一种人类最基本的生存心理，如欲望、需求、冲动、恐惧、忧郁、焦虑等体验方式，则往往被认定为非本质、次要的，甚至在探求真理的方向上是受到谴责的认知对象。

毋庸置疑，古希腊哲学奠定了西方哲学思想发展的根本基调。从早期的一元论观念，如文德尔班所说，“单一的宇宙物质或世界本原是整个自然界变化过程的基础”①，到柏拉图以“理念”为主导的感性和理性的二元论倾向开始，漫长的理性哲学把基本的心理体验看作理性的存在，规定“人是理性的动物”，因此，人的感性体验反而是压抑性的存在，因为一切价值设定的标准与基础是理性。在黑格尔那里，人的意识开始成为哲学关注的

① ［德］文德尔班：《哲学史教程》（上卷），罗达仁译，商务印书馆1987年版，第49页。

焦点。在《精神现象学》一书中，黑格尔费尽心思地论证人的意识和精神发展的历史，认为历史就是人的精神史。然而值得注意的是，在论述精神史的过程中，黑格尔指出了人精神发展中的苦恼和分裂意识。在他看来，以独立与依赖、主人与奴隶为特征的自我意识在自我之内是二元化的，“这种二元化在精神的概念里是本质的，不过这两个方面的统一还没有达到——这就是苦恼意识”，他接着解释道，“苦恼意识就是那意识到自身是二元化的分裂的、仅仅是矛盾着东西”①，在这里，苦恼意识暗示或启示着人内心的不安和焦虑，然而，这种暗示并不是个体生存现实意义上的心理体验，或者说，它不是心理学意义上的，也不是感性意义上的意识。既然苦恼意识是自我意识，它必须遵循自我意识的辩证体系，即，自我意识外在化其自身。

> 自我意识有另一个自我意识和它对立；它走到它自身之外。这有双重的意义，第一，它丧失了它自身，因为它发现自身是另外一个东西；第二，它而且扬弃了那另外的东西，因为它也看见对方没有真实的存在，反而在对方中看见了它自己本身。②

意识的自我扬弃是在内部展开的，它以一个循环的系统来建构自身的合法性运作方式，从这个意义上说，苦恼意识暗含的焦虑也只能是抽象的、系统化的精神特征，它不是“凡夫俗子”的心理体验，而是最终受绝对精神支配的较低层次上的形而上思辨。因为形而上学始终坚持把不朽和永恒作为真理，而易逝性与脆弱性的瞬间体验绝不能承担人本质的建构。到了19世纪中后期，特别是20世纪以来，这一切发生了根本改观，焦虑作为一个重要的学术关键词在许多哲学家和美学家的思想观念中频频闪现。

---

① ［德］黑格尔：《精神现象学》（上卷），贺麟、王玖兴译，商务印书馆1979年版，第139—140页。

② 同上书，第123页。

而我们的问题是，为什么在19世纪中后期以后，哲学真正开始关注焦虑问题？焦虑作为人类一种基本的心理体验，为什么成为20世纪重要的文化问题？它有哪些变化和特征？还面临和需要解决哪些问题？提出怎样的解决方案？诸如此类的问题，是本书分析的焦点。

翻开这一时期以来的哲学思想史，我们不难发现，许多哲学家站在不同的立场和角度来审视焦虑问题。为了廓清焦虑理论的复杂性和问题本身的重要性，我们必须从问题史的角度出发，分析焦虑的问题。在这里，我们选取了三个理论视角进行讨论，即，存在主义哲学、精神分析学和批判理论。因为在某种程度上，对焦虑问题的研究，这三种理论形态颇具代表性，对焦虑理论的发生与发展产生了重要影响。它们既拓展了现代性困境中的体验方式，也奠定了焦虑问题的基本理论基础及其价值取向。

一　存在主义哲学中的焦虑

继古代本体论哲学、近代认识论哲学之后，生存本体论哲学代表了西方哲学发展的第三个阶段，它基本的研究立场是，以个体的现实生命存在作为哲学研究的基本对象，以揭示人的本真存在的意义为出发点，来展示存在的意义和方式，进而显豁个人与他人、个人与社会、个人与世界之间的关系，与此同时，它义无反顾地否定传统形而上学，高度强调哲学应具有体验功能，这一基本的哲学立场构成了现代生存论哲学的灵魂。毫无疑问，存在主义哲学是现代生存论哲学的主要代表，克尔凯郭尔、海德格尔和蒂里希是存在主义的代表人物，虽然他们都致力于对存在的解答，但就焦虑问题而言，他们所提出的焦虑理论却分别代表了三种不同的研究范式。

现代西方学界公认，丹麦著名哲学家、美学家克尔凯郭尔是存在主义哲学的开山鼻祖，同时也是焦虑理论研究的奠基者。在 1844 年出版的《焦虑的概念》一书中，他率先提出了“焦虑”的概念，并把它作为一个重要的哲学命题来讨论，这为以后焦虑理论的研究提供了一个重要的理论来源。克尔凯郭尔对焦虑的理论设定，既来源于他的个性气质，也来自他对现代社会文化发展的敏锐反应。在他那个时代，摆在他面前的是，宗教的衰落和现代工业的迅速发展，社会文化逐渐倾向于世俗化，传统的带有宗教气息的文化生活开始被工业化的生活方式取代，艺术没有宗教的激情，而把理性奉若神明。用克尔凯郭尔自己的话概括地说，“我们所说的现时代，它糟透了”①。正是在这种时代氛围中，焦虑作为一个深刻的理论问题进入了克尔凯郭尔的理论视野。他认为，焦虑是基督教“传承之罪”的预设和溯源。如果从文化层面上来看，其实，克尔凯郭尔是在绕着圈子暗示当时的文化现状。“罪”在宗教意义上可以理解为使人脱离上帝的东西。而现代工业社会现实的发展，在某种意义上预示着宗教、上帝的衰落，拜金主义则大行其道，因此，使人脱离上帝，使人非精神化的社会世俗生活图景淹没了个人对信仰的狂热激情。在他看来，现代社会生活图景的一个重要表现就是生活的“标准化”（leveling），这种标准化是“安静的、数字的、抽象的进取心，它缺乏鼓动的激情”②。更值得注意的是，标准化的基本和具体的衡量尺度就是金钱，“欲望的最后目标是金钱，但是，其实，这是象征性的金钱，是一种数量的抽象。现在，年轻人几乎不会羡慕自己的能力、技巧、漂亮姑娘的爱和名誉，但是，他只羡慕他的金钱”③。因此，标准化收编人的个体性而成为由羡慕（envy）构成的大众操纵体制。在克尔凯郭尔看来，这暗示着焦虑的内在秘密，同时也昭示着焦虑对个人存在的意义，

---

① S. Kierkegaard, *Two ages: The Age of Revolution and the Present Age*, Princeton: Princeton University Press, 1978, p. 69.

② Ibid., p. 84.

③ Ibid., p. 75.

即，“焦虑是梦着的精神的定性”，它将与世俗的追求区别开来，表现为一种更高的精神，就像基督教意义上的“传承之罪”一样，始终召唤着人背离大众向着标示他的本真靠近。

在对待被金钱、物欲支配的现代生活的问题上，克尔凯郭尔表现得非常担忧，但他对此并没有持完全否定的态度。在他早期涉及焦虑问题的著作《或此或彼》中，借他所描述的“唐璜”这一美学生活形象指出，“在唐璜身上有一种焦虑，这些焦虑恰是他的能量……是他恶魔般的生活的欢欣”[①]。因为在克尔凯郭尔眼中，他一生所追求的精神不是被确定的精神，而是由直接性决定的，也就是说，一个以感性化生活方式为主导基调的个体也就是以追求直接性生活为主导动机的，因此，他也是当下的、直接的样子。[②] 所以，焦虑也是个体必须接受的直接性的当下体验，同时也是随时爆发在肉体与灵魂张力之间的能量。表面上看，它是受客观外物支配的心理活动，其实，它是更高意义上的精神定性。克尔凯郭尔也因此断定，焦虑是同情性的反感和反感性的同情。[③] 在同情与反感之间，焦虑是一种暧昧双义，换句话说，在现时代，焦虑是现代人心中爱恨交织的精神体验。

从另一个层面上看，克尔凯郭尔只关注个体的生存状况和内心世界，认为公众社会抹杀了宗教领域内个体的信仰，而造成此种现状的另一个重要原因在于，黑格尔理性主义哲学在欧洲文化中的根深蒂固的统治。尽管在黑格尔的思想体系中包含矛盾统一的观念，但它还是强调整体性、普遍性的对立统一。这种思想决定了社会的发展必须遵循必然性法则，世界完全是由理性建构的抽象的世界，人则是一个普遍和抽象的人。对此，克尔凯郭尔无法容忍。在他看来，这种思想的致命之处在于颠倒了真实的生活，

---

① S. Kierkegaard, *Either/Or*, Princeton: Princeton University Press, 1971, p. 128.

② 参见王齐《走向绝望的深渊——克尔凯郭尔的美学生活境界》，中国社会科学出版社2000年版，第76页。

③ S. Kierkegaard, *The Concept of Anxiety*, Princeton: Princeton University Press, 1980, p. 42.

因为真实的生活应该是充满可能性的生活，这是个体生存的真理。他在《最后的非科学性附言》中虔诚地写道："一个生存着的个体所能企及的最高真理就是，一颗最富有激情的心灵在占有过程中所紧紧把握住的客观不确定性。"① 在此，不确定性就是一种生存的可能性，正是这种可能性把克尔凯郭尔的焦虑理论带入了一个新的境界。他指出，"焦虑是自由的可能性，只有这种焦虑，通过信仰才能起绝对教育作用，因为它腐蚀所有的有限性，揭穿所有的欺骗性"②。在此，焦虑不仅是个体丧失个性后唤醒自我意识的精神元素，更重要的是，在可能性的世界中，它引领个体走向自由。因此，焦虑与个体、自由、可能性紧紧联系在一起，同时焦虑指证了有限与短暂的存在是有疑问的，是受有限性的世界束缚的，只有朝向可能性，人才能真正感觉到自由，因为，可能性意味着自由的选择，自由的决定，对自己负责。在这种情景中，克尔凯郭尔把焦虑与站在悬崖边上向下看所产生的眩晕做了比较，认为，焦虑是自由的眩晕。如果说这是焦虑朝向自由的第一层含义，那么，第二层含义就是在个体靠近自由的路途中，焦虑是个体生存的精神教义。也就是说，焦虑是一种内向性的启蒙精神，它表达了与苏格拉底"认识自己"相同的意思。但是，克尔凯郭尔却把这种自我认识归位到上帝那儿去，依靠信仰，个体的自由才能成为自由，这与苏格拉底以来，依靠科学研究认识自己本质的理路是相悖的，在这一点上，他不仅反对黑格尔的理性主义，同时也反对苏格拉底等古希腊哲人所开创的理性传统，因此，在他那里，焦虑只能使个体停留在信仰中，它是个体生命的精神依靠，"是每一个人都必须经受的历险：学会焦虑，为了不会因为从来没有焦虑过，也不会因为沉陷于焦虑中。如果每个人学会了正确地

① S. Kierkegaard, *The Concluding Unscientific Postscript*, Princeton: Princeton University Press, 1941, p. 182.

② S. Kierkegaard, *The Concept of Anxiety*, Princeton: Princeton University Press, 1980, p. 155.

对待焦虑，那么，他就掌握了最终的东西”①。

从以上的简略分析来看，从文化背景出发，克尔凯郭尔所指出的焦虑是与欧洲基督教衰落和现代性发展密切相关的“精神定性”，其基本的内涵既具有基督教式的拯救激情，又能够呈现对现代性的批判锋芒。就个体生存而言，焦虑是衡量个体真实生活的精神尺度，也是颠覆传统形而上学中主体所信奉的理性的价值标准的方式，在这种精神尺度的指引下，个体从现实生活中得以恢复和展现，无疑，这为以后进一步研究焦虑提供了广阔的空间。

存在主义哲学的另一位代表人物海德格尔，直接受克尔凯郭尔焦虑理论的影响，对焦虑问题也提出了自己的看法。在《存在与时间》中，他提出了一个重要的哲学范畴——畏。该词在德语与丹麦语中都是“angst”，意思基本相同，都表示不安和焦虑，但“angst”在中文翻译中，有的翻译者译成“畏”，有的译成“烦”，还有的译成“焦虑”。在这里，为了方便引述海德格尔的焦虑理论，我们还是通用“畏”这个词。

为了区别传统存在论中对人的内在规定，海德格尔把人的存在称为“此在”，它并不表示存在者是什么意思，而是表示存在者“去存在”“能在世”，即，如何生存，怎样在变动不定的行动以及体验中保持同一的自我。从“此在”的规定出发，海德格尔并不像克尔凯郭尔那样把焦虑当作恢复个体在现实生活中真实自我的衡量标准，而是通过对人的“此在”的深刻剖析，在某种意义上揭示焦虑在生存世界中的内在品质就是主体本身。正如绍伊博尔德所说的那样：“存在者只有被包含和吸纳入这个生命之中而言，也就是，惟就存在者被体验和成为体验而言，存在者才能被看作存在着的。按这样的理解，现代体验变成了决定性的东西，变成了真正基础的

① S. Kierkegaard, *The Concept of Anxiety*, Princeton: Princeton University Press, 1980, p. 155.

东西，变成了主体。”① 因此，在海德格尔的视野中，“寓于畏中的全部内容都可以从形式上列出来：生畏作为现身情态是在世的一种方式；畏之所畏者是被抛的在世；畏之所为而畏者是能在世。据此，畏的整个现象就把此在显示为实际生存在世的存在”②。从这个意义上看，首先，焦虑分析的范围在于此在的在世体验，也就是日常生活领域的体验。此在最贴近的生存方式是日常存在。海德格尔认为，此在处于日常共在中，人是被抛在世界中的，人来到这个共在世界，是受“常人”所控制的。

> 常人把公众世界保持在平均状态中，而日常此在也就为平均状态操劳。平均状态是常人的生存论性质。平均状态规定了什么是本分之事，什么是容许去冒险尝试的事情。平均状态看守着可能冒出头来的异品奇才，不声不响地压住一切特立独行。一切远见卓识都在一夜之间磨平为早已众所周知，一切奋斗赢来的成就都变成唾手可得之事，一切秘密都失去了它的力量。常人把生存的一切可能性都规划平整。③

从常人的角度来看，日常生活是一个平均状态的、无个性的世界，是一个让人再熟悉不过但又格外远离人的本真状态，也是不断沉沦着的异化世界，在这种世界中，此在如何切身感受到自己的显现方式。在海德格尔看来，畏就是此在感受自身的现身状态，“固然任何现身状态本质上都会各自按照在世的一切组建环节（世界、在之中、自己）开展出整个的在世之中的存在来，然而在畏中却有别具一格的开展的可能性，因为畏造就了个别化。这种个别化把此在从其沉沦中抽取回来并且使此在把本真状态与非

---

① ［德］绍伊博尔德：《海德格尔分析新时代的技术》，宋祖良译，中国社会科学出版社 1998 年版，第 83 页。

② ［德］海德格尔：《存在与时间》，陈嘉映、王庆节译，生活 · 读书 · 新知三联书店 1987 年版，第 221 页。

③ 陈嘉映编著：《〈存在与时间〉读本》，生活 · 读书 · 新知三联书店 1999 年版，第 88 页。

本真状态都作为它的存在的可能性看清楚了”[1]。在畏中，此在被带到它自身面前，此在被抛的境况也通过畏的现身向此在展开，进而展现它自己的实际生存，或者说，畏让日常生活中的此在的本真与非本真状态以现身的方式敞开。

其次，焦虑的对象是虚无。这一点倒与克尔凯郭尔的观点有些相似。在《焦虑的概念》一书中，克尔凯郭尔也指出，焦虑的对象是虚无，焦虑与虚无是交相呼应的。但比较起来，克尔凯郭尔较多是从基督教层面上描述的，而在海德格尔那里，虚无是一种在世，是“无何有之乡”，它为威胁者标画出“畏之所畏”。他指出，“无何有之乡”并不意味着无，而是在其中有着一般的场所，有着世界为本质上具有空间性的“在之中”而展开了的一般状态，[2] 在畏之所畏中，虚无被公开出来，但这并不意味着世界不在场。恰恰相反，在海德格尔看来，畏之所畏者就是在世本身。因为在生存论中，世界本身就是此在之存在，也就是此在在世本身，从这个意义上说，焦虑或者畏不仅敞开了此在之存在，而且还同样以现身的方式把“世界作为世界开展出来”，把世界带到它本身面前。

再次，无家可归的状态就是焦虑。在日常生活的沉沦中，此在把“沉沦”当家，这意味着自我本真的存在被日常生活的平均状态所褫夺，自我与最本己的能在不断地疏离，因此，此在跌落至无根基的状态而“茫然失所”，也就是“不在家的存在方式”。但是，日常生活的沉沦状态只是此在生存的开始，人并不会满足日常生活的沉沦，在“诱惑”“苟安”“异化”与“拘囚”中麻痹自己，而是总要寻求逃避的最佳方式来获得最终的解脱。这种逃避与解脱之路，也就是海德格尔所孜孜以求的“返乡”与“归家”之旅，这是他对现代生活的一种文化诊断，也是他所钟爱的哲学美学努力

---

① ［德］海德格尔：《存在与时间》，陈嘉映、王庆节译，生活·读书·新知三联书店1987年版，第220页。

② 同上书，第216页。

的方向。当人意识到自己处在无家可归的状态，渴望回到属于自己的温馨家园时，海德格尔所指出的焦虑心境昭然若揭。

与此同时，针对这种“不在家”“沉沦”，海德格尔开出了一剂令人望而生畏的药方，那就是，“本真的向死存在”。因为，在他看来，在日常生活中，人的“去存在”“能在世”无非就是回避有限的时间和死，即，“在死亡面前持续逃遁”，但是一旦人放弃这种逃避，而“本真的向死存在”，人在世的一切烦恼、忧愁和焦虑便豁然开朗，也会烟消云散，人从异化、沉沦的日常共在中解脱，走向澄明之境，因此，我们可以这样总结：

> 本真的向死存在可以概括如下：先行到死，看清楚了丧失在常人之中的日常存在，不再沉陷于操劳和操持，而是立足于自己的生存筹划种种生存的可能性，面对由畏敞开的威胁而确知它自己，因负重而激起热情，解脱了常人的幻想而更加实际，在向死存在中获得自由。①

最后，焦虑是技术追问和寻求解救之道的精神动力。海德格尔后期思想对存在的思考发生了变化，由前期的基础本体论转向了技术本体论，也就是人生存在由技术制造的架座（Gestell）上。在他看来，现时代的文化本质就是它的科学性，或者说，由技术制造的座架构成了人的存在。而另一种不可小视的现象，是现时代引以为豪的机械技术，而机械技术始终是现代技术之本质的迄今为止最为显眼的后代余孽，而现代技术之本质是与现代形而上学之本质相同的。② 技术在现代生活中的确起了巨大的作用，人类利用技术获得了意想不到的财富，但是它也使日常生活面临着无法想象的“危险”，“说到底，凡集置（就是架座）占统治地位之处，便有最高意义上

① 陈嘉映编著：《〈存在与时间〉读本》，生活·读书·新知三联书店 1999 年版，第 172 页。
② ［德］海德格尔：《林中路》，孙周兴译，上海译文出版社 1997 年版，第 72 页。

的危险”[①]，这也是现代人不得不认真思考和解决的现代性困境。从这个方面看，海德格尔对日常生活的认识也超出了早期的由闲言、两可、好奇所描述的沉沦状态，而转向对现代技术的追问，这也是对存在历史的认知转向，即，存在置于技术中，这样一来，人、自我生存在由技术主导的世界中，在这种情形下，按照海德格尔的理解，焦虑可以解释为对技术不断追问的一种情态。“正是这种动力机械技术，唯有这种动力机械技术，才是一个不安的因素，促使我们去追问这种技术。”[②]

毋庸置疑，现代技术是现代生活困境的根源，海德格尔引用荷尔德林的诗句，“哪里有危险，哪里也生救渡”。既然现代技术把我们高高架起，远离大地，与我们最本己的存在疏离，那么，这些被称为“致命危险”的技术在本质上也蕴含着促逼与救渡的生长。面对危险，焦虑是自然的，但想得到救渡，焦虑却承担着巨大的精神压力和动力，加拿大当代著名文化宗教学家阿拉普拉，从宗教学的角度，指出现代性的堕落与基督教被证明的堕落是一致的，因此，他认为，“失落（堕落）正是西方领域中的宗教开始其上升时期的斗争的立足点；它也是受基督教鼓舞的西方文明和历史的开端。以意识到堕落为中心的焦虑似乎为现代性、意识形态和技术提供了动力（所有这一切是相互不可分离的，这是海德格尔在他的几部作品中明确表述过的一种观点）”[③]。在建构存在论哲学中，海德格尔自始至终都在为人的本真生存而“操持”，与前面所提的向死而生不同，这里所要达到的理想归宿是“人诗意地栖居在大地上”，“诗人特地说，诗意的栖居乃是栖居

① ［德］海德格尔：《演讲与论文集》，孙周兴译，生活·读书·新知三联书店 2005 年版，第 28 页。

② 同上书，第 12 页。

③ ［加拿大］J. G. 阿拉普拉：《作为焦虑和平静的宗教》，杨韶刚意，华夏出版社 2000 年版，第 120 页。

‘在这片大地上’，以此来对待上面的担忧”[①]。很明显，这种理想的归宿和向死而生的本真存在在本质上是一样的。

克尔凯郭尔和海德格尔的焦虑思想给另外一位存在主义的代表保罗·蒂里希很大启发。可以说，他的许多著作都不同程度地受到两位思想家的影响，特别是写于1952年的《存在的勇气》一书，是存在论思想的重要发展。尽管该书把“勇气”作为集中论述的话题，但“焦虑”思想在该书中也得到了深入研究。蒂里希认为，从本体论的角度出发，焦虑可以界定为“从存在的角度对非存在的认识”[②]，如果把这一种焦虑称为存在性焦虑的话，那么，还有一种病理性焦虑，蒂里希对此也做出了较为详细的区分。在他看来，相对于病理性焦虑，存在性焦虑具有本体论性质，它不可能被消除，必须纳入存在的勇气中认知；它能够自我承担焦虑的后果；它能够驱使人们构建安全、完美和真实的意义体系；它不需要医药的治疗，而迫切需要得到精神的帮助。因此，存在性焦虑是一个能够产生意义的领域，在这一领域内，焦虑是个体生存的守护者，防范非存在的威胁，并且对这种威胁做出反应和抵抗。依蒂里希之见，一个人的生命力越强，焦虑所发出的警告就越强，生命就越需要获得自我肯定。

如果说，克尔凯郭尔、海德格尔等哲学家注重从个体、此在来探求焦虑问题，铺陈现代人生存的困境，进而提出解决的方案，那么，蒂里希则是从非存在（存在的否定性方面）的角度，指认焦虑是本体论问题，并且以此为依据总结了焦虑的三种类型：一、对命运和死亡的焦虑，命运是相对的，死亡是绝对的；二、对空虚和无意义的焦虑，空虚是相对的，无意义是绝对的；三、罪过和谴责的焦虑，罪过是相对的，谴责是绝对的。[③] 对

---

① ［德］海德格尔：《演讲与论文集》，孙周兴译，生活·读书·新知三联书店2005年版，第201页。

② ［美］蒂里希：《蒂里希选集》，何光沪编选，上海三联书店1999年版，第175页。

③ 同上书，第180—189页。

于焦虑的三种类型，我们应该强调几点：一是三种形式不仅仅是针对焦虑类型的区分，更重要的是，在这种区分中，对焦虑的认识呈现出三种价值维度，即自然生命、价值信仰和伦理道德。二是相对于前面的存在主义的焦虑理论，蒂里希的焦虑更加鲜明具体，更能彰显人、此在的生命力和情绪状态。三是焦虑的三种类型并不相互排斥，而是相互依存。

通过三种形式的划分，我们能够从总体上认识到焦虑在本体、道德和精神意义上所展示的人的本性，而更有意思的是，蒂里希还对每一种焦虑类型进行了历史归位，表征每一种焦虑在不同的历史时期所处的不同位置的特性。本体论焦虑对应古代文明末期，道德焦虑与中世纪末期的精神相吻合，而精神焦虑则专指近代后期人的精神状态。我们无法证明这种焦虑的主导性历史分期是否合理，但是，这至少让我们知道在每个历史时期的转型阶段，作为社会的个体，人总会出现一种占主导性的精神特征，许多哲学家和社会学家都对此做过描述。我们姑且不论古代和中世纪的焦虑，就现代而言，蒂里希不仅指认无意义的焦虑是现代社会中占主导地位的焦虑类型，而且同时也是在标画现代社会的精神特质。在这一点上，蒂里希倒是有重要的论述：

> 19 世纪失去了上帝，费尔巴哈用人心的无穷欲望这种解释把上帝取消了；马克思的解释是：人在意识形态上试图超越给定的现象，这样，上帝也被取消了；尼采把上帝解释为对生存意志的削弱，结果产生了这一宣告：上帝死了，而且人生活于其中的价值与意义的整个体系也随之消失了，人们感到这既是损失又是解放。它驱迫人不是倒向虚无主义，就是表现为一种勇气，这种勇气把非存在纳入自身。①

其实，这也道出了一个简单而深刻的事实，以“上帝之死”为代表的

① ［美］蒂里希：《蒂里希选集》，何光沪编选，上海三联书店 1999 年版，第 255—256 页。

现代性事件，决定性地造成了人无意义、空虚的焦虑，反过来，空虚和无意义的焦虑就是一个深刻的现代性心理事实。“上帝之死”以后，人从宗教的禁锢和蒙昧的状态中解脱出来，人对生命本体和价值信仰的认识，需要重新确立新的标准，在这一重要的价值转换中，空虚和无意义乘虚而入。曾经面对命运和死亡的焦虑，谴责和罪过的焦虑及无意义、无根的焦虑混合在一起构成了现代焦虑的旋涡，因此，蒂里希大声疾呼，这是一个“焦虑的时代”，焦虑已成为现代社会的文化群体现象。

从哲学的角度说，存在主义的焦虑理论是对现代人生存困境的一种理论回应，而现代艺术中的焦虑则是现代人从艺术的想象和超拔中体验这一情感的展现。蒂里希毫不讳言在这一点上的认识。他津津乐道地列举了19世纪末期与20世纪的现代主义艺术家，如塞尚、凡·高、蒙克、波德莱尔、陀思妥耶夫斯基，还有艾略特、卡夫卡、萨特、加缪等，从这个角度来看，焦虑的心理体验是一个文化艺术所呈现的世界，这与单纯的本体论探索相比，焦虑体验问题的研究得到了进一步拓展。

以上三位哲学家的思想代表了存在主义焦虑问题研究的理论话语，在这一理论话语中，对于焦虑问题的思考有许多值得我们分析和辨别的地方。首先，虽然他们都是存在主义者，都从存在的角度，讨论焦虑在哲学和文化层面上的发展，但是，由于选择的路径不同，他们的理论取向和价值判断也就存在很大差异，而这种差异是值得注意的。克尔凯郭尔着重强调焦虑是一种个体的激情释放，并以此挑战黑格尔的理性主义哲学的思维方式和价值取向；海德格尔则是把焦虑作为此在的别具一格的现身情景，以更加细致入微的方式清理传统存在论对存在情绪的遗忘，确立其在基础本体论上的位置和意义；蒂里希则更是博采众长，直言不讳地宣扬焦虑的本体论意义，为文化神学体系提供尽可能的必要依据。然而值得注意的是，他们讨论焦虑问题的重要条件是宗教的衰落与现代技术的发展，反过来说，这些条件塑造了现代人的焦虑体验。其次，由于现代性发展的内在矛盾性，无论是克尔凯郭尔、海德格尔，还是蒂里希，他们都注意到了现代性文化矛盾和冲突的情形，和与之相应的焦虑体验本身的暧昧双义性。克尔凯郭尔对现代工业文明背景下的大众焦虑持反对态度，反而又主张焦虑是恢复个体个性，朝向自由的精神形式，在反感与同情之间构成了焦虑内在的冲突结构；海德格尔则认为焦虑能够使此在敞开、现身，是逼向此在的本真状态，但是，在日常生活的沉沦中，此在又总是处在无家可归的状态；蒂里希是从基督教新教和存在主义融合的立场出发，剖析“上帝之死”以后，焦虑是人对生存的怀疑，它把面向一种自由和解放的可能性联系起来，当然这其中也包含深刻的矛盾性，所以，焦虑本身并不是一个单纯的心理病理现象，它包含文化的矛盾和情感的辩证法。最后，三位哲学家对焦虑问题提出了不同的克服方式或解决方案：克尔凯郭尔认真面对但又必须反对焦虑的美学式生活，希望通过基督教信仰让焦虑躺“在神圣的怀抱中”；海德格尔在前期思想中，提出了“本真的向死存在”的拯救理念，后期则力主人诗意地栖居在大地上，通过渴望返乡、归家来获得解脱；蒂里希从存在本身来解决焦虑和人存在的勇气，在他看来，这是一种超越“上帝的上帝”的方案，因为，存在本身不是基督教的信仰，但它是人存在的力量的源泉。如果稍加留意这些方案，我们就会发现，这些方案中蕴含新的审美方式。例如克尔凯郭尔开启了一种在焦虑中审美的方式，认为在审美人生阶段，审美者的存在是一种恐惧的存在，而这种存在是不幸、分裂的，相反，幸福应该朝向协作、运动、安全的和有意义的生活。[①] 海德格尔则在寻求本真的过程中求助艺术，形成了西方现代审美主义的重要支脉，而蒂里

① ［丹麦］尼尔斯·托马森：《不幸与幸福·代译者序》，京不特译，华夏出版社2004年版，第7页。

希在基督教审美主义①上不断探索，为回答和解救现代性精神危机提供了思考的路径。从这个意义上说，焦虑不仅是一个深刻的哲学和社会文化问题，而且也应该是一个重要的美学问题。

二　精神分析学中的焦虑

众所周知，精神分析学是20世纪以来西方人文学术界中风靡一时的理论流派，西格蒙德·弗洛伊德是该学派的创始人。在他之后，荣格、沙利文、阿德勒、卡伦·霍妮、弗洛姆，还有后精神分析学的代表拉康、德勒兹等精神分析学家形成了一个影响巨大而深远的精神分析研究群体，他们直接或间接地继承和发扬了精神分析理论的精神品质。作为一种理论立场和方法论，精神分析已经渗透到哲学、文学、艺术、管理、传媒等学科领域，甚至包括实际的日常生活中，毫不夸张地说，“从躲在角落的少年犯，直到书房里的大学者”（霍兰德语），都有精神分析思想的印迹。按照霍尔的说法，“第一次世界大战结束以后，弗洛伊德已经为世界各地数百万计的人所熟悉。心理分析学风靡一时，生活的每一侧面无不受其影响”②。

① 刘小枫对西方现代性进程中的审美主义思想做了如下区分：从康德、席勒到现代的福尔盖特的人类学审美主义；从哈曼、施莱尔马赫、施勒格尔到沃托的基督教审美主义；从叔本华、尼采到法兰克福学派和福柯、李欧塔的反基督教的审美主义。参阅刘小枫选编《神学美学导论·选编前言》，生活·读书·新知三联书店2002年版，第1页。巴尔塔萨在《启示与美》中分析了克尔凯郭尔的基督教思想后指出，艺术要想重新兴旺起来，只有靠爱再来激发，唯有能够领悟上帝艺术的心灵才敢要求在我们当代的混乱无序中建立新的秩序。参见［瑞士］巴尔塔萨《神学美学导论》，曹卫东、刁承俊译，生活·读书·新知三联书店2002年版，第35页。就这点而言，巴尔塔萨的基督教审美思想与蒂里希有相同之处。蒂里希主要从宗教神学中寻找人生的意义和价值，他把人类的宗教精神看作终极关怀（Ultimate concern），而这种关怀表现在艺术中就是艺术家对人生、社会和自然的深刻体验和自觉表达，因此，文学艺术作为宗教的形式，具有独特的审美主义性质。这一点与海德格尔和克尔凯郭尔的审美方式区别开来。

② ［美］C. S. 霍尔：《弗洛伊德心理学入门》，陈维正译，商务印书馆1985年版，第10页。

之所以具有如此巨大的影响力，关键在于精神分析学提出了一些“触犯众怒”而具有“哥白尼”式的精神分析概念，例如，性本能、无意识、压抑、人格三元结构、情结等。当然，焦虑也是精神分析学说中的核心构件之一。只要仔细检阅精神分析学说，我们就能发现，精神分析对焦虑问题剖析的深刻性，它与本能、无意识等心理学范畴紧密联系在一起，共同构成了一个焦虑的意义网络，从弗洛伊德把焦虑设定为聚合着众多心理问题，而无法破解的哑谜，到霍妮等人把焦虑勘定为一种文化病因，再到拉康指认焦虑是主体分裂时界限即将崩溃时的痛苦体验。焦虑的研究每前进一步都是一次重要的发展，甚至是颠覆式的理论革新，特别是拉康后精神分析式的文本中所间接投射的焦虑思想，从这个意义上说，较之存在主义的焦虑研究，精神分析对焦虑的认识更注重对人的主体心理世界的深层探索，进而揭示人心理的真实和生存的真相。

在精神分析领域，弗洛伊德首先提出了焦虑问题，并把它作为重要的心理学术语进行研究。放在整个弗洛伊德学说中来看，由于其理论的变化性，焦虑也随之在不同时期，在不同理论发展阶段具有不同的特质。在早期的思想中，弗洛伊德提出了两个令人不快的命题。第一个是无意识，“心理过程主要是潜（无）意识的，至于意识的心理过程则仅仅是整个心灵的分离的部分和动作”①。第二个命题是性本能，这也是精神分析的创见之一，“认为性的冲动，广义的和狭义的，都是神经病和精神病的重要起因，这是前人所没有意识到的。更有甚者，我们认为这些性的冲动，对人类心灵最高文化的，艺术的和社会的成就做出了最大贡献”②。这两个理论命题构成了整个精神分析学的理论体系，就焦虑而言，在某种程度上，这两个命题也直接决定了焦虑的意义。

① ［奥］弗洛伊德：《精神分析引论》，高觉敷译，商务印书馆2004年版，第8页。
② 同上书，第9页。

针对本能和无意识理论的发展，弗洛伊德先后提出了两种焦虑理论，在早期的焦虑理论中，弗洛伊德认为，焦虑是力比多（libido）受到压抑转化而来的，“焦虑的发展与无意识系统有着密切的关系”①，它遵循这样的心理机制，当本能冲动遭到压抑时，其思想和愿望无法表达，从而被压抑到主体心理的深层结构中去，但是力比多冲动或性的冲动不会因此而消匿，相反，它的能量、思想和愿望必须以一种变形的形式释放出来，于是，它们就通过焦虑这样一种形式来释放。从这个层面上来说，受压抑而导致的焦虑与理性主义时代所描述的处在无限和有限之间的理解力的脆弱性区别开来，也与克尔凯郭尔所宣扬的个体的激情和自由的可能性的焦虑有所不同，这里的焦虑更注重的是人深层心理中的本能，是性本能，是力比多转移而求得发泄的方式。

如果再把焦虑放到弗洛伊德所构造的转移方式的图式中理解，焦虑也就具备了症候的特性。“焦虑的发展与症候的形成有一重要的联系。二者是可以相互转换的。”② 按照弗洛伊德的看法，每个人的心理状态，都存在着不同程度的压抑过程，包括焦虑的转变过程，但是这种过程中潜在地存在着转移的可能性，或者说，本能压抑、无意识的发展与转移是相辅相成的，因此，为了实现人心理的平衡，人必须进行必要的能量转移，症候性或神经性焦虑是其中的转移方式，它的极端形式是歇斯底里。症候就是能够在人的身体中产生，并且使被压抑的冲动获得暂时的一些替代性满足，从而达到心理状态的短暂平衡，而焦虑在很大程度上就承担这样一种心理功能。有意思的是，“每当相当的观念内容受了压抑的时候，焦虑简直是一种通用的钱币，可用以为一切情感的兑换品”③。与此同时，我们还注意到，精神分析社会文化学派的代表卡伦·霍妮也持类似的观点，她曾这样写道：“撇

① ［奥］弗洛伊德：《精神分析引论》，高觉敷译，商务印书馆2004年版，第329页。
② ［奥］弗洛伊德：《精神分析引论新编》，高觉敷译，商务印书馆1987年版，第65页。
③ ［奥］弗洛伊德：《精神分析引论》，高觉敷译，商务印书馆2004年版，第323页。

开表面现象而深入有效地产生神经症的动力系统中，我们就会发现，存在着一种一切神经症共同的因素，这就是焦虑，以及为对抗焦虑而建立起来的防御机制。”① 从这个意义上说，焦虑是我们分析妄想狂、偏执狂、歇斯底里症、恐惧症等各种精神症时，必须首先面对和解决的问题。同时，焦虑所具有的症候式的共性特征是我们回过头来，进行精神分析的出发点，它所具有的症候意义成为以后精神分析理论发展和社会文化心理分析的一个重要支点。

除了症候之外，升华也是一个重要的转移方式。升华不仅是本能压抑冲动的转移方式，也是焦虑情绪宣泄的重要渠道，这集中表现在文学艺术中，因此，作为主体深层的心理动因，焦虑与文学艺术有着重要的关系。在弗洛伊德看来，各种文学艺术、科学发明乃至整个人类文明都是人的无意识升华的结果，“性的精力被升华了，就是说，它舍却性的目标，而转向他种较高尚的社会的目标”②。其实在这种升华的过程中，焦虑作为一种紧张、忧虑的内在心理状态也得到某种程度的疏散，但是，我们应该注意到，焦虑与性本能的转移又有着细微的差别，“性力如果一旦放肆回到它原始的目标，社会文化就将会遭受到最大的危机”③，文学艺术同样会面临这样的危机和困境。焦虑却有不同的意味，从常识角度说，焦虑似乎是一种障碍性情绪状态，但从严格的心理学角度说，这种情绪状态非但不妨碍艺术创作，甚至还是卓越的艺术活动的一个必要的心理条件。在此，心理学家艾斯勒的一段话值得引述：

> 伟大艺术创作的先决条件之一是这样一种倾向，甚至是一种异常强烈的倾向，即导向精神极度不安的倾向（这也许是精神分裂的一种

① ［美］卡伦·霍妮：《我们时代的神经症人格》，冯川译，贵州人民出版社2004年版，第8页。

② ［奥］弗洛伊德：《精神分析引论》，高觉敷译，商务印书馆2004年版，第9页。

③ 同上书，第9—10页。

变体），这种倾向是通过（同构的）相反机制把握到或改变的，这些相反机制亦即导向精神极度不安的倾向转换成对艺术作品的塑造。①

因此，精神焦虑作为一种强烈的精神倾向，是伟大艺术创作的必要心理条件之一，是重要的本能压抑的升华形式，也是焦虑作为一种常识性心理情绪本身的升华。尽管两者都是在完成转移和升华，都使被压抑的欲望得到相应的满足，但是，性的升华与焦虑在艺术创作中的价值取向以及转换的方式是不同的。性本能的满足更是一种白日梦式的表达，它升华出来的文本内容可能包含主体所有的心理状态，喜怒哀乐、悲欢离合，而焦虑更加着力表现一种蕴含着不满、反抗、批判和主体内省的忧虑不安，或者说，它是从本能冲动中分化出来的，是主体创作过程必须经受的精神磨难，从这个意义上说，焦虑作为升华形式，更具有自主和自足的精神价值，它是主体深层心理的特殊范畴。

在后期理论中，弗洛伊德提出了本我、自我和超我的三元人格结构，在此基础上，修改并提出了他的后期焦虑理论。在他看来，主体人格结构由本我、自我和超我三者构成，而焦虑的根源在于自我，不是本我，也不是力比多的压抑，只有自我会产生并能够体验焦虑，因为，对每一个心理和精神状况正常的人来说，三者之间应该形成一个和谐与有机统一的主体心理结构。在这个结构中，自我能够按照现实原则配合或有效控制本我的唯乐原则，防止两种原则失衡性的剧烈对抗，与此同时，自我又要避免与超我的冲突。对此，弗洛伊德形象地比喻道："自我就像骑在马背上的人，它必须牵制马的优势力量，所不同的是：骑手试图用自己的力量去牵制，而自我则使用借来的力量。"② 因此，自我是最可怜的，也是最具挑战性的，

① 转引自周宪《超越文学——文学的文化哲学思考》，上海三联书店 1997 年版，第 46—47 页。

② ［奥］弗洛伊德：《弗洛伊德后期著作选》，林尘、张唤民等译，上海译文出版社 2005 年版，第 176 页。

按照霍尔的说法，“在调节良好的人身上，自我是人格的‘行政机构’（the executive）”①，它必须责无旁贷地承受来自本我、超我和外部世界的威胁。奥兹本也这样认为：“自我在与现实接触上，具有在要求满足的爱德和严峻的没有理性的超自我中间保持一种平衡的困难任务。这种超自我不仅对于行为，就连一种行为的思想也不加以宽容，所以在意识界引起紧张的忧虑。”② 相反，如果自我与本我、超我和外部世界之间保持一种相安无事的关系，那就至少说明主体是一个和谐的人格整体，但是，一旦人格结构出现相对较大的裂缝，人的心理就会处于失调的状态，自我自然会跌入焦虑的深渊。

如果说，本我的焦虑是力比多受到压抑转移的后果，原因在于自我相对弱小，还没有足够的力量防御和压制本能的冲动，这是一种被动性的焦虑，那么，后期焦虑理论则是强调以自我为中心，自我能够按照“理性和审慎”的态度，主动参与防御和抵制来自本我、超我及外界的威胁，因此，体验到焦虑的自我是主动的，从本我到自我，从被动到主动，焦虑的发展并不是一种绝对意义上的割裂式的发展。其实，以自我为根源的焦虑，是从本我压抑的焦虑分化出来的，只是它相对主动罢了。因为，就自我而言，它具有两重性质，即，它既有本能的要求，又要有现实因素的强迫，在这种情形下，焦虑不仅具有本能性质，受本能愿望的胁迫，而且还要考虑本我意愿所处的现实情景，所以说，自我与本我之间的张力关系，将表现为现实与心理之间的密切关联。

既然自我操持现实原则，这种操持能力必然在面对外界现实中得到体现。在弗洛伊德看来，这种外面世界的东西主要也就是人类文明。他认为，“人类文明有两方面值得考察。一方面它包含了人类所获得的所有知识能

① ［美］霍尔：《弗洛伊德心理学入门》，陈维正译，商务印书馆1985年版，第20页。
② ［英］奥兹本：《弗洛伊德与马克思》，董秋斯译，中国人民大学出版社2004年版，第11页。

力，由此人类可以控制自然力并攫取自然的财富以满足人类的需要；另一方面，它还包含所有必要的规则，由此人类可以调节相互之间的关系，特别是调节如何分配可利用的财富”①。在这一表述中，人类文明被分割成了两个重要的组成部分：人与自然、人与人之间的关系。然而，问题的关键在于，两种关系的处理直接影响或决定了人类的生活是否舒适和幸福，在这里，弗洛伊德想为“人生活的目的是什么”寻找一个答案，即人生活的目的在于幸福。与此同时，它们的存在和不断发展也对人类的生存构成威胁，导致了自我的不幸和痛苦，成为自我焦虑根源的具体表现形式。

> 我们受到三方面痛苦的威胁：首先，威胁来自我们的身体，它注定要衰老和消亡，而且，如果没有疼痛和焦虑这些警告信号，我们的身体甚至都无法正常运作；其次，威胁来自外部世界，它可能以强大而无情的破坏力量对我们施虐；最后，成功来自我们与他人之间的关系。与其他任何痛苦相比，来自这最后一个方面的痛苦也许是最剧烈的。②

通过以上描述，我们应该注意到：一、焦虑与人的幸福是一个密切相关的问题，焦虑的克服和缓解是回答人生存目的的重要构件，因为，在弗洛伊德看来，积极追求幸福的目的在于消除痛苦和不安。二、面对自身身体趋向死亡的规律，焦虑是一种身体运行的信号，或者说，是一种防御机制，它的产生与自我应付外来刺激威胁的能力联系在一起，同时，这也影响人的意志变化。三、焦虑必须面对超我的压力，因为在人与自然、人与人之间必须存在着法律、宗教和道德伦理的超自我的尺度，当人违反了这

---

① ［奥］弗洛伊德：《一种幻想的未来》，严志军、张沫译，河北教育出版社 2003 年版，第 5 页。

② ［奥］弗洛伊德：《文明及其不满》，严志军、张沫译，河北教育出版社 2003 年版，第 69 页。

些价值标准时，自然会产生某种负罪感。在弗洛伊德看来，负罪感根本不是别的东西，它只是焦虑的一种类似地形学的变体，要想解决这个问题，不能依靠技术理性，而是要正确处理人与人之间的关系。这是弗洛伊德后期思想中渴望解决的问题，实质上，这个问题的提出和解决都标示着现代文化中的冲突和矛盾，遗憾的是，在他那里，并没有提出很好的解决方案，但是这为以后的许多精神分析学家提供了一个很好的分析问题的路径。

总之，从本我压抑的转化，到以痛苦的自我为根源，从内部生物本能决定论到外部世界的威胁论，焦虑得到了全面的呈现，在理论上也得到了不断修正和发展。重要的是，焦虑发展到整个现代文化层面，使其成了一个重要的文化心理命题，这为我们更加深入地理解现代文化提供了一种重要维度。

在弗洛伊德后期思想中，尽管他用自己的精神分析学诠释了整个人类文明，提出了人类文明本质上是与本能欲望的满足相对立的重要论断，这不仅直接影响了马尔库塞、弗洛姆、詹明信等理论家对现代文化的认识，也为我们理解文化现象提供了一种新的视角。但是本能因素在其学说中一以贯之的“痼疾”，成了以后许多精神分析家批判与超越的重要方向。特别是精神分析社会文化学派更是把它当作“把柄”来批判弗洛伊德的思想。卡伦·霍妮曾这样冷冷地批判道：“弗洛伊德倾向于把某些环境影响当作个人的偶然不幸，而没有认识到它们背后的整个文化影响的力量，这也可以证明弗洛伊德是多么的不重视文化因素。”① 霍妮批评了弗洛伊德学说中的本能决定论的观点，就焦虑而言，她则特别强调从整个社会文化和个体的生存环境出发去探寻焦虑的根源。她认为，西方现代文化的一些经济原则是导致人们产生基本焦虑的重要因素，如个人竞争。在她看来，现代性文化基础是“个人竞争”，“竞争不仅在职业群体中支配着我们的关系，而且

① ［美］卡伦·霍妮：《精神分析新法》，雷春林、潘峰译，上海译文出版社 1999 年版，第 110 页。

渗透到我们的社会关系，我们的友谊，我们的性关系以及家庭成员的关系，因此将破坏性竞争、诽谤、怀疑、抱怨、嫉妒的细菌，通通带到每一种人际关系”①，因此，这些经济社会领域中的不安全因素，造成了人们内心状态的不安全感，这种竞争所引发的人际关系的混乱和失衡，以及在不同领域内的肆意蔓延，也必然造成整个社会文化心理的内在冲突，从而成为个体焦虑的文化基础。

如果剥离焦虑的本能因素，从单纯的文化因素分析，霍妮的观点就是在接着讲弗洛伊德所提出的文化问题，同样也是在诠释焦虑的文化意蕴，她认为，事实上，在人际关系中，“正是各式各样的敌对冲动，构成了神经症焦虑由以产生的主要根源”②，比如说，亲子关系中的基本敌意，其压抑导致了焦虑的产生，而整个文化则是最终根源。而另一位精神分析文化学派的代表弗洛姆，则对焦虑的认识和分析持类似的文化态度。在对现代文化的认识上，他提出了与弗洛伊德类似的质疑：

> 依靠理性的力量，人建造了一个物质世界，这个真实的物质世界，甚至超过了梦幻、神话故事和乌托邦的世界。然而现代人却感到心神不安，并越来越困惑不解。他努力地奋斗，但他朦胧地意识到，他所做的事情全是无用的。当他的处世能力增强时，他在各人生活和社会中却是软弱无力的。人创造了种种新的、更好的方法以征服自然，但他却陷入在这些方法的罗网中，并最终失去了赋予这些方法以意义的人。人征服了自然，却成了自己所创造的机器的奴隶。他具有关于物质的全部知识，但对于人的存在最重要、最基本的问题——人是什么，人应该怎样生活，怎样才能创造性解放和运用人所具有的巨大能

① ［美］卡伦·霍妮：《精神分析新法》，雷春林、潘峰译，上海译文出版社 2003 年版，第 113 页。

② ［美］卡伦·霍妮：《我们时代的神经症人格》，冯川译，贵州人民出版社 2004 年版，第 36 页。

量——却茫无所知。[①]

这一发人深思的语调，有点像弗洛伊德在《文明及其不满》一文中对文明的批判。同样在面对文明的发展和人生存处境的问题上，人表现出了无名的焦虑和忧伤，摆在他们面前的是，人该如何生活才是幸福的，这个自古希腊以来西方文明早就提出的问题，重新进入了现代人思考的序列。从另一个角度来看，弗洛姆对“茫无所知”的处境的质询，揭示了人与他本质存在的分离景象，这一点与海德格尔对“此在”的分析有相通之处。在海德格尔那里，由于日常生活的沉沦和技术所设计的“座架”，人与他本己的存在疏离了，也就是弃离了大地。但是，在这里，按照弗洛伊德式精神分析的角度来理解的话，此种分离，是一种与母亲的分离。在精神分析视野中，在母亲那里，人是最安全的，是最具有归属感的，人只有在母亲的呵护下，才能充分体验和享受安宁与快乐。然而在弗洛姆看来，这种精神的安全感和归宿感，已经在现代性的发展中发生了变化，尽管现代人利用自己的聪明才智创造了方便舒适的生活环境，其实这是一种假象和幻觉，人在本质上与自己所创造的文化是分离的，而分离的原型就是人与自己母亲的分离。这种自我与文化的分离，或者是自我的逃避，引发了现代人的普遍焦虑：

> 分离的体验引起了焦虑；确实，它是一切焦虑的根源。分离意味着隔绝，意味着人毫无能力行使人的权力。因此，分离意味着无依无靠，意味着不能主动地把握世界——事物和他人；它也意味着外界能侵犯我，而我则无力对此做出反应，这样，分离便成了严重焦虑的根源。[②]

---

① ［美］弗洛姆：《为自己的人》，孙依依译，生活·读书·新知三联书店1988年版，第25页。

② 同上书，第237页。

如果说，弗洛伊德早已意识到这样的分离，用他自己的术语来形容的就是“出生的原始焦虑”（the primal anxiety of birth），那么，遗憾的是，他并没有对此种分离做出进一步深入的分析。后继者霍妮则严厉批评弗洛伊德的生物决定论观点和精神分析的幼儿模式，甚至对此视而不见。而在弗洛姆这里，这种原始创伤性的焦虑焕发了精神分析的理论魅力。在世俗世界中，对于这种分离的体验，大多数人是不自知的。他们只相信被科学证明的一切，相信自己所创造的世界是一种真正自由的世界。在这样浮光掠影的世界中，人们可以理所当然地陶醉在科学技术为大众创造的世俗神话中，享受世俗的欢乐，可以信以为真地享受理性所换来的自由，但是，弗洛姆则深刻地洞察到，这是一种人亲手为自己量身定做的巨大的生存枷锁，人被这种沉重的枷锁束缚着，在痛苦的深渊中挣扎：

> 天堂永远地失去了，个人孤苦伶仃地活着，孤零零面对这个世界，就像一个陌生人被抛入一个漫无边际和危险的世界一样。新的自由不可避免地带来了深深的不安全、无力量、怀疑、孤独和忧虑感。假如个人想有所作为，那就必须缓和这些感觉。①

在这种充满不安、忧虑的生存中，个体要想获得生存的自由，达到理想的目标，只有视时间为金钱，视工作为效率，而自己的思索、自己的感觉和自我冲动都必须完全纳入现代资本主义的经济和精神结构中，只有这样，个体才能找到存在的依靠，因此，弗洛姆悲凉地宣称，现代人在不断地争取自由，同时也在时刻为逃避自由的束缚而做准备。面对生活，自由和焦虑总是形影不离。

沿着现代人的分离体验以及由此引发的焦虑情感，弗洛姆敏锐地发现，造成现代人焦虑的另一个重要原因是“异化”。当然，这里的“异化”与马

① ［美］弗洛姆：《逃避自由》，陈学明译，工人出版社1987年版，第87页。

克思在政治经济学领域所描述的异化是不同的，弗洛姆运用的是“异化”的古意，其主要指精神心理分析不健全，或者指精神病患者。但是在资本主义文化发展过程中，“异化”的发展对人性格的形成产生了重要影响。“神经错乱的人是绝对异化的人，他自己完全不是自身经验的中心，他完全丧失了自我意识”①，可见，异化的人就是缺乏自我意识和自我感的人。这种说法运用到现代消费社会的批判中，在弗洛姆看来，现代人的消费行为是受强大的外部力量控制的，琳琅满目、各式各样的广告等传播媒介为我们提出了异常丰富的识别商品的标记，消费主体只要顺着广告编码的隐秘力量的牵引，就能获得欲望的满足，而在这种消费程式中，自我消费的旨趣、品位和筹划好的消费取向，已经在广告所精心制作的精美幻象蛊惑中破灭。在弗洛姆眼中，这种消费是异化式的，消费主体也不可能是健全的，这种不健全完全是自我受他人操纵下的焦虑状态，原因在于：

> 他将自己体现为受到自己和他人所支配的一件东西，一项投资，所以他缺少自我感。自我感的缺乏，便产生了极度的焦虑。这种面临虚无的深渊所产生的焦虑比地狱的煎熬更为可怕。在地狱的情景里，是我受到惩罚与熬煎，而在虚无的情景里，我却被逼得快要发疯，因为我自己已经不再能说“我”了。我们之所以加以恰当地把现代称为焦虑的时代，主要是因为这种焦虑产生于缺乏自我感。因为“我是你所希望的我”——我就不是我了；我感到不安，依赖他人的认可，总想取悦于他人。②

从这里我们可以看出，焦虑是一种自我感的缺乏。这一点与弗洛伊德后期以自我为本源的焦虑区别开来，这里更加注重自我的缺失，而不是在

---

① ［美］弗洛姆：《健全的社会》，孙恺祥译，贵州人民出版社1994年版，第97—98页。
② 同上书，第163页。

遭受到本我、超我和外界威胁下，自我感受到的恐惧心态，更不是霍妮所一贯主张的经济关系和精神结构的基本敌意所导致的焦虑。

至此，弗洛伊德、霍妮和弗洛姆为我们勾勒了精神分析学中焦虑理论的地形图。然而，精神分析发展到拉康那里，这一地形图被无情地撕破了。拉康打着“回到弗洛伊德”的口号，试图对整个由弗洛伊德开创的精神分析学的理路进行颠覆性的反思，从而构建原创性的精神分析理论。就焦虑而言，他也“要求我们在弗洛伊德把焦虑的显露描述成‘分离’信号的各种情况里重新考虑焦虑”①。

由于拉康精神分析学理论的起点是镜像理论，自然，对于拉康语境中的焦虑分析，应该把镜像阶段理论作为讨论问题的着眼点。拉康独断地认为，从 6 个月到 18 个月期间，婴儿就开始在镜子中看到自己的影像，并且能够辨识自己在镜中的完整形象，这是个人主体自我确认身份的开始，也是自我意识开始形成时的心理状况。从弗洛伊德的学说角度来看，这一阶段是自恋式的认同，自我的开端是生物性的本能原欲，无意识是自我家里的真正主人。但是，在拉康的理论中，个体自我不能自己确立自己的身份，他只有在另一个对象化的他者镜像中才能认同自己，而这种认同最终是依靠他者镜像取代自我的地位而完成的，因此，拉康彻底地颠覆了弗洛伊德式的自我，认为在镜子阶段个人建构的自我是一种虚假的意象关系，或者是个体自我与镜像之间是一种误指关系，而自我的原初开端不是本能原欲，那么，它将会是什么东西？拉康认为，它不过是“一个操作性的观念”②，它一开始就是个空无，这样一个空无，让我们明白了，个人主体第一次将自己指认为真实存在的“我”，是一个虚假的影像，而我们却一直把它信以为真，在这个层面上，拉康说：

---

① ［法］萨福安：《结构精神分析学——拉康思想概述》，怀宇译，天津社会科学院出版社 2001 年版，第 41 页。

② ［法］拉康：《拉康选集》，褚孝泉译，上海三联书店 2001 年版，第 405 页。

> 镜子阶段是场悲剧，它的内在冲劲从不足匮缺奔向预见先定——对于受空间确认诱惑的主体来说，它策动了从身体的残缺形象到我们称之为整体的矫形形式的种种幻想——一直达到建立起异化这个个体的强固框架，这个框架以其僵硬的结构将影响整个精神发展。①

对于镜像理论，我们应该注意的几点是：一是镜像阶段是整个人的精神起始和框架，人以后的精神发展都能在这里找到记录。二是先定性是镜像理论的内在逻辑，可以说，这一逻辑直接决定了自我在镜子阶段的悲剧特性，因为，按照拉康的理论来理解，先定性可以理解为先行性，即，"指的是一个不是我的他物事先强占了我的位置，使我无意识地认同于他。并且将这个他物作为自己的真在来加以认同。结果，我不在而他在，我在即伪我在"②。在这种逻辑的支配下，自我从开始就处在自我所设置的骗局中，但是却没有意识到这一点，而是在人生的旅途中，行色匆匆地为以后自我确定新的身份而努力。三是在我们看来，镜像阶段是一场悲剧，重要的是，这场悲剧却深刻地暗示着，人生一开始就注定生活在焦虑中，焦虑是人生悲剧的基质。在拉康那里，可以表述为，"自我与存在之间的这个原始不和谐就将成为基调"，按照波微的说法，即，在孩子那里，"身体曾一度认为是被四分五裂的，散布得到处都是，而与这种记忆相关的焦虑，点燃了这个个体的欲望，去成为一个安然的身体之我的拥有者和居住者"。③ 从这里，我们可以断定，拉康对焦虑的理解是隐秘的。值得深入分析的是，在这种隐秘的方式下面，拉康不仅超越了弗洛伊德以本我为开端的自我焦虑，更是否定了以现实自我为核心的霍妮和弗洛姆等人的焦虑理论，因为，拉康对自我并没有抱任何乐观的态度，个人主体通过镜像获得自我认同后，将

---

① ［法］拉康：《拉康选集》，褚孝泉译，上海三联书店 2001 年版，第 93 页。

② 张一兵：《不可能存在之真——拉康哲学映像》，商务印书馆 2006 年版，第 126 页。

③ ［美］玛尔考姆·波微：《拉康》，牛宏宝、陈喜贵译，昆仑出版社 1999 年版，第 26 页。

会被驱赶着渴求他者的认同和确认，这个过程可能会导致被他者无情拒斥的场景，这将是个人主体体验到的永恒焦虑。通俗地说，个人会在某个领域、某个场合和时间内，渴望摆脱始终得不到认同和接受的尴尬境地。这种焦虑现象在日常生活中经常出现，包括文学艺术世界。或许我们被蒙蔽，或许是我们自知却无奈，但是，拉康却为我们揭示了人生开始的心理奥秘。

如果说，在镜像阶段，个人借助“想象的功能”，把镜子中的无语的“我”、父母，还有身边的人，指认为自我，并且自以为走向了现实的自我，那么，在镜像阶段之后，即，拉康所提出的“象征域”该如何应对自我的悲剧以及其中潜伏的焦虑？从这个角度来说，拉康所指证的焦虑问题将转向另外一个讨论的视野中，也就是语言符号领域。拉康也认为，弗洛伊德的一些主要概念，“只有转向语言的领域，只有按照言语的功能来组织，这些概念才具有其完整的意义”[①]，我们以为，焦虑按照言语的功能来组织，这是精神分析学焦虑理论研究的重要转折，也是对存在主义哲学视野中焦虑意义的超越。在拉康的理论文本中，主要以 1953 年发表的《精神分析言语与语言的功能和领域》和 1957 年的《字符的代理作用》为标志。在他看来，个人主体与言语和语言的关系总是处在悖论的关系中，其主要表现为，在言谈的陈词旧调中，主体不是在言说而是被言说了，在被说的言辞中，我们能够看到，以僵硬的形式出现的无意识的象征符号。同时，在精神分析范围内，主体的言谈的消失表现为各种不同的神经官能症的组织结构中的症状、禁忌，以及焦虑，[②] 而这是主体在科学文明中最深刻的异化，因为主体在话语的客观化中失去了自己的意义。在此基础上，拉康提出了那个令人十分费解的命题，即，无意识是他者的话语。在我们看来，这不仅是现代西方学界解释主体存在的重要启示，也是足以让我们揭穿现代“焦虑

---

① ［法］拉康：《拉康选集》，褚孝泉译，上海三联书店 2001 年版，第 255 页。

② 同上书，第 291 页。

的宣谕”。需要注意的是，这里的无意识不是弗洛伊德语境中被压抑的本能原欲，而是被拉康从根本上改写的无意识。“无意识不是初始的，也不是本能的，它所知道的基本的东西只是能指的基本单位。”① 从这里，我们不难看出，作为一种精神官能症的焦虑被完全置入了语言的分析中。就这一点，拉康也口口声声地说：“症状是完全地在语言分析中得到解决的。因为症状是像语言那样构成的，因为它就是语言，而言语得由它而释放出来。”② 从这个意义上说，拉康语境中的焦虑与弗洛伊德曾经提出的“焦虑的发展与无意识有着密切关系”的意思完全区别开来。这不能不说是焦虑意义的一种延展。

精神分析与结构主义语言学的联姻，成了拉康理论演进的重要学术资源。他成功地颠覆了弗洛伊德精神分析学体系，同时，又别有用心地颠倒了索绪尔所开创的结构主义语言学，拆解了能指与所指的意指关系，此种理论迹象表明，拉康的用意在于说明语言构成了主体，同时，它也揭穿了这种构成本身导演了主体死亡的悲剧。但是，值得我们注意的是，在建构与死亡之间，主体内心始终飘荡着焦虑的心理体验，这也是值得我们深思的一场啼笑皆非的心理喜剧，因为，闯入精神分析之后，语言一手制造了个人主体心理世界的焦虑，而这一心理状态的一个典型特征就是存在与主体之间的不和。结构主义评论家多斯这样说道：“拉康认为，在未来的后镜像阶段中，自我的建构总是在不断躲避那远非中心化的主体……主体在日甚一日地丧失，存在也在日甚一日地被人忘记：‘自我与存在之间的日益不和，是整部心灵史都着力强调的课题’。”③ 而在象征域中，直接导致这种不和、焦灼的是能指链的滑动。在对爱伦坡的小说《被窃的信》的分析中，

---

① ［法］拉康：《拉康选集》，褚孝泉译，上海三联书店 2001 年版，第 454 页。

② 同上书，第 279 页。

③ ［法］弗朗索瓦·多斯：《从结构到解构——法国 20 世纪思想主潮》（上卷），季广茂译，中央编译出版社 2004 年版，第 130 页。

我们能够看出，信件是控制人情绪的能指，它的滑动成了叙事的真正主人。而从接受者的角度来说，信件作为叙事结构支配着读者的阅读体验，使读者参与对作品意义的理解中。在这里，主体是由虚假的符号构成的，但同时，虚假的符号也遗弃甚至谋杀了实在性的主体，因为，象征域是通过语言交往而构成的主体和意义世界，而其中的核心是能指符号的滑动，从这个意义上说，里德断言，拉康所认定的是，“能指形成了一张网，我们几乎意识不到它的存在，但它却能彻底地影响我们的生活。它们构成了我们的世界，一个从本质上说是象征的世界”①。

按照拉康的精神分析逻辑，经过镜像阶段，个体从镜像中初始化地建构了自我，在这之后，自我又被非强制性地进入了符号所编织的象征性世界，在这样一个发展过程中，个体时刻都因为在与自我、他人以及符号世界的能指结构中经历认同的断裂或者失败而遭受焦虑的折磨。这样，从逻辑和心理体验的角度看，焦虑应该呈现为一种认同断裂时的挫折感和崩溃感。但是，拉康式焦虑的绽出并没有这样完结。因为，拉康认定，由镜像视域和象征体系共同建构起来的世界是一个真实的世界，即，真实域。在这个活动领域内，由语言构成的象征性的他者是其客观运作系统，也是主体前设的统摄性结构。他这样写道：

> 主体最终只有承认，他的存在只是想象的产物，这个产物使他什么都无法肯定。因为在他为他人重建的工作中，他重新找到了让他把重建当作另一个来做的根本性异化，这异化注定是要由他人来夺走他的重建的。②

很明显，这里的他人也就是他者，它可以裁决一切，更重要的是，它

① ［英］达瑞安·里德：《拉康》，黄然译，文化艺术出版社 2003 年版，第 39 页。
② ［法］拉康：《拉康选集》，褚孝泉译，上海三联书店 2001 年版，第 259 页。

还是标画和重建个体身份的地方。从主体重建的角度来看，他者的存在是主体所追逐的欲望，因为，自我主体在面向他者时，是按照他者的意象来塑造自己的内在要求。与此同时，这种欲望不是来自生物性匮乏，也不是受到压抑的无意识的要求的所至，而是被语言符号中介过的异化的欲望，原因在于，“他者就是脱离不开语言象征关系网络的无意识结构，又是凭借语言交往中建构起来的人际关系而成为主体的象征性基础”①，它必须按照象征符号的规则而形成，因此，在真实域中，他者是附身在主体之中的魔鬼，它直接导致了主体存在的不安和焦虑。按照波微的说法，“大的他者迂回于个体和他的欲望之对象之间；是大的他者阻止那些对象并使它们变得不稳定；是大的他者通过不断地移动欲望的目标而使欲望不可满足”②。

行文至此，我们可以简略地总结精神分析学视域中的焦虑理论，如果比较一下这几位精神分析学家对于焦虑的看法，我们不难发现，其焦虑研究视角的差异和所标示的含义的不同。弗洛伊德注重生物本能的压抑冲动和自我所遭受到的威胁；卡伦·霍妮则明确反对生物决定的思路，坚决捍卫资本主义现实中的“人际关系”以及文化环境中的基本敌意的冲突；弗洛姆则吸收他们的理论优势，着重强调从生产和消费的经济学出发分析现代性的精神状态和社会性格；而到了拉康那里，焦虑超越了单纯的生物本能和文化消费的界限，有效地把精神分析和语言学结合起来，以符号象征性的语言指向揭穿人存在的本相，这不仅从学理上颠覆了弗洛伊德所开创的精神分析学逻辑，而且升华了弗洛姆等人对现代人精神状态的经济学分析，使焦虑变得更加深刻。

---

① 高宣扬：《当代法国哲学导论》（上卷），同济大学出版社2004年版，第405页。

② ［美］玛尔考姆·波微：《拉康》，牛宏宝、陈喜贵译，昆仑出版社1999年版，第93页。

三　批判理论视野中的焦虑

霍克海默在《传统理论与批判理论》一文中，明确提出，传统的理论观念是从劳动分工的特殊发展阶段里所进行的科学活动中抽象出来的。它相应于那种与其他社会活动并行发生但又与之没有明确关系的学者的活动。在这样的理论中，“具体的客观事实的起源、思想藉以把握事实的概念体系的实际运用以及概念体系在实践中的作用，这一切都被当作是理论思想本身之外的东西。这种异化用哲学术语来表达就是价值与研究、知识与实践的分离以及其他的分离，它使学者免于陷入我们已经指出的那些矛盾，并为他的活动提供了一个确定的框架”①。看上去这种态度并没有什么问题，但是在新的时代文化背景中，霍克海默对此提出了批判性回应，提出了“批判理论”这一新的理论范式，虽然这一社会批判理论建立在马克思的政治经济学批判基础之上，吸收韦伯的社会合理化理论的精髓，重新在更加激进的立场上对资本主义进行彻底的批判。这一理论范式将法兰克福学派所有成员联系在一起，成为他们开展学术研究的“利器”。“社会批判理论始于直接商品交换的观念，并借助于相对普遍的概念来对之加以定义。随后，它利用可能得到的全部知识，并从他人的研究和专门的研究中选取合适的材料，以便阐明交换经济是如何必然导致各种社会紧张关系的加剧，而这些紧张关系在当代的历史时代里又必然导致战争和革命。”② 因此，这一理论范式着重通过对启蒙、理性、文化工业、审美救赎等广阔的文化视

---

① ［德］霍克海默：《霍克海默集》，渠东、付德根等译，上海远东出版社 2004 年版，第 183 页。

② 同上书，第198 页。

域进行考察和分析，以挖掘资本主义社会的基本问题，并使之成为批判资本主义的合理化依据。批判理论的研究者也大都沿着法兰克福学派的这一理论框架和清晰的线索来审视和读解其中的思想内涵及理论主题。然而，我们却忽视了批判理论背后隐藏的心理和情感根基，那就是对资本主义文化发展所带来的新的焦虑和恐惧及其背后所蕴含的精神与文化危机。霍克海默认为，“如果批判理论在本质上在于系统地阐述某一阶级在特定时代的感情和观念的话，那么它与具体科学就不会有结构的差异。它会被用于描述某些社会群体的典型心理内容；它会成为社会心理学”①。的确，从某种意义上说，法兰克福学派的批判理论对西方现代社会进行了一种心理诊断，通过分析资本主义的文化危机来透视其中的心理结构和症状。这也成为我们重新思考批判理论在内容和逻辑上的空白点。在现代社会合理化语境中，现代人面临精神与文化的双重危机，面对危机，现代人表现出的最明显的精神症状和生存情绪就是日益加深的恐惧和焦虑。而作为一种情绪体验和心理机制，焦虑体验在批判理论范式中被赋予了新的内涵。换句话说，焦虑体验在批判理论的逻辑框架内具有了更多的诠释空间。因此，我们围绕第一代法兰克福学派批判理论家的片段化和构想性的书写，深入挖掘和诠释焦虑、恐惧和分裂与工具理性、文化批判、主体确立及审美救赎等方面的关联，集中探讨现代焦虑体验在面对和解决文化危机过程中所承担和发挥的重要作用。我们认为恐惧、焦虑体验是启蒙自身的产物，是启蒙吊诡式存在的情感根基，与启蒙形影相随，不可分割。它是在文化工业的迷雾中自我主体的反思形式，是渴望逃离文化危机的征兆，是现代人解决危机和寻找审美启蒙的内在驱力，是建构审美乌托邦世界，以此应对工具理性对人的压制的渴望性和反应性力量。

---

① ［德］霍克海默：《霍克海默集》，渠东、付德根等译，上海远东出版社2004年版，第188页。

(一) 恐惧、焦虑与工具理性

批判理论的一个根本性目的就是竭力保留和挖掘哲学的批判潜力，这是法兰克学派以及后学在反思和推进西方社会理论基本问题的发展和以理论方式干预、批判现实的自觉诉求。在反思和批判的层面上，法兰克福学派颠覆性地将批判的目光瞄准建立在启蒙运动基础之上的不断发展的西方现代社会。而正是在启蒙的辩证思考中，法兰克福学派理论家揭示了启蒙背后始终隐藏着的笼罩和纠缠人类的神秘、虚假、支配、宰制、恐惧和焦虑等各种力量，这些在某种意义上牵制、规定和建构着人们的情感根基和主体性思维。只有理解这些规定和建构人的情感世界的关键性因子，我们才能理解法兰克福学派的美学以及在这一情感根基事实之上的现代性批判的审美语境。法兰克福学派的创始人霍克海默指出："就进步思想的最一般意义而言，启蒙自始至终的目标就是使人摆脱恐惧，树立自主。但是，这个彻底启蒙了的世界却笼罩在一片因胜利而招致的灾难之中。启蒙的纲领是要唤醒世界，祛除神话，用知识来替代幻想。"① 在这一通俗的表述中，我们能够理解到霍克海默对启蒙的辩证思考。启蒙运动的目标在于从根本上摆脱人们生活在神话、迷信中而导致的恐惧和焦虑，让人们成为一个具有自主意识的主体，但事实恰恰相反，启蒙所建立的丰功伟绩却重新构造了一个让现代人恐惧和焦虑的灾难世界。这里需要的强调是，进步也是启蒙的同义词，它为人们制造了一种虚假的幻觉，启蒙的开拓者是逐渐强势的资产阶级，当他们掌握了经济和政治话语权之后，必然在意识形态上要求人们摆脱对神的盲目崇拜，在构成社会结构的意识层面上对人的心智进行理性的建构，不断强加给人们一种虚假的意识。正如法国现代哲学家乔治·索雷尔在《进步的幻觉》一书中指出的那样："进步学说自然应当是来

① ［德］霍克海默：《霍克海默集》，渠东、付德根等译，上海远东出版社 2004 年版，第 43 页。

源于一个在社会中取得强势的阶级，这个阶级对未来满怀信心，相信自己已经做好了充分的准备，足以掌握政权，而且在头脑中也有一幅改革的宏伟蓝图。”① 这种进步的虚幻似乎在解除焦虑和恐惧，破除迷信和神话，但事实上，它将人们拖入一个更加迷惘、无奈和神话般的世界中。人们生活在这样一个世界却又感觉到这是一个合理化的社会。在马克斯·韦伯的认识层面上，这种合理化就是现代社会生活的矛盾、恐惧和焦虑的基本困境。启蒙所开创的事业和勾画的宏伟蓝图并不简单地意味着现代世界就是无限美好的，也并不意味着现代人可以过着宁静、和谐、自由和博爱的生活。现代社会是一个遭遇祛魅之后的危机重重、起伏不定的时代，一切神圣的东西在这个时代都会被亵渎。“没人知道将来会是谁在这铁笼里生活；没人知道在这惊人的大发展的终点会不会又有全新的先知出现；没人知道会不会有一个老观念和旧思想的伟大再生；如果不会，那么会不会在某种骤发的妄自尊大情绪的掩饰下产生一种机械的麻木僵化呢，也没有人知道。因为完全可以，而且不无道理地，这样来评说这个文化的发展的最后阶段；专家没有灵魂，纵欲者没有心肝；这个废物幻想着它自己已达到了前所未有的文明程度。”② 韦伯充分认识到现代人的现实与未来，为人们勾勒的生活的“铁笼”其实就是形象地反思启蒙所倡导和坚持的工具理性原则的“吊诡”式存在。法兰克福学派除了对启蒙本身进行辩证的思考，还期望从启蒙与恐惧、焦虑之间的隐秘关系中对启蒙进行一次彻底的批判，将人们从恐惧与焦虑的特殊状态中重新呈现出来，这一特殊的状态是自我对于现代社会危机境遇的痛苦体验，是预示到这种状态会出现却没有办法去阻止，并在这种状态中继续生存下去，表现出紧张、惊愕、痛苦、神经兮兮，自

① ［法］乔治·索雷尔：《进步的幻觉》，国英斌、何君玲译，光明日报出版社2009年版，第87页。

② ［德］马克斯·韦伯：《新教伦理与资本主义精神》，于晓等译，生活·读书·新知三联书店1987年版，第143页。

我想彻底逃避这种状态又不可能，只能时时挣扎于惊慌恐惧的深渊。

除此之外，霍克海默等人在反思和诊断现代社会的时候，将批判的触角伸向启蒙力量的精神根源，那就是对古希腊哲人思想的挖掘和清理。启蒙运动从柏拉图和亚里士多德形而上学遗产中发现了某种古老力量，并且对普遍的真理要求顶礼膜拜。启蒙运动认为，在一般概念的权威下，仍存在着对神灵鬼怪的恐惧，也正是在这种恐惧中，人们试图通过巫术仪式的描绘活动来对自然发生作用。从那时起，物质便摆脱了任何统治或固有权势的幻觉，摆脱了某种潜在属性的幻觉，而最终得到控制。对启蒙运动而言，任何不符合算计与实用规则的东西都是值得怀疑的。一旦它摆脱了任何外在压迫的阻挠，便会生长发展，一往无前。在这一过程中，启蒙运动始终将其自身的人权观念看成是更为古老的一般概念。因此，启蒙运动每一次所遭遇到的精神抵抗，都恰恰为它增添了无穷的力量。这是因为，启蒙始终在神话中确认自身。任何抵抗所诉诸的神话，都通过作为反证之论据的极端事实，承认了它所要谴责的启蒙运动的解析理性原则。启蒙是总体性的。[①] 在此，霍克海默试图对支持启蒙运动的工具理性进行历史溯源式的批判，从根本上揭示工具理性在现代社会合理化的同时，却被赋予了古希腊哲人所描述的神秘的自然发生的力量，而这种力量能左右和控制人们的思想和价值观念。换句话说，工具理性置换掉古老神话在人们心中的位置成为主宰人们情感世界的新主人，它指引人们走向进步，同时将人们引向堕落。在工具主义理想的强制下，人们总是不断落入神话的魔力中，反过来对工具理性怀有恐惧和愤怒。因此，现代人的焦虑也是一种无从逃避的痛苦体验和紧张状态，它能折射出现代人在生存上的隐忍和残酷，更是能够将计算理性所压抑的非理性情绪释放出来，还原自我真正的存在状态。理解了这一点，我们才能理解现代艺术的真正价值，才能感受审美在焦虑

① ［德］霍克海默：《霍克海默集》，渠东、付德根等译，上海远东出版社 2004 年版，第 46 页。

和苦难的时代所具有的拯救功能。正如阿多诺所认为的那样："现代艺术通过宣泄被压抑的东西，将压制性原则——即尚未挽救的世界状态（Unheil——灾祸）——予以内在化，而不只是摆出徒劳的抗议架势。正是这一点，而非对这种未挽救状态的照相机般的复制或那种虚假的幸福感，奠定了真实的现代艺术去向的阴暗的客观性地位。其余一起则是毫无价值的故作多情。"[①] 通过阿多诺对现代艺术的理解可以看出，作为一种痛苦和被压抑的焦虑体验，在现代艺术中得到客观的表现，并承认其否定和反抗的审美价值，更为重要的是，它能无情地拉下现实的神秘面纱和揭穿谎言，将现代人非理性的真实面相呈现出来，解决理性认知所无法面对和遮蔽的问题。

通过以上的分析，我们不难发现，在工具理性或者启蒙理性的宰制之下，现代人并不是文明的人，并不是正常的人，而是尼采所说的"是一种病态的人"，是马尔库塞所说的"单向度的人"，是弗洛伊德意义上具有明显神经症状的人。启蒙并没有摆脱和消灭恐惧与焦虑，相反它们换装后潜伏和隐匿在更深的文化肌理里面，成为一种虚无的力量，随时因外界的威胁和触动而引发一种震撼性的情绪状态，并且在现代社会弥漫开来。同时，我们也应该注意到，对于批判理论，我们更多的是对启蒙和理性主义的辩证思考，而忽略了启蒙本身所具有的恐惧和焦虑的情感因子，忽略了批判理论会使焦虑和恐惧重新浮现出来，为现代哲学和社会心理学问题探究所做出的重要贡献。也正缘于此，焦虑和恐惧在理论层面上是被隐匿的，并没有形成批判理论的精神支点和理论主题，但是，"启蒙就是彻底而神秘的焦虑"。焦虑与启蒙理性形影相随。启蒙恰恰开始于一种深层的焦虑和恐惧，焦虑和恐惧也必将不断反思和推进启蒙事业。批判理论在哲理层面辩证思考启蒙精神的同时，在某种意义上，也是对恐惧和焦虑的思辨性考察。

---

① ［德］阿多诺：《美学理论》，王柯平译，四川人民出版社1998年版，第34页。

(二) 焦虑、恐惧与文化工业

如果说在工具理性批判的语境中，焦虑和恐惧的内涵和功能还停留在理论思辨的层面上的话，那么，针对资本主义社会的具体文化现象，批判理论将焦虑和恐惧放在文化工业中进一步揭示其中生成的内在机制。在《启蒙辩证法》一书题为“文化工业：作为大众欺骗的启蒙”的专节中，霍克海默和阿多诺是这样对文化工业进行批判的：如果社会学理论认为，客观宗教的基础已经不复存在了，前资本主义社会最后剩下的残渣余孽已经彻底消解，技术和社会层面上的分化和专业化已经确立起来，而所有这些造成了文化混乱的局面，那么，人们通常都认为这是谎言，因为在今天，文化给一切事物都贴上了同样的标签。[①] 在这里，霍克海默和阿多诺认为，现代社会已经在工具理性的控制之下，支撑前资本主义社会基础的宗教形而上学的总体性世界观已被文化工业所取代，文化工业成为一种总体性世界观将一切事物同质化和同一化。在这个意义上，霍克海默和阿多诺否定了韦伯对现代文化的理解。如果说，韦伯认为现代社会的规则是依靠工具理性的价值分化，而价值领域的分化能够体现出文化中的积极成分，那么，在文化工业批判中，霍克海默和阿多诺看不到积极的因素，因为在垄断的情况下，所有的一切都是一致性和虚假性的，现代社会就是在这种虚假的欺骗中运行和发展的，现代社会中的人都是消费大众，他们是技术理性算计的对象，是机器的附属品，是文化工业的对象。因此，这就必然触及人们对现代主体的深入思考。在批判理论视野中，现代主体并不具有自立自足性，并不能依据理性的力量把握自己的命运，相反，在文化工业生产和编织的以笑和幽默为主的娱乐、幸福生活中，主体丧失了自我，陷入了一

① ［德］霍克海默、阿多诺：《启蒙辩证法》，渠敬东、曹卫东译，上海人民出版社 2006 年版，第 107 页。

种无法逃避的文化陷阱中，这也就成为我们重新思考和理解恐惧和焦虑的重要起点。换句话说，主体在文化工业的过滤和锻造过程中呈现出的并不是启蒙精神所要达到的理想状态，相反，启蒙并没有消除主体的恐惧和焦虑，而是自身重新被披上一层层神秘的面纱，散发出迷信一样的魅力，隐匿着主体的恐惧和焦虑。

这首先表现在主体和客体、异在他者之间的关系上，文化工业以虚假的形式制造的客体、他者遮蔽了主体的存在，依靠技术统治愚昧和欺骗大众，并且以集体无意识的方式束缚自觉意识。“整个世界都是要通过文化工业的过滤。正因为电影总是想去制造常规观念的世界，所以，常看电影的人也会把外部世界当成他刚刚看过的影片的延伸，这些人的过去经验变成了制片人的准则。他复制经验客体的技术越严谨无误，人们现在就越容易产生错觉，以为外部世界就是银幕上所呈现的世界那样，是直接和延续的。自从有声电影迅速崛起以后，这种原则通过机械化再生产得到了进一步的增强。真实生活再也与电影分不开了。有声电影远远超过了幻想的戏剧，对观众来说，它没有留下想象和思考的空间，观众不能在影片结构之内做出反应，他们尽管会偏离精确的细节，却不会丢掉故事的主线；就这样，电影强迫它的受害者直接把它等同于现实。”① 由此可见，电影将主体与现时客体对象之间的距离消除，也在某种意义上将真实生活的情绪和感受阻挡在主体积极主动探寻自我本真之外，进而将一些令人难以抗拒的观念和习俗灌输给人们，操纵着人们的思想，让观众无法看清楚其欺骗性。人们将电影等文化工业生产出来的产品及其信念当作一种生活方式。恰恰相反，文化工业生产出来的异在他者掏空了主体自我的生活价值和方向感，这也正是焦虑所关心的重要问题。根据文化工业生产出来的标准化和瞬间性的

① ［德］霍克海默、阿多诺：《启蒙辩证法》，渠敬东、曹卫东译，上海人民出版社 2006 年版，第 113 页。

娱乐消费品将价值立场和情感认同放在当下和现时的境地，“家庭逐渐瓦解，个人生活转变成为闲暇，闲暇转变成为连最细微的细节也受到管理的常规程序，转变成为棒球和电影、畅销书和收音机所带来的快感，这一切导致了内心生活的消失”①。这样的生活境地让主体丧失了精神生活中最严肃和最关切的东西，主体放弃最牵挂之物，自然跌入无意义的焦虑深渊。主体内在的精神丢失成为文化工业通过生产娱乐和信息所揭示出来的严重后果。从另外一个角度看，主体适应或舒服地生活在文化工业产品所编制的现时生活中，真正将其视为一种所谓的生活方式，主体与那些异在的客体之间达成一种完美的和解，而异在他者和客体对象总是依靠制造谎言和距离来诱惑主体，或者当异在他者无法达到和满足主体的需要时，那么，对空虚的焦虑便成为主体内在的伤害，并且这种焦虑会不断积累和转化。这正是存在主义哲学美学家蒂里希所归纳的“无意义和空虚的焦虑”。假如再从时间的维度看，电影、广告和电视文化产品所精心塑造的虚幻世界是现时世界，华丽和斑斓的图像中的一切都是以现时为中心，导致人们会对历史变得漠不关心。美国当代媒体文化批评家尼尔·波兹曼在论及西方电视文化时借用电视业的业内人士比尔·莫耶斯的话说：“我担心我的这个行业……推波助澜地会使这个时代成为充满遗忘症患者的焦虑时代……我们美国人似乎知道过去 24 小时里发生的任何事情，而对过去 60 个世纪或 60 年里发生的事情却知之甚少”，“因为有了电视，我们便纵身跃入了一个与过去毫无关联的现时世界”。② 从这个意义上说，电视产业拒绝记忆，隔断主体与过去的连接，不断将主体拖入历史感的缺失中，从而在无意识层面上产生吉登斯所认为的“本体的安全和存在性焦虑”。

其次，文化工业带给人们娱乐，但却以压抑的方式隐匿着主体的恐惧

① ［德］霍克海默、阿多诺：《启蒙辩证法》，渠敬东、曹卫东译，上海人民出版社 2006 年版，第 216 页。

② ［美］尼尔·波兹曼：《娱乐至死》，章艳译，广西师范大学出版社 2004 年版，第 178 页。

和焦虑。“审美升华的秘密就在于，它所代表的是背弃的诺言。文化工业没有得到升华；相反，它所带来的是压抑。它通过不断揭示欲望的肉体、淌着汗的胸脯或运动健将们裸露着的躯干，刺激了那些从未得到升华的早期性快感，长期以来，习惯性的剥夺已经把这种早期性快感还原成为受虐的假象。”① 如果说，弗洛伊德认为，文学艺术所引起的快感来源于被压抑愿望的转移实现和自我的反叛的解放感，那么，建立在工具理性基础之上的文化工业引发的主体自我的快感则裹挟着分裂性和张力性的恐惧和焦虑体验。“自我的锻造就是一个解放和压抑共存的矛盾事件；而且无意识也由相似的二重性打上了烙印，一方面确保我们获得某种感性的极乐，另一方面在每一个恐惧的瞬间又把我们推回到古朴的、没有差别的状态之中去，在这种状态中，我们不再渴望主体，而让孤独去解放他。法西斯给予我们的世界是所有可能的世界中最坏的世界：伤痕累累的自然，一种野蛮的理性以血亲复仇、掠夺、污秽来对它倍加蹂躏，但是，最残酷的讽刺是，现在工具理性自己套住了自己，陷入了返祖现象和未来主义、野蛮的非理性和技术统治的荒谬的混合之中。对于阿多诺来说，由于内在的分裂，自我的破碎，自我的体验也徒具虚名，只不过是痛苦而已。”② 按照霍克海默和阿多诺的批判逻辑，这种痛苦的自我体验也往往发生在笑声背后。“虚假的社会里，笑声是一种疾病，它不仅与幸福作对，而且还把幸福变成了毫无价值的总体性。它是一种带有侵略性的野蛮生活”，因此，笑声中包含个体自我的恐惧和焦虑体验，它并没有完全代替现代主体被压抑的痛苦。“文化工业的天堂同样也是一种苦役。”正如霍克海默认为的那样：“在生活的画卷中，我们的生活变得昭然若揭，‘这种类似于我们自己的生活的生活’已不

① ［德］霍克海默、阿多诺：《启蒙辩证法》，渠敬东、曹卫东译，上海人民出版社 2006 年版，第 126 页。

② ［英］伊格尔顿：《审美意识形态》，王杰等译，广西师范大学出版社 2001 年版，第 353—354 页。

再是19世纪中产阶级那种有意识的、积极的生活。今天，个性看上去还是个性；无论是精英还是大众都服从于那种在任何特定情况下只允许他们做出单一反应的机制。他们那些尚未开掘出来的本性因素无法得到相应的表现。在他们有组织的市民生活的背后，在他们的乐观主义和巨大热情的背后，人们充满疑惧，困惑不解，过着悲惨的、近乎于史前的生活。最近的艺术品表现了这种情况，并揭开了掩饰一切人际关系的理性的虚饰外表。它们消解了所有实际上模糊不清、混乱无序的表面一致和冲突。艺术作品充分表现了个体的被遗弃状态和绝望。"① 从这里我们看出，面对工具理性对现代主体的压抑和施暴，面对不确定性的外在世界，主体感觉一切都神秘莫测，捉摸不定，感觉像是回到原始神秘之时。个体的生存无法规避和逃离工具理性设计的决定性因素和力量，但又无法完全把握和认识它们，于是主体必然处在恐惧和焦虑中。从这个意义上说，在文化工业的语境中，现代主体的焦虑体验被看作对人的欺骗、规训和压抑的社会表达，也是逃离文化危机的痛苦征兆。

最后，值得注意的是，无论是在主体与客体之间的关系上，还是主体的被压抑，恐惧和焦虑都是在文化工业编造的虚假意识形态中沉潜和呈现，试图在工具理性对现代主体的奴役和摧残中唤醒沉默的大众，揭示和警惕文化工业的欺骗性。霍克海默和阿多诺清晰地认识到："文化工业把自己造就成蛊惑权威的化身，造就成不容辩驳的既存秩序的先知。意识形态不仅驾轻就熟地绕过了各种明摆着的假象和真相之间的对立，而且注定会制造出各种扑朔迷离的现象，用来遮人耳目，或者把无所不在且毫无关联的现象奉为圭臬。于是，意识形态分裂成了呆板生活的一张张图片，以及赤裸裸的谎言，这些谎言并不是被表达出来的，而是被编造撤离的。为了说明

---

① ［德］霍克海默：《霍克海默集》，渠东、付德根等译，上海远东出版社2004年版，第217—218页。

它的神圣性质，现实往往以玩世不恭的形式不断重复着。”① 虚假的东西往往具有神秘性和神圣性，往往在生活的过程中影响，甚至主宰和左右着人们的观念和行动。这必然产生了与恐惧、焦虑之间的内在关联逻辑：文化工业依靠虚假性和欺骗性高高树立的神圣碑碣以及自身确立的先知地位，构成了现代主体恐惧和焦虑的重要根源之一。在这样的情景中，恐惧和焦虑也必然导致现代主体在文化工业编造的神性面前表现出屈服、软弱和怯懦的姿态。就此而言，法兰克福学派对文化工业的批判是对工具理性批判的延伸、深入和具体化，也是对工具理性带给人们的心理后果的诊断，在此基础上，将工具理性批判推向务实和具体的实践领域。在对工业文化的批判中，霍克海默和阿多诺等理论家也为解除人们的恐惧和焦虑埋下了伏笔，那就是试图通过审美救赎的方式来解除工具理性和文化工业带给人们的不安和隐忧。

（三）审美乌托邦与焦虑、恐惧的解除尝试

启蒙是消除和克服恐惧和焦虑的手段，而事实上，启蒙也走向了反面，给现代人带来了新的恐惧和焦虑体验，那就是时刻困扰着人们的形形色色的困境和危机。正如沃林批判工业资本主义社会时所总结的那样：简言之，这就是韦伯在其《新教伦理与资本主义精神》一书结论部分中生动描述过的机械死板的铁笼。现代性和现代化所导致的巨大社会变迁遭到了抵触，一代德国学者以一种激烈的方式对这样的混乱做出了反应，那就是灵魂丧失的现时代之幽灵，开始萦绕在他们所说所写的一切事物之中，无论其主题是什么。到了20世纪20年代早期，他们已完全相信自己正在经历一场深

① ［德］霍克海默、阿多诺：《启蒙辩证法》，渠敬东、曹卫东译，上海人民出版社2006年版，第133页。

刻的危机，一场文化危机，学术危机，价值危机，或者是精神危机。[①] 从这个意义上说，启蒙理性将人们带入了新的灾难和危机中，使人们普遍感受到自我存在的恐惧和焦虑。从生存的状态来看，人的本真性存在开始在重重危机中被围攻和消解，丧失灵魂的生存成为人的日常存在。这种生存方式倾向于流动性、瞬间性和无序性，它一方面表明社会结构和精神价值开始面临解体，出现以空虚和无意义为特征的社会反常状态，个体不断植根于不稳定和不完整的社会环境中，生命活动很大程度上失去了意义和价值，这也必然成为现代人恐惧和焦虑的原因所在；另一方面，这也预示着现代人深陷危机之中也容易激发出自觉地寻找克服焦虑和恐惧的方法以及策略，以此走出危机和困境。

如此这般，现代人该如何消除恐惧和焦虑体验？在西方视野中，宗教、神话、巫术和启蒙等可以成为克服和消除恐惧与焦虑的策略和方法。[②] 阿多诺认为，由于面对这种恐惧的抗议，伟大的宗教才含有真理的成分。阿拉普拉认为，宗教能使人倾向于一种平静和安宁，是消除焦虑的重要方式之一。对于霍克海默等理论家来说，启蒙理性应该是利用理性之光照亮那令人焦虑和恐惧的未知世界。对于法兰克福学派而言，宗教和神话等方式对于消解和克服恐惧与焦虑有重要的价值和启示，他们并没有完全否定宗教和神话的方案。但是，面对这个莫名恐惧和不安的时代，霍克海默、阿多诺和马尔库塞等人都不约而同地将拯救现代人走出恐惧和焦虑困境的方式调整到艺术审美领域。他们深信不疑地认为，只有在艺术的世界，才能寻找到改变这一切的文化力量。所谓的乌托邦也就是借助艺术的救赎功能，对身陷理性牢笼的现实社会进行文化改造。[③] 对于用审美的方式克服和消除

---

① ［美］理查德·沃林：《存在的政治——海德格尔的政治理想》，周宪等译，商务印书馆2000年版，第27页。

② 刘森林：《启蒙与焦虑：以〈启蒙辩证法〉为核心的分析》，《天津社会科学》2011年第6期。

③ 李健：《审美乌托邦的想象》，社会科学文献出版社2009年版，第117页。

焦虑与恐惧这样的社会心理弊病的理论设想，批判理论家认为，自主性地位的确立是实现现代艺术解放和拯救功能的基本前提。霍克海默在《现代艺术和大众文化》一文中指出：“自从艺术变得自律以来，艺术就一直保留着从宗教中升华出来的乌托邦因素。”① 阿多诺则认为：“对于艺术来讲，艺术作品之所以成为艺术作品，是靠否定其起源的说法是完全正确的。只是到了最近，即艺术彻底变成世俗之物并受技术演进过程左右之后，也就是在世俗化牢牢支配艺术之后，艺术方获得另一重要特征：一种内在的发展逻辑。艺术不应该因其与巫术符箓、人类劳役与娱乐有过不光彩的关系而受到指责，因为艺术终究消除摆脱了这些连同其不光彩的记忆在内的从属物。”② 而马尔库塞更是形象地表达出了自己的审美乌托邦情结：“在艺术中，那种乍一看是远离变革实践的东西，应当被看作未来自由解放实践的因素——看作中‘美的科学’，看作是‘赎还和完美的科学’。艺术不能改变世界，但是，它能够致力于变革男人和女人的意识和冲动，而这些男人和女人是能够改变世界的。”③ 虽然，从霍克海默、阿多诺和马尔库塞的表述中，我们无法直接把审美乌托邦的建构与消除现代人的恐惧和焦虑联系起来，但是，从乌托邦理论的本身出发，我们不难发现，法兰克福学派理论家用心良苦地营建艺术世界的乌托邦就是为了积极回应现代社会的弊病，寻找解救心灵焦虑的良方，以此重新确定现代主体存在的价值和意义。

具体来说，首先，审美乌托邦是一项创造性活动，能够抑制现代人对空虚和无意义的焦虑。按照卡尔·曼海姆的理解，“一种思想状况如果与它所处的现实状况不一致，则这种思想状况就是乌托邦。这种不一致常常在以下事实中很明显：这种思想状况在经验上、思想上和实践上都朝向于在

① ［德］霍克海默：《霍克海默集》，渠东、付德根等译，上海远东出版社2004年版，第214页。
② ［德］阿多诺：《美学理论》，王柯平译，四川人民出版社1998年版，第5页。
③ ［美］马尔库塞：《审美之维》，李小兵译，广西师范大学出版社2001年版，第212页。

实际环境中并不存在的目标"①。朝向现实环境不存在的目标也意味着乌托邦必须具有超越现实的取向。针对资本主义社会现实而言，也就是超越建立在工具理性精神基础上的"牢笼"世界，超越资本逻辑控制下的"风险"世界。虽然阿多诺提出"奥斯维辛之后写诗是野蛮的"的命题，以此深刻反思"奥斯维辛"出现之后现代道德伦理的无力和生命价值的虚无，这无疑对于建构审美乌托邦是一种致命的打击，但是，假如"奥斯维辛"之后，现代人不去写诗，同样也是野蛮的，现代人必将跌入空虚和无意义焦虑的深渊。因此，要想走出精神焦虑的困境，现代人需要依靠现代艺术作品中的审美乌托邦的创造性力量，在表现主义、立体主义和未来主义艺术所自由创造的超越社会现实的震惊体验中，理解生活的本质和意义，把自己作为意义的创造者和参与者加以肯定，在发现感中获得满足，这也就是人们所说的"精神上的自我肯定的东西"②。这种精神上的自我肯定在某种意义上就是自觉摆脱空虚和无意义焦虑的束缚，对未来生活提供一种承诺和希望。按照阿多诺在《美学理论》中对现代艺术的论述而言，"艺术作品是对于必然性乌托邦建构。社会生活正处于某种不可救药的堕落的状态之中。它的诸要素都要服从于诸如商品经济的普遍等价交换法则之类他律的和异己的原则的统治。在现象世界之无处不在的堕落中，艺术作品拥有一种独一无二的拯救力量：它们把这些现象置于某个自由塑造的、非强制的整体的处境中，借此把它们从其残缺的日常状态中拯救出来"③。就此而言，艺术作品中的乌托邦能够依靠自由和非强制的创造性力量，以具体的形式拯救和调和工具理性给现代人的日常生活所带来的琐碎、无聊和空虚。

---

① ［德］卡尔·曼海姆：《意识形态与乌托邦》，黎鸣、李书崇译，商务印书馆 2002 年版，第 198 页。

② ［美］蒂里希：《存在的勇气》，成穷、王作虹译，贵州人民出版社 1998 年版，第 37 页。

③ ［美］理查德·沃林：《文化批评的观念——法兰克福学派、存在主义和后结构主义》，张国清译，商务印书馆 2001 年版，第 121 页。

其次，审美乌托邦通过呈现和对抗的能力，以此释放同一性原则所控制的恐惧和焦虑体验，让其在感性艺术中获得呈现和拯救。前面我们已经论述过，恐惧和焦虑是在工具理性宰制的现实社会中的极端体验，而工具理性世界对人的压制越强烈，作为感性的恐惧和焦虑也就越极端。面对这种情形，具有乌托邦主义色彩的艺术作品，一方面要揭示和呈现当下社会现实中的贫乏、无聊和焦虑，让人们看清楚现实中的这些情感，比如乔伊斯的作品、毕加索的《格尔尼卡》、卡夫卡的小说和蒙克的绘画等艺术作品。这些作品以怪诞和不和谐的形式将潜藏在现代人中的非同一性意识和原则呈现出来，而恐惧和焦虑恰恰正是非同一性意识和原则的典型形式，与此同时，恐惧和焦虑在现代艺术的呈现中获得澄明，而让人看清楚就能消除焦虑。进一步说，在此基础上，现代人加深对恐惧和焦虑的认识和理解，这也必将为主体走出焦虑的困境提供一种审美认知意义上的方法，启示人们高度重视人的各种情绪。另一方面，要想克服焦虑和恐惧必须实现对现实的对抗和否证，这也是乌托邦之所以产生的根本原因之一，即乌托邦就是混乱不安的产物，也是解决种种危机的重要力量。具体来说，也就是艺术借此形成对抗和否定的力量，迫使人们去改正习以为常的知觉形式和思维方式。“艺术只有作为一种否定的力量才发挥其魔力。它只有在拒绝和否定现存秩序的意向生气勃勃时，才能叙说它自身的语言。”① 因此艺术依靠自身的自主性与现实的紧张对立关系，形成对既定秩序的否定，达到对同一性原则的拒斥，让人们得以在空虚、无聊和贫乏的世界中存有反抗的力量和希望，“为通往某个遥遥无期的将来指明一条道路”②。在抗争和希冀中，人们能够体现出一种言说和把握世界的力量，从而获得自我高度的

① ［美］赫伯特·马尔库塞：《审美之维》，李小兵译，广西师范大学出版社 2001 年版，第 65 页。

② ［美］理查德·沃林：《文化批评的观念——法兰克福学派、存在主义和后结构主义》，张国清译，商务印书馆 2001 年版，第 129 页。

确定感和归属感。

至此，我们不难发现，审美乌托邦承担着主体的再启蒙的功能和价值，如维尔默所言："有这样一种设想：借助审美启蒙的微弱力量，可以驯化工业进步中的自身动力，使其变得人性化。可是，即使将大众作为争取的对象纳入其中并对其进行物质和生产审美的启蒙，在这一设想里仍旧存在着某种幼稚的成分。"① 我们知道，启蒙就是要祛除恐惧和焦虑，让大众从愚昧和黑暗的世界中苏醒过来。在某种意义上，审美乌托邦作为一种启蒙的形式，形成对启蒙理性的激烈抗争，以此对抗理性精神对现代人的支配，在遥远的乌有之乡的想象世界中安放主体的灵魂，最终达到解除现代人的不安和焦虑的目的。虽然这种应对焦虑的策略在许多人看来存在幼稚和不合理的成分，但是，我们必须承认审美乌托邦是一种积极应对以焦虑和恐惧为主要弊病的现代社会的方式，它并不是逃避生活的幻象，而是"与当代现实的引力保持距离的批判的源泉"②，也是通过感性的形式来表达理性内容的审美工程，为未来社会的建构提供一种可能性。

由此可见，现代人的恐惧和焦虑是启蒙的产物，它们产生的内在机制存在于工具理性在社会各领域的渗透和广泛运用以及其造成的对现代人的控制。具体到文化语境中，恐惧和焦虑隐匿在文化工业生产的娱乐产品中，成为迫使人们反思自我的征兆，变成与现代人的切身实在密切关联的心理体验。批判理论家不拘囿于对它们存在机制的暗示和分析，而是在审美乌托邦的层面上指引个体投入现代艺术活动，在对焦虑体验的审美显现中，寻找克服焦虑和恐惧的途径。当然，我们也必须看到，从主体和客体之间的关系层面上理解，恐惧和焦虑不可能得到消除，主体与客体之间的复杂关系本身蕴含着冲突和危机，也就是孕育着不同类型的焦虑。这既是

① ［德］阿尔布莱希特·维尔默：《论现代和后现代的辩证法——遵循阿多诺的理性批判》，钦文译，商务印书馆2003年版，第145页。

② ［美］马丁·杰伊：《法兰克福学派史》，单世联译，广东人民出版社1996年版，第317页。

追求两者之间的和解的动因，也必然是不平静和不安宁的动力源。所以，在批判理论视野中，恐惧和焦虑牵动着启蒙、主体、客体、工具理性、艺术、审美等反思现代性的关键词，不断激发人们思考的潜能和批判性力量。

第三章　现代焦虑体验的文化生成

通过上文的归纳和分析，如果说我们大致厘清了焦虑作为一个理论问题所具备的学术立场和逻辑脉络，那么，或许我们可以称它是异彩纷呈的现代性哲学与美学话语中的重要构件，也是一种现代性理论对现代社会的表征方式。在廓清这个复杂的总体性问题之后，我们有必要把焦虑聚焦在现代性具体性的语境中，标画其产生的文化现代性根源。与以往的研究相比，这是一个在现代性理论探索和现代性困境的回应中，涉及较少，甚至被忽视的重要问题。

按照齐美尔的观点来看，“现代性的本质是心理主义，是根据我们内在生活的反应（甚至当作一个内心世界）来体验［das Erleben］和解释世界，是固定内容在易变的心灵成分中的消解，一切实质性的东西都被心灵过滤掉，而心灵形式只不过是变动的形式而已”①。此种对现代性定义的具体表达，为我们提供了一种进入现代性问题域的具体路径，同时这也及时地对现代社会做出了一种心理诊断。弗里斯比认为，齐美尔强调的是外在的世界变成了心理体验的形式，并试图从个体的心理世界来规定现代性，把握现代人的精神特质，从而回溯到现代外部世界的特征，也就是他所称道的

① 转引自［英］戴维·弗里斯比《现代性碎片》，卢晖临、周怡等译，商务印书馆2002年版，第62页。

飞逝性和碎片化。“现代性是现代社会中一种特殊的人生体验方式，不仅被归纳为我们对于它的内在反应，而且被归纳为我们内在生活对它的接纳。外在世界变成我们内心世界的一部分。外在世界的实质成分有被化约为永不休止之流，而其飞逝、碎片化和矛盾的时刻都被吸纳进我们的内心生活。”① 针对这种现代性的体验方式，当代西方著名的思想家伯曼也较为明确地指出，现代性是男女们共享的一种混乱、骚动和对立的人生体验方式："今天，全世界的男女们都共享着一种重要的经验——一种关于时间和空间、自我和他人、生活的各种可能和危险的经验。我将把这种经验称作‘现代性’。”② 因而，他斩钉截铁地认为现代性是现代感受力产生的土壤。伯曼与齐美尔的观点相比而言，两者都在某种程度上努力从现代人的内在心灵和精神体验的角度来凸现现代性的特征，试图穿越现代日常生活中的生存景观，如林荫大道、时尚、都市文化、先锋派和现代主义等文化实践捕捉片断性的心理瞬间印象，从中发掘现代生活的审美内涵，因此，对个体心灵因素的探求，是我们理解和探索现代性问题的重要维度。

从另一个角度来看，现代性肇始于启蒙运动。它依据知识、理性和技术等进步力量，消除了传统社会发展的思想根基，全面确定自身发展的内在逻辑，引导现代人走向理性与自由的境界。如果说，技术、工具等因素是其发展的外在动力，那么，它对自身不断反思的能力则是其保持持续发展的内在因素。按照伯曼的说法，现代性的历史就是社会存在与其文化之间紧张的历史。现代存在迫使它的文化站在自己的对立面，而此对立面就是现代性自我的反思镜子，它使主体与社会现实保持一种紧张的关系，时刻都在打量和寻思着现代性所走过的路途，提醒人们注意前进的方向。这

---

① ［英］戴维·弗里斯比：《现代性碎片》，卢晖临、周怡等译，商务印书馆 2002 年版，第 62 页。

② ［美］马歇尔·伯曼：《一切坚固的东西都烟消云散了——现代性体验》，徐大建、张辑译，商务印书馆 2003 年版，第 15 页。

种心理实践也就是现代审美的特质。这一点在现代主义艺术和美学主题中表现得特别明显。因此，启蒙和进步原则与审美反思性构成了现代性的内在张力，直接酝酿了现代人生存的矛盾性和分裂性，当然也导致了现代人生存的焦躁。

至此，我们不难发现，无论是站在现代性的心理维度，还是站在自身的反思立场，现代人都不可避免地面对其自身的冲突和对立，必须时刻准备着为启蒙的规划负责，甚至牺牲自己的本真性，而无奈地遭受技术理性的宰制和操纵，同时也无时不在地在反思中寻求生存的感受性，以此确立自我存在的本相，因此，人成了不断追思灵魂的现代人。现代性焦虑产生于现代社会的启蒙节奏中，本质上是对不确定性、可能性和流动性的穿越，也是现代性自身必须时刻警惕和告诫自己的心理应对，也就是，从效果上讲，焦虑让人发出挣扎的声音，呼叫着自己缺失的灵魂。

既然焦虑体验深陷于冲突、分裂和不确定性的旋涡中，那么，理应以此为分析的支点展开对现代性焦虑的具体分析。在这里，我们打算从三个方面入手：第一，从时空变化的角度来看，现代性时空观不仅改变了现代人对世界的认识，而且造成了人心理结构的变化；第二，从宗教衰落的文化事实出发，现代社会在经历了宗教衰落之后，人的生存意义发生了巨大变化，人成了失去意义的野蛮人，因此，这使得现代人对意义的思考和追求成了现代社会必须认真面对的重要问题；第三，从现代人的理想归宿来看，自由是现代人追求的理想，但是现代性发展的历史事实有力地证明，在追求自由的旅程中，人却是处在极度奴役与被奴役的状态中，自由成了一种虚假的幻觉，不断“逃避自由”却成了现代人追求的目标，因此，人们渴望一种“新感性”，诸如瞬间、震惊、新奇和眩晕等体验来获得一种短暂的替代性满足。正由于此，焦虑体验浸入三个重要的元素之后被彻底地凸显出来了。

一 新时空的体验

人一出生，就会被框定在一个相对固定的时空结构中，按照秒、分、小时、月和年的时间进程来生活，从对时空的茫然无知到时空感的大致呈现，人在时空的流逝中，开始认识到客观世界，因此，康德认为，时间和空间是人直观和感觉世界的先天形式，两者是我们存在的基本范畴。黑格尔则断言："精神必然表现在时间内，而且只要精神还没有掌握住它的纯粹概念（即本质），它就表现在时间内。"① 从这个角度而言，时间是认知能力和精神形式的储藏室，也是生存的展示过程，"所有人都是时间的实践者和理论家。时间深嵌入我们的生命之中——制约我们的生物节律。此外，由于我们是社会存在，因此必然降生于一个时间结构本身不断变化的社会，并要学习在社会时间中生存。然而，关于人类拥有时间——这种时间从人们身上流过，结束后又开始，周而复始，不仅会在某一瞬间产生无法忘怀的印象，也会制造痛苦和空虚的认识，而且以一种奇特的方式受困于人类个体的意识和个人特有的时间世界"②。从这个意义上说，它不仅能够决定我们对世界的感受和认知，而且还能够影响我们的心理结构的异常变化，从而培育一种新的精神形式，使我们对世界的认知和体验与以前区别开来，同时对这种精神形式的分析必须放在一定的时间和空间概念结构中。然而现代社会的一个重要标志就是新的时空观念的形成和时空体验形式的凸现，

① ［德］黑格尔：《精神现象学·译者导言》，贺麟、王玖兴译，商务印书馆 1979 年版，第 10 页。

② ［奥］诺沃特尼：《时间：现代和后现代经验》，金梦兰、张网成译，北京师范大学出版社 2011 年版，第 1 页。

两者构成了现代性的重要表征，因此，新的时空观和体验方式的确立，为我们分析现代人的精神形式提供了重要基础。

要想分析现代性时空观，我们必须对传统的时空观有一个大致了解。在传统社会中，要么是日出而作，日落而归，时间和空间是相对封闭和循环的，要么是迷信或者宗教信仰掌握着人们的时空观念，时空的结构就像人们的信仰一样是相对稳定的。这种时空特性与传统社会观念是息息相关的。传统社会观念认为，世界与人的本质都是由某种确定不变的规范性东西决定的，借此占据整个自然界与社会的精神结构，进而规范人们对世界的看法，正如布莱克所言："从一种相对意义上说，传统世界在社会方面是静止的，其行为方式倾向于代复一代，稳定不变，即使在战争和迁徙时期亦复如此。"① 因此，西方传统社会的基本特质决定其所具备的较为安全和稳定的时空观念，或者具体说，这种安全感主要是由两个重要方面来控制，一方面是社会制度的结构，另一方面是基督教的世界观，在相对稳定的制度和执着的信仰的双重保护下，人的精神领域呈现出一种"平静"的精神意识类型。当代文化宗教学家阿拉普拉特别强调了这种意识类型的宗教根源，并指证基督教在此种意识形成中起到的决定性作用。

从以上的简单分析中，我们不难发现，传统时空观可以描述为封闭、静止和稳定，时间的划分由空间来确定，而空间则是凝固不变的自然事实，它的形状、方向和距离是确定和清晰的。虽然在传统社会中，时间和空间也会给人们带来认知与体验上的迷惘和恐惧，但是它们还没有达到一种崩溃和倒塌的境地，或者说，人们对时空体验的危机感还没有彻底凸现出来。另外，传统社会观念与时空观是密切相关的，前者决定了后者的基本特点，通过后者体验类型的区分，前者的结构特征也相应地表现出来。

如果说，前现代时空观中，"不可改变的、不变的、永恒的事物必须占

---

① ［美］布莱克：《现代化的动力》，段小光译，四川人民出版社1988年版，第35页。

据最高位置”的话，那么，进入现代社会，时空转化则变得扑朔迷离。在此，马克思在《共产党宣言》中的一段话特别值得注意：

> 生产的不断变革，一切社会关系不停的动荡，永远的不安定和变动，这就是资产阶级时代不同于过去一切时代的地方。一切固定的古老的关系以及与之相适应的要素被尊崇的观念和见解都被消除了，一切新形成的关系等不到固定下来就陈旧了。一切固定的东西都烟消云散了，一切神圣的东西都被亵渎了。人们终于不得不用冷漠的眼光来看他们的生活地位、他们的相互关系。①

若剥去生产力和生产关系的经济学分析层面的意义，从时空的角度来看，马克思的描述有几点值得注意：第一，整个资本主义社会空间处在变动与永远的不安定之中，这是与传统社会的空间结构相区别的主要标志；第二，这种变动与动荡不安，也就预示着传统与现代的断裂，而两者断裂本身就是两种时空观的区分；第三，空间与时间的此种转变，使得现代社会的结构元素也发生了巨大变化，马克思形象地描述道“一切固定的东西都烟消云散了”，预言式地告诉我们，经历变革的时空结构必然带来整个社会结构的动荡和混乱，包括人精神心理的骤然变化。因此，伯曼根据马克思的论述断言，资产阶级制造的现代性就是一种对时间和空间的体验。或者说，只要把握住时空结构的变化，能够体验到时空变动所带来的精神动荡，我们就能够掌控现代性的内在特征，站在一个最基本的支点上展望未来。然而，更重要的是，伯曼认为，正是这种对时间和空间的现代性体验，“把我们推进了一个持续分裂与更新、抗争与矛盾、困惑与苦恼的大漩涡”中，西班牙社会学家加塞特也这样描述道：

① ［德］马克思、恩格斯：《共产党宣言》，中共中央马克思恩格斯列宁斯大林著作编译局译，人民出版社1949年版，第27页。

> 过去与现在之间的豁然断裂是我们这个时代无法挽回的事实，它引发了或多或少有些暧昧的怀疑心态，这一怀疑心态给当代生活带来了不安；我们感到自己突然被遗弃在这个星球上，茫然无助；逝去的人不但在形体上离我们而去，而且在精神上也杳然无迹，他们不再给我们任何帮助；传统精神的鲁殿灵光也消失殆尽，残留的规范、模式、标准对我们而言已经全然无用；失去了历史的助力与合作，我们所面临的一切问题，无论是艺术的、科学的，还是政治的，都必须独自解决；现代人孤零零地立于大地之上，再也没有充满生机的幽灵伴随其左右。①

也正是在这种浸染着不安、茫然无助和孤零零的痛苦旋涡中，现代主体依附于变动与不确定性的时空结构而生存，习惯随时变换，成为现代主体的日常生活状态，但是无法确定自己的目的和归宿，从而无法把握自我，主体始终处在一种利奥塔所描述的“非人”状态。在此情形之下，焦虑作为一种能够触摸自我的兴奋点与反思自我的意识类型开始凸现出来。按照利奥塔的说法，就是“焦虑以及被熟悉而又陌生的客人萦绕的精神状态不但使非人兴奋，而且也使他思考——如果人们企图排斥他，如果人们不给他出路，人们就加剧了非人。苦恼因这种文明而加剧，权力因信息而丧失”②。从这个意义上说，焦虑是一种痛苦的反思意识。

现代时空观的重要表现是时空的延伸与扩张，以及带给人们的陌生感觉。外部世界在时空转变的带动下，造成人们心理世界的紧迫感。斯宾格勒认为，“在西方各民族中，是德意志人发明了机械钟，发明了那时间之流的可恐现象，在西欧上空昼夜唱和的无数钟塔所发出的钟声可说是一种历史的世界感情的最惊人的表现”③。在这里，时间从宗教和政治的范畴中分

① ［西］奥尔特加·加塞特：《大众的反叛》，刘训练、佟德志译，吉林人民出版社 2004 年版，第 29—30 页。

② ［法］利奥塔：《非人——时间漫谈》，罗国祥译，商务印书馆 2001 年版，第 2 页。

③ ［德］斯宾格勒：《西方的没落》，齐世荣、田农等译，商务印书馆 1963 年版，第 29 页。

化出来，成为自足的时间刻度，情感也能够进入时间里，并且，世界的节奏按照现代技术时间来安排，它用嘀嗒和摆动的声音控制人的日常生活，告诉人们现在该干什么，怎样在规定的时间内完成眼前的工作。在此，商业和工作时间超越了教堂的时间。与此同时，它不断地要求人们调整日常生活的节奏，以便更高效地适应现代变动不安的日常生活，而且，还要在计算时间内承受外部世界的挤压，体验这一刻所带来的瞬间感受，在此情形下，人是被控制的客体，“透过时间度量的技术和商业价值对时间的同化，我们看到，西方时间控制了全世界。不同的社会，在空间上远离了社会，折服于我们的时间，在今天写入我们的历史。西方技术的霸权表现在其生产方法的扩展，以及在全球范围内，它的时间结构的建立”①。从自由的角度来看，现代社会相对于传统社会而言，现代个人主体更自由，但是，在时空转变的维度中，人由于受时间的操纵，使得现代社会所承诺的自由境界大打折扣，因此，如布莱克所说，由于自由度的增加，个人“更无法确定自己的目的，而且在大动荡的年代，他要准备着为了有目的的领导而交出自己的自由。这就是所谓的在迅速变化的社会中个人认同特征的丧失。现代环境倾向于把社会原子化，它使得社会成员失去共存感和归属感，而没有这些，个人的实现就不可能令人满意地完成。不少人把个人的不安全感和焦虑感视为现时代的标志”②。从这个角度出发，我们不难理解，为什么波德莱尔紧紧抓住现时不放，尽管它是短暂、偶然的，但关键原因在于，现时是现代人必须融入的生存时间，它重塑了人们的归属感和认同感，在沉思现代，品味瞬间感受中，领悟现代主义生活的审美情感。相对于在现代社会中表现出的茫然无知或者是随波逐流而言，波德莱尔在现时的社会空间中获得的栖息的场所，对漂泊不定的心灵世界来说，也是一种短暂的

① ［法］西尔维娅·阿加辛斯基：《时间的摆渡者》，吴云凤译，中信出版社 2003 年版，第 5 页。

② ［美］布莱克：《现代化的动力》，段小光译，四川人民出版社 1988 年版，第 43 页。

抚慰，因为，在他眼中，现时的瞬间感受就是一种永恒的存在。

与波德莱尔相比，本雅明的态度却相反，尽管他的思想直接受波德莱尔的影响，但在对时间和空间的认识上，又与波德莱尔有明显的差别。本雅明从追忆历史的角度，思索现代性思想形成的根源，他走遍巴黎的每个角落，寻找现代人存在的足迹。阿加辛斯基称他是“时间的摆渡者”，在她看来，本雅明漫步巴黎为我们提供了一种独特的时空体验，而这种体验的方式就是“摆渡”。对时间来说，摆渡有两种含义，“他让自己面对时间，却不努力去掌握时间，让时间溜走；同时又谨慎对待时间的流逝，并感兴趣于时间留下的痕迹——城市里历史留下的痕迹和书籍中记载的印记”①，总的来说，现代人是时间的主动者，也是被动者。无论是过去，还是现在，我们只有对时间保持一种独特的体验，才能充分认识现代世界，而在现时、过去和未来的划分中，本雅明更倾向于过去，这当然与他漫游巴黎的体验是分不开的。在他眼中，巴黎城是提供体验的场所，而不是认知的对象，“巴黎使本雅明陷入了对过去的沉醉中，他不仅从他路上的所见汲取营养，又攫取了过去的知识，并把它转化为某种实际的东西——即经验”②，从这个意义上说，他体验的不仅仅是这座城市，而且还有城市中所蕴藏的时间感，是“隔绝的、秘密的、奇特的过去”。他坚信，与其让时间控制，还不如回到没有“我”的过去的体验中。因此，本雅明一直渴望实现自己的拱廊街计划，把现代性的神话安放在19世纪的巴黎拱廊街中，遗憾的是，这一超现实主义的宏伟计划没有实现，但是，拱廊街的构想，却为我们体验过去提供了某种有利条件。

想要易于被打动，想让自己沉醉于以往，这就要求真正的闲散。

① ［法］西尔维娅·阿加辛斯基：《时间的摆渡者》，吴云凤译，中信出版社2003年版，第50页。

② 同上书，第51页。

> 漫步者不应想着自己去支配时间，比如想同时投身于某项计划中，又缜密地计划他的行动：相反在时间面前，他应该是不受约束的，能让时间过去、花掉时间，而不必计算时间，也就是说他应该消磨时间，而不要使时间成为自己的时间。①

这些消磨时间的主体，就是闲荡者，游手好闲者，是无定形而又充满骚动的人群，波德莱尔把他们称作现时的英雄。这样一来，被时间控制的现代人，可以通过追忆与体验过去，缓冲现时代的紧张感。正如利奥塔所说，“人们想攫取过去，想抓住逝去的东西，想控制和展示已逝去的原初罪过，根源性罪过，让它显出本来的面目，让它显得似乎能摆脱情感背景，摆脱错误的、耻辱的、傲慢的、焦虑的内涵”②。在此，无论是波德莱尔对现时时间的钟爱，还是本雅明怀旧式的对过去时间的释怀，都能表现出焦虑体验在时空维度中的意味。

时空转变的意义所带来的另一个重要表现是时空成为现代主义美学中的重要问题。马克思曾指出，时间是人类发展的空间。在工业社会，空间在某种程度上被时间支配，或者变成时间化的空间，而时间感是现代人真正的存在感，因此，在更高的意义上，分析时间为我们理解现代主义提供了一把钥匙，按照詹明信的说法，就是“理解现代主义的一个关键术语就是时间化”③。在他看来，现代主义的时间观念是一种新的历史经验的产物，而这种新的历史经验就是马克思以来社会批判理论所宣扬的物化理论，它是工业技术所制造出来的时间的抽象物，并直接导致了人心理观念的转变，詹明信认为，这种转变是“乌托邦式的转变”，这在劳伦斯、韩波，甚至卡

① ［法］西尔维娅·阿加辛斯基：《时间的摆渡者》，吴云凤译，中信出版社 2003 年版，第 55 页。

② ［法］利奥塔：《非人——时间漫谈》，罗国祥译，商务印书馆 2001 年版，第 31 页。

③ ［美］詹明信：《晚期资本主义的文化逻辑》，陈清侨等译，生活·读书·新知三联书店 1997 年版，第 293 页。

夫卡、普鲁斯特以及后期乔伊斯的作品中表现得比较明显。现代主义通过一种时间叙事，试图唤醒物化状态下，焦躁、乏味、单调和千篇一律的日常生活，因为，它包含世界正在转变和即将转变的乌托邦感觉。

在现代社会进步原则的策动下，人们坚信，时间在不断地消灭空间。哈维指出，“把空间变成一个附带的范畴，隐含在进步概念本身之中”①，在这种观念中，时间只表现为速率、同时性和瞬间，这与波德莱尔倡导的现代性的辩证法意义有共通之处，因此，现代主义美学关注的重要问题就在时间的流动与变化中力求美的永恒意义。“未来主义力图按照可以表达速度和运动的各种方式来塑造空间”，来获得一种稳定、永恒的意义。达达主义者则把艺术看成短暂的、抛弃了一切永久性的空间化，通过把偶发事件置入革命性的行动来追求永恒。现代音乐通过让时间自然流动来制造一种恒久的审美效果。电影则更是表现时间的最佳艺术手段，它会教给你生活于其中的世界的美，教给你速度、机器和工业非人的辉煌的必然性之诗。②“城市的电气化第一次人为地否定了白天和黑夜的分界。电影放映机不仅使图片的移动成为可能，而且可以将已经录下的动作随意放缓、加速甚至倒放等，这些都是全新的视觉方式。因此，毫不奇怪的是，最初醉心于这些变化的主要是那些艺术家和诗人，他们试图赋予这些新的空间感和时间感以声音、词汇、音调和形式。古典小说的叙述方式或者传统诗歌的韵文都受到指责，被革命性的创新形式所替代。”③ 毫无疑问，时间和空间是现代主义分析的一个重要主题，也是理解审美现代性发展的重要基点，无论是乌托邦式的精神唤醒，还是对永恒美的追求，时间和空间作为人存在的形式，是现代性社会内在骚动与焦虑生成的重要原因，与此同时，现代主义

① ［美］哈维：《后现代状态》，阎嘉译，商务印书馆 2003 年版，第 257 页。

② 同上书，第 259 页。

③ ［奥］诺沃特尼：《时间：现代和后现代经验》，金梦兰、张网成译，北京师范大学出版社 2011 年版，第 11—12 页。

对时间和空间的积极思考和描述，则是应对社会危机的心理反抗，在这个意义上，对时空结构的分析也就是一种对现代性的重新认识。在我们看来，从波德莱尔的瞬间感受、本雅明的怀旧心理和现代派对时间与空间的塑造中，可以归结性地指出，现代性是一种开放性的时间观念，而这种开放性“既是通过一种特殊的精神焦虑，又是通过对这种焦虑的反抗，而且通过对隐含在关于宇宙的神话中的身心压抑的一种反应而同时带来的”①。

二　意义的丧失

人与动物的不同之处在于，人总是生活在意义之中，人的一生总是向着自己理想的终极目标前进，也正是由于人的这种执着追求，人才具有了对意义的痛苦思考，苏格拉底、柏拉图、亚里士多德、奥古斯丁、卢梭，直至现代许多哲人都在不断地探讨意义问题，而他们思考的结果是通过文化形式表达出来的，如神话、宗教、哲学、文学艺术等，因此，丹尼尔·贝尔认为，文化领域就是意义领域。它通过艺术与仪式，以想象的表达方式诠释世界的意义。② 毫无疑问，传统文化所表达的人类理想、追求、信仰等价值意义是具有某种稳定性的，但是，启蒙运动以来，人生存的意义和价值序列遭受了前所未有的挑战，意义的丧失与混乱，成了现代文化哲学家和美学家思考问题的新的出发点。

在工业文明发展的进程中，对生存意义的状态性描述就是崩溃和丧失。

① ［加拿大］阿拉普拉：《作为焦虑和平静的宗教》，杨韶刚译，华夏出版社 2000 年版，第 105 页。

② ［美］丹尼尔·贝尔：《资本主义文化矛盾》，赵一凡等译，生活·读书·新知三联书店 1989 年版，第 30 页。

众所周知，启蒙运动宣扬理性、知识和计算的精神，倡导以庞大的技术体系来建立物质丰裕的世俗天国，彻底罢黜上帝与宗教对人的意义的设定，从而趾高气扬地宣布，人取代神成为世界的主人，世界是由人来创造的。我们必须承认，在技术理性的指引下，人类依靠自身的聪明才智创造了令人欣慰的物质成果，马克思曾这样欣喜地描述道：

> 资产阶级在它的不到一百年的阶级统治中所创造的生产力，比过去一切世代创造的全部生产力还要多，还要大。自然力的征服，机器的使用，化学在工业和农业中的应用，轮船的行驶，铁路的通行，电报的使用，整个大陆的开垦，河川的通航，仿佛用法术从地下呼唤出来的大量人口——过去哪一个世纪能够料想有这样的生产力潜伏在社会劳动里呢?①

这一经典的描述，足以唤起人们乐观主义的精神。卡西勒也有类似总结性的结论："理性成了18世纪的汇聚点和中心，它表达了该世纪所追求并为之奋斗的一切，表达了该世纪所取得的一切成就。"② 在这种鼓舞之下，人们坚信，只有充分发挥人的聪明才智，依靠科学技术，在劳动实践的基础上，我们才能超越个体与类、人与自然、人与社会的对立，达到理想的和谐。理性的力量让我们在经验的世界中获得了宾至如归的感觉，但是并没有让我们感到真正的幸福，弗洛伊德在《文明及其不满》中，曾无奈地感叹道："虽然这种新近获得的掌握时空的能力和这种对自然力量的征服满足了人类千万年来的渴望，但是这些成就并没有增加人们希望从生活中获得的令人快乐的满足，也没有让人们感到更加幸福。"③ 其实，弗洛伊德对

---

① ［德］马克思、恩格斯：《共产党宣言》，中共中央马克思恩格斯列宁斯大林著作编译局译，人民出版社1949年版，第28—29页。

② ［德］卡西勒：《启蒙哲学》，顾伟铭等译，山东人民出版社1988年版，第3—4页。

③ ［奥］弗洛伊德：《文明及其不满》，严志军、张沫译，河北教育出版社2003年版，第78页。

现代文明的质疑，以及所提出的幸福的文化哲学命题，在卢梭的时代就表现得相当明显。卢梭认为，文明用以装点人生的那种令人眩晕的光辉，只是幻觉和虚饰，所有这些财富的唯一作用，是使人们看不到自己的精神空虚，因此，从根本意义上说，卢梭、弗洛伊德，还有后来的西方马克思主义者，都是在揭露技术理性的致命弊端，认为理性可以发现和解决事实世界，但是不能解决人们的精神和意义领域，它只能为人类提供确定的物，而无法提供不确定、无限的意义和终极目标。也就是说，人获得了物质世界，却又被动地卷入了自己所创造的对象世界，把自己奉献给创造物。根据罗蒂的说法，“在一个后哲学文化中，人们感到自己是孤独的，有限的，人与某种超越的东西失去了任何联系”①，在这个意义上，人与他的信仰和理想也就彻底脱离，而深陷于一种意义崩溃和丧失的世界中。它所直接体现的一个精神后果就是“一种无所不在的焦虑感，人们追求新奇的东西，不断尝试、放弃与更迭自己生活的重心与目标。人们承担着体验着‘总体’梦想破灭后的支离破碎感”②。

其实，启蒙运动所造成的意义的丧失及其所带来的焦虑感，在霍克海默和阿多诺的启蒙思想的批判中也有较为深入的分析。在《启蒙辩证法》一书中，两位思想家确立了对资本主义社会批判的基本意图，那就是对启蒙权威地位的批判。在他们看来，启蒙是一个极具矛盾性的统一体，在本意上，它是把人们从愚昧、未成熟和神话的状态中解救出来的进步表现，它事先把数学世界与真理等同起来，这样就能够避免返回到神话中去，就这一点而言，它有明显康德式的启蒙含义，但这并不是启蒙的全部内涵，也就是说，它另一个层面的意思是，在进步原则的指引下，启蒙已经倒退为神话，它不再扮演着进步的角色，不再引导着人们走向理性、自由与和

① ［美］理查德·罗蒂：《后哲学文化》，黄勇编译，上海译文出版社2004年版，第20页。
② 车玉玲：《总体性与人的存在》，黑龙江教育出版社2001年版，第98页。

谐的目标，相反，启蒙成为人们更深层次的压抑，从这个意义上说，启蒙具有反神话和神话的双重内涵，因此在工具理性的支配下，启蒙在本质上是一种神话，它创造了现代社会新的寓言。但是，值得注意的是，启蒙倒退为神话的一个重要后果就是恐惧和焦虑，霍克海默和阿多诺曾直言不讳地说："启蒙就是彻底而又神秘的恐惧。"① 进一步说，在摘下启蒙进步思想的面纱之后，我们会发现，"被彻底启蒙的世界却被笼罩在一片因胜利而招致的灾难之中"②，它的致命之处在于，技术理性的工具性思维执掌着充满热情的人生，致使人陷入了恐慌和无意义的境地。在整个西方现代文化发展中，文化工业典型地表现了这种无意义和焦灼感，而造成这种精神体验的最核心的机制就是用同一化的逻辑完成对大众的欺骗。如果说，工具理性对人们的支配权力在某种程度上具备一种强制力的特征，那么，在文化工业时代，启蒙开始让现代人按照文化工业的逻辑主动进入被支配的程序中，并让人感到自己正在成为文化的主人，阿多诺认为，这是启蒙在文化工业中对人深层的操纵，"文化工业的权力是建立在认同被制造出来的需求的基础上，而不是简单地建立在对立的基础上，即使这种对立是彻底掌握权力与彻底丧失无力之间的对立。晚期资本主义的娱乐是劳动的延伸。人们追求它是为了从机械劳动中解脱出来，养精蓄锐以便再次投入劳动"③。因此，文化工业扮演着加剧意识物化的角色，无休止地让人们接受文化制造商提供的产品，并让人们虚假地认为这就是自己的需要。进一步说，个体意识变成了文化工业的派生物，而本真的个体意识则湮灭在广告等传播媒介的消费建构中，现代主义艺术也在机械复制和数字成像中变得普泛，成为人们的日常生活用品，往昔的批判和审美救赎功能丧失殆尽。在这种

① ［德］霍克海默、阿多诺：《启蒙辩证法》，渠敬东、曹卫东译，上海人民出版社 2006 年版，第 13 页。

② 同上书，第 1 页。

③ 同上书，第 123 页。

情形下，自我失去了理想和信仰的指引，完全“徜徉”在感性、欲望的物质享乐中。阿多诺曾这样毫不留情地批评道：“文化工业不断向消费者许诺，又不断在欺骗消费者。”① 在这种假象中，人的整体感丧失了，传统的价值观念崩溃了，人的存在只表现为一种被五花八门的消费品肢解的碎片，拥有的只是永远被物欲驱赶着追逐着的虚无。在极度渲染自我感官体验的同时，渴望自我在消费中宣泄和持存，但是又害怕失去自我，因此，伴随而来的是一种生存的焦虑感，人们似乎得到了莫大的欢乐和鼓舞，其实得到的是无聊和空虚，如鲁道夫·奥伊肯所说：“富足，无忧无虑的享乐生活，并不足以使我们幸福；因为当我们制服一个敌人（悲哀与不足）时，另一个敌人，也许更坏的一个（即空虚和无聊）又出现了。”② 因此，在丧失信仰和感受无意义的生存中，我们应该寻找人性的某种信仰来弥补启蒙和理性的缺失。在这个层面上，阿多诺在《美学理论》中诅咒这个丧失确定性的焦虑年代，认为理性的认知有着严重的局限性，它没有对付苦难的能力，基于此，人们只有觊觎艺术对现实的否定，才能绽放真理和信仰的光芒。马尔库塞也不甘示弱地倡导新感性美学，以此改变人的感觉经验和接受方式，希望人们能够从被蒙骗的、无意义和焦躁不安的生存中解放出来。总之，这与卢梭、席勒、马克思、尼采和韦伯等思想家对意义的思考是贯通的，从这个意义上说，意义丧失的问题在审美现代性中也是一个不断凸现的问题。

启蒙运动的一个重要后果就是对世界的祛魅，也就是世界从神圣走向了世俗。如果说，阿多诺等人通过对技术理性的分析，指证了现代社会的世俗化过程，那么，作为社会学美学家的齐美尔则从金钱、货币的角度，

① ［德］霍克海默、阿多诺：《启蒙辩证法》，渠敬东、曹卫东译，上海人民出版社 2006 年版，第 126 页。

② ［德］鲁道夫·奥伊肯：《生活的意义与价值》，万以译，上海译文出版社 1997 年版，第 34 页。

展开对世俗世界的分析，显然，这是两种不同的分析路径，毫无疑问，这为我们探索现代性意义与焦虑体验问题提供了有益的启示。

我们应该承认，货币在齐美尔的眼中，绝对不是一种经济现象，它所履行的功能是从用于交换的物质实体分化出来的文化功能，并且这种功能越来越明显。换句话说，货币的经济交换功能让渡于它的文化功能，并且形塑它本身就是文化功能的形象，从而承担着现代文化的表征意义，但值得我们特别关注的是，这种展现文化意味的表征符号，却直接决定了现代人的生存心态和生活风格，这也就是齐美尔分析现代货币文化的一个重要落脚点。从这个层面上看，分析货币符号也就意味着探索现代人的生活意义问题。在这里，一个最根本的问题是，货币是人存在的终极目的，而不是手段。

> 有这么一些东西，其自身价值完全来自其作为手段的特质、来自其能够转化为更具体价值的能力，但从来还没有一个这样的东西能够像货币一样如此畅通无阻地、毫无保留地发展成为一种绝对的心理性价值，一种控制我们实践意识、牵动我们全部注意力的终极目的。①

按照常理，手段只是实现理想和目标的外在条件，其自身的一个重要特质就是工具性。我们需要的时候，把它拿在手中，一旦用过之后，可以随意地放在别处，而最终获取的是目的和成果，这是一般意义上从手段到目的的正常序列，但是在齐美尔那里，货币完全颠倒了这种序列，手段失去了其作为手段的特质而转换为绝对的目的，牵动并占据着人的思想意识。在《时尚的哲学》一书中，他又进一步强调，“大多数现代人必定把获取金钱当作他们大半生最近的目标而全力以赴，于是就产生了这样一种观点：即生活中全部幸福与确定的满足感都与占有一定数量的货币密切相关；货

① ［德］齐美尔：《货币哲学》，陈戎女等译，华夏出版社2002年版，第161页。

币从一种纯粹的手段与先决条件，向内生长成为一种终极目的”①，这是现代性文化发展势不可挡的趋势。

在齐美尔看来，货币的绝对目的性是由货币的夷平性决定的。货币在现代日常生活中凭借它的交换属性也获得普泛性，成了衡量一切价值的天平。

> 货币使一切形形色色的东西得到平衡，通过价格多少的差别来表示事物之间的一切质的区别。货币是不带任何色彩的，是中性的，所以货币便以一切价值的公分母自居，成了最严厉的调解者。货币挖空了事物的核心，挖空了事物的特性、特有的价值和特点，毫无挽回的余地。事物都以相同的比重在滚滚向前的货币洪流中漂流，全都处在同一个水平，仅仅是一个个的大小不同。②

如此一来，在货币金钱面前，所有的事物都被化约为可以计算的数量而变得金钱化。货币这种客观化和量化逻辑，与克尔凯郭尔提出的大众社会的平均化有相通之处，更与法兰克福学派所批判的同质化、同一性有异曲同工之妙，它们都从更高的意义上为我们理解现代文化提供了有益的帮助。在货币的同一性逻辑中，人的价值、信仰和生存的意义被彻底物质化、金钱化，金钱的同一化和中心化直接引发了现代人的心理后果。也就是在对金钱的追逐和占有的过程中，现代人越来越感到，生活因为金钱变得乏味、无意义，越来越感受到“现代生活的浮躁不安、狂热发疯永无休止，金钱给现代的生活装上了无法刹住的车轮，这个轮子把生活的机器变成永动机”③，在这个让人神魂颠倒的永动机中，人永远都是在不安和焦虑中度过，这也是现代焦虑之所以形成的原因。

---

① ［德］齐美尔：《时尚的哲学》，费勇、吴謇译，文化艺术出版社 2001 年版，第 105 页。
② ［德］齐美尔：《桥与门——齐美尔随笔集》，涯鸿等译，上海三联书店 1991 年版，第 265—266 页。
③ ［德］齐美尔：《金钱、性别、现代生活风格》，顾仁明译，学林出版社 2000 年版，第 79 页。

尽管金钱有种无所不能的力量，它能使人获得短暂的满足，但是它也使得人与人之间的关系变得疏远，人与人之间的感情需要金钱来维系，在这种情感氛围中，人最终会变成物化性的动物，韦伯曾这样描述现代人的存在状态，即没有精神的专家和不懂感情的享乐者。韦伯式的思考，已经把我们带入了一种人存在的无意义的境地，在金钱的吞噬下，生命开始变得萎缩。“无论是聚敛钱财的吝啬还是挥霍无度的奢侈，无不折射出金钱文化对人的生存意义的吞噬，只对金钱产生感觉以及对金钱的毫无感觉不过是生命感觉越来越枯萎，越来越无聊罢了。”①

至此，在齐美尔那里，货币是衡量现代人存在意义的重要手段。它不仅倚仗夷平化的功能把复杂多样的主体价值单一化、平均化，而且，在此基础上，彻底颠倒了手段与目的的价值序列，成为一个把手段变成目的的极端例子，在很大程度上，修改了现代人的历史经验、价值信仰和精神形式，归结到一点就是，金钱是现代人追求的唯一目标。詹明信对金钱有种看法，在某种程度上与齐美尔也有相通之处，他认为，“金钱是一种新的历史经验，一种新的社会形式，它产生了一种独特的压力和焦虑，引出了新的灾难和欢乐，在资本主义市场经济获得充分发展之前，还没有任何东西可以与它产生的作用相比”②。在这里，金钱也可以被看作最重要的现代精神的黏合剂。如果说，克尔凯郭尔渴望上帝来统摄人的精神，马克思试图重建总体性的精神信仰，韦伯、阿多诺等人需要的则是审美建构，他们都试图建立一个整体、完美的现代性形象，塑造现代精神应该具有的品质，那么，在齐美尔的视野中，现代人的精神世界是被货币占据着的，货币是整个现代性文化精神的表征。或者说，齐美尔另辟蹊径，打破先前的思考方式，试图找到看破现代性命运的面相，因此，货币对现代人所造成的心

---

① ［德］齐美尔：《货币哲学·译者导言》，陈戎女等译，华夏出版社2002年版，第8页。

② ［美］詹明信：《晚期资本主义的文化逻辑》，陈清侨等译，生活·读书·新知三联书店1997年版，第299页。

理冲击，直接导致了由自由与依附、平庸与神奇、安宁与烦躁等矛盾元素构成的焦虑心理。如果说要为这种心理寻找一种合理的阐释性话语的话，那么，齐美尔对现代都市生活的描述可以说是一种典范性的形象阐释：

> 由于灵魂的中心缺乏确定的东西，所以驱使我们在一种短暂的满足中追寻常新的刺激、感动和外在的主动性；因此，就这方面而言我们首先卷入了那种混乱的动摇不定、不知所措中，这时而表现为大都市中喧哗嘈杂，时而是酷爱旅行的癖好，时而是对竞争的狂热追逐，时而是现代典型的不忠实于品位、风格、思想、关系的要求。①

现代人就是在这种意义的缺失中生存，并不断驱使自己接受外界的刺激，结果造成了自己心理和精神的紧张，并且对于这种心理紧张和精神的连续和普泛，“都市人不是在某时某地感受到这种紧张，只要身处大都市，心理和精神紧张就如影随形。换句话说，紧张已经成为现代人心理感受和精神体验的底色”②。

三　眩晕的自由

无论是时空的压缩，启蒙倒退为神话，还是金钱带给现代人的心理压力，它们都站在不同的立场上指控了现代性的可怕后果就是自由的丧失，或者说，现代人生存在奴役和被奴役的状态中。当然，对这一状态的表述，不同的现代性理论家和美学家有不同的说法。从卢梭对现代文明感到忧虑

① ［德］齐美尔：《货币哲学》，陈戎女等译，华夏出版社2002年版，第395页。
② 陈戎女：《西美尔与现代性》，上海书店出版社2006年版，第87页。

并进行责问以来，康德、席勒、黑格尔、克尔凯郭尔、马克思、尼采、韦伯、齐美尔、阿多诺、福柯等人都在某种程度上关注并阐发了自由和奴役的生存论问题，并且提出了不同的解决方案。在我们看来，作为在今天意义上使用“现代性”概念的第一人，卢梭对现代人奴役状态的经典性描述是特别值得注意的：

> 我们的种种智慧都是努力的偏见，我们的一切习惯都在奴役、折磨和遏制我们。文明人在奴隶状态中生，在奴隶状态中活，在奴隶状态中死：他一生下来就被人捆在襁褓里；他一死就被钉在棺材里；只要他还保持着人的样子，他就要受到我们的制度的束缚。①

在此，卢梭疾呼，现代文明戕害了人生死存活的自然属性，本质上就是启蒙运动盛行的科学技术对人性的“暴政”，它掠夺和强暴了人赖以相依生存的自然，致使现代人陷入了被早期工业文明奴役和束缚的生存困境中。约翰·伯瑞认为，在卢梭的第一篇论文《论科学与艺术》中，就指出了“人类因文明过程而丧失了自己与生俱来的最初自由，艺术和科学在束缚人类的铁制锁链上装饰花环，使人热爱自己的被奴役状态；而后，就出现美丽伪装之下的真正堕落，我们的灵魂随着科学和艺术趋于完美而受到腐蚀”②，这种观点投射出来的道德倾向也就决定了卢梭在文学艺术上对人性自由向度的渴求根本没有抱任何希望。

既然，现代文明所造就的生存困境带给人类的是不自由和奴役，而这一困境和束缚一直伴随现代人的一生，并且会在美丽和辉煌的伪装之下“热爱”这一状态，那么，在此情形下，我们也应该在抱怨着和被奴役着的状态中提出相应的解救方案，应当寻找人自由的向度，在一种更高的意义

① ［法］卢梭：《爱弥尔》（上卷），李平沤译，商务印书馆1996年版，第15页。
② ［爱尔兰］约翰·伯瑞：《进步的观念》，范祥涛译，上海三联书店2005年版，第125页。

上重新描绘现代人自由的模样。卢梭的做法是，返回自然，以此抵制现代文明对人本性的伤害，通过对自然的眷顾和找寻来摆脱人受奴役的状况。在他看来，自然是原始的、本真的和自发的，与现代性的理性诉求所带来的社会化、科层制相抵触，但是，他所指出的自然又不是一种抽象和先验意义上的自然，而是一种逃脱上帝的照耀，能够利用理性的力量，在与人和社会的交往中保持一种本真的善，更为重要的是在理性的维度中保持感性的自主性和独立性，也就是保持现代人在生存困境中的自救功能。在这种回归本真的善和自主的感性中，卢梭认为，现代人是自由的，因为，自由并不是对理性的绝对排斥，也不是对自然的绝对拥有，而是在捍卫自然整体的意义上保持个人作为社会主体的自主性和独立性，这也是与现代文明的奴役困境冲突和分庭抗礼的结果。在对自由的态度上，席勒的立场也颇有意味。他和卢梭一样，对现代文明持批判态度，视自由为人的最高理想。他对现代文明所造成的人性分裂和破碎也做了一种感伤的描述：

> 正是教养本身给现代人性造成了这种创伤。只要一方面积累起来的经验和更明晰的思维使科学更明确的划分成为必然，另一个方面国家的越来越复杂的机构使等级和职业更严格的区别成为必然，那么人的本性的内在纽带也就断裂了，致命的冲突使人性的和谐力量分裂开来。直观的知性和思辨的知性现在敌对地占据着各自不同的领地，互相猜忌地守卫着各自的领域。人们的活动局限在某一个领域，这样人们就等于把自己交给了一个支配者，他往往把人们其余的素质都压制了下去。①

席勒的分析，与韦伯有相似之处，强调现代社会的专业分化、分工的细化以及科层、等级制的严格，这些社会力量凝聚起来，在某种程度上也

---

① ［德］席勒：《美育书简》，徐恒醇译，中国文联出版公司1984年版，第50页。

就造成了韦伯所说的“铁笼”境状。而席勒认为，人性也因为工业文明变得越来越抽象，或者说不是一种自由自在的存在，人在现代文明面前完全是沦丧和破损的，这种沦丧感表现在人的体验上就是感性和理性的失衡与冲突。换句话说，现代人始终会生存在一种感性和理性的冲突激荡中，甚至会因为理性的力量而彻底失去人对自身情感的体验，而成为一种没有情感和灵魂的矫揉造作的存在。席勒的担忧是有道理的。

> 永远束缚在整体中一个孤零零的断片上，人也就把自己变成了一个断片了。耳朵里所听到的永远是由他推动的机器轮盘的那种单调乏味的嘈杂声，人就无法发展他生存的和谐，他不是把人性印刻到他的自然（本性）中去，而是把自己仅仅变成他的职业和科学知识的一种标志。就连把个体维系到整体上去的那个细微断片也不是取决于人性所自发选择的形式，而是由一个公式无情地、严格地规定出来的，这种公式就把人的自由智力捆得死死的。死的字母代替了活生生的知性，熟练的记忆比天才和感觉更能起到可靠的指导作用。①

按照约翰·伯瑞的说法，卢梭在人性方面，是一个乐观主义者，而在文明方面则是一个悲观主义者。② 因此，在对待现代性的态度上，席勒称卢梭是一个断裂论者，而在席勒那里，在某种意义上，无论是文明方面，还是人性方面，都保持一种积极的态度。文明的悲剧既然是感性和理性的冲突所造成的人性的断裂，那么，一个最根本的出路就是让这种断裂弥合，这也是席勒审美现代性的核心内容。进一步说，这种弥合的本质就是人从冲突、断裂中解放出来，获得真正的自由。在席勒看来，一方面要保持对自然的忠诚，这一点与卢梭有相通之处，但席勒更注重的是“素朴”，而不

① ［德］席勒：《美育书简》，徐恒醇译，中国文联出版公司 1984 年版，第 51 页。
② ［爱尔兰］约翰·伯瑞：《进步的观念》，范祥涛译，上海三联书店 2005 年版，第 125 页。

是人性中的善，同时，要保持一种对自然的反思，依靠对自然的努力，构建理想的自然之境，这也就是“感伤”之情。在素朴与感伤的二元范畴中，席勒为我们勾画了现代人对人性的一种新体验，在某种意义上，这超越了卢梭对人性的思考，倾向于对人性的美学考察。他向往着纯情、素朴的自然之诗，同时又想通过感伤之诗，使理性与感性的冲突彼此消解，使人达到一种和谐完整的人性状态。

如果说，素朴和感伤的诗是席勒迈向自由存在的第一步，那么，他所倡导的游戏的审美精神则是强化了这种人性的自由。在席勒看来，游戏是人性真正自由的根本，“由于它愈对感觉和情感产生动态影响，它就愈使感觉和情感符合理性的观念；它愈从理性的法则中排除道德的强制，也就愈使理性的法则与感性的兴趣相协调”①，通过游戏的介入，或者说美的介入，感性的冲动和形式的压制之间的冲突，在审美的状态中被成功地调和或消解。即，在游戏的层面上，感性不再像卢梭所说的是人性的野蛮，也不是席勒笔下的感性专制，而是在审美洗礼下的自然精神，同时理性也不是单纯的“合理性”“数理性”，而是被美抵消后的崇高理想，在这个意义上，人性在游戏审美的调和下达到一种自由的状态。因此，席勒认为，只有当人在充分意义上是人的时候，他才游戏；只有当人游戏的时候，他才是完整的人。② 在这里，游戏、审美成了现代人自由的根本，或者说，在人成为人的规定性中，审美是普遍的存在。

通过对卢梭和席勒对自由的简单考察，我们可以发现，现代人思考自由的理路。其一，自由是一种自然中的善，属于道德领域，现代人应该回归到自然中去；其二，自由是一种美学意蕴，注重感性和理性的调和，渴望在审美中提升自由的境界；其三，对现代自由的思考是站在自由的对立

① ［德］席勒：《美育书简》，徐恒醇译，中国文联出版公司1984年版，第86页。
② 同上书，第90页。

面上进行的，这对立面也就是奴役的状态，康德在探究自由时也面临这样的处境，在他的理路中，“人凭外在力量的处置，无论是隐秘的自然还是超越性的力量，上帝或自然，要我按照其意愿行事，这都是他主的，是一种依附于我所不能控制的力量的形式，是一种奴役的状态”①，换言之，自由所真正面对的是启蒙的合理性，奴役与“新的压迫就隐藏在合理性原则本身之中”②，从这个意义上来考虑，在奴役和压迫中思考自由，现代性文化迸发出一种反常的精神因素，或者说，从这一角度更容易理解文化现代性的病态因素，“把文化与精神疾病联系起来考虑的兴趣，可以从著名的哲学家让·雅克·卢梭的著作中找到根源”③，的确，对现代性自由危机的思考，在卢梭那里得到了开启。如此这般，自由在某种程度上是一种病态文化心理的反应结构，在此基础上，自由成了启蒙现代性的一种重要困境。

面对现代生活的本质所具备的奴役特性，尽管康德的道德自由，黑格尔的绝对精神式的自由，马克思的实践或必然性的自由，乃至马尔库塞等人的个性的感性自由，在某种程度上都试图以不同的路径解决这种合理性背后的奴役，但是，自由最终不是一种回归原始和过去，也不是一种本能和欲望，更不是一种同一性经验模式。鲍曼在分析韦伯的自由观念后指出，无论是过去，还是将来，直接、自愿且自由地选择，从而按照自身理性来指导其行为的活动，都是仅仅向经由筛选而产生的少数群体开放的一种选择，④ 自由应该是理性指导下的自主选择，这种自由难免有更深层次的奴役之嫌，但是，至少韦伯眼中的自由为我们提供了另一种思考自由的方式，那就是在瞬间的选择中完成自由的过程。按照阿多诺的说法，“自由是被纠缠着的，而不是孤立的；它不过是时间性存在中自发性的一瞬间，一个历

① ［英］以赛亚·伯林：《浪漫主义革命：现代思想史的一个危机》，达巍、王琛等编《消极自由有什么错》，文化艺术出版社2001年版，第11页。

② T. W. Adorno , *Negative Dialectics*, NewYork：Continuum, 1983, p. 214.

③ ［美］马塞勒等：《文化与自我》，任鹰译，浙江人民出版社1988年版，第280页。

④ ［英］齐格蒙特·鲍曼：《自由》，杨光、蒋焕新译，吉林人民出版社2005年版，第63页。

史的环节，一条在现实条件下被堵塞着的路段”①，从这个意义上理解，自由强调的是一种在众多现实条件纠缠与限制下对现时瞬间的体验。

其实，阿多诺对自由的理解在很大程度上受波德莱尔现代性思想和现代诗歌审美取向的影响。在《否定辩证法》一书中，他指出，“在伟大的现代诗歌中，自波德莱尔以来，眩晕（vertigo）已经成了诗歌的核心情感”②，这里的眩晕在本质上是一种自由，放在阿多诺的语境中，具体说来，也就是一种否定的自由。当把自由看作一种情感的眩晕时，现代人摆脱物化逻辑的奴役和束缚也就在此被一种情感体验超越。在追求自由的征程上，这不仅符合波德莱尔现代性瞬间与永恒的辩证意象的本意，而且这种体验在齐美尔、本雅明甚至尼采那里，都得到了诗性的贯彻。无论在哲学沉思中，还是在诗意的表达上，他们都把不确定、偶然、变动不居、紧张不安作为思考和体验生活的场景和氛围，同时在他们看来，这种不确定性的瞬间感受，才是现代生活的永恒真实，这种流动的、飞逝的、碎片化的存在才能折射出世界的整体。齐美尔对这种体验情有独钟。他认为，在现代艺术中，罗丹的艺术成就在于抓住了纯粹运动艺术的永恒性，它的印象式作品能够充分反映出极端不稳定的现代心灵，还有比以前时代都更加变化多端的命运的特征，同时，在艺术上，罗丹还拯救了现代性的这种矛盾和冲突。

> 如果有人……认为艺术的永恒目的，在于从生活的痛苦和混乱中得救，在于超越生活的运动和矛盾获得平和与抚慰，那么他应该同意，从生活的焦虑和重压下的艺术解放，不仅通过逃离到它的对立面而实现，而且通过其自身内容最完全的仿效和不断增加的纯度而实现……罗丹拯救了我们，恰恰是因为他向我们展示了在运动的激情中成长的最完美的生活图景……罗丹允许我们在艺术领域再一次体验我们最深

① T. W. Adorno，*Negative Dialectics*，NewYork：Continuum，1983，p. 219.

② Ibid.，p. 31.

层次的生活，就此而言，他正好将我们从现实领域中所体验到的一切中拯救出来。①

如果说现代文明给人套上的枷锁，彰显出文明与自然的对立，卢梭以回归自然的方式给予了回应，席勒则扬弃康德的思想，把自由当作游戏，在艺术中找到自由的归宿，那么在齐美尔和阿多诺那里，自由不再是一种总体性经验，而是一种眩晕、瞬间的碎片化体验。从这个意义上说，眩晕的自由是对卢梭和席勒式自由的修正和超越，因为在这种瞬间即逝的体验中，人才是无拘无束的存在。只有借助解救功能，艺术能够抓住现实的脆弱、无根基性和混乱的状态，传达震惊的审美体验。因此，在弗里比斯看来，齐美尔笔下的罗丹，不仅是现代性的表达，而且是对现代性焦虑不安的心理困境的美学拯救。

按照以上的思路分析，我们自然会发现，从人的奴役状态出发思考自由，能够发现焦虑的缘起。其中一个关键的原因在于焦虑的基本特质是奴役挤压下对自由的渴望。在自然和游戏中，在善和审美中，在瞬间的眩目中，人的不安和焦虑都能得到舒展和释放，人都能感觉到自身真实存在的质感，因此，焦虑体验也就是在人奴役状态和对自由的找寻中生成的，它不仅要求回到和谐、宁静、欢乐而又朴素的自然中，而且要在审美的领域中消除人的压力，实现人性的提升，更重要的是，仅仅这些还不能涵盖焦虑的特质，它还要抓住瞬间，试图再次诠释自由的含义。在此，克尔凯郭尔有一个形象的描述：一个人，如果他的眼睛对着一个张开豁口的深渊看下去，那么他会变得眩晕。但是，为什么会这样呢？这是由于他的眼睛，并且在同样的程度上也是由于那深渊；因为，如果他没有向下看的话。这样一来，焦虑是自由的眩晕，之所以会出现是因为当精神想要设定那种综

---

① 转引自［英］戴维·弗里斯比《现代性的碎片》，卢晖临、周怡译，商务印书馆2003年版，第85页。

合，自由对着可能性看下去，同时紧紧抓住有限性来支撑自己。自由也就倒在了这种眩晕中。[1] 从这个角度来说，焦虑是一个蕴含着特殊性和复杂性的精神结构，它有历史时间性和实践性，它可能是一种绵延的线性过程，也可能是断裂式的差异结构，还可能是一种短促而瞬间的感觉。总之，它是确定与可能、抗争与屈从、宁静与骚动、压抑与冲动、欢乐与痛苦、瞬间与永恒的交汇点，它总是让我们在紧张不安的生活秩序中思考存在的意义。因此，焦虑不仅反映出现代性文化是一个流动的差异性的矛盾世界，也表现出审美现代性心理内涵中的另类特质。

至此，从时空体验、意义和自由的丧失与缺席的角度出发，我们可以看到，焦虑体验在现代性语境中的生成，大致可以总结为两个方面：一方面，焦虑体验是对现代性冲突的抗争，即启蒙理性的发展和人的生命体验存在冲突的诉求，因为科学技术改变了现代时空的结构，这也随之控制了人对自身和世界的认识，人在这种被控制的过程中，心理陷入了一种表达和体验的危机。另一方面，焦虑体验是人对自身存在状态的确认，在启蒙运动面前，现代人的价值、信仰、意义和自由等神圣性的东西开始丧失，人的精神世界被放逐，人渴望真善美，渴望回到自由和真实的意义中生存，而外界的物质世界只能导致人精神的远遁，但是精神的焦虑却能挽回一种神圣，它不仅发出对这个黑暗时代的反抗之声，而且在生命的最深处思索和叩问自我。

① S. Kierkegaard, *The Concept of Anxiety*, Princeton: Princeton University Press, 1980, p. 61.

第四章　现代主义艺术中的焦虑体验

美国社会学家丹尼尔·贝尔认为，文化是表达象征和意义的领域，文化中的东西是实现自我并加强自我的愿望，同时，它通过符号及其意义传递来塑造和表达社会的价值取向和文化惯性，供人们理解、交流和解释。文学艺术作为重要的文化形式，是意义传递和价值塑造的重要载体，承载着为生活提供意义的重要功能。毫无疑问，在传统社会向现代社会转变的过程中，极具焦虑体验的艺术用特定的符号来解释人们所生活的世界及其意义。许多现代诗人与艺术家在社会急剧变幻思潮的激发下，在艺术理论和实践中不断提出新的主张，表达他们对现代文化的认识和解释，让人们领悟生命存在的真谛。在我们看来，焦虑体验的审美主张和表意实践主要集中在现代主义艺术之中。按照罗伯特·休斯的说法，焦虑是贯穿现代主义艺术的一条黑线。艺术批评家布鲁斯·鲍也认为，20 世纪 20 年代以来，在文学艺术的繁荣中，苦恼意识是一个核心主题，它与尼采、弗洛伊德和克尔凯郭尔等人有着密切关系。[①] 在焦虑体验的过程中，它们都呈现出错综复杂的形式，都表现出某种对抗和颠覆的审美价值取向，渴望生命的真实和自由，追求艺术审美的自律性，用抽

① Bruce Baugh, *French Hegel: From Surrealism to Postmodernism*, New York: Routledge, 2003, p. 5.

象的符号来表达一种乌托邦的想象。在此我们选取诗人尼采①、超现实主义和表现主义作为分析的文本，顺着现代主义艺术对抗、颠覆和重构的审美取向，具体分析焦虑体验的若干层面，以此揭示它的复杂性和丰富性。

一 强者的焦虑与尼采的审美现代性批判

长期以来，学界对尼采有着较为浓厚的兴趣，关于他的论文、著述可谓汗牛充栋，在学术圈形成了一个蔚为壮观的“尼采工业”。综观研究尼采的视角，我们发现，有许多可以进入尼采文本及其思想的路径，诸如道德、宗教、美学、存在、启蒙、语言、艺术、现代性等，这些角度为我们理解尼采的思想提供了有益的启示，使其充满诗性的文本不断得到开掘。在这里，我们尝试着从焦虑体验的视角来勘查作为一个现代主义诗人的尼采，在现代性问题上的独特认识以及在其充满哲理、诗性的文本中，焦虑体验所呈现出的审美价值诉求。

从现代性发展的角度来看，如果说，卢梭等人引领了现代性问题的发轫阶段，那么，尼采则把现代性带进了一个发展的转折时期，而这一时期

① 学术界公认尼采是19世纪西方伟大的哲学家和思想家，很少有人将其称为诗人。国内学者周国平先生称尼采为诗人哲学家。尼采是个哲学家，更是个诗人。10岁时，他就写出哀婉悲悼的诗作，祭父亲的坟茔。他留下了许多别具一格的诗，在德国现代史诗上据有独特地位。参见周国平《尼采：在世纪的转折点上》，上海人民出版社1986年版，第267页。我们认为，尼采开创了现代西方哲学的新局面，颠覆了传统的哲学传统，但是，尼采也创作了大量的诗歌作品，并且在他的哲学文献中也透露着诗性和文学性，因此，在讨论焦虑体验在现代主义艺术中的表现时，我们将其作为代表性文本，结合他的哲学美学思想，分析他身上体现出的对现代社会的极度不安和焦虑。

也是“盛现代性”时期[①]，这种特殊的时期也就必然使得我们去追问，是什么促使尼采对现代性进行惊世骇俗的批判，这种推动力是怎样展现出来的，会达到一种什么样的效果？在我们看来，回答这些问题，其中最关键的因素在于尼采对现代文明的态度和立场，即尼采内心深处永不停止、激荡不安的焦虑心境，这一心境构成了尼采式现代性体验的原动力，不断逼迫着他对人生意义、生命存在的拷问，特别是那始终束缚和围困他的传统信仰体系和审美理念，更是尼采百般怀疑、批判和颠覆的对象。

从早年的经历来看，尼采生活在一个基督教家庭，从小就是一个“小牧师”，过着循规蹈矩的生活，初期的学校教育，使他爱上了当时较为严格的古典语文教育，并且为之着迷，这使他很快就具备和显现出了古典文人的气质。在这种古典人文精神的熏陶和培育中，我们很难发现有什么逻辑线索可以通向后来那个精神极度疯狂和话语惊世骇俗的尼采。但是，我们必须承认，有两个重要的人物决定性地改变了尼采的心境、看世界的方式和思考问题的角度。一个是叔本华，另一个是瓦格纳。叔本华让尼采知道，世界的本质在于意志，世界是意志的表象，除了接受这种观念以外，更重要的是，叔本华悲观的精神气质深深地感染了尼采，而后者使他领悟到，艺术的真正魅力在于一种对世俗生命的拯救，而生命的全部在于艺术的形而上学。在他眼中，在对艺术和审美的追求中，瓦格纳是一个重要的摹本，从这个意义上说，与叔本华的神会，对瓦格纳的崇拜，不仅成了尼采思想成长历程中的精神事件，更重要的是，这种精神气质的转变象征着尼采痛苦思考的开始，同时这也标示着其焦虑心境的萌芽。

尼采 27 岁就已成为巴塞尔大学古典文献学教授，在这志得意满的年华

① 周宪教授认为，盛现代性（high modernity）指的是 19 世纪中叶至 20 世纪中期的这一阶段，主要以尼采、韦伯和弗洛伊德等人对现代性的批判思想为主，其中一个重要的特征是审美现代性观念更加成熟，批判更加深入和广泛。参阅周宪《审美现代性批判》，商务印书馆 2005 年版，第 20—30 页。

中，他的所思所想应该是沿着自己治学的思路，过着一种沉稳、安宁、温和的生活，但是让人匪夷所思的是，恰恰就在这样一个辉煌的时期，他对自己的思想产生了质疑：“我们确实是受命运捉弄的傻瓜：上一星期我还想给你写信并建议一起学习化学而把语文学扔到它该去的地方去，成为老祖宗的家具。现在命运魔鬼在用一个语文学教授的职位诱惑我。”① 就这样，尼采在写给一位朋友的信中表达了对自己知识的怀疑。在这个看似简单明了的描述的背后，其实隐藏着尼采对古典文化观念的怀疑和对文化现代性的期待，他非常渴望从呆板、凝固、沉重的经验、思想和价值观念中挣脱出来，从压抑性的古典文化的阐释和考究中疏离出来。因此，从这个角度来说，尼采并不是一个安分守己的诗人思想家，按照弗洛姆的说法，“在尼采的人格里，含有不安全感和焦虑感”②，这种焦虑感在尼采早期的美学著作《悲剧的诞生》中得到了表现，他曾借叔本华之口，这样说道：

> 叔本华直截了当地指出，一个人间或把人们和万物当作纯粹幻影和梦像这种禀赋是哲学才能的标志。正如哲学家面向存在的现实一样，艺术上敏感的人面向梦的现实。他聚精会神于梦，因为他要根据梦的景象来解释生活的真义，他为了生活而演习梦的过程。他清楚地经验到的，决非只有愉快亲切的景象，还有严肃、忧愁、悲怆、阴冷的景象，突然的压抑，命运的捉弄，焦虑的期待，简言之，生活的整部“神曲”，连同“地狱篇”一起，都被召来从他身上通过，并非只像皮影戏——因为他就在这话剧中生活和苦恼——但也不免仍有那种昙花一现的对于外观的感觉。③

如果说在尼采的视野中，在叔本华以前的时代，人的价值立场和艺术

---

① ［德］伊沃·弗伦策尔：《尼采传》，张载扬译，商务印书馆 1988 年版，第 23 页。
② ［美］弗洛姆：《为自己的人》，孙依依译，生活·读书·新知三联书店 1988 年版，第 125 页。
③ ［德］尼采：《悲剧的诞生》，周国平译，北岳文艺出版社 2004 年版，第 4 页。

取向在于人利用乐观、喜悦、光明的梦中景象来揭示生活的真义，那么在叔本华那里，这种景象将会被忧愁和焦虑所取代，因为在尼采看来，这种痛苦的景象才是人通向天堂的路径，“只有伟大的痛苦才是精神的终极解放者”。很明显，这一立场构成了对启蒙乐观主义的质询，并且激发人们在反思的层面上对贯穿整个人类的信念和知识进行考察。

在尼采知识考古学的谱系中，苏格拉底是尼采的敌人。因为，尼采断定，苏格拉底的思想是整个西方所假想的普适性的价值诉求。

> 苏格拉底是理论乐观主义者的原型，他相信万物的本性皆可穷究，认为知识和认识拥有包治百病的力量，而错误本身即是灾祸。深入事物的根本，辨别真知灼见与假象错误，在苏格拉底式的人看来乃是人类最高尚的甚至唯一的真正使命。因此，从苏格拉底开始，概念、判断和推理的逻辑程序就被尊崇为在其他一切能力之上的最高级的活动和最堪赞叹的天赋。甚至最崇高的道德行为，同情、牺牲、英雄主义的冲动，以及被日神的希腊人称作睿智的那种难能可贵的灵魂的宁静，在苏格拉底及其志同道合的现代后继者们看来，都可由知识辩证法推导出来，因而是可以传授的。①

按照同一性的逻辑来讲，苏格拉底的乐观主义是一种普遍主义和形而上学，具有虚假的统一性和典范性。一方面，追根溯源，它构成了启蒙现代性的思想基础，在此基础上，个体得到道德的完善，事物的本质得到呈现；另一方面，它也直接制造了人的刺激、冲动，成为一种痛苦的源泉，在这里，神话被科学的精神所毁灭，诗被逐出了理想的田地，而这一切使人走向一种无家可归的状态，科学变成了艺术的对立面，因此，在这一点上，苏格拉底的观点是充满矛盾的。但是，总的来看，无论是借叔本华之口阐述生存景象

① ［德］尼采：《悲剧的诞生》，周国平译，北岳文艺出版社2004年版，第60—61页。

的阴冷，还是把矛头对准苏格拉底的乐观主义，尼采都以一种焦虑的体验方式来审视传统，这也是尼采走向现代性批判的一个精神细节。

同样重要的是，尼采并没有停留在对苏格拉底批判的层次上，而是紧接着刨根问底，追溯到古希腊的酒神精神，试图在酒神精神中找到检视现代性的路径。在他看来，苏格拉底的观念造成了一种文化悲剧，它扼杀了人性中狂放不羁的酒神精神，然而值得注意的是，此酒神非彼酒神，而是被尼采重新修正的酒神。

> 酒神状态的迷狂，它对人生日常界限和规则的毁坏，其间，包含着一种恍惚的成分，个人过去所经历的一切都淹没在其中了。这样，一条忘川隔开了日常的现实和酒神的现实。可是，一旦日常的现实重新进入意识，就会令人生厌；一种弃志禁欲的心情便油然而生。在这个意义上，酒神的人与哈姆莱特相像：两者都是一度洞悉事物的本质，他们彻悟了，他们厌弃行动；由于他们的行动丝毫改变不了事物的永恒本质，他们就觉得，指望他们来重整分崩离析的世界，乃是可笑或可耻的。①

相对于苏格拉底所塑造的文化精神而言，尼采则是在酒神的恍惚中彻底告别了启蒙，同时借助酒神来摧毁洋洋得意的生存喜悦，使得酒神极具创造性和审美品质，因为在他的理路中，德国文化的复兴需要酒神精神的再生，虽然苏格拉底式的文化开创了一条通向现代性的道路，但是在这条道路上，人只是一个没有生命意义的过渡，人被知识的绝对视野所涵盖而没有了生存的真相。人需要一种审美的拯救，来还原人生存的本相，从这个意义上说，尼采所信仰的酒神是一种审美现象。

---

① ［德］尼采：《悲剧的诞生》，周国平译，北岳文艺出版社2004年版，第27页。

> 在尼采看来，所谓酒神精神，意味着主体性上升到彻底的自我忘却。尼采所说的“审美现象”，表现为从知觉和行动的日常习惯中释放出来的分散主体性的自我周旋。只有当主体失去自我，从实证主义的时空经验中脱身出来，并被偶然性所震惊，眼看着“真正在场的欲望”（奥克塔维奥·帕斯语）得到满足，一瞬间意识到丧失了自我；只有当理智的行动和思想的范畴被瓦解，日常生活的规范被打破，习以为常的规范化幻想已破灭——只有如此，难以逆料并且十分惊人的世界，即审美表象的世界才会敞开。这个世界既没有遮蔽，也没有公开；既不是现象，也不是本质，而只是表征物。尼采依然非常浪漫地把一切理论和道德的杂质从审美现象中清除出去。在审美经验里，酒神的现实性与理论知识和道德行为的世界以及日常之间隔着一道“忘却的鸿沟”。艺术打开了通往酒神世界的大门，然而其代价是陷入神迷状态——亦即个体痛苦地失去分离和隔阂，从内到外和无定形的自然浑然一体。①

从这里我们不难看出，修正后的酒神不再是那个庆祝丰收的形象代言者，而是超越日常现实的超拔者，它也不再是那个祈求上苍保佑的生灵，而是艺术化为解救人精神困境的征象。进一步说，这一征象不是卢梭式的伤感怀旧，而是包含对现代性问题的拷量，它也不是单纯的好古，而是承载乌托邦的旨趣。因为，这里的酒神面对的是生存的恐怖、痛苦、狂热、过度和不稳定，以及剥离日常生活体验而洞悉深不可测的生存奥秘。如尼采所说：“从生存获得最大成果和最大享受的秘密是：生活在险境中！在维苏威火山旁建筑你们的城市！把你们的船只驶向未经探测的海洋！在同旗鼓相当的对手以及同你们自己的战争中生活。”在我们看来，这种酒神式的

---

① ［德］哈贝马斯：《现代性的哲学话语》，曹卫东译，译林出版社 2004 年版，第 109 页。

生存体验就是一种现代性焦虑体验。在这种体验中，焦虑的主体是一个绝对自由的个体，它能够超越自我意志，产生与自然浑然一体的生存欲望，从而表达对生命的征服，“酒神精神的一个重要标志，乃是支配你自己，使你自己坚强!”因此，尼采信心百倍地说：“人，始终是个不可征服者，他永远憧憬着未来，自身力量的驱使让他无法安定宁静，他的未来使在现实中的他犹如芒刺在背，忙碌不停。这样一个勇敢和博识的动物如何不是所有病态动物中最危险、病期最长、病情最严重的一个呢？人因此常常厌世……甚至还有厌恶、疲倦和自我烦恼，这一切在人身上爆发时就非常强劲，让人立刻陷入新的囹圄之中。”① 从这一点看，尼采的主体自由总是处在一种现在与未来的激烈动荡中，焦虑体验在他的作品中所表达的价值诉求在于一种生命激情的释放，这也足已初步显示出一位强者的精神和酒神精神，“面对痛苦、险境和未知的事物，精神愈加欢欣鼓舞，这样一种精神就是酒神精神”②。尽管这种激情的释放给人的感觉如坐针毡。如果再从日神的角度来看，焦虑体验的生命形式则是酒神在现代性中的精神流变，它拒斥日神华美的外观、美的和谐、静穆与澄明，试图打破日神对酒神的个性化和差异性的平衡，祈求和复兴现代文明的酒神精神，达到一种酒神崇拜的目的，从而实现一种酒神式的审美形而上学。

在对待苏格拉底的理性主义和古希腊酒神精神的态度上，尼采的高明之处在于，口口声声地引用他们，却又时时刻刻地批判和颠覆他们。如果说，尼采把苏格拉底的文化观念作为启蒙现代性的直接的知识渊源，那么，对其毫不留情的颠覆成了尼采告别启蒙的出路，而在实践形态上，尼采则取酒神中的焦虑和不安的心境来重塑现代性生存的形式，揭示人类真理、道德、理性和科学等价值体系背后的心理阴暗的维度及其所展现出来的价

① ［德］尼采：《论道德的谱系》，谢地坤译，漓江出版社 2001 年版，第 96 页。

② 周国平：《尼采：在世纪的转折点上》，上海人民出版社 1986 年版，第 77 页。

值诉求，这一点正好也是现代审美的价值取向。无怪乎，尼采之后的诗人和美学家，都试图在心理阴暗的维度中获得美学的灵感，从这个意义上说，“尼采的现代性方案开启了西方思想的另一种渊源”①。在尼采的诗性文本中，始终贯穿着对两种文化的批判，因为有两种精神传统支撑着西方文化的发展，一个是苏格拉底开创的理性主义传统，另一个则是基督教传统。尼采用启蒙现代性的生存困境证伪了理性自明性存在的合法性，在某种程度上，更是解构了柏拉图的理念、康德的物自体和黑格尔的绝对精神，很明显，这些哲学理念与尼采思想在本质上是相悖的，它们注重世界的本体，而贬低现实世界的真实生存，崇尚一种形而上的生命形式，但是这些哲学思想进入尼采的视线，被认为是一种逻辑谬误。尽管叔本华和克尔凯郭尔等思想家已早有提及，但尼采却把这种对谬误的颠覆推向了极端。而在对待基督教的态度上，这种颠覆传统的表现则是更加极端和凶狠。在《快乐的科学》一书中，尼采借疯子之口，宣告上帝死了，上帝真的死了，是我们杀害了他，紧接着在《查拉图斯特拉如是说》一书中，尼采又极度宣扬，“对上帝的亵渎是最大的亵渎，但上帝死了，故渎神者也死了”②。在此，我们并不想回溯上帝和基督教曾经的辉煌，也不关注上帝之死的现代性原因，而只想描述的是，“上帝之死”以后，现代文化的主因在哪里？人在这种文化中的精神角色又如何？在我们看来，这些问题归结起来，在某种程度上，就是重新理解现代性的体验，用尼采的话说，“这种体验似用一种暖风式的语言写就：它狂妄、不安、矛盾，如四月天气反复无常，总提醒人们冬季的临近，也昭示战胜严冬的胜利”③，这种体验，我们可以把它称为一种生存的焦虑体验。在与基督教问题的交涉和决裂中，我们能够看到，此种体验获得了某种自觉的重新界定，在某种意义上，它修改甚至取代了现代性

---

① 周宪：《审美现代性批判》，商务印书馆 2005 年版，第 23 页。

② ［德］尼采：《查拉图斯特拉如是说》，黄明嘉译，漓江出版社 2000 年版，第 6 页。

③ ［德］尼采：《快乐的科学》，黄明嘉译，漓江出版社 2000 年版，第 1 页。

的一系列理性、进步的普遍价值诉求，成为一种自觉参与审美现代性建构的构件。

“上帝之死”意味着一个新的时代的到来，我们必须“重估一切价值”，而重估价值的第一个问题就是虚无主义。尼采生活的时代是一个动荡不安、漂泊不定的时代。用他自己的话描述就是，“不确定状态乃是这个时代的特点：没有什么是扎实的，是以坚定的信仰为基础的；大家为明天而活着，因为后天令人怀疑。在我们行进的轨道上，一切都是不可靠的、危险的，而且，现在承载着我们的这块冰面，已经变得非常稀薄了，以致我们已预感到暖风消融冰面的不祥气息——在我们行进过的地方，转眼之间已无人迹”[①]。因此，虚无主义的产生在于，在不确定和危险的边缘，人们只剩下了具有裁判权的价值——别的一无所有，它极端的形式是“任何信仰，任何自以为真实的行动一定是谬误。因为，根本就没有真实的世界。这就是说：这样的世界乃是源于我们头脑的远景式的假象”[②]。针对该问题，如果从克尔凯郭尔的角度来看，人之生存的虚无主义的根基在于，他以自身为目标，设定自我的价值体系，而不是在反抗和怀疑中考虑信仰问题，并且，不管他是什么，他都不相信上帝的存在，但是在这一点上，尼采与克尔凯郭尔相遇，而又在摆脱虚无主义的出路中分离，因为在尼采看来，虚无主义的根基恰恰是，现代人、后基督教的人从来没有摆脱上帝，现代人依然没有跳出基督教——道德传统的灾难领地。[③] 在探讨该问题的出路上，克尔凯郭尔用基督教的信仰来克服虚无主义，唾弃感性的人生意义和审美的艺术形式，而尼采则认为虚无主义的历史源头是基督教及其道貌岸然的道德，所以对待虚无主义，一方面要充分利用它的局限性和脆弱性，回到真实的

---

① ［德］尼采：《权力意志》，张念东等译，中央编译出版社 2000 年版，第 17 页。

② 同上书，第 147 页。

③ 参阅［德］洛维特《基尔克果与尼采——对虚无主义的哲学和神学克服》，［德］洛维特、沃林格等著《墙上的书写——尼采与基督教》，田立平等译，华夏出版社 2004 年版，第 89—90 页。

生命世界中来；另一方面要挖掘虚无主义内在的精神威力，“虚无主义可以指两种不同和对立的东西：既可以指一种没落和疲惫的症状，又可以指坚强和上升的过渡表现”①。在这种情形下，艺术与生存的虚无完全结合在一起，并且开启了一种艺术本真存在的可能性，诸如嘲弄、反讽、颓废、厌倦、怀疑和焦虑。在他眼中，“艺术叫我们想起了兽性的生命力的状态；艺术一下子成了形象和意愿世界中旺盛的生命体，性的涌流和漫溢；另一方面，通过拔高了生命的形象和意愿，也刺激了兽性的功能——增强了生命感，成了兴奋感的兴奋剂”②。可以说，此种兽性的生命力是潜伏在虚无主义中坚强和上升的表现。就尼采对现代性的诊断而言，艺术中生命力的彰显是对现代理性主义驯化力量的反抗，也是使生命奔向一种自由的拯救，使得那个曾经在基督教统治下的羸弱、沉闷、恐惧和消极的身体恢复生命的质感，因为在尼采的眼中，压制感官、压制渴望——这一切都会激起恐惧。

上帝死后，虚无主义成了极端的精神形式，尼采被深深地浸染在虚无的思考中，时刻都想着在虚无中获得生命的意义。在此情形下，尼采的精神表现是孤寂的，他试图通过孤寂的精神境界来清洗这个残缺和病态的时代，或许只有通过这样的形式，人才能看清这个世界。“当我到达高处，便发觉自己总是孤独的。无人同我说话，孤寂的严冬令我发抖。我在高处究竟意欲何为”③，诗人尼采站在孤独的高处在追问，其实就是在思考人如何才能发现存在的意义。在《野歌》中他也这样写道：“啊，我的周围是冰，我的手因冰冷之物而毁伤！/啊，我的内心充满焦渴，这焦渴在思慕你们的焦渴！/这是黑夜：唉，我必须是光！/对黑夜之物的焦渴啊！孤独

---

① ［德］洛维特：《基尔克果与尼采——对虚无主义的哲学和神学克服》，［德］洛维特、沃林格等著《墙上的书写——尼采与基督教》，田立平等译，华夏出版社2004年版，第99页。

② ［德］尼采：《权力意志》，张念东等译，中央编译出版社2000年版，第126页。

③ ［德］尼采：《查拉图斯特拉如是说》，黄明嘉译，漓江出版社2000年版，第40页。

啊!”① 诗人在黑夜之中是焦渴的，希望用光来照亮黑夜，驱散黑暗。但即使自己变成了光，仍然是孤独缠身。尼采却为之自豪：“我，茕茕孑立的孤独者，却依旧是富甲天下之人，也是最受人嫉恨之人。”② 在《孤寂的人》中，尼采更是把孤独作为一种衡量人的精神品格标准：“我讨厌跟从，也不喜带领，/服从？否！统治？不行！/因为自己不可怕便不能使人怕，/使人畏惧者方能领袖群伦。/可是，我也厌恶带领自己！/却愿做林间和海中的善类。/不妨先自我失落一样，/于温雅的迷惘中冥思苦想，/最后吸引自己归家，从远方。/我诱使自己属于自己。”③ 从焦虑体验的角度来看，在尼采所追求的精神境界中，孤寂成了焦虑体验的一种最高的精神形式，在虚无主义的情景中，孤寂的痛苦总是优于快乐，而这种痛苦却是生存的指南。即使在尼采式的“归家”中，也表现着痛苦的征象：“孤寂呀，你是我的故乡！我在野蛮的他乡过野蛮的生活委实太久，所以向你回归时不可能没有眼泪。”④ 从这些诗作中，我们可以看出，尼采把孤寂作为现代人生存的形式，就是希望在黑暗中教人们做一位孤独的强者，期望从被理性驯化和基督教“奴化”的大众中解放出来，做到举世皆浊吾独清。这很明显并不是一种归隐之心。恰恰相反，在这种孤寂和焦灼的痛苦中，生命的思想才如火山般迸发，给现实致命一击。按他自己的说法，“我们既不是有思想的青蛙，又不是内脏冰冷的客观记录仪，而必须持续地从自己的痛苦中娩出思想，像慈母一般倾其所有，以鲜血、心灵、热情、喜悦、激情、痛苦、良知、命运和灾祸给思想以哺育”⑤。

根据对理性主义、基督教衰落和虚无主义情景的分析，我们可以对尼采的焦虑体验做一个简单的总结。首先，在尼采的思想中，焦虑是现代个

① ［德］尼采：《查拉图斯特拉如是说》，黄明嘉译，漓江出版社2000年版，第113页。
② 同上书，第118页。
③ ［德］尼采：《快乐的科学》，黄明嘉译，漓江出版社2000年版，第24—25页。
④ ［德］尼采：《查拉图斯特拉如是说》，黄明嘉译，漓江出版社2000年版，第200页。
⑤ ［德］尼采：《快乐的科学·第二版前言》，黄明嘉译，漓江出版社2000年版，第4页。

体痛苦思索的激情，它要对传统的知识和价值观念做出一种质疑的反应结构，寻求克服现代理性神话的可能性，带着这样的痛苦激情，尼采成为“第一个认识到‘现代’对于西方欧洲人意味着什么的哲学家，他看到，持续了两千年的基督教价值信仰走到尽头，他看到，这意味着，我们的个人生活不再有任何目标或意义。更糟的是，他还看到，西方思想中几乎所有的核心理念和价值只不过是一些形而上学，没有任何根基可言”①。这样敏锐的洞察力与他对当代文化的不满有着密切的关系，“即和弗洛伊德所谓的一种关于文化不安”② 相关。其次，尼采诗文中所彰显的现代性焦虑体验，并不是一个单一的层面，而是一个较为复杂且轮廓模糊的复合型生命体验。从对传统价值体系的脱离，到复返本源的倾向，尼采的理路中总是跳跃着漂泊、痛苦、颓废③、孤寂、畏惧、迷惘、恐惧、厌恶、怨恨等，这是一种对现代性的文化病理诊断的结果。再次，焦虑弥漫在尼采的思想文本中，虽然并不像一些思想那样明显，但在整个诗作中，焦虑体验是尼采许多思想的原始胚胎，这种体验在尼采身上持续发展，使得其思想也得到长足的发展，从《悲剧的诞生》中的酒神精神到权力意志、超人、永恒轮回等，在这个过程中，焦虑成了一种自觉意识，它不断促使尼采发现和解决新的问题，并且把这种意识与时代特征紧密结合起来。更重要的是，带着这种精神体验去思考问题，也成了尼采之后许多思想家的共同经历，如海德格尔、萨特、齐美尔、雅斯贝斯、加特塞、阿多诺、马尔库塞、福柯等，在现代文学艺术领域，直接影响了茨威格、托马斯·曼、萧伯纳、黑塞、里

---

① ［英］戴维·罗宾逊：《尼采与后现代主义》，程炼译，北京大学出版社 2005 年版，第 23 页。

② ［匈牙利］卢卡奇：《理性的毁灭》，王玖兴等译，江苏教育出版社 2005 年版，第 187 页。

③ “颓废”在尼采的美学思想中占有重要的地位。在《快乐的科学》《权力意志》等著作中都有不同程度的描述，它主要是指一种症状，一种疾病体验，它充满了悲悯和反讽。卡林内斯库认为，颓废是作为一种心理、道德或美学的自我欺骗出现的，并最终归结为一种意识形态。同时他认为，尼采不仅仅是把自己作为一个颓废者在克服——富有讽刺意味的是，他还创作了最完美的荣耀归于颓废者。参阅［美］卡林内斯库《现代性的五副面孔》，顾爱彬、李瑞华译，商务印书馆 2002 年版，第 192—210 页。

尔克、霍夫曼、鲁迅等，他们都在一种不安和焦虑中寻求现代性批判的精神支点。最后，从审美的角度来看，每一种美的特殊成分都来自激情，而由于我们有我们特殊的激情，我们就有我们自己的美。① 对于尼采来说，现代艺术的真正目的不在于一种屈从式的浪漫，就像瓦格纳后期的艺术一样，而在于一种痛苦的自觉超越，超越已确定的、有限的物质世界，而进入一种不确定的艺术世界中去释放焦虑激情，这样，我们才能够挽救那个生存在“碎片、断肢和可怕的偶然”中的人。

因此，在思考和体验的过程中，尼采自始至终不仅是一位焦虑体验的领舞者，也是一位宣扬苦难和救渡的“教父”，他似乎像圣徒保罗一样告诉世人：

> 我们知道一切受造之物一同叹息、劳苦，直到如今。不但如此，就是我们这有圣灵初结果子的，也是自己心里叹息，等候得着儿子的名分，乃是我们的身体得赎。②

二　迷恋焦虑与超现实主义

历史地看，卢梭在对启蒙运动的反思和批判中揭示出现代性具有一种不安的精神气质，而在现代主义艺术中，波德莱尔从现时性出发，在现代诗歌和绘画中，要求把这种不安与焦虑彰显出来，在丑与恶中发现现代美

① ［法］波德莱尔：《波德莱尔美学论文选》，郭宏安译，人民文学出版社1987年版，第300页。

② 《圣经·新约·罗马书》8：22，23，中国基督教三自爱国运动委员会、中国基督教协会2002年版。

的新型样态，从而把审美现代性定位在现代生活的骤变、不安和焦灼的体验中，无论是《恶之花》，还是《巴黎的忧郁》，他所描述和歌颂的象征森林是一种充满恐惧和邪恶的生存感受。虽然，在对待焦虑体验的态度上，波德莱尔、里尔克、马拉美、魏尔伦等现代主义诗人，都没有对这一体验做出明确而清晰的界定和描述，但有意思的是，我们能够亲切地感受到，焦虑体验充斥在他们诗歌的命脉中，时刻让读者体悟现代性的别样感受。在这之后，我们应该看到，经历印象主义、未来主义和达达主义的发展，现代性意识变得异常复杂，各种对抗和反思现代化发展的艺术思潮，争相展现自己的价值和意义。然而，众多的现代性意识在超现实主义艺术中得到集中，如瓦岱所言，“二次世界大战之间在法国发展起来的文艺思潮中，超现实主义是最丰富但同时也是最复杂的一种”[①]。超现实主义在现代性问题上，始终保持一种批判和规划的态度，运用自己的写作策略编织现实的梦境，始终坚持自我的本真和排斥外界的束缚和压制，从而把 19 世纪以来流行的浪漫主义的想象推向了极致，因此，在艺术上倾向一种断裂、颠覆和革新。而在我们看来，这些态度和趋向集中到一点就是超现实主义崇尚艺术美学观念中的焦虑和绝望，“绝大部分的现代艺术只是我们绝望的储藏室和博物馆”（尤奈斯库语）。从这个层面上说，现代主义艺术也是一种焦虑和危险的文化。超现实主义艺术在布勒东等人的倡导和带领下，以反哲学、反美学、反艺术的态度，渴望从传统的压抑中解放出来，确立艺术的独立性，在这个过程中，对焦虑的迷恋和追逐成了超现实主义者表征自我和实现审美价值的重要方式。

众所周知，超现实主义是第一次世界大战以后在法国兴起的社会思潮和艺术运动，其影响遍及欧洲各国，席卷文学、绘画、戏剧、音乐等各个艺术领域。之所以有如此巨大的影响力，主要原因是第一次世界大战给人

① ［法］伊夫·瓦岱：《文学与现代性》，田庆生译，北京大学出版社 2001 年版，第 96 页。

们带来了灾难性的精神动荡和危机。如果说尼采宣布“上帝死了”，这一毁灭性的话语表征着现代人理性精神的沉陷，在心灵上进入了一个绝对自由和焦虑的时代，这种精神后果也深刻地影响了现代主义艺术实践，那么，第一次世界大战则以现代战争的形式，把人的生存理想和精神灵魂推向了一个灾难性的深渊，人们更把所有的兴奋点集中在对现代性文化发展的质疑、反思和重建上，这种倾向也就使得19世纪浪漫主义艺术和美学观念发生了重要变化，人们渴望在现实世界的背后发现另外一个充满想象的真实世界。“第一次世界大战使西方陷入了它曾经以为永远脱离了的野蛮境地之中。人们曾经天真地以为新的发明创造是幸福与和平的源泉，然而这些发明创造却使人们的毁灭能力达到了一种始料未及的水平，因此，一些新的先锋派思潮便应运而生，它们的代表在一种强烈的反抗意识的支配下，反对现实社会，如同达达所主张的那样，经由混乱之实现重建社会的可能。”①这种重建方式，在超现实主义者布勒东那里，得到了一个很好的证明。在第一世界大战期间，布勒东并没有直接参加战斗，但是，他在后方精神病治疗中心当实习医生，专门治疗炮弹休克症患者，这段经历在他身上打下了深深的印记。他在战后回想起来说，帮助病人分析他们的梦，“几乎成了超现实主义的全部基础”，通过解释的方式，从逻辑和道德上解脱束缚，以求恢复他们原先的精神能力。给布勒东印象特别深刻的是，那是一个有教养的年轻人，堑壕战把他赶进了我不会受伤害的幻觉，以至于他为自己虚构了另一个平行的世界。他会在轰炸的过程中站在战壕前的胸墙上面，用手指着轰炸的地方，镇定地相信那些尸体是橱窗里的模型人，伤口是化装油彩，炮弹是空的，整个战争是演员们演出的假戏。没有一颗子弹打中过

① ［法］伊夫·瓦岱：《文学与现代性·前言》，田庆生译，北京大学出版社2001年版，第7页。

他，没有一个理由能使他相信战争是真的。[①] 布勒东敏锐地洞察到，这种不可名状的神经质式的焦灼和恍惚状态，与艺术家和他所表现的现实有着密切的关系，现代诗人着迷的也就是，他所描述的年轻人在焦虑中指手画脚的平行世界。从这个层面上说，战争给同时代的诗人艺术家带来了精神灵感，也“为同是医师的布勒东带来了无可替代的人生体验”[②]。同样这种精神事件为超现实主义者的创作提供了精神营养，使得阿拉贡[③]和布勒东等人在思想和精神上产生了强烈的共鸣。

如果说，第一次世界大战为超现实主义艺术的产生提供了一个复杂的文化背景，那么，在艺术发展的规律上，产生于20世纪初的达达主义则是超现实主义的直接母体。在战争期间，诞生在苏黎世小酒馆中的艺术群体，随意在一本拉鲁斯法文字典获得的名字“DADA”，这个没有任何意义的能指，成了艺术家所追求的意义，在他们看来，这个词的发明和运动的兴起，是因为“人类和世界被破坏得不成样子而在人的精神上引起了失望的结果，他们再也不相信有什么稳定、持久的东西了”[④]，而问题是，是谁破坏了这个世界，又是什么引起了世界的动荡不安？达达主义者身上“某种文化忧郁症爆发了，它对迷醉于速度的灾难性后果发出了预警，并且这个时期的许多病症都与之建立了因果联系”[⑤]，他们认为是人自己造成了这个世界的混乱和动荡，是“机器时代的动力学把能量转化成了达到最终的自我毁灭后果的速度”。在世俗化的过程中，人被习以为常的传统搞得麻木不仁，人

① ［美］罗伯特·休斯：《新艺术的震撼》，刘萍君等译，上海人民美术出版社1989年版，第186页。

② ［法］皮埃尔·代克斯：《超现实主义者的生活（1917—1932）》，王莹译，山东画报出版社2005年版，第7页。

③ 阿拉贡和马松等超现实主义者直接参加了1914—1918年的战争，在前线厮杀和治疗受伤的患者。

④ ［法］杜布莱西斯：《超现实主义》，老高放译，生活·读书·新知三联书店1988年版，第20页。

⑤ ［奥］诺沃特尼：《时间：现代与后现代经验》，金梦兰、张网成译，北京师范大学出版社2011年版，第17页。

的善良、高尚和崇高都变得面目全非，而蜗居于由财富和资本逻辑支配下的物欲和贪婪之中。在这个意义上，达达主义以反抗的姿态，“想要引起公众舆论的愤怒，以便使大众从麻木不仁的状态下摆脱出来”[①]。达达的愤怒是有道理的。面对由工具理性控制的世界，人远离了上帝的保佑和呵护，有的只是金钱和虚伪的面具，而达达只能依靠人的个性化的生存方式来与在现实世界中的异在相分离，还原被标准化、程序化和数字化抽空的真实存在。因此，激进的达达主义者们在焦虑中寻找“绝对的存在”，用颠覆一切艺术形式和生活常规的方式，不假思索地宣布一切传统尺度的彻底消失，试图引爆现代艺术的地震，以一种高昂的情绪对艺术、道德和社会做持续不断的反抗。

达达主义的历史性在场催生了超现实主义的诞生。在对待传统观念的态度和战争体验上，超现实主义者从达达主义中吸收了激进的反抗精神，但同时又克服了达达主义的无政府主义和虚无主义的弱点，因为，超现实主义有着比较稳定的信念和纲领。值得注意的是，精神气质的延伸，使得两者的立场有着相似之处。这种相似之处也正是我们所关注的，因为，这种相似之处的兴奋点就是焦虑体验的扩散。在达达者的经历中，他们深信“对战后的惶恐不安和精神失常深有体会，而他们的达达主义运动就是要寻找一种生存的方式”[②]。但是，与达达对焦虑的简单反抗不同的是，超现实主义者试图肯定性地寻求一种存在于现实中的真实，而焦虑是进入这一真实的路径之一。这是超现实主义艺术家钟情和迷恋的精神形式，也是他们引以为豪的探求真理的一种方式。

在经历达达主义的现代性体验之后，1924 年，布勒东发表《第一次超现实主义宣言》，这标志着超现实主义运动的产生。超现实主义者坚决反对

---

① ［法］杜布莱西斯：《超现实主义》，老高放译，生活·读书·新知三联书店 1988 年版，第 21 页。

② 同上。

实用主义的法则和逻辑标准，认为这是对脆弱的现实生活的威胁和破坏，因为，正是它们使现代人的想象力丧失殆尽。“种种威胁层出不穷，人们只好退却，放弃一部分有待攻取的地盘。那原先无尽无涯纵横驰骋的想象力，如今也只许循规蹈矩地予以发挥，那规矩便是武断的实用法则”①，紧接着，布勒东以焦虑的口吻呐喊道：“在文明的掩护下，以进步为口实，人们已经将所有可以称之为迷信或幻想的东西，一律摒除于思想之外；并且禁绝了一切不合常规的探求真理之方式。”② 恰恰相反，在超现实主义的视野中，这些不合常规的探求真理的方式却是寻找真实的方式，因为，它们就是被工具理性弃绝的精神形式，超现实主义者的工作就是要恢复和发现在这种被实用逻辑和理性规则统摄下的生命存在的真实。在这种发现和寻找的过程中，超现实主义者有一种最切身的体会，就是在苦难和焦虑中去寻找真理和自由。杜布莱西斯说得好，“苦难的深渊深不可测，而对它进行探测勘察，则会使人陶醉于自由之中，并使他感到有力量直立在上帝的面前”③。因此，超现实主义者颂扬那种能够带领我们到充满暴力、恐惧和焦虑的世界中，为自己的生存抗争，只有在这样的世界中，在动荡、狂妄和不安的体验中，人才是自由的。

超现实主义者迷恋痛苦和不安的体验，在弗洛伊德的精神分析学中找到了理论依据。布勒东声称，弗洛伊德发现了那个他以为最重要的部分，即，无意识想象的世界，而大家偏偏对那个部分却毫不关心。在这种暗示性中，超现实主义表达了最基本的观点：整个艺术过程试图发现并揭示比现实背后的真实更为真实的意义，此种意义可以延伸到事实的底层。在弗洛伊德的视域中，要想到达这种真实的底层，必须要揭开的秘密就是对焦

① ［法］布勒东：《第一次超现实主义宣言》，张秉真、黄晋凯主编《未来主义·超现实主义》，中国人民大学出版社 1998 年版，第 243—244 页。

② 同上书，第 249 页。

③ ［法］杜布莱西斯：《超现实主义》，老高放译，生活·读书·新知三联书店 1988 年版，第 15 页。

虑症候的勘察。就这一点而言，无论是弗洛伊德，还是后来的拉康，都认为这是我们超越现实，回归真实必须经过的道路。在弗洛伊德看来，焦虑是神经症候最可怕的负担，在症状上表现为两种相反的互相冲突的倾向，并且两者能够相互调和，“一方面代表被压抑的倾向，一方面代表那抑制其他倾向而引致症候的主动倾向”①。如果说弗洛伊德的焦虑是一种无意识受到压抑而表现出来的症状，而这种症状有两个相互冲突的倾向，这在心理学中是一种防御机制，也是需要治疗的精神病，那么在布勒东那里，却把这种带有时代性和文化性的精神疾病作为一种时髦，他想保持它，因为他认为疯子是大智者，精神错乱准许心灵的整个“黑暗面”自由出入的观念，这个黑暗面就是社会、人性，尤其是艺术的令人痛苦但又无可辩驳的真实的所在地。② 超现实主义者们用精神错乱和痛苦焦虑换来的真实和自由成了后来许多结构主义者，如拉康、福柯、德里达和德勒兹等思想家和美学家的精神源泉，他们的哲学思想和美学观念，在很大程度上都与超现实主义者所倡导的自由和真实有着不可割舍的关系。有一个显著的例子，就是20世纪30年代的青年拉康被超现实主义的思想深深打动，在他的理论中，我们能够看到超现实主义的精神特质。从这个意义上说，作为一种精神症候的焦虑也成了拉康感兴趣的问题。但是，在拉康那里，弗洛伊德式的焦虑和超现实主义者的焦虑体验都被整个打翻在地。因为，在拉康看来，弗洛伊德式的精神治疗，仅仅是对挫折的处理，“它掩盖了他人的欲望的焦虑，当这种焦虑只是被恐惧对象所覆盖时是不能不被看出来的”③。

具体到他们的艺术创作上来说，首先，超现实主义者们把对真实的呈现作为自觉的创作。与19世纪的现代艺术相比，如果说新古典主义注重理

① ［奥］弗洛伊德：《精神分析引论》，高觉敷译，商务印书馆2004年版，第238页。

② ［美］罗伯特·休斯：《新艺术的震撼》，刘萍君等译，上海人民美术出版社1989年版，第187页。

③ ［法］拉康：《拉康选集》，褚孝泉译，上海三联书店2001年版，第636页。

想的形式，印象主义钟情鲜艳的表面和坚实的物质世界，那么超现实主义艺术则把内心的真实用色彩呈现出来，这种真实的实质性内容就是长期以来现代人生活的精神错乱和虚假的现实世界给人们带来的不安和焦虑，或者被人忽略的充满想象性、偶然性和变幻性的梦境。而这些被忽略和寄生的精神体验，就是超现实主义艺术所要寻找和传达的现实，就这一点而言，一个最明显的原因在于，超现实主义艺术家对这个世界有着深刻的认识。正如超现实主义画家菲德利克·恩斯特所声称的那样：

> 世界并不是现行事物的合成体，而是一种过程的复合，表面上稳定的物体，在我们的脑海中，也只不过是一种形象，它们永远处在不停的变化之中，忽隐忽现，全属机缘偶然，即使处在暂时的逆行状态，也终将会融入前进的发展过程中。①

这种变化和机缘，蕴含着人们真实的生命体验。而艺术家的任务是如何发现和呈现这些容易被人忽视的体验，让人们真正认识这个世界，并且在审美的层面上产生强大的震撼力，这就势必触及焦虑体验的问题，也就是如何把焦虑转化为艺术的语言，成为一种视觉意象，从而获得一种解放和超拔。恩斯特就是善于创造这种超拔意象的艺术家。《遭夜鹰威胁的两孩童》，看起来就是一幅平庸的画面。房子像是一个古典的杜鹃钟那样别致，而风景则就像是田园诗所描绘的那样温馨，在这样的情景中，夜鹰怎么会成了制造恐惧的观念？而让人迷惑的标题也是匪夷所思的创作构思，遗憾的是，无论是从让人迷惑的标题中，还是从整个画面的结构出发，观赏者都无法获得破译这幅画的秘密，但在恩斯特的意图中，他试图通过构造这样一种超现实的视觉意象，来传达一种超现实主义的美学观念，用他自己的话说："在这里，我发现一个形象的成分是那么遥远，以致它的荒谬引起

① 转引自曾长生《超现实主义艺术》，台北艺术家出版社2000年版，第18页。

了我的视觉官能的突然增强——一连串矛盾形象的幻觉……只要用油画或素描方法，给图解加上色彩、线条，与所表现的物体不相干的风景就够了。这些改变，不过是对在我内心能看见的东西的容易掌握的再现……把一页页陈腐的广告转变成揭示我最秘密的欲望的戏剧。”① 在他的观念中，梦中的恐惧和焦虑只有用透视的方法才能被淋漓尽致地表达出来，观赏者只有具备发现和想象的审美直觉才能从中获得一种惊异美。恩斯特在后来的“森林系列”中，通过疏离化的森林隐喻整个欧洲文化的瓦解，在他看来，森林是人类遭受疏离的重要区域，整个画面上，涂抹的全是废墟和宁静，充满凄凉和丑恶，并没有值得人们憧憬的东西，艺术家以这样的方式强调非理性的恐惧，反映大战给人带来的心灵创伤，因而他们具有强烈的反战意识。另一位重要的艺术家培根，也在绘画中充分显示了残酷现实中人心灵的不安、恐惧和焦虑。在《教皇英诺森十世肖像习作》中，画面整个基调就是阴森、恐怖，教皇在画的中央，惊声尖叫，面色发紫，牙齿夸张外露，身体呈现一种痉挛状态，同时整个身体似乎被捆绑在椅子上，画面呈现若隐若现的压迫感，这些绘画细节都造成了不同层次的焦虑体验，因此，焦虑不安的内心体验，也正是培根在这幅画中所要突出表现的。“为了达到此种效果，培根有时还将大把的颜料直接猛摔在画布上，之后再以他的双手，画笔或其他的媒介来拟塑造形，他相信以此方法可以表现出人体事实的残酷面。”② 从这个意义上，焦虑是超现实主义艺术家嘲弄日常生活和颠覆日常感知习惯的精神形式，而对这样一个充满残酷和疏离的现代世界的表现成了超现实主义艺术的根本精神。

其次，超现实主义艺术家陷入了焦虑的境况，试图寻求一种区别以往的“形而上孤寂”的格调主义，表现自己对世界的审美观照。按照德国艺

① 转引自［美］罗伯特·休斯《新艺术的震撼》，刘萍君等译，上海人民美术出版社 1989 年版，第 195 页。

② 曾长生：《超现实主义艺术》，台北艺术家出版社 2000 年版，第 180 页。

术评论家古茨塔夫·勒内·豪克的观点，格调是主观精神的表达形式，是一种主要以不合规则的形式手段表现精神和心灵历程的艺术。[①] 为此，超现实主义者做出了不懈的努力。超现实主义艺术家基里诃和他的形而上学画派，否定未来主义艺术中乐观与进取的精神，而主要朝向一种不安宁的生存表现，并觊觎于此一种艺术风格的表现。布勒东和他的朋友觉得他的作品是“使人心神不安的诗歌”的榜样，因为基里诃赞同世界是受苦受难和各种折磨的人的混杂，而这种观念直接受到尼采美学思想的影响。同样，尼采式的人生理念也直接决定了其作品的风格，表现孤寂和焦虑成了展现艺术视觉逻辑的根本要求。他这样认为，他的每一件严肃的艺术作品，均包含两种不同的孤寂感：第一种可以称为“造型的孤寂”，这是一种冥想的至福状态，由明朗的构成与造型的结合而产生，无论是把静物拟人化或是将人物变静物，即两种静物生命均不是画作的主题，那主要还是在其超感性的布局，有时活生生的人物也可能包含于其中；第二种孤寂即是线条与信号，这是一种形而上的孤寂，因为在期间并没有任何视觉上或心灵上的逻辑训练存在，[②] 这种形而上的孤寂是真实的，代表着艺术家内心的焦虑。在《一条街的忧郁和神秘》和《心神不宁的缪斯》中，整个画面浸染着一种感伤的气氛，而这种气氛造就了一种不可名状的焦虑情绪。无论是在拱廊街、教堂，还是在广场和雕像面前，基里诃都把孤寂和焦虑糅入其中，而剥离和超越客观事物的性质，着迷于其中的形而上精神。在他眼中，太阳做下午将尽时的倾斜，把长长的阴影投射在广场上。它的清明尖刻的光线把各种物体永远铭刻在记忆中，但从来不抚爱它们，从来不提供安宁幸福的错觉。[③] 在他的作品中，基里诃创造了一种新的审美直觉。如果说，恩斯

---

① ［德］古茨塔夫·勒内·豪克：《绝望与信心——论20世纪末的文学和艺术》，李永平译，中国社会科学出版社1992年版，第9页。

② 曾长生：《超现实主义艺术》，台北艺术家出版社2000年版，第105页。

③ ［美］罗伯特·休斯：《新艺术的震撼》，刘萍君等译，上海人民美术出版社1989年版，第189—190页。

特是由焦虑和恐惧这面棱镜来观照现实，让人体验到一种焦虑不安的滋味，那么，基里诃更注重的是号召艺术家转向“认识自身的情感和情绪”，因此，他的绘画是“一种不可救药的人类忧虑”（布勒东语）。通过这样的忧虑，人的审美直觉成了一种生命的本质，而不是被外物所控制和衍生的精神形式，或者说，它就是生活本身，从这个意义上说，基里诃的用意是相当深刻的。

最后，焦虑带来了一种超乎寻常的疯狂，而这种疯狂却是一种否定和批判精神。如果说，存在主义者克尔凯郭尔把焦虑的结果指认为绝望，认定它就是人身上存有的“致命的疾病”，而唯一解救的出路是对上帝的信仰，那么，在超现实主义者那里，焦虑体验延伸下去的后果并不是依靠信仰上帝来救渡的心理疾病，而是一种精神的疯狂，这种疯狂的症状所获得的药方是对现实进行义无反顾的批判和否定。相比而言，一种价值诉求指向缥缈神圣的上帝，祈求获得心灵的安慰和道德的完善，另一种则是面对现实，颠覆被异化逻辑所奴役的人生，渴望一种生存的真实，使得焦虑的后果呈现不同的价值取向。而就超现实主义来说，焦虑所展现的疯狂成了批判现实的一把利器。用超现实主义者自己的话说，“我宁愿要这令人苦恼、失望的精神尝试，也不愿意要那知性的理智和逻辑的方法”①，因为在他们看来，日常生活的建构靠的是知识和理性，这种建构逻辑直接导致了现实世界的失真。疯狂的超现实主义者达利也证实了这种失真。“在现在的这种文化背景下，由于自我惩罚的机械论和建筑学，由于心理上对官僚政治的庆贺，由于意识形态的混乱和朴素想象，由于父辈感情的荒芜以及其他方面的荒芜，我们这些现代的人已经系统地被白痴化了。”② 在揭示真实的问题上，鬼才达利用充满暴力的画笔，创作了无意识疯狂的意象 ，如

① 转引自［法］杜布莱西斯《超现实主义》，老高放译，生活·读书·新知三联书店1988年版，第56页。

② ［西班牙］达利：《达利访谈录》，杨志麟等译，江苏美术出版社1991年版，第131页。

《巨大的自慰者》《记忆的永恒》和《内乱的预感》等作品，无疑都能折射出他利用疯狂作为批判工具，揭穿荒芜与虚伪的现实的用意，这种否定和批判的方式标识出超现实主义者批判现实的总体性方法。他们始终坚信，这种偏执狂式的方法能够把幻想和现实联系起来，凸现出真实的非理性的本我，彻底释放自己的生命力，因此，这也使得超现实主义艺术放射出一种别样的美。

通过以上的分析，我们可以得出这样的结论：第一次世界大战以来，对危机意识的体会和对无意识的崇拜成了超现实主义艺术焦虑体验的本质特征。因为，超现实主义把危机意识深入现代人的内心深处，用无意识来颠覆意识和理性，揭示人心灵的奥秘，这两点构成了超现实主义艺术对待传统和现代的基本立场。与此同时，作为一段历史意识的表达，超现实主义在焦虑体验上，也呈现出一种微妙的变化，由焦虑情绪的展现，到深入内心世界，到一种精神迷恋，再到疯狂的焦虑，焦虑始终伴随着超现实主义。作为一种神秘莫测的力量，一种痛苦颠沛的体验，焦虑赋予了生命救赎的希望，因此，超现实主义艺术对焦虑的迷恋，丰富和拓展了审美现代性的追求。

三 抽象焦虑与表现主义

德国艺术史家威廉·沃林格在《抽象与移情》一书中从美学和艺术史的层面将西方艺术划分为两种风格：移情和抽象。在他看来，移情是一种与古典主义艺术息息相关的审美心理机制，尽管这种审美心理活动特别强调艺术作品形式与主体内在生命的协调一致，并希望通过客观化的协调产生一种自我肯定的满足感，但是整个欧洲艺术发展史证明，移情并不具有一种普适性的美学价值，或者说，把移情作为艺术创作的唯一条件是不妥当的。或许，正是这种审美偏见为探索欧洲艺术史和美学理论提供了一种对立的视角。站在移情的对立面，抽象则为弥补现代艺术及其审美观念的不足和重新提升对现代主义艺术的认识深度提供了有益的理论支持，也正是由于这样一种对立的关系，抽象和移情成了西方艺术界认识和理解现代主义艺术，特别是表现主义艺术运动最重要的艺术学文献和理论指南。在此认识上，我们所关注的问题不是如何阐述抽象与移情两者之间的关系，也不是用抽象的审美理论来解释现代主义与古典主义的不同，而关心的是，作为一种现代性美学理论，抽象和焦虑体验的关系问题，在我们看来，这种关系问题，在很大程度上决定了我们对焦虑与不安的现代性审美体验的另一种认识，同时，对该问题的讨论也使得现代性焦虑体验的内涵在现代主义艺术中得到丰富。正由于此，焦虑体验在走向表现主义艺术世界的过程中，致使表现主义也绽放出一种新的审美意蕴。

如果说波德莱尔以描述现代性的忧郁主题来颂扬审美现代性的对抗性，试图在“恶之花”中找到现代人真实的生命体验，“疯子”尼采则用振聋发聩的“上帝之死”的毁灭性话语来颠覆现代文明的根基，旨在引爆被启蒙和理性压抑的精神体验，通过身体造反、精神狂飙的方式赋予现代性内在反思和批判的审美效果。紧接着超现实主义者继承尼采等思想家的精神血脉，试图在现代主义艺术中大展宏图，他们像锲而不舍的探索者那样，试图揭开一层层神秘的帷幕，渴望看到幕后到底隐藏着什么。在超现实主义者们看来，求真意志所鼓动的这种焦虑不安的情绪，是生命的真实所在，并且借此真实来诋毁现实世界的虚假性，那么，我们的问题是，在表现主义这里，艺术家依靠对时代的感悟和对艺术的执着追求，又试图揭橥一种什么样的真实？艺术家应该如何表现这种真实？在我们看来，回答这些问题的关键点在于，艺术家修改或颠覆了传统的艺术观念，使艺术明显呈现一种越来越抽象的趋势。按照沃林格的说法，这是一种艺术发展中的“抽象原则”，这一原则也就是我们理解表现主义艺术呈现真实性问题的关键点。作为表现主义运动的代表，无论是蒙克、诺尔德、凯尔希纳，还是康定斯基、蒙德里安，都试图努力表明表现主义与古典主义、自然主义和同时代的现代主义艺术的不同之处，渴望在极端的抽象中实现自我真情实感的表达，通过“抽象冲动”实现与传统艺术的决裂，造成一种与现实的距离感，从而在审美上为自己的精神不安获得一种自然的流露，或者是寻找到安慰的场所，使现代人获得一种精神的解放。

众所周知，如果说达达主义是超现实主义的直接母体，它从正面直接催生了超现实主义艺术家的出现，那么对表现主义而言，印象主义、后印象主义则在某种程度上，从反面激发了表现主义的创作灵感。在艺术观念上，印象派画家注重一种对自然的真实记录，利用光影来表现大自然的景象，“试图在追求幻觉的过程中描摹现实”①。就此而言，印象派艺术家依据光的变化捕捉现实的景象，借此组合和安排脱离了实在物的抽象形式，从而创造出一个动静结合的审美世界。这种审美的内在需要与古典主义和自然主义的审美形式区别开来，表达了一种现代美，也就是艺术家在寻求表现瞬间感觉的和谐境界。与印象主义的艺术体验截然不同的是，表现主义不再信奉印象主义对自然的真实记录，而是吸收印象主义艺术创作中形成的抽象艺术风格和自然情感的真实流露方式，从而更加倾向于表现以直觉和激情为中心的内心世界，如保尔·福格特所说：“这个相对于外部世界而言的内心世界的概念是以直觉和激情为基础的，或者说是建立在对新规律的认识基础上的，为了实现这种内心表达，就需要运用比以前更抽象的方法。”② 从这个意义上说，形态不是艺术构成的主要规则，而是艺术表达主

① ［英］弗兰西斯·弗兰契娜、查尔斯·哈里森编：《现代艺术和现代主义》，张坚、王晓文译，上海人民美术出版社 1988 年版，第 264 页。

② ［德］保尔·福格特：《20 世纪德国艺术》，刘玉民译，上海人民美术出版社 2001 年版，第 3 页。

题的载体，是通过画面传达一种内心世界的工具。在这些作品中，“画面只是作者主观的定义和阐述，作品的主题思想比它的细节更吸引人，因而构思就比画本身显得更为重要。这种瞩目于对内心强烈情感的成功表达，使得这些艺术家与自然之间有一种距离感，他们不再停留于表面的描绘而是直接探讨起人及其世界观，揭露隐藏在我们所看到的世界这一虚假的真实背后的巨大的秘密，从而让事物的本质得以透显出来”①。印象派发展到后印象主义，表现主义的抽象体验表现得更加明显，凡·高开始脱离静物画而走向一种主题构思和情感炽热的抽象表现，这一点在他的很多作品中都有体现。在《夜咖啡馆》中，画面的着色是红、绿、黄，这不是单纯描摹咖啡馆的空间场景，饶有趣味的是，凡·高试图借此种颜色表现人类可怕和恐怖的激情。因为，在他的主题构思中，咖啡馆是一个让人容易犯罪、发狂和释放焦虑体验的地方，在画面中，它不是依靠对现实场景的真实模仿或记录，来再现空间的恐怖和情绪的紧张，而是通过抽象的艺术形式，渲染艺术家被困的灵魂，释放真实的情感。

凡·高是表现主义走向成功的桥梁。表现主义者与印象主义的照面，使其自身的创作技法和审美取向发生了根本变化。弗内斯认为，“‘表现主义者’一词的用法是，指出这样一些画家的作品中的特殊的强烈程度，他们力求超越印象主义，超越被动的印象记录，趋向于更猛烈、激奋，更旺盛饱满的创造力”②。在此，弗内斯的观点，有两点值得注意，一是表现主义发展的初端是力图超越艺术对现实的印象记录，力主一种情感的表达，这一点在表现主义的代表人物诺尔德的艺术观念中也有明显的表现，他曾这样说道：

1909 年……我对过去几年来的素描、绘画方式——临摹自然，然

① 肖伟胜：《现代性困境中的极端体验》，中央编译出版社 2004 年版，第 192 页。

② ［英］弗内斯：《表现主义》，艾晓明译，昆仑出版社 1989 年版，第 4 页。

后在画下的第一笔上发展出构图——不再满意。我把纸涂涂擦擦得穿了洞，企图改成别的，更为深入的东西，以掌握事物的精髓。印象主义的技巧只能提供我一种方法，而非满意的结果。①

二是表现主义艺术脱离模仿而实现的终极目的在于，用抽象和夸张的方法，表述一种更加抽象的情感，而这种情感的表现形式就是一种激奋和猛烈，但问题是，艺术家该如何表现这种猛烈的抽象情感。在弗内斯看来，“偏好紧张、痴迷、绝望这类极端状态的表现主义作家们似乎更倾向于夸张法。哭号在表现主义的艺术中如此常见，它并不一定是一种欢悦，而也可能是蒙克在1894年他那著名的版画作品中所展示出来的发自存在恐惧的尖叫”②。的确，弗里斯的归纳性描述，来自蒙克作品对焦虑体验的偏爱和痴迷。毫不夸张地说，作为表现主义先驱，蒙克开启了表现主义艺术的一个时代，预示着表现主义将彻底推翻印象主义的艺术技巧和审美取向。在1885—1899年间，他创作了一系列表现沉闷、忧郁、冲突和焦虑的艺术作品。《病孩》《病房中之死》《绝望》《青春期》《圣母》《语声》《呐喊》《秘鲁的印加木乃伊》《忧郁》《焦虑》《孤独的人》等作品表现了自我的欲望的不可抗拒性与社会约束的客观性之间的强烈冲突，其中一个明显的特征是：“用许多波状线条围绕、勾勒出一个变了形、被严重扭曲了的人像，且分不清是男是女，只是表明这个人对外部世界的恐惧。”③ 如果说，蒙克对艺术的认识和情感的表现始终是一个不断发展的过程，那么，在我们看来，在这个不断发展的过程中，《呐喊》代表了他的艺术表现力和情感抽象化的一座高峰。蒙克这样谈论他对创作这幅画的冲动：“我和两个朋友一起散步。太阳下去了，突然间，天空变得血样的红，一阵忧伤涌上心头，我

① 转引自Herschel Chipp编《欧美现代艺术理论①三个人的天空》，余珊珊译，吉林美术出版社2000年版，第199页。

② ［英］弗内斯：《表现主义》，艾晓明译，昆仑出版社1989年版，第10页。

③ 赵鑫珊：《天才与疯子——天才的精神构造》，江苏文艺出版社2003年版，第385—386页。

呆呆地伫立在栏杆旁。深蓝色的海湾和城市上方是雪与火的天际。朋友在继续往前走，我则独自站在那里，由于恐怖而战栗。我觉得从大自然中仿佛传来一声震撼宇宙的呐喊。”蒙克将象征抽象的绘画内容转译成生动形象的文字，让人们从另外一个层面上体验他对生活的感受和发自生命深处的焦虑呐喊。艺术批评家爱格尤姆阐释道：

> 《呐喊》被普遍认为是蒙克最重要的作品，并被认作是对现代人类充满焦虑现实的永恒象征，它通过具有韵律的外形轮廓的运用以及有着新艺术特性的直线条的对比，成功的显示出了作品巨大的表现力量。画中那条路上的栏杆斜斜地插入画幅，并且向左边延伸，产生了一种强烈的透视感，柔软而匀称的景物形状似乎有一种向下的拂掠感。①

呐喊是人疯狂的表现。在蒙克的艺术世界中，这一疯狂不仅是个人性格的标示，也是对整个现代社会性格的神经衰弱式的反抗。因为，从人格出发，蒙克对人的个性进行了深入研究，在他看来，人的个性是由冲突造成的。在叙述自我的成长经历中，他不断提及自我的悲剧性遭遇：“我继承了人类两大最可怕的敌人——有遗传性的肺结核和精神错乱症，疾病、疯狂和死亡是自幼就缠绕在我身上的三大恶魔。”② 正是由于这种病魔附体式的精神历练使得蒙克对艺术的认识和对内心情感的表达与其他艺术家区别开来。从对现代社会的认识来看，蒙克的疯狂之举，预示着艺术家对现存社会根基的批判，试图毁坏现代社会由理性构建的崇高而严肃的世界形象，因此，在整个表现主义艺术中，艺术家倾向于对“资产阶级社会的强烈的共同仇恨”，而这种仇恨来源于他们的信念，即工业资本主义制度由于发展为物质生产服务的智力和意志，忽视精神、情感和想象，正在残害和歪曲

① ［挪威］阿恩·爱格尤姆：《蒙克》，宋红梅译，湖南美术出版社1989年版，第60页。
② ［挪威］阿恩·爱格尤姆：《蒙克》，宋红梅译，湖南美术出版社1989年版，第76页。

人的本性。他们声称，当代社会明显的目的性和工业技术秩序，掩盖了日益加剧的心理混乱。① 从这个意义上说，在这种被物质功能主义束缚的生存状态中，人是失落的，是完全处在一种功能服务的地位，是被外部世界操纵着生活在这个由普遍社会秩序掌握的日常生活中的组织人，在这种情形下，毫不夸张地说，人连自己发疯的空间都没有，而整体蜷缩在由数字度量好的世界中拼命寻找自己生存的依靠，这种平庸无为、千篇一律的生活掩盖了人真实的本性和生活的意义。就这一点，表现主义评论家赫尔曼·巴赫尔也有较为深刻的描述：

> 我们所经历的一切只是灵魂和机器为了拥有人而进行的殊死搏斗。我们已不再拥有生活，我们“被赐予”生活；我们没有剩余的自由，我们不能决定自己的命运，我们完蛋了，人失去了灵魂，大自然失去了人。[……] 从未有任何一个时期受到过这种恐怖的震撼，受到这般死的恐惧的摇颤。世界从未如此的寂静，寂静得像坟地一般。人从未如此微不足道，从未如此坐卧不安。幸福从未如此遥远艰难，自由也从未这般死气沉沉。悲痛发出了刺耳的呻吟；人呼叫着他的灵魂；这整个孕育的阶段是一次伟大的痛苦的呼唤。艺术也加入了进来，加入这硕大无朋的黑暗行列。她也呼唤，她也呼唤灵魂：这就是表现主义。②

如果说，印象主义用一种从未如此清晰、有力的表达方式，试图在绘画中着重表现和塑造一个完美无缺的象征，把摆脱人性的桎梏维系在“灿烂的笔触”，获得一种平静和展望，那么，表现主义则是努力撕开人性的嘴

① ［德］理查德·谢帕德：《德国表现主义》，［英］马·布雷德伯里、詹·麦克法兰编《现代主义》，胡家峦等译，上海外语教育出版社 1992 年版，第 251 页。

② ［英］赫尔曼·巴赫尔：《表现主义》，［英］弗兰西斯·弗兰契娜、查尔斯·哈里森编《现代艺术和现代主义》，张坚、王晓文译，上海人民美术出版社 1988 年版，第 269 页。

巴，用抽象的艺术形式道出精神的法则。它背对着痛苦的生存和死亡的恐惧，把这些力量积聚在一起，并用它们来抵抗文明的诅咒。这一区别也是表现主义与印象主义在处理焦虑体验时所彰显的关键点。无论是蒙克、诺尔德，还是克利、马尔克，都在这种表现主义的价值主因中寻找自我表达方式。正如保罗·克利在1908年的日记中写得那样：“他（凡·高）是一个有着病态情感的、总是处于险境之中的人，而且他有能力危及那些对远处的他视而不见的人。心灵在一颗星球的燃烧中忍受煎熬。在他横遭惨祸之前不久的作品中，这颗心灵才被释放出来。这部意旨宏深的悲剧上演了，这是真正的悲剧，一部自然的悲剧，一部原型的悲剧。我必须被允许拥有我的恐怖感！……凭借我对自然的研究赋予我的心声力量……记录下那些可以在完全的黑暗中把自身翻译成线条的体验，这就是一种适于原始创造的潜能，它早已有之，只是被由孤独造成的胆怯临时打断了。这样我的基本人格就能够说：把自己释放到自由的极致。”① 从这个意义上说，大多数表现主义者的任务就是抛弃工业社会的平庸世界，在心理的混乱中找到世界和人的真实存在。

行文至此，我们可以把表现主义对焦虑的认识表述为一种对时代的感悟和人生经历的抽象转述，这也在某种程度上，说明表现主义艺术家所展现出来的对焦虑体验的一种认识，这种认识就是艺术家用艺术语言所钟情描绘和刻画的内心体验，这一点也对后来的超现实主义艺术产生了重要影响，使超现实主义艺术家朝向一种更深层的内在体验开掘，也就是无意识的内在焦虑。比较而言，超现实主义艺术家在对待内心体验上走得更远些。然而，在表现主义那里，这种无意识并没有得到较为明显的表现，而是更加倾向于艺术与现实之间最明显的冲突，并且在这种冲突中表现出艺术家

① ［德］沃尔夫-迪特尔·杜贝：《表现主义艺术家》，张言梦译，生活·读书·新知三联书店2005年版，第132—133页。

内心强烈的情感震荡。

> 我们都习惯于把中世纪以来德国艺术中的表现主义倾向看作艺术家们处于困苦危难时期或是经历内心煎熬时的反映。1900 年之后的情形也不外乎如此，和以往任何时期的风格一样，表现主义作品也反映了艺术家的境况、与自然的关系以及变化不定的内心世界：爱情与仇恨、热烈与怀疑、激情与忧郁、侵略与奉献，还有它对上帝以及对这个世界的看法。①

由于表现主义艺术家对世界的认识和体会总表现为一种较为感伤的情绪，那么这就必然确立了对世界的认识和体验方式，也就自然使得表现主义画家的艺术表达技巧发生了根本变化。值得推敲的是，这种艺术方法上的改变成了艺术家超越单纯的情感表现，而从更高的意义上，把这种情感抽象化为一种艺术形式，勾勒现代性情形下的生命形式。从这个层面上，我们就会发现，表现主义一方面吸收自我与现实之间的冲突所造成的紧张感和焦虑感作为一种创作和维系艺术存在的情感依托，另一方面则是努力修改这种能够容易切身体验到的不安情绪，使艺术与现实情感保持一种距离和悬置，这就必然要求艺术家采取一种有效的表现方式，与其他艺术形式所表现的情感相区别，或者说，需要重新设定对焦虑和不安精神的体验方式，并且达到其所想要的审美取向。因此，表现主义艺术具有多样化的审美意向品质。

首先，在对艺术空间的处理上，表现主义艺术家不满足于空间艺术表现的现状。在他们看来，现代艺术应该突破传统艺术对空间的处理和认知方式，这也就意味着表现主义艺术试图在这方面革故鼎新，摆脱传统艺术

---

① ［德］保尔·福格特：《20 世纪德国艺术》，刘玉民译，上海人民美术出版社 2001 年版，第 1—2 页。

的樊篱。表现主义艺术理论家沃林格认为，传统自然主义与写实主义艺术在某种意义上忽略了对空间的认识和研究，而只注重“移情”的审美效果，把空间的展示作为一种人与外部自然的和谐与欢乐，这类作品洋溢着有机生命活力的形式，而这种形式就是对自我生命的肯定，但是进入现代以来，这种生命形式遭到抵制，艺术开始以否定的姿态，显露对自然的毫无亲切感，不再关注自然生命体的表达，从而使得艺术画面的空间总是僵硬、丑陋，没有生气，沃林格把这种艺术形式称为“抽象冲动”。从根本上讲，“抽象冲动”的对立面是空间的恐惧与焦虑，“空间就是所有抽象努力的最大敌人，在艺术表现中首先要加以抑制的必然是空间”①。以抽象为主要表达方式的表现主义则更是以处理和抑制空间来诠释对焦虑和恐惧的体验，他们所采取的策略是，主要以平面表现为主，来抑制对空间的表现，追求绝对价值的抽象，回避三维物体的艺术表现，这样一来，焦虑与恐惧就以一种隐秘的方式被演化在平面中而变成一种绝对永恒的价值。在审美效果上，这种抑制空间的方式，会让人感受到某种引退后的宁静，在变幻莫测的世界之外找到一个安宁的精神寓所。但是，需要指出的是，表现主义的艺术抽象并不是一种数理式的抽象，它不依靠理性的思考和计算，而直接是直觉的创造和欣赏，这也在某种意义上决定了表现主义艺术与现代理性精神的对抗性。因此，纯几何的抽象有利于阻遏理性知识，人们完全依靠直觉来把握事物的本质。对艺术家来说，要把自身和现代人的基本情感和精神体验表现出来，引发一种震惊感，让生命在一种平面中得以表现，而具体到恐惧和焦虑体验，这种抽象的形式使其得到提炼和纯化。

其次，在艺术表现力上，表现主义艺术家更加注重表现个人与社会的冲突。用艺术评论家库列科娃的话说，“表现主义就是加剧冲突、加强表现力，强调现象某些方面的诸多手法的总和，迄今仍在一切艺术领域中利用。

① ［德］沃林格：《抽象与移情》，王才勇译，辽宁人民出版社 1987 年版，第 38 页。

在冲突时期，用艺术手段表现社会对抗、个人与社会的尖锐冲突”①，这种冲突形成了表现主义艺术家对焦虑体验的新的描述，进一步说，在冲突的表现力量中，焦虑的心理情绪，呈现出脱离单纯的性格冲突的结构性特征，而表现得更加艺术化和抽象化。然而在现代主义的主流派别中，表现冲突并不是一种区分其特征的主要标准，但是在冲突的程度上，表现主义艺术却走在了其他艺术流派的前面。如果说，未来主义用直言不讳的方式表达现代社会中由速度控制的冲突感，以赤裸裸的方式表现焦虑的精神体验，如马里内蒂等人所宣扬的那样：“我们要歌颂追求冒险的热情、劲头十足地横冲直撞的行为。英勇、无畏、叛逆，将是我们诗歌的本质因素……我们要赞美进取性的运动、焦虑不安的失眠、奔跑的步伐，翻跟头、大耳光和挥拳头。”② 那么，表现主义则是用抽象隐喻的方式，晦涩地表达艺术家捕捉到的现实与精神的紧张感，用整个艺术风格来诉说现实的本质和人内心的真实，因此，在表现主义艺术作品中，整个画面的“色彩越来越强烈，越来越鲜明，线条越来越粗，越来越暗，用色越来越不协调，形成了一种最强烈色彩的不协调风格”③。这一点，在蒙克和康定斯基的艺术观念中也表现得相当明显。在艺术表现力上，蒙克曾追问过，“如何使光与色的效果能引起一种声音感，而反过来对声感又能引起光和色的效果”④。在这里，蒙克祈求一种艺术表现力的革新，也就是如何用声、光、色来充分展示艺术所要表达的冲突感和紧张感。在《呐喊》中，空间的形式和颜色效果都得到了一种惊异的表现，画面上，模糊不清的桥，血红的太阳和泛着波纹

① ［苏联］库列克娃：《哲学与现代派艺术》，井勤荪等译，文化艺术出版社 1987 年版，第 61 页。

② ［法］马里内蒂：《未来主义宣言》，张秉真、黄晋凯主编《未来主义 · 超现实主义》，中国人民大学出版社 1994 年版，第 5—6 页。

③ ［苏联］库列克娃：《哲学与现代派艺术》，井勤荪等译，文化艺术出版社 1987 年版，第 69 页。

④ ［挪威］阿恩 · 爱格尤姆：《蒙克》，宋红梅译，湖南美术出版社 1989 年版，第 3 页。

的河水，极富象征意味地表现出一种在光与色的空间中，自我所发出的凄惨和悲凉的呐喊，而这种富有穿透力的声音，使得整个画面的色彩和光线焕发出生命力。如波兰作家斯坦尼斯芬·普兹拜柯夫斯登所说："对于新的艺术思潮来说，声音能够带来色彩，一种声音能魔术般地变幻出一种永恒的生命，而一种色彩则能够构成一个音乐会，一种视觉印象也能够唤起来自灵魂深处的疯狂。"① 这种利用声音和色彩的形式来表现精神的艺术追求，在后来的表现主义艺术中得到了进一步的发挥。"如果没有蒙克的影响，黑克尔在1908年创作的《乡村舞蹈》和凯而希纳1907年所画的名作《街头风景》，就不会有着如此独特的描绘方式；画家们笔下粗壮的轮廓线条、柔和地延展在画布上，以及平面造型要素的置入，这些都与蒙克有着相当的渊源。"② 从这里可以看出，表现主义既不是对现实形态的描述，也不是简单地处理艺术家和现代人心理状态的紧张感和焦灼感，用扭曲的方式把这些主题在画面上铺展，相反，它是用抽象的形式和色彩来创造精神体验，或者说是用真实的形式创造一幅画、一个造型、一种现代人的精神体验。因此，表现主义对"空虚感，狂喜或者混乱的选择"，发展至康定斯基那里，得到了新的拓展。在他的眼中，人的"感情总是在寻求表现手段，即寻求一种物质形式，一种能唤起感受的形式"③，而这种演化激情的形式，构成了现代艺术的最高境界。这种艺术观念，在德彪西和勋伯格④的现代音乐创作中也得到了印证。在艺术境界的追求上，康定斯基也试图在绘画和

---

① 转引自［挪威］阿恩·爱格尤姆：《蒙克》，宋红梅译，湖南美术出版社1989年版，第60页。

② ［德］玛格达雷娜·M. 梅拉等：《德国表现主义艺术》，魏伶容等译，台北艺术家出版社2004年版，第110—111页。

③ ［俄］康定斯基：《论艺术的精神》，查立译，中国社会科学出版社1987年版，第12页。

④ 勋伯格（Schoenberg，1874—1951年）：奥地利出生的作曲家，1941年加入美国国籍。主要作品有：弦乐《升华之夜》、交响诗《佩利亚斯与梅丽桑德》。勋伯格被誉为20世纪伟大的新音乐变革家，他的早期作品属瓦格纳以后浪漫主义风格，中期则开始将变化音与和声发挥得淋漓尽致，追求无调性和表现主义，晚期推出12音阶体系的作曲法。

音乐中建构一种彼此融通的桥梁，使两者在表现艺术精神中达到互相支持的审美效果，同时在这个基础上，丰富抽象艺术表现形式的内涵。因此，在某种意义上，这也暗合了蒙克所追问和实践过的艺术表现方式。但是，康定斯基从更高的意义上创立了现代主义艺术“形式”的纪元，这也是他本人千禧年的愿望，因为，这场艺术精神的变化对“改变整个气氛有着强大的作用，它预兆着对受压抑的灵魂和忧郁的心灵的拯救”①。

最后，从审美效果上来说，无论是对空间的抑制，还是表现力冲突的加剧，都是表现主义构建审美现代性的重要手段。显然，这些表现形式的彰显使得艺术发生了细微而又深刻的转变。我们知道，印象主义在审美上，注重捕捉瞬间的印象，忽视人的参与性，崇尚第一次的视觉审美，在印象主义艺术家看来，这是纯视觉行为的审美效果，它反对外界的刺激和概念的推理，这种审美实际上也是对启蒙现代性的回应，渴望在视觉瞬间中找到自我。但是，在表现主义那里，这种唯视觉的审美方式被打破了，而是更加倾向于一种形式和色彩的构型，在平面中展现痛苦与激情的“艺术意志”，表现动荡和迷惘的“世界感”。艺术家都认识到世界的恐惧和存在的不安，并试图用“超验的抽象”来清除这种不安和焦虑，得到一种审美的安宁和慰藉。然而，现实世界是残酷的。艺术家清晰地认识到，“物质世界失去了它的重要性；应该把它看作一块障碍物，因为它在人的眼前把真实遮住了。这样，人们陷入了幻影的网，陷入了对现世俗物的依恋，便只能在无尽头的不满足中漂泊”②。从这个意义上说，这种和谐和安宁的审美目的只是表现主义短暂的审美追求，因为，在整个表现主义的主题选择中，始终伴随着焦虑、不安、痛苦、呻吟和灵魂的呼喊。进一步说，无论是凡·高、蒙克、康定斯基，还是桥派画家和蓝骑士艺术家，都要依靠这些

① ［俄］康定斯基：《论艺术的精神》，查立译，中国社会科学出版社 1987 年版，第 24—25 页。

② ［美］罗伯特·休斯：《新艺术的震撼》，刘萍君等译，上海人民美术出版社 1989 年版，第 263 页。

主题来“发迹”。但是，我们也应该看到，尽管表现主义身上刻有苦难的烙印，但是也孕育着时代的希望，这种审美的内在矛盾性使得表现主义在艺术追求上仍然渴望一种更高、更合理的和谐。“色彩的冲突，打破平衡的感觉，动摇不定的法则，出其不意的袭击，疑难的问题，徒劳的抗争，暴风骤雨，断裂的链条，对立和矛盾——所有这一切组成了我们今天的和谐。从这种和谐中产生出来的作品是色彩和形式的混合物，它们各有其独立的存在，但又融汇于共同生命之中。这就是我们称之为内在需要的力量所创造的图画。”① 因此，在审美的落脚点上，表现主义反对理性主义、古典主义、浪漫主义，更反对马蒂斯和野兽派的原始主义，因为在马蒂斯那里，艺术只是一种逃避理性统治、追求古典和谐的审美的艺术形式：“我所梦想的是一种均衡、纯粹、安宁的艺术，没有困扰、沮丧的主题，一种对所有知识阶层的人——无论是商人还是作家——来说，都是一股引人的力量，像一帖安神剂，一把能消除形体之劳的好摇椅。”② 这种艺术审美理想与表现主义所尊崇的矛盾和冲突下的和谐有着质的区别。

综上所述，表现主义的焦虑既是现代性焦虑体验的类型之一，又是现代主义艺术确立的一种审美风格，它不仅包含自我与现实的强烈冲突，而且还蕴含着艺术对现实的超越，昭示着艺术家对真实的理解。所有这一切的审美效果和价值取向，具体体现在艺术家的内在精神与艺术作品之间的交互性中，或者说，表现主义艺术家的人生历程和时代感悟无处不在地诠释着他们所钟情一生的表现主义艺术，而这种主体精神和艺术作品的高度融合，形成了一种抽象的形式，使“主体焦虑”得到纯化。我们可以这样说，尼采的焦虑是一种批判现代性的自觉意识，用焦虑的痛苦体验回归生命的底色，向焦虑的强者吸取生存的智慧，而超现实主义艺术则走向了对

① ［俄］康定斯基：《论艺术的精神》，查立译，中国社会科学出版社1987年版，第58页。

② ［美］Herschel Chipp编《欧美现代艺术理论①三个人的天空》，余姗姗译，吉林美术出版社2000年版，第185页。

焦虑的认同、培育和解析的迷恋之中，在作品中，焦虑不仅担负着组织功能，而且还渲染着其自身的意义功能。但是到表现主义这里，无论组织功能和意义功能都得到融合与升华，变成了抽象的审美功能，从这个意义上说，这也是现代性体验的审美建构。因此，表现主义艺术品是艺术家们的一种抽象艺术语言的物化，是表现主义艺术家用色彩和形式所勾画的一种现代性语境中的生命形式，是艺术家内心世界的表达方式。

第五章　中国文化转型与现代焦虑体验

在西方，自启蒙运动以来，理性取代上帝成为人们评判一切存在的合法性标准，这是西方现代文化发展过程中最重要的特征之一。换句话说，就是社会学家韦伯认为的理性主义观念的确立使得现代社会文化告别了传统文化，打破了传统社会统一的宗教—形而上学的世界观，促进了政治、经济、文化、审美等各个层面的进步和发展。因此，依靠理性的指导和凭借理性的力量，西方现代文化在整体上呈现出一种积极乐观的气象。针对这一文化现象，哲学家卡西尔曾这样评价道："18 世纪在一种不同的、比较朴素的意义上看待理性。理性不再是先于一切经验、解释了事物的绝对本质的天赋观念的总和。而是一种引导我们去发现真理、建立真理和确立真理的独创性的理智力量。经过这样确定的真理，是一切真理的确定性的种子和不可缺少的前提。整个 18 世纪就是在这种意义上理解理性的，即不是把它看作知识、原理和真理的容器，而把它视为一种能力，一种力量，这种能力和力量只有通过它的作用和效力才能充分理解。"① 因此，人们在理性力量的支撑之下，不断探求知识的准确性和真实性，不断推进人类认知能力，并且理性的法则贯穿和渗透到行为和制度中，人类主体性地位得以确立，人对外在世界的统治和支配能力成为现代文化发展的强大动力。任

① ［德］恩斯特·卡西尔：《启蒙哲学》，顾伟铭等译，山东人民出版社 1988 年版，第 12 页。

何事物发展到极端的阶段必然走向自身的反面，对于启蒙理性而言，也就是在其发展到一定阶段后，自身必然退化成神话，人对自然的控制最终导致人的自我奴役，从而导致主体性的丧失。阿多诺所提出的“启蒙辩证法”的命题就包含对启蒙的自反性思考。

通过以上的简单分析，我们不难发现，启蒙或者现代性是一个双重和辩证的存在。一方面它能够确立和指导现代文化的发展方向，不断依靠制定合法化的规则来确立自身的合理性，另一方面现代性又可以对自身进行批判和反动，使自身赢得无限的动力和生机。恰恰在这一张力结构中，孕育着现代人的紧张不安和流动不居的社会文化心理体验，即现代性焦虑体验。虽然西方现代文化转向和文化多元并存发展的历史情境存有丰富的现代性体验和理论生成的可能性，但是，现代性焦虑体验无疑就是丰富多元的现代文化心理的浓缩，它是决定整个社会现代性体验心态及其变动趋势的关节点。社会学家齐格蒙特·鲍曼在《现代性和矛盾性》一书中指出：“现代性的历史就是社会存在与其文化的紧张的历史。现代存在使其文化站在自己的对立面。这种不和谐恰恰是现代性所需要的和谐。”[①] 这种对现代性问题的表述与阿多诺在《美学理论》一书中对审美现代性的表述有相似之处，认为现代文化，包括现代艺术及其审美必须站在所处社会的对立面上才能获得发展的动力和存在的必要。虽然像这样的表述并没有直接开启和揭示现代性所包含的恒常的焦虑体验，但是，其中的紧张、冲突和不和谐能够让我们清晰地看出现代性的存在和发展必然牵动着一个个主体的骚动和焦虑不安的内在心态。特别是鲍曼所提出的“不和谐恰恰是现代性所需要的和谐”这一吊诡式的命题，让我们感觉到，不和谐背后隐藏着现代性体验的深层心理内涵，并且这种深层心理左右着现代性问题。现代性及其焦虑不安、紧张冲突的内在心灵集中表现在了现代艺术中。换句话说，

---

① Zygmunt Bauman, *Modernity and Ambivalence*, Cambridge: Polity Press, 1991, p. 10.

焦虑体验及与其密切相关的现代性体验也就成了艺术家、作家表现的主题。“从19世纪中期到20世纪中期整整一个世纪，现代艺术以其独特的品格挑战着传统的艺术理念，它不仅改变了艺术家与艺术对象之间、艺术家与艺术主题之间以及艺术家与观众之间的原有关系，而且还在艺术家自身构成了一种紧张、不安的对抗情绪，甚至改变了传统艺术的生存方式。”① 因此，现代焦虑体验在现代艺术中成为关键性的“创伤修辞”，一触便牵动着整个现代艺术的“神经”和审美效果。

现代焦虑体验蕴藏在西方传统文化到现代文化的转型以及现代文化自身发展的内在矛盾和冲突的张力结构中，成为主导性的现代性体验形式。在中国文化的现代转型中，自然也不例外，同样面临或遭遇文化忧思和现代性焦虑体验的发生。但是，中国的现代性焦虑体验与西方相比，所处的语境有着根本的不同。中国的现代性焦虑体验主要是受欧美发达国家现代化的逼迫和殖民化，在内忧外患的强烈刺激下而发生的。

晚清以降，西方列强用坚船利炮打开了中国的国门，中国被迫纳入西方现代化体系中。而西方宣扬的“科学”“民主”“自由”“主权”“民权”“理性”等现代化观念与中国千年来的封建思想格格不入。这自然便引发中国传统文化与西方现代文化的冲突。既然国门大开，与西方列强竞争和对抗的事实摆在面前，但强弱对比分明，又不得不吸收和遵循西方列强建立在工业技术和自由民主基础上的现代化观念，在此情形下，中国古代的思想体系开始发生动摇，腐朽不堪的封建王朝更是不知道如何面对民族的未来，因此，内忧外患的晚清政府使中国陷入了一种既尴尬又危险的境地，这也构成了中国近代史上“启蒙与救亡的变奏”。从洋务运动到戊戌变法，再到辛亥革命，有志之士从器物层面深入制度层面，除旧布新，救亡图存，探索中国现代化的道路。虽然这些“防御性的现代化思路”最终失败，但

① 赵静蓉：《怀旧——永恒的文化乡愁》，商务印书馆2009年版，第227页。

是不可否认，在启蒙与救亡的过程中，在漫长而痛苦的文化转型期，中国的思想观念、历史观念、精神心态和生活方式发生了巨大变化。种种变化的背后也昭示着中国现代性体验的发生。正如著名学者王一川所言：

> 经过鸦片战争以来的一次次剧烈震荡，中国人的古典性体验模式被动摇了。从“天下”观到“全球”论，中国人的世界体验模式经历了一次巨大而根本的历史性转型：这是从古典性体验到现代性体验的转型。而这种体验的大转型，是不能简单地归结为一种理性认识或抽象思辨的过程的，人们只有凭借自己的体验，即几乎全部的感知、情感、理智、推理、欲望、想象和幻想等，去亲身经历，亲自“生活”与“活着”，才能真切地感受到新的现代自我及世界，并对以往的古典性体验模式产生质疑和改变的渴望。①

可以说，这是较早对现代性体验的中国问题的思考和总结。在《中国现代性体验的发生》一书中，王一川从日常生活和全球性境遇层面论述现代性体验，同时总结了惊羡体验、感愤体验、回瞥体验、断零体验四种中国现代性体验类型。四种现代性体验类型都在近代文学作品中体现出来。这在某种意义上深入发掘出了中国知识分子现代性体验的复杂多元的心理创痛。虽然诸种心理创痛能够标示出社会动荡不安的现代性诉求中的自我意识和民族灵魂的觉醒，但这并不是笼罩20世纪中国的根源性现代性体验。在我们看来，现代性体验的核心部分是一种深刻的现代焦虑体验，在这个核心周围弥漫着其他的一些现代性体验，由此共同构成中国现代美学的总体特征。正如黄子平、陈平原、钱理群在《论“二十世纪中国文学”》一文中写的那样：

---

① 王一川：《中国现代性体验的发生：清末民初文化转型与文学》，北京师范大学出版社2001年版，第6页。

> 在一个古老的民族在现代争取新生、崛起的历史进程中，以“改造民族的灵魂”为总主题的文学是真挚的文学、热情的文学、沉痛的文学。顺理成章地，一种根源于民族危机感的“焦灼”，便成为笼罩二十世纪中国文学的总体美感特征。①

在我们看来，该文中，用“焦灼”一词来表述20世纪中国文学的美感特征，其含义与用“焦虑”一词来表述20世纪中国的现代性体验是一样的。的确，20世纪中国文学中的一种强烈的骚动不安的焦虑体验，能够充分展示中国现代美学和文化转型的总体特征，它最能统领、组织和显现整个20世纪中国文学主体内在的心理状态。从王韬、龚自珍、严复、梁启超、康有为、王国维到鲁迅为代表的“五四”时期的作家，以及后来受“五四”文学传统影响的文学创作者，都深陷于民族危机感的“焦灼”和“焦虑”状态中，并艰难行走在20世纪中国文学与文化的大道上，呼喊出沉重、苍凉的时代声响。从这个意义上说，中国文化转型的激荡与现代性焦虑体验及其实践是相互作用的。在此，我们可以采取个案分析的方式，着重探究刘鹗的长篇小说《老残游记》（1903年）、李伯元的长篇小说《文明小史》（1903—1905年）和鲁迅的散文诗集《野草》（1924—1926年）中不同层面的焦虑及其相关问题，从中分析中国进入现代以来社会生活的不同状态及知识分子对现代性诸种问题的思考。这些作品所展现的现代性焦虑形式是20世纪中国文学和文化的开端，其中体现的中国现代性问题和现代性精神一直延续至今。

① 黄子平、陈平原、钱理群：《论“二十世纪中国文学”》，《文学评论》1985年第5期。

一 焦虑·旅行·认同:《老残游记》的文化心理

刘鹗的《老残游记》作为“清末之谴责小说”的代表作之一，自1903年诞生于刊报连载，便在清末讽刺小说大潮中脱颖而出，以独特的风景描写和叙事艺术引起众多研究者的关注，其“揭清官之恶者”的民本思想和儒释道兼容的人生哲学更是被推崇为“谴责小说”创作的独特之处，其也被放在中国近代启蒙语境中进行深入挖掘，揭示小说在思想和情感上的深刻性，但是小说文本从不同层面折射出的晚清中国社会的文化心理却少有人勘察和深入探讨。具体来说：在梦幻编织的世界中，小说彰显了中国近代文人焦虑不安的现代性体验形式；在体验山水景物的旅行中，小说显现了一种独特的超越世俗利害的游的精神；在反思传统文化的体识中，小说建构了一种回返过去和想象未来的文化认同思路。《老残游记》将这些最深入、最真实的现代文化心理呈现出来，成为中国现代文化考古的重要景点，这也足以让我们细细体味和思索晚清社会交错复杂的文化心理内涵。

焦虑不安是人类的基本处境。弗洛伊德认为，焦虑“对于我们似乎是一种最自然而最合理的事实；我们可以称之为对外界危险或意料中伤害的知觉的反应”，“至于引起焦虑的对象和情境，则大部分随着一个人对于外界的知识和势力的感觉而异”①。1840年，中国在鸦片战争中战败，成为一种由异质文化所造成的精神创伤的开始。1860年，英法侵略者攻陷北京，用武力迫使清政府放弃天朝心态，承认西方文化的存在，致使外患成为中国社会的痼疾，从而使晚清当局面临“三千年来未有之变局”。“棋局已

① ［奥］弗洛伊德：《精神分析引论》，高觉敷译，商务印书馆2004年版，第315页。

残”，“举世皆病，又举世皆睡”的图景昭示晚清是一个动荡不安、危机四伏的社会。文人志士最先敏锐地感觉到这种“外界危险”的存在和民族危亡的切肤之痛，深切地体味到世事多变易逝、命运变化莫测，迸发出一种对“身世”“家国”“社会”“种教”的焦虑不安，即重新对自己的文化传统进行反思，这种体验由于遭遇西方现代文明，在中西比较的精神框架中，与古典社会的忧患意识和体验模式区别开来，使得焦虑不安成为一个重要的现代性问题，烦扰着中国人的心灵世界。刘鹗在《老残游记》中借助梦幻的形式，曲折地书写晚清动荡的时局所引发的焦虑不安的集体无意识。在《老残游记》第一回中，主人公老残借西方的望远镜为我们精心展示了危船一梦的场景：

> 原来船身长有二十三四丈，原是只很大的船。船主坐在舵楼上，楼下四人专管转舵的事。前后六枝桅杆，挂着六扇旧帆，又有两枝新桅，挂着一扇簇新的帆，一扇半新不旧的帆，算是这船便有八枝桅了……船面上坐的人口，男男女女，不计其数，却无篷窗等件遮盖风日，同那天津到北京火车的三等客位一样，面上有北方吹着，身上有浪花溅着，又湿又寒，又饥又怕。看这船上的人都有民不聊生的气象……这船虽有二十三四丈长，却是破坏的地方不少：东边有一块，约有三丈长短，已经破坏，浪花直灌进去；那旁，仍在东边，又有一块，约长一丈，水波亦渐渐浸入；其余的地方，无一处没有伤痕。[①]

很明显，这一艘危船以象征的方式言说着危机四伏的晚清社会的窘态和凄凉，但是从深层的文化心理来看，这艘危船虽然是一个物象化存在，小说却以梦境的方式高度“凝缩”了中国近代知识分子对民族国家和文化的想象与思考，并将中华民族潜在的文化危机显现为具有政治性的视觉

① （清）刘鹗：《老残游记》，钟夫校点，上海古籍出版社2011年版，第3页。

意象。

进一步说，危船一梦是中国近代知识分子将沉淀在内心深处对晚清社会现实的强烈不满及其带来的焦虑不安进行的外显，从而获取一种心理的满足和补偿。这种焦虑之梦并不是用来逃避现实的文化形式，而是积极地关心国家和民族命运的精神征兆。在小说中，主人公老残以积极的心态，治疗满目疮痍的国家，唤醒民众，“摇串铃先醒其睡，无论如何病症，非先醒无治法，具菩萨婆心，得异人口诀，则盼望同志相助，心苦情切”。当离开梦境回到社会现实时，作者一反晚清小说讽刺和谴责贪官的创作模式，把矛头直接对准了清官，以此揭示焦虑之梦形成的根本原因。玉贤与刚弼是小说成功塑造的两个酷吏形象。玉贤为急于做大官，要取得好政声，便不惜残害良民，“杀民如杀贼”。刚弼遵循主敬存诚的道理，不要人钱财，自认为“清廉得格登登的”。但办案主观臆断，在审理魏氏一案上，完全不通过调查真相就推论定案，采用逼供、屈打成招的方法来获取定罪的依据，真是凶残到极点。与危船一梦相联系、相比照，小说揭露清官的残酷和暴戾，深刻地表明封建专制体制的彻底腐朽，解构了长期以来人们渴望依靠清官拯救苍生的“清官”情结，揭示“赃官可恨，清官尤可恨”的真实心理，从而从根源上找到清王朝这艘船之所以驶不动、无法补救的致命病灶就是不为人觉察的整个封建官僚文化。在这样的体制内，人们找不到普世的正义和良知，找到的只是焦虑和恐惧。因而，在这样一个是非、黑白颠倒和混淆的社会中，人们失去了安全感，失去了可以信赖的基石，也隐含着传统观念的崩坏和转型。焦虑之梦自然会汇集到这艘满目疮痍、极具象征性的“危船”上，并在老残现实的游历中让破译这个噩梦的密码自然显现。

如果说在《老残游记》初集中刘鹗通过梦幻叙事着力渲染的是国家和民族危机，而这一“宏大”的叙事方式，预示着躁动不安的焦虑将成为晚清王朝文化心理的主导因素，那么在《老残游记》二集中，刘鹗编织的

“人生如梦”的故事在“细微”叙事之处，却从人生体验的角度，强化了“在世”的苦痛和烦恼。老残在梦游阴曹地府时，这样说道：

> 我想人生在世是件最苦的事情。既已老天大赦，放我们做了鬼。这鬼有五乐，我说给你听：一不要吃；二不要穿；三没有家累；四行路便当，要快顷刻千里，要慢蹲在那里，三年也没人管你；五不怕寒热，虽到北冰洋也冻不着我，到南海赤道底下也热不着我。有此五乐，何事不可为？我的主意，今天案子结了，我就过江。①

这段表述很容易让我们想起《庄子·齐物论》假说的庄周梦蝶的深意。“昔者庄周梦为蝴蝶，栩栩然蝴蝶也。自喻适志与！不知周也。俄然觉，则蘧蘧然周也。不知周之梦为蝴蝶与？蝴蝶之梦为周与？周与蝴蝶则必有分矣。此之谓物化。”从这则寓言中，我们不难看出，庄子以“梦蝶”的方式来思考存在，当其在“人生如梦”的虚幻中迷失自我时，便有了一种失落的哀愁，而当其在“梦境”中感受真我的存在时，便有了一种扫除“哀愁”的惬意和悠然自得。因此，回到本节的论题上，我们可以这样理解，从消极的意义上说，老残感觉到现世做人的痛苦，在人与鬼之间，宁愿选择做鬼，也不要再去选择做人。这表明作者对人生“在世”的心灰意冷，“世事如一梦幻，人生与忧患俱来”，“人生如梦，为欢几何”，表达出中国近代文人心灵深处的无奈和悲凉。但从积极的层面上看，作者借梦境言说人鬼存在的区别，是对人存在的形而上的思考，启示人们思考人如何存在以及存在的意义。人化为鬼神，从在世的痛苦走向鬼的快乐生活，是人的解救之道，即与其生活在痛苦的现实还不如去梦幻着去过鬼的生活。进一步说，作者明知道梦是虚幻的，但是他还是要“梦”，“夫梦之情境，虽已为幻为虚，不可复得，而叙述梦中情境之我，固俨然其犹在也”。显然，作者试图

① （清）刘鹗：《老残游记》，钟夫校点，上海古籍出版社 2011 年版，第 173 页。

在真实与梦幻、现世存在与未来想象的张力中确认人的存在。

“危船一梦”与“人生如梦”的叙说，不单是刘鹗借此极力想表达政治意图和剖析感时伤乱的创作动机。重要的是，两个梦境首尾相连所编制的叙事情节，让我们深刻感受到晚清知识分子对家国和人生的痛苦思索，正如王德威在评析《老残游记》时所言：“小说捕捉到面临民族危机时，整个一代文士的愤恨与挫折、梦魔与幻想。”① 也正是在这个意义上，《老残游记》曲折而深刻地显现了晚清中国知识分子的焦灼和紧张，写活了晚清社会与人生的真相，是留给我们认识晚清社会的一种鲜活而悲凉的历史文化记忆。

中国文学史上有定论：《老残游记》是一部“游记体”小说。刘鹗以游记的形式驾驭整部小说，在表达“言论闻见”的同时，特别注重作品对“摇个串铃”“奔走江湖”的主人公老残游历自然山水风景的描述和记录，这一充满审美艺术诉求的“山水之游”，被鲁迅称赞为“叙境状物，时有客观”，胡适则评价《老残游记》为“最擅长的是描写的技术”。在小说中，大明湖的优美风光、鼓书女艺人精湛的艺术表演、桃花山的奇异风景等此类看似“无关宏旨”的闲来之笔，却蕴藏丰富的审美文化思想。哲学家海德格尔在《存在与时间》一书中指出，在世本质上就是“畏”（angst 即烦或者焦虑），寓于上手的事物的存在可以理解为操劳，而与他人在世内照面之共同在一起的存在，可以被理解为烦神（操持）。② 因此，要想超越“此在”的“畏”“烦”，不再被“烦”所占据，便只能采取一种“在而不在”的方式，那就是游。正如李白诗云：“人生在世不称意，明朝散发弄扁舟。”在《老残游记》中，面对晚清山河破碎、舆图变色的社会现实，灾祸连连、官府暴政的生存环境，老残无不感到现实生存环境的压抑，每时每刻都被

① ［美］王德威：《中国现代小说十讲》，复旦大学出版社 2003 年版，第 14 页。
② ［德］海德格尔：《存在与时间》，陈嘉映、王庆节译，生活·读书·新知三联书店 2011 年版，第 216—223 页。

"哭泣"和感伤所缠绕。作为一个中国古代文人，虽然自谦"读过几句诗书，因八股文做得不通，所以学也未曾进得一个"，但是老残是一个有才的文人，与官场保持距离，不愿被官场世俗的"烦累"和"烦神"所左右，以"旅行者"的身份关注生命个体的存在和精神自由的问题。这一点深受庄子思想的影响。小说第三回写老残随身携带两本书：一本是宋版张君房刻本《庄子》，另一本是毛子晋仿刻的祖本苏东坡手写的陶诗。这"不过是先人遗留下来的几本破书，卖又不值钱，随便带在行箧中，解解闷儿，当小说书看罢了，何足挂齿"。可以看出，老残偏爱庄子思想，并汲取了庄子"游"的处世方法，即文人保持入世思想的"距离化"。具体来说，一方面老残游于"物"，即山水之游。作为一个旅行者的老残做到的第一件事情便是会"区隔"（布尔迪厄语），在生活上"区隔"出一般现实性生活和逸游的生活两部分。一般现实性生活侧重生活的利害关系，而逸游的生活则强调生活的形式，以欣赏自然生命的行动为主导，是一种审美化的生活。在《老残游记》中，如果说老残奔走江湖，疾恶如仇，从善如流，通过一种知识分子"兼济天下"的工作性行为来体现对社会的正义和良知的理解，那么，老残面对自然山水，更多地表达出对美的追求。在小说第二回中，我们看他到了铁公祠前的一段精彩描写：

> 朝南一望，只见对面千佛山上，梵宇僧楼，与那苍松翠柏，高下相间，红的火红，白的雪白，青的靛青，绿的碧绿，更有那一株半株的丹枫夹在里面，仿佛宋人赵千里的一幅大画，做了一架数十里长的屏风。正在叹赏不觉，忽听一声渔唱，低头看去，谁知那明湖业已澄净的同镜子一般。那千佛山的倒影映在湖里，显得明明白白。那楼台树木，格外光彩，觉得比上头的一个千佛山还要好看，还要清楚。[①]

① （清）刘鹗：《老残游记》，钟夫校点，上海古籍出版社2011年版，第7页。

这段原生态的写景状物基本上体现了老残的审美体验和审美品位。对于此种美丽的异乡山水，老残抱着观赏游览之心情；对于这种畅游式的生活，并不是以“工作”和“日常生活”的方式去面对，而是用心去欣赏和享受大明湖畔的湖光山色，沉醉于“如此佳景”之中。如此这般，这种审美生活方式游离于现实的苦痛、焦虑与烦神，家国之痛、世事秽浊和变化莫测被隐匿在自然山水之美中，从而使得小说中的自然山水之游呈现出对世俗间的利害关系的超越。小说中对大海、黄河、桃花山等景物的描写无不体现出这种审美超越性，正如有学者所言：“山水，不再是险阻，不再是使行役者痛苦的地方，而是可以去亲近去欣赏去游乐的场所。美感的追求，可以高过任何体力上的辛劳，亲情的呼唤，或国家责任的压力，让人摆开一切，尽情尽兴地投入其中，欣赏观览一番，去发觉山水之美；或在日常性的无聊生活中，品味、经营出美感来。”① 从比较的意义上说，《老残游记》中情思凝聚的自然山水描写与整部小说“哭泣”和感时伤乱的基调相比照，是有些不协调的，美感的经营和品位的凸显在某种程度上弱化了小说的政治功利性，但是这些描写让主人公从中获得一些精神抚慰，表达一个文人阶层的美感诉求和美学情趣，同时让读者在阅读过程中产生一种跌宕起伏的审美愉悦。从更高的意义上说，《老残游记》在山水景物的描写上，让主人公老残暂时游离所处的压抑和失序的社会环境，在真实的旅途中，获取一种瞬间超越现状的解放感，还原一个中国古代文人在一个不合时宜的时刻对生命个体的关注和尊重，保持自己作为生命个体的独立自在和精神自由，让生命的内容以美的形式呈现出来。我们以为，这是老残游历中所彰显出的一种独特的游的精神。从另一个角度看，作为一个中国古代文人，老残并不像一些古代文人那样在经历了仕途失意之后选择走向自然，其游历之心是作为入仕的对立面出现，是一种被动之举，有着难以表

① 龚鹏程：《游的精神文化史论》，河北教育出版社 2001 年版，第 197 页。

达的无奈意味，进而将自然山水作为人生的避难所。与之相反，老残对自然山水的艺术审美追求的是一种积极的人生态度，他的落脚点在于对社会人生的启迪和传道。在小说第六回中，老残在客店闲来无事，外面下起大雪，想到调查玉贤的暴政，看到屋檐底下的鸟雀，此情此景，不得不有感而发，便有了下面一段发人深思的独白式描写：

> 这些鸟雀虽然冻饿，却没有人放枪伤害他，又没有什么网罗来捉他，不过暂时饥寒，撑到明年开春，便快活不尽了。若像这曹州府的百姓呢，近几年的年岁，也就很不好。又有这么一个酷虐的父母官，动不动就捉了去当强盗待，用站笼站杀，吓的连一句话也说不出来，于饥寒之外，又多一层惧怕，岂不比这鸟雀还要苦吗？想到这里，不觉落下泪来。又见那老鸦有一阵刮刮的叫了几声，仿佛他不是号寒啼饥，却是为有言论自由的乐趣，来骄这曹州府百姓似的。想到此处，不觉怒发冲冠，恨不得立刻将玉贤杀掉，方出心头之恨。①

从写作技巧上说，这段描写充分体现作者能够把外部自然和心理世界完美统一起来，达到追求艺术真实的效果。换个角度来看，站在晚清暴政和受压制的时代环境下，老残深切地表达了对自由的呼唤和追求，是心理之旅和思想之旅的充分体现，虽然这种呼唤并不是那个时代发出的第一声，但足以让小说在时代主题的表达上体现出重要的美学价值。正如陈平原先生评价近代游记文学时所说的那样："旅行成了改变人物命运和生存方式的重要契机，漫长的旅途成了人物心灵的历程。旅游者置身于一个陌生的世界里，得以观察、思考、分析那些前所未见的新鲜事物，进而获得一种新的人生感悟。"② 老残作为旅游者暂时离开了自己原有的社会阶位，摆脱了

---

① （清）刘鹗：《老残游记》，钟夫校点，上海古籍出版社2011年版，第33页。

② 陈平原：《中国现代小说的起点——清末民初小说研究》，北京大学出版社2005年版，第237页。

一切社会关系，成为另外一人，站在一个远离中心的位置观察和思考。他同情那些做饥寒之状的鸟雀，为之“愁苦的受不得”，但是这些鸟雀有自由，可以自由发表“言论”，人却连这点自由都没有。这样一个观察和思考的过程，让老残获得新的生活感受、新的体悟，进而获取了生命转化的意义。同样，在第十二回中，老残面对雪月交辉的景色，对月抒怀，为国家的现在和未来担忧，折射出知识分子教养天下的担当意识。

通过以上的分析我们可以发现，刘鹗在《老残游记》中表现出对自然山水的偏爱，借老残的游历彰显出一种有独特审美韵味的游的精神，也就是作为一个游者总能在入世和出世之间保持一种张力。老残多次拒绝庄宫保的推荐，始终没有入“仕”的想法，他能够逃离尘网之外，偷得浮生半日闲，去游玩，去游乐，显示人生的洒脱，透出生命的美感，同时他也能坠入尘世，去担忧，去谴责，去操劳，显示人生的担当和责任。换句话说，这种游的精神也就是在审美与谴责、呼唤和揭露、洒脱与担当之间保持一种内在的张力，展现生命的内在精神。在某种程度上，这种精神也修正了中国古代知识分子的理想人格标准：穷则独善其身，达则兼济天下（《孟子·尽心上》），达到在不“穷”之时则能“独”，逃避“达”而能做“兼济天下”之事，凸显出老残作为一个近代知识分子形象独特的人格魅力。

作为近代知识分子独特的形象，老残也表达了对传统文化的认同和反思。所谓文化认同，也就是对自己本土文化的认识，“是本文化的主体承载者对文化现实的历史和现状的有意识的话语建构”①，要求主体能够识别过去，同时要把过去与当下的社会情境结合起来构成一个富有意义的文化世界。文化认同的产生并不是本土文化主体孤立和静态思考的产物，而是在与他者文化的差异比较中生成的，这也就从某个层面上意味着认同与文化

① 张宁：《文化认同的多面性》，周宪主编《中国文学与文化的认同》，北京大学出版社 2008 年版，第 11 页。

传统有着密不可分的关联，因为社会个体能够在自己认同的文化传统中确认自己的存在位置，获得一种熟悉自身的感觉，并且依赖这种感觉得到一种内在的自信。但是，个体一旦感受自己的文化传统遭受到威胁，不同文化观念形成冲撞和交锋，便自然引发认同的危机和焦虑，迫使自我对传统文化进行反思和追问。在当时充满动荡和危机的历史情境下，刘鹗以文学的形式对传统文化的内涵和认同问题进行了敏锐思考和积极把握。在《老残游记》第八回至十一回中，刘鹗中止了老残的游历，其中的叙事完全脱离了老残的视线，无论是描写桃花山圣境，还是写申子平与玙姑的“山中一辩”以及玙姑等人的“山中古调”，都隐藏着关于信念、想象、价值和诚敬等文化心理问题的思考。其中以孔孟儒学、宋儒、佛道等为核心观念而引发的争辩，让《老残游记》释放出如何反思传统、建构文化认同的重要文化信息，这需要我们去仔细解码才能认识到他们对文化的态度。

反思儒家文化传统是中国文化内部出现的认同危机的重要表现。甲午战争以后，中国社会的政治和思想陷入空前危机，儒家的价值原则和社会实践分离，使得建立在儒家文化体系基础之上的国家意识形态已经无法支撑晚清王朝的统治，因此有必要从根本上对其进行反思。在《老残游记》第九回中，刘鹗写道：“儒教失传已久，汉儒据守章句，反遗大旨；到了唐朝，直没人提及。韩昌黎是个通文不通道的脚色，胡说乱道！他还要做篇文章，叫作《原道》，真正原到道反面去了。”因此可以看出，刘鹗认为先秦孔孟儒学的精义已经失传，不满汉儒和韩愈对儒家的曲解。进一步，在申子平与玙姑的对话中，刘鹗借玙姑之口，尖锐地批判和否定宋儒理学。在对话中，申子平肯定宋儒，认为宋儒“发明正教的功德，亦不可及。即如‘理’‘欲’二字，‘主敬’‘存诚’等字，虽皆是古圣之言，一经宋儒提出，后世实受惠不少，人心由此而正，风俗由此醇”。刘鹗通过细致描写玙姑的言行和子平的反应给予反驳：

那女子嫣然一笑，秋波流媚，向子平睇了一眼。子平觉得翠眉含娇，丹唇启秀，又似有一阵幽香，沁人肌骨，不禁神魂飘荡。那女子伸出一只白如玉、软如棉的手来，隔着炕桌子，握着子平的手。握住了之后，说道："请问先生：这个时候，比你少年在书房里，贵业师握住你手'扑作教刑'的时候何如？"子平默无以对。

女子又道：凭良心说，你此刻爱我的心，比爱贵业师何如？圣人说的，"所谓诚其意者，毋自欺也。如恶恶臭，如好好色"。孔子说："好德如好色。"孟子说："食色，性也。"子夏说："贤贤易色。"这好色乃人之本性。宋儒要说好德不好色，非自欺而何？自欺欺人，不诚极矣！他偏要说"存诚"，岂不可恨！圣人言情言礼，不言理欲。删《诗》以《关雎》为首；试问"窈窕淑女，君子好逑"，"求之不得"，至于"辗转反侧"，难道可以说这是天理，不是人欲吗？举此可见圣人决不欺人处。《关雎》序上说道："发乎情，止乎礼义。"发乎情，是不期然而然的境界。即如今夕，嘉宾临，我不能不喜，发乎情也。先生来时，甚为困惫，又历多时，宜更惫矣，精神焕发，可见是很喜欢，如此，亦发乎情也。以少女中男，深夜对坐，不及乱言，止乎礼义矣。此正合圣人之道。若宋儒之种种欺人，口难罄述。然宋儒固多不是，然尚有是处；若今之学宋儒者，直乡愿而已，孔、孟所深恶而痛绝者也。①

从这番对话中，我们不难看出，在刘鹗看来，宋儒歪曲了先秦孔孟学说，在"理""欲""存诚"等观念的认识上自欺欺人，否定了人的欲望之本性。在我们看来，刘鹗批判宋儒，也就是对清代官学程朱理学的批判。程朱理学是宋明理学的主要派别之一，主张"正心诚意"，强调"存天理，

① （清）刘鹗：《老残游记》，钟夫校点，上海古籍出版社2011年版，第52页。

灭人欲”。清代把程朱理学的主张更加官方化和“极端”化，将其作为知识分子立身之根本。如果说，《老残游记》中的对话和阐释过程是刘鹗对宋儒理解的理论表达，那么小说中塑造的刚弼“清官”的形象则是其理论的文学表意形象。我们可以这样认为，刚弼是清朝官学培养出的理学化清官，他深知君主专制国家所依存的伦理规范，将“正心诚意”“存天理，灭人欲”的要义和世俗逻辑贯彻到为官的实践中，其实质就是“以君子自居而刚愎自用的廉洁官员，是专制政治和程朱理学‘政教合一’的性格结晶。他绝对忠于朝廷—国家，毫无自私自利之心，但却把这种个人内在的道德自觉等同于与之毫不相干的事实判断的公正合理，而缘故即在于将个人的‘天理’信仰等同于以‘天理’自居，自以为永远正确”①。因此，刘鹗不认同宋儒理学，更是对清代官学持否定态度。对某一种文化的认同是一种以争论或辩论出现的解释过程，而认同的产生也总是与某种缺失或丧失感联系在一起。在《老残游记》“山中一辩”中谈到儒释道问题，刘鹗有自己的看法：三教道里子都一样，“其同处在诱人为善，引人处于大公。人人好公，则天下太平；人人营私，则天下打乱。惟儒教公到极处”。并佩服孔子反对“攻乎异端”。因此，我们看到，刘鹗对孔孟儒学的认同和推崇。换句话说，就是刘鹗渴望回归孔孟儒家文化的传统。在晚清政治统治面临崩溃的时局之下，刘鹗意识到孔孟民本思想的缺失，动摇了晚清王朝统治，使得整个社会陷入普遍的价值迷失，因而选择复归传统，深入挖掘传统儒学中的精髓，在孔孟学说中寻找认同的合法性也是情理之中的事情。我们知道，孟子主张重民、爱民，把民放在第一位，而把君放在次要的位置。在讲到君与民的关系时，孟子说：“民为贵，社稷次之，君为轻。是故得乎丘民而为天子，得乎天子为诸侯，得乎诸侯为大夫。”（《尽心下》）朱熹也在

---

① 王学钧：《以理杀人与有罪推定——〈老残游记〉对理学化清官的批判》，《明清小说研究》2007 年第 2 期。

研读孟学时明确提出："国以民为本，社稷亦为民而立。""丘民，田野之民，至微贱也。然得其心，则天下归之。"（《孟子集注》卷一四）民本思想是孔孟儒学的治世之根本，而这也正是晚清社会所缺失的。在小说中，刘鹗借老残的游历寻找这一儒学的根本精神。从对玉贤暴政下的曹州百姓的哀怜，揭发玉贤的暴行，到倾听环翠的遭遇后救她于水火之中，再到痛心黄河决口给百姓造成的灾难，再到与刚弼对簿公堂，辩白魏家父女之冤情，揭露刚弼之专横，都可以看作刘鹗为复归孔孟儒学"民本"思想所做的努力。这些努力，与太古学派所主张的孔孟儒学观念有密切关系。虽然他们不能从根本上解决晚清社会"败局"的惨状和百姓的苦难，但是刘鹗复归传统的探寻，表明在文化动荡和断裂的历史时期，清代知识分子自觉意识到中国文化丧失儒家文化及民本思想之主导地位而由此产生的认同危机和焦虑，这也在某种意义上指明了晚清时期知识分子重建文化认同的路数。

如果说，刘鹗复归儒学传统，遵循的是现在返归过去式的文化认同建构的思路，那么，整个桃花山的世界却写出了刘鹗对未来世界的想象，走向一种把现代导向未来的认同建构方式。桃花山像是一个与世隔绝的世外桃源，这里自然景物奇异，桃花山人遵循人的本性，不否定人的情欲，体现出"诱人为善"的观念，"圣人的意思，殊途不妨同归，异曲不妨同工。只要他为诱人为善，引人为公起见，都无不可"。小说第十回"骊龙双珠光照琴瑟 犀牛一角声叶箜篌"中，玙姑与黄子龙合奏一曲《海水天风》之后向申子平解释道："此曲名叫'海水天风之曲'，是从来没有谱的。不但此曲为尘世所无，即此弹法亦山中调，非外人所知。你们所弹的皆是一人之曲，如两人同弹此曲，则彼此宫商合而为一。如彼宫，此亦必宫，彼商，此亦必商，断不敢为羽为徵。即使三四人同鼓，也是这样，实是同奏，并非合奏。我们所弹的曲子，一人弹与两人弹，迥乎不同。一人弹的，名'自成之曲'；两人弹，则为'合成之曲'。所以此宫彼商，彼角此羽，相协而不相同。圣人所谓'君子和而不同'，就是这个道理。'和'之一字，后人误会久矣。”在此，刘鹗强调在曲子的演奏过程中，要求不同演奏者保持自己的独立性，即“相协而不相同”，然后才能达到声音和谐美妙的效果，从而借音乐组织形式阐释了“君子和而不同”的文化传统以及未来理想的社会组织形式的文化内涵，从以上的分析来看，这种文化想象、“桃花源”情结与晚清社会文化现状完全不一致，是一种“乌托邦”思想，也是“天下为公”的大同境界。在此，刘鹗试图在文化认同建构上把现在、过去和未来联系起来，站在“现在”即晚清社会现实的分界点上，在反思传统文化的基础上，充分调动“过去”的文化资源，利用“传统”的文化亲和力，并将其文化精华放在“未来”社会的构想中，实现未来想象的合法性，同时达到痛击现实世界的混浊和文化失序的目的。因此，认同“总是在‘现在’的经验中，串联其‘过去’和‘未来’的序列。无论是为了实现未来的目标，坚决地以新换旧，还是通过重建传统，把‘过去’的合法性传递给‘未来’，以实现‘未来’的合法性和‘过去’的合法性的结盟”①。从这个意义上说，《老残游记》承载着一种重要的文化认同建构功能，一方面体现出对晚清社会的文化体系提出质疑和批判；另一方面为丢失的文化传统的复归寻找合法性，同时为承认自己的民族文化身份，创造了一个有关未来的可信的形象，在这个未来形象中找到自我。因此，《老残游记》在过去、现在和未来之间不同的关系中构成了民族文化认同建构的叙事维度。值得注意的是，刘鹗宁愿走入乌托邦之境，也不愿认同“北拳南革”的文化革新方式，甚至依此，《老残游记》一度被认为是“反动”作品，但这也不能掩盖刘鹗为反思传统和文化建构所传达出的强烈的精神诉求和所做出的积极贡献。

《老残游记》是在中国社会由古代向现代转型的背景下产生的，“哭泣”

① 殷曼楟：《认同建构中的时间取向》，周宪主编《中国文学与文化的认同》，北京大学出版社2008年版，第232页。

和“醒世”是刘鹗创作该小说的动机和意向，带有鲜明的警世和批判的特征，但是，我们拨开由创作意向和特征所编织的一层层幕布向深层开掘，发现其中所蕴含的文化心理异常丰富。我们从中看到，刘鹗对晚清社会现实的焦虑不安，形成了中国现代性的体验形式，同时以旅行者个人体验的方式，展现独特的游的审美精神，以积极的姿态面对文化迷失的难题，进而反思文化传统，在未来的想象中确立自身的位置，在对传统文化的确认和践行中获得一种抚慰和安全感。毫无疑问，《老残游记》首尾相连的梦幻叙事，告诉我们从梦中的惊醒，到梦醒后的痛苦，再到憧憬理想之梦，显示了中国知识分子独特的文化心理体验，同时，小说见证了近代中国人对动荡和断裂的文化现实所做出的不屈不挠的痛苦思考，记录了近代中国人在文化探索和追寻上所走过的艰难的心理历程。

二　反讽者的眼光与现代焦虑体验：《文明小史》的文化意蕴

李伯元的《官场现形记》历来受人称道。鲁迅更是把它视为清末“谴责小说”的经典文本加以推崇。“特缘时势要求，得此为快，故《官场现形记》乃骤享大名。”[①] 然而同是长篇谴责小说《文明小史》却受到冷落，专门研究的论文寥寥无几，各种文学史和小说史对其也只是做粗浅介绍，对它的评价也有失公允，如“在《五十年来中国之文学》里，只用很少几个字带过，《中国小说史略》一样的止于提到”[②]。其实，在今天看来，这是中

① 鲁迅：《中国小说史略》，人民文学出版社1973年版，第254页。
② 阿英：《晚清小说史》，东方出版社1996年版，第10页。

国文学史和文学批评的一个遗憾。正如有观点所言："我们研究近代法国小说若不知道小仲马的《茶花女》，我们研究近代俄国小说若不知道托尔斯泰的《复活》，岂是能原谅的疏忽吗？因此我们研究近代中国小说只知道李宝嘉的《官场现形记》，而忽略了他的《文明小史》，那实在是一个重大的缺憾。"[①] 从这里可以看出，《文明小史》应该具有重要的文学史价值和审美文化价值。那么，问题来了，是沿着谴责小说的路子来赏析它，还是跳出"谴责小说"所设定的内容与形式，去重新挖掘《文明小史》的文化价值呢？答案是明显的，应该跳出谴责小说所限制的视野重新诠释小说所隐藏的文化价值。我们认为，若放在当今充满冲突与危机的文化语境中来看，《文明小史》是一部极其耐人寻味的作品。

《文明小史》[②]，全书共六十回，署南亭亭长著，自在山民加评。从光绪二十九年（1903 年）五月到光绪三十一年（1905 年）九月，在《绣像小说》半月刊连载。此时的晚清政府由于义和团运动和八国联军侵占北京，正处于内外交困、危机重重的关头，一方面不得不以变法来推出新政求自强自保；另一方面又要讨好西方列强，求得他们的欢心。以往，对《文明小史》的主题研究，大都建立在这样一个历史文化背景基础之上，诸多论者已达成一种共识：小说重点揭示了维新时代社会的现实，暴露和谴责晚清政府的腐败无能和假维新派的投机伎俩，同时反映了清末社会新旧思想的冲突。"新旧思想的冲突，人民与官僚统治阶级以及帝国主义的矛盾，爱国者与卖国者的斗争，并不能得到消弭，相反地更加激烈，一直发展到进行革命。这就构成了《文明小史》反映维新运动时期阶级矛盾的主要特点，也就是这部小说能以获得存在并有别于《官场现形记》的地方。"[③] 从文学与社会的关系角度和作家谴责的立场来看，这种读解是颇有道理的。

---

① 魏绍昌：《李伯元研究资料》，上海古籍出版社 1980 年版，第 142 页。

② 文章引用部分为李伯元《文明小史》，郭洪波校，岳麓书社 1988 年版。

③ 阿英：《文明小史叙引》，北京通俗文艺出版社 1955 年版。

然而，站在现代文化批判的立场和主体的自我意识觉醒的角度上，进一步审视《文明小史》所展示的主题意蕴，我们会发现，李伯元以反讽者的眼光揭示西方现代文明的强势冲击给中国所带来的混乱的生存秩序，同时，展现出作者作为自我主体对社会现状的独特洞察和反思批判，因而，我们关心的问题是，作者是如何揭示文化冲突所带来的生存失序，折射出什么样的文化心态，达到何种审美价值取向等。我们围绕这些问题，深入读解《文明小史》背后所深藏的现代文化意蕴。

谴责小说是晚清小说创作中最具有时代性和艺术影响力的小说类别。虽然鲁迅、胡适等学者认为，该小说形式存在很大不足和欠缺，认为晚清谴责小说是模仿《儒林外史》之作，在讽刺艺术的深度和广度上与《儒林外史》有着巨大的落差，其原因在于，其中普遍存在的功利化倾向是戕害谴责小说的主要原因。但是，我们不能就此抹杀谴责小说应有的社会文化价值。我们应该看到，在描述时代文化氛围，洞悉时代精神转变中，作品还是以微小细致的笔锋触摸到了晚清时期的文化脉动，对于挖掘那个时代人们的心理状态有重要的启示意义。

对于现实的反映和描述，不同的作家采用的方式可能是不同的。李伯元采用了反讽的方式，对晚清社会现实进行了意味深长的描述和呈现。作为一种重要的创作形式和美学范畴，反讽的内涵在《贝特福特文学与批评术语词典》中是被这样解释的："反讽是外表或期望与现实之间的矛盾或不一致。这种不一致可以通过多种方式表现出来，如一个人所说的与他或她实际上所想表达的之间的不一致，或者一个人希望发生的事情与实际上发生的事情之间的不一致，或者表面上的真实与事实的真相之间的不一致。"①李伯元带着这样的视角，对晚清社会现实进行了深入描述。小说以无主人

---

① 转引自汪正龙《说反讽——对西方美学史上一个重要范畴的考察》，《人文杂志》2007 年第 3 期。

公的方式，悉数刻画了面对洋人无可奈何的柳知府，一心想到达上海见识现代文明的吴县三兄弟，唯利是图的新派人物劳航芥，想方设法假办学堂发财的潍县王毓生等人物形象，在晚清混乱的时代背景中，他们上演了无数可笑的喜剧。以湖南永顺府的故事为例，柳知府得知洋矿师住在本地客栈，因被乡人打破了一个茶碗，即停本地武考，急办这件“外交”事宜，此时众武生既不满官府停考，也受蛊惑怕知府把开矿权卖给洋人而围攻衙门，整治洋人，而洋人也见势不妙狼狈逃跑。在这场官府、洋人和乡民之间发生的滑稽闹剧中，我们可以看出，晚清社会结构的复杂，利益纷争的混乱和冲突给社会带来的不稳定。作为社会的实体，他们都以一种否定的方式参与这个时代，以一种啼笑皆非的形式渲染时代的世态世情，以此折射出整个民族充满紧张的文化心态。

反讽是一种语言现象，与社会形态有着紧密的关联，能在一定程度上折射出社会存在的样态和发展态势。从作品表面看，读者能够清晰地感悟到，作者所描述的社会情状，是通过阅读直接感受到的现实情境。但是，这样的描写却凸现了小说所描述的现实与作者内心的期望和想象的不一致，因而现实与期望的矛盾构成了《文明小史》反讽的修辞效果和深层的叙事意义，这一点在作品中也以一种想象的方式显现。作品中塑造了一个理想的官僚形象——湖广总督：“很讲新法，颇为民兴利。他到任七八年，纺纱局有了，枪炮局有了。讲洋务的讲洋务，讲农功的讲农功，文有文学堂，武有武学堂。”这与小说连篇累牍描写的社会混乱的迹象极不相称。另外，在小说结尾部分，平中丞的形象也构成了作者塑造的人物之间隐秘的对立和冲突，加深了整部小说的反讽修辞效果。这种反讽效果意味着作者对现实存在的不满和批判，也意味着对现实存在中矛盾和悖谬的揭示和发现。也就是说，刻画众多丑陋、扭曲的形象并不是小说的目的，它渴望展现的是这种对立或不一致所蕴含的对社会文化的强烈不满，以及为民族文化发展提供一种思考的可能。

外表或期望与现实的不一致构成了叙述者内在的矛盾心态，这也在小说的“楔子”中以意味深长的寓言方式体现出来：

诸公试想：太阳未出，何以晓得他就要出？大雨未下，何以晓得他就要下？其中却有一个缘故。这个缘故，就在眼前。只索看那潮水，听那风声，便知太阳一定要出，大雨一定要下，这有什么难猜的？做书的人，因此两番阅历，生出一个比方，请教诸公：我们今日的世界，到了什么时候了？有个人说：“老大帝国，未必转老还童。”又一个说：“幼稚时代，不难由少而壮。”据在下看起来，现在的光景，却非幼稚，大约离着那太阳要出，大雨要下的时候，也就不远了。①

在此，“太阳”和“大雨”已经超越了日常生活经验而被赋予了两极对立而充满张力的情感维度和意象特征。“太阳”意指现代文明和光明的未来，“大雨”则是中国在追求现代文明过程中随时会遇到的灾难形象。前者代表着叙述者的期望和理想，而后者是一种迈向希望的阻力。美好理想是隐性的，丑陋不堪却是显性的，作品描述的大都是充斥着野蛮、丑陋的世态和被彻底扭曲的文明，这种叙事意向与美好形成对立，构成了一种反讽修辞效果，即作为一个“做书的人”，叙述者指涉的现代光景却是处在“太阳”与“大雨”两种意象共同支撑的张力中，这也就意味着当时中国社会处在一个极端紧张的生存失序中。

作者以一种明晰浅显的技法，让读者接受作品展现出的内容，这似乎是文学阅读的常理。其实，真正的阅读者就是从作品中探寻一些不能轻易发现的事实，这是保持作品生命力的地方，也是作品赋有文化价值和思想意蕴的特征。李伯元能够将晚清读书人的内在心灵和深层心理用一种反讽修辞表述出来，一方面能透露出修辞主体的矛盾和紧张的内在心态，但是

① （清）李伯元：《文明小史》，郭洪波校，岳麓书社 1988 年版。

这种心态表达不够完整，需要进一步用词语和叙事去传达，这也决定了另一方面又可以供读者去读解这种内心体验。因此，通常采用反讽是为了对处于惘然无知状态的听众或读者进行一种暗示，也是主体实现自我精神救赎的权力形式，“是对有限世界的超越，是凌驾于艺术作品之上和从高处俯瞰艺术作品的轻松愉快的气氛，是人摆脱完美无缺的东西并与之拉开距离之后所产生的智慧和放松感”①。因此，正如阿尔都塞所主张的那样，通过“症候阅读”，从词语和概念的“空缺”和“不连贯”以及语言的悖谬中发现新的问题和新的意义。《文明小史》在松散的叙述中，让读者不单看到一连串荒唐可笑的故事，更重要的是，作者营建了一个充满不确定、动荡不安的东方世界，换句话说，中国正处在走向现代性的道路上，它处在一个“过渡、短暂和偶然”（波德莱尔语）的转换阶段，即非“老大帝国”，亦非“幼稚时代”。这样一种新问题的生发可以启发一种对深层心理变化的理解，也能透射出它本身所反映出来的整个社会的心态表象。用梁启超在1901年在《过渡时代论》一文中的话说就是：

今日中国之现状，实如驾一扁舟，初离海岸线，而放于中流，即俗语所谓两头不到之时也。语其大者，则人民既愤独夫民贼愚民专制之政，而未能组织新政体以代之，是政治上之过渡时代也；士自既鄙考据辞章庸恶陋俗之学，而未能开辟新学界以代之，是学问上之过渡时代也；社会既厌三纲压抑虚文缛节之俗，而未能研究新道德以代之；是理想风俗上之过渡时代也；语其小者，则案例以烧矣，而无新法典；科举仪变矣，而无新教育；元凶处刑矣，而无新人才，北京残破矣，而无新都城……残无一而非过渡也。②

---

① ［德］曼弗雷德·弗兰克：《德国早期浪漫主义美学导论》，聂军等译，吉林人民出版社2006年版，第315页。

② 李华兴、吴嘉勋编：《梁启超选集》，上海人民出版社1984年版，第168—169页。

通过这一“互文性”阅读，可以发现《文明小史》固然以现实为嘲讽对象，但在完成这一嘲讽的同时，小说在深层表述中，以强烈的姿态寻觅、求证自身本已独立而又未知的真实。这种事实可以这样表述：一是晚清社会处在一个充满变数的时期，这与传统的中国社会有本质区别。如果说传统社会是一个保守、静观、凝固的生存秩序，那么，晚清社会则是一个充满变动和不确定性的现代性社会，在这样的社会形态中，传统的价值体系被松动，新的价值观念尚待建立。二是这种过渡和偶然带给现代人一种对世界急剧变化的体验方式，即面对西方文化冲击时以生活的可能性和不稳定为特征的焦虑体验，也就是个体和社会生活的形态及品质处在不稳定和受到压制的状态，因为“焦虑的爆发出现在个人不能实现或被制止实现某一行为的时候”[①]。在《文明小史》中，官员、百姓和知识分子在面对洋人、现代文明的强势表现时，处在一种被压抑的状态中，显得尴尬、无奈，甚至是敬畏和恐惧。他们渴望融入充满现代文明的世界，但又受传统社会价值观念的牵制，渴望把自己变成现代文明世界的主体，但是对现代文明的认识又充满陌生感，导致对文明的扭曲性认识。归结起来，这也就是一种处在动荡不安、急剧变化和跌宕起伏中的生命体验形式，从这个角度看，作者的反讽修辞形式是一种源于特定视角的探索与发现，是面对中西文化的冲突时表现出的一种面向社会真实和生命体验的体识与历史书写。进一步说，在一个过渡时代，扭曲、荒谬和焦虑的精神体验成了晚清社会人们心灵中难以摆脱的阴影，作者需要一种表达、倾诉方式，以此来克服内心的焦虑和不安，而小说以一种嘲讽、否定的形式疏散了淤积在知识分子身上的痛苦思考，让整个时代的精神不安得到一种合理的言说。

我们知道，晚清社会正是中国文化的转型与过渡时代，这种文化转型

---

① ［英］安东尼·吉登斯：《现代性与自我认同》，赵旭东、方文、王铭铭译，生活·读书·新知三联书店 1998 年版，第 49 页。

导致了晚清社会的变动和不确定性以及人们的生存危机，这种危机最突出的表现为人的身份认同危机。我们已经指出，李伯元用反讽的眼光洞悉西方文明冲击下的中国社会现实，这种洞察包含对“过渡时代”文化危机的戏剧化描述，但更重要的是，这也预示着文化冲突带来的文化认同的危机，其关键的表现也就是个体身份和集体同一性的认同危机。这也是本节关注的另一个重要问题。所谓认同就是自我的同一性，“是一种熟悉自身的感觉，一种知道个人未来目标的感觉，一种从他信赖的人们中获得所期待的认可的内在自信”①。一般来说，它大致包含四个基本含义：第一，自我意识。亦即自我对自己在时间上的内在相同性和连续性的直接觉知，以及对别人对这种相同性和连续性的认可的觉知。第二，对个人性格连续性的一种潜意识的追求。第三，对个人以往各种身份、各种自我形象的综合感。第四，对未来理想职业的向往和作为社会成员的意识，亦即个人同一性及其在民族、政治、宗教等意识形态中所表明的集体同一性，在个人心中的一致性的保持。② 因此，自我存在的基本功能就是建立并保持自我同一性和认同感，而一旦不能正确处理自我的问题，就容易产生危机，导致认同感的缺失，这样不利于自我主体的发展。对于中国而言，在前现代时期，中国自认为是世界的中心，以“老大帝国”自居，这是一种较为稳固的同一性认识，存在着一种稳定的、连续的、不变的集体自我和意义框架。但是，鸦片战争以后，西方文明的强势入侵，打破了天朝上国的世界观，中国逐渐认识到西方他者存在的价值。自然，西方他者的强势闯入，势必使得晚清社会对传统文化的态度表现得相当复杂和混乱。我们知道，中国传统文化的重要载体是《四书》《五经》《东周列国志》《三国演义》《唐诗三百首》等，它们共同建构了中华民族的认同感、归属感。按照西方社会学家

---

① 转引自［美］赫根汉《人格心理学导论》，何瑾、冯增俊译，海南人民出版社 1988 年版，第 162 页。

② 叶浩生主编：《心理学理论精粹》，福建教育出版社 2000 年版，第 164 页。

滕尼斯的观点，本土文化也是共同体文化的表现形式，象征着血缘、地缘和精神的统一，“共同体的任何关系在结构上或者按其本质的核心是一种更高的和更普遍的自我，犹如各个单一的自我及其自由赖以引申的方式或理念一样”①。本土文化塑造了我们对文化的认同性，直接影响着我们去怎样重现我们自己，甚至在哪里能够认识我们自己。然而，在西方现代文化面前，这些标识中国文化内涵和意义的经典文献失去了往昔的光晕，开始破坏建立在本土文化基础之上的共同体。我们在其中能够熟悉自身和实现自身目标的感觉变得烟消云散，而成为一种“读厌看厌”的故纸堆。因此，在中西文化冲突的现实环境中，晚清社会开始凸现出本土文化与西洋文化、自我和他者之间的深刻矛盾，人们开始对文化同一性问题产生怀疑。《文明小史》以一种嘲讽的方式触摸到此种文化认同危机的命脉。

首先，在器物层面上，象征西洋现代文明的器物在中国开始大行其道。小火轮、洋装、洋钱、洋灯、眼镜、皮鞋、文明棍等代表西洋文明的器物文化，在当时中国人眼中是对西方现代文明想象和对自己身份建构的重要表征。以第十四回到第二十回中讲述的江南吴县贾氏兄弟游历上海为例，我们可以看出，三兄弟在经历了科举考试的失败后，改学新学，把西洋文明当作神圣的东西，以一个异乡人的身份感受现代文明：“洋灯是点火油的，那光头比油灯要亮得数倍。兄弟三个点了看书，觉得与白昼无异，直把他们三个喜得了不得。”洋灯作为西方现代文明的象征物，它发出的与“白昼无异”的“神圣”之光，让他们欣喜若狂，完全占据了他们认知的心理空间，同时也照亮了他们开始朝圣西方文明和渴求在现代文明中找到皈依的道路。在上海琳琅满目的西洋景中，贾氏兄弟应接不暇，在享受光怪陆离的文明天堂的同时遗忘了自我，更重要的是丧失了明辨是非、真假的

① ［德］斐迪南·腾尼斯：《共同体与社会——纯粹社会学的基本概念》，林荣远译，商务印书馆 1999 年版，第 255 页。

能力，表现出盲目崇尚的心理，忘却了对自我文化身份的建构和追问。因此，在异域文化对本土文化的冲击和碰撞之下，个体该如何在转换和变化中获得自我的协调感成为《文明小史》所要表达的重要问题。

其次，在精神文化层面上。进入现代以来，西方所宣扬的自由、民主、平等、新学、新政和女权等思想逐渐影响着中国传统文化的价值观，也使得儒家文化面临深刻的危机。小说在不同的故事片段中在渲染中西精神层面上的不同，因此，这也成为《文明小史》表达文化认同危机的一个重要方面。小说选取了几个新派人物作为描写的对象。在第十八回中，郭之问在谈戒烟时这样解释自由："论理呢，我们这新学家就抽不得这种烟，因为这烟原是害人的。起先兄弟也想戒掉，后来想到为人在世，总得有点自由之乐，我的吃烟就是我的自由权，虽父母亦不能干预的。"第十九回中，刘学深厚脸无耻地大谈婚姻自由和平等："良家是人，妓女亦是人，择业虽卑，当初天地生人，却是一样。我们若小看她，便大背了平等的宗旨……只要被我挑选上了，两情相悦，我就同她做亲，有何不可?"从上面几个人的言论来看，自由平等和民权在他们眼中只不过是获得政治资本、聚敛钱财和为所欲为的"合法化"依据。在作品中，诸如此类的歪曲、错位比比皆是。从消极的层面上看，他们所表现的丑陋面孔，使文化认同显得更加复杂和混乱。然而，从积极的意义上看，正是他们的虚假行为为我们敲响了如何在中西文化的对比和映照中重新建立自己的文化认同感的警钟，为文化身份的塑造提供警世意义。

文化认同是在历史叙事中加以建构的，既有连续性，也存在变化。很明显，《文明小史》所描述的维新派人物的群体特征并不是外来文明进入本土文化过程中，完成对传统的"再创造"，以此重新构建文化认同的方式。我们知道，西方现代文明传入中国，在精神层面上倾向无专制而讲自由，无君主而讲立宪，无贵贱而讲平等，在传入之后都有几分理解和接纳，特别是在康有为、梁启超等维新派身上体现得比较明显，但是对这些新观念的理解并没有真正冲破传统的认识格局，导致原有观念发生新的变化，从而完成文化认同的调节。因为，在小说所描写的维新派人物身上看不到他们对优秀的传统文化的继承、发扬和创新，以保持当下现实与历史之间的连续性，也看不到在现代与传统之间的关系中积极主动地完成文化身份的融合和建构。相反，小说以一种否定的方式不断向我们提出“我们该如何建构自己的文化身份”和“应该建构什么样的身份”的难题。在描述不同层次人物的面相时，李伯元为我们预留了想象的空间。

器物文化和精神文化层面上表现出的危机，让中国人的身份失去了尊严，而为自己的民族文化身份倍感焦虑与不安。“本书作者的意思无非欲表现外人来挟其新文明的势力侵入中国后，一般官吏丧失了做人的自尊心。个人没有好处。民族前途尤为危险。”① 的确，李伯元让人们置身危险的情境中，展示了人们共享的一种骚动、混乱和对立的人生体验方式，一种关于“时间和空间、自我与他人、生活的各种可能和危险的经验”②，这种体验方式也就是一种现代性焦虑体验，它是中国社会从传统到现代转型过程中，无法解决好自身问题时产生的精神反应，也是区别现代社会与传统社会不同生存体验的重要方式。从这个角度说，《文明小史》以探寻心理真实的方式刻写了那段充满变化的历史感悟和民族文化身份的思考。

《文明小史》用反讽式的修辞叙事方式让我们看到了晚清社会充满矛盾与冲突的文化现实，也展示了过渡期社会文化价值的失序所带来的文化认同危机，以及引发的现代焦虑体验。可以说，小说也是作者主体内心焦虑的表达，其中所描述的荒唐、奇诡、浑噩、丑恶、扭曲的现实，浓缩了作者对文化表意的焦虑，通过刻画个体的生存本相，使这种焦虑体验传递出来，让我们也隐隐感觉到晚清社会的不可调和性和潜在的危险性。当然，

① 杨世骥：《文明小史》，载魏绍昌《李伯元研究资料》，上海古籍出版社1980年版，第144页。
② ［美］马歇尔·伯曼：《一切坚固的东西都烟消云散了——现代性体验》，徐大建、张辑译，商务印书馆2003年版，第15页。

无论是社会过渡带来的文化危机，还是主体内心的焦虑，我们都不应该单从消极的意义上来理解。事实上，它们具有两面性：一方面，它们的确暗示与证明了中国现代化发展过程中必然面对的危机问题——传统文化观念的松动和新的文化价值的尚未建立；另一方面，它们也是对文化危机的积极反思和对新文化的批判性建构。从这个意义上说，《文明小史》通过对扭曲文明的言说，提供一个批判、否定的世界，更好地表达了作者对现代文化的反思和建构的努力。无怪乎阿英在评价李伯元和《文明小史》时这样写道："他对于这期间所发生的许多事是不满意的，但他相信这是过渡期的必然。他把这些事无情地揭露出来，希望能为改进的一助。"①

反思是一种自我对自我、他者的审慎态度，是一种对世界的宽容和对未来世界的厚望，它像一个赶路人不停地审视自己所走过的路，从身后的足迹找到自己的成败得失，不断地敦促人们把握现代文明发展的方向，好让自我在时间和空间的双重维度上扬弃，为人们的生存提供意义。小说"楔子"的最后，充分展示了这种反思和宽容的精神取向：

> 你看这几年，新政新学，早已闹得沸反盈天，也有办得好的，也有办不好的，也有学得成的，也有学不成的。现在无论他好不好，到底先有人肯办，无论他成不成，到底先有人肯学。加以人心鼓舞，上下奋兴，这个风潮，不同那太阳要出、大雨要下的风潮一样么？所以这一干人，且不管他是成是败，是废是兴，是公是私，是真是假，将来总要算是文明世界上一个功臣。所以在下特做这一部书，将他们表扬一番，庶不负他们这一片苦心孤诣也。

我们把这段话和正文结合起来理解就发现，作品的基调和风格在于讽刺和谴责维新现状，但也可以看出，无论是作者，还是叙述者，都以宽容

① 阿英：《晚清小说史》，东方出版社1996年版，第11页。

的态度对待从鸦片战争以来，中国在现代性道路上所出现的问题。在好与坏、肯定和否定的辩证概念里，现代性反思的落脚点还是站在否定的立场上。表现在作品里，一方面，从情感的角度讲，在幽默和讽刺中作者对中国社会普遍存在的现代文化问题忧心忡忡，以否定、批判的精神取代和谐、静观、凝神的审美立场，形成对传统价值观念和审美精神的“解构”；另一方面，从批判和谴责的现实立场出发，在反思和检讨中，作品极易激发后人思考中国现代性走向的潜能，这与“五四”的精神传统形成呼应。“现代性的历史就是社会存在与其文化之间紧张的历史，现代存在迫使其文化站在自己的对立面。”[①] 因此，《文明小史》站在否定的立场上对中国社会现代化进程中的过去和现代进行反思和辨析，是为中国晚清社会提供一种理解和解释。在小说结尾，李伯元借“平中丞”的口气这样写道：“回去平心静气，把兄弟的话想一想，自然恍然大悟了。”于是，小说在某种程度上能唤起人们对现实世界的黑暗和不公正的批判意识，培养出怀疑传统的理性精神，不断鼓励人们对美好文明新世界的追求。这也说明人的现代性意识已经萌发，看待世界的方式已经发生了深刻变化。从某种意义上讲，《文明小史》彰显出晚清知识分子的较为冷静的反思能力和理性精神。它不仅仅停留在功利主义的层面上，单纯把小说的视角放在“文以载道”的政治功能上，流露出知识分子浓重的忧患意识，更为重要的是，小说在内涵上显露出对这种倾向的超越，凸显出知识分子自我反思的能力。一方面，从自我清理出发，将知识分子干预社会，参与新政的愿望写出来，表明自己的位置；另一方面，将自我置于社会实践活动中，与整个社会发展紧密联系起来，知道自己为什么要参与这样的活动，是哪些因素制约着自己的视野和今后发展。《文明小史》通过展示晚清官场错综复杂的权力关系，让读者清

① ［美］马歇尔·伯曼：《一切坚固的东西都烟消云散了——现代性体验》，徐大建、张辑译，商务印书馆2003年版，第10页。

晰地看到知识分子对社会的思考和表达。

通过以上分析，我们可以看出，对《文明小史》读解应该跳出“辞气浮露，笔无藏锋，甚且过甚其词，以和时人嗜好”① 的“前理解”状态，深入挖掘其中深层次的文化意蕴并做出合理剖析。在我们看来，小说以反讽的叙事张力，彰显了一种对自我文化认同危机的深刻体识和反思。危机与动荡的文化现实，正是现代焦虑体验生成和发展的土壤，而在感悟这种现代意识的过程中形成了一种批判的理性精神，进而彰显了中国现代性焦虑体验的精神内涵。因此，《文明小史》在“晚清是一部出色的小说”②，我们不能带着李伯元思想的局限性去阅读，并对其加以否定，相反，“全面地表现一个变动的时代，是《文明小史》最有价值之处，也是它有别于其他众多谴责小说的重要因素”③，因此，它超越了单纯的讽刺和谴责，被赋予了更深层的文化意味。

三　启蒙与焦虑：鲁迅《野草》的审美主题

鲁迅先生曾经说过：“他的哲学都包括在他的《野草》里面。”④ 鲁迅的挚友，许寿裳也断言：“《野草》不是别的，可以说是鲁迅的哲学。”⑤ 这意味着，散文诗《野草》以晦涩深邃的哲学构境奠定了它在鲁迅全部著作中的特殊地位。在艺术形式创获上，《野草》在中国现代文学中可谓独树一

① 鲁迅：《中国小说史略》，人民文学出版社 1973 年版，第 252 页。

② 阿英：《晚清小说史》，东方出版社 1996 年版，第 10 页。

③ 李丹：《〈文明小史〉：晚清维新历史的一面镜子》，《四川师范大学学报》（社会科学版）2000 年第 5 期。

④ 章衣萍：《古庙杂谈（五）》，《京报副刊》1925 年 3 月 31 日。

⑤ 许寿裳：《我所认识的鲁迅》，人民文学出版社 1952 年版，第 42 页。

帜，尽管鲁迅仅称其为“废弛的地狱边缘的惨白色小花”而已。李欧梵却这样评判：“《野草》是中国现代文学中独具一格的体裁”，由鲁迅的“暗淡的情绪和受苦的感情所组成的潜意识超现实世界的文学结晶，这样一种实验性的力作，他在晚年已不能再做，后来也没有任何一位中国现代作家能做到这样”，这“是象征主义艺术的一次巨大收获”①。故鲁迅的研究者大都以《野草》对自我生命的哲学慎思为路标，深入索解其形而上学的价值命题，同时探究其奇异幽暗的艺术风格来彰显鲁迅艺术思维中的形式冲动以及隐藏的艺术奥秘。这也成为进入《野草》的整体性路数。

但从另一个角度看，我们以为，《野草》是中国现代文学中对启蒙进行彻底清理和反思的最现实、最深刻、最残酷的作品，更为重要的是，它在启蒙的反思中揭示出焦虑和恐惧是启蒙的情感根基，并以象征主义的片段式写法从不同层面向我们提示启蒙与焦虑之间的内在关联，在彰显两者之间张力的基础上，提出应对的策略。我们试图从启蒙与焦虑的关系出发，揭示鲁迅在《野草》中营建的异在审美空间，是焦虑和恐惧的藏身之地，是诱发焦虑不安的根源，而这个空间恰恰是启蒙希望用理性之光照亮的另类空间，因此，启蒙来源于这异在空间最深处的焦虑和恐惧。同时，自我由于在启蒙的召唤下成为觉醒者，与令人窒息的现实世界、现实自我不相融，无法真正实现自己所努力追求的自由和理想，自我便朝向分裂，致使自己陷入绝望和虚无之境，从而产生危机意义上的焦虑。面对启蒙与焦虑构成的双重精神困境，《野草》中的先觉者以现时英雄主义的姿态，在焦虑不安和痛苦的挣扎中重新汇聚和坚守本真性的自我，释放出怀疑启蒙理性但是又利用理性去沉思的逻辑潜能，进一步真切地唤醒和推进启蒙。

在西方文明中，从宽泛的意义上来看，历来启蒙的目的都是使人们摆脱焦虑和恐惧，走出神话和愚昧无知，怀疑专制和权威，追求理性、进步、

① ［美］李欧梵：《铁屋中的呐喊》，岳麓书社1999年版，第101页。

自由和民主，最终使人们从康德所说的“未成年”状态中解脱出来。对于中国来说，晚清以来的维新变法、辛亥革命和新文化运动主动选择西方现代启蒙的思路，在整体上接受和传播了西方思想启蒙运动的观念。而对于鲁迅来讲，说到底就是，“从人的自由和解放入手，把在封建神学和专制政治束缚下丧失了生命力的人还原为富有生命力和自由意志的人，然后努力以理性建立一种社会秩序以保障自由、平等、民主和人权不被侵害”①。在这样一种启蒙精神的引领下，鲁迅以“新青年”的姿态，积极投身于“五四”时期狂飙突进的思想解放运动中，从改造国民性出发，弃医从文，选择用文艺实践和审美感召的方式来实现人的自由和解放。然而，在经历重重淤积的苦闷之后，散文诗《野草》却从自我批判的立场上重新反思和梳理自己的启蒙理想，展现出鲁迅在价值虚无之中的复杂情感和精神真相，预示着需要重新确立启蒙自身的价值和意义。换句话说，鲁迅从启蒙力图遏制和约束的复杂情感中寻找到启蒙的内在根基，那就是始终与自己如影随形的焦虑和恐惧。鲁迅也借助《野草》向人们昭示：让人内心的焦虑和恐惧成为催化剂和发动机，来重构启蒙的精神之维。人的生存是在空间中的生存，因此，人对于空间的体验和感知在很大程度上决定了人的精神意识和生存状态。福柯认为，进入现代以来，“现今的焦虑从根本上与空间相关”②，人若失去空间和被空间囚禁，焦虑体验便油然而生。《野草》中，鲁迅的失落感、幻灭感和焦虑感来自由封建神学和专制政治建构的同一性空间的囚禁和折磨。早在《呐喊·自序》中鲁迅就提出“铁屋子”的空间想象，他这样写道：

> 假如一间铁屋子，是绝无窗户而万难破毁的，里面有许多熟睡的人们，不久都要闷死了，然而是从昏睡入死灭，并不感到就死的悲哀。

① 李新宇：《鲁迅的选择》，河南人民出版社2003年版，第75—76页。
② ［法］福柯：《另类空间》，《世界哲学》2006年第6期。

现在你大嚷起来，惊起了较为清醒的几个人，使这不幸的少数者来受无可挽救的临终的苦楚，你倒以为对得起他们么？

然而几个人既然起来，你不能说决没有毁坏这铁屋的希望。①

在这里，“铁屋子”是一个内涵极其丰富的空间隐喻。它不是单纯的背景和场所，而是鲁迅生命活动的重要组成部分，对社会现实的痛苦思考和精神本相的显现直接刻写在了这个空间的设计上。这一方面是整个中国社会现实境遇的深刻表征，是鲁迅亲身体验和感知的结果；另一方面也是鲁迅对国民性问题深感焦虑不安的象征性显现。换句话说，生存在黑暗和蒙昧的空间中，人必然处在一种充满迷惘、危机四伏、内心紧张和焦虑的存在状态。进一步说，“铁屋子”不是普通意义上的人对空间的内心感知，而是蕴藏着现代中国人充满危机感和焦虑感的空间体验。尽管鲁迅希望通过几个觉醒者来捣毁这个“铁屋子”，实现个体的解放和自由，但是启蒙始终无法僭越这个空间隐喻，反而使其成为启蒙深层的焦虑和恐惧。

如果说，鲁迅所描绘的“铁屋子”的空间图像指控着现实的阴暗和国民的愚昧，是思想启蒙和改良的对象，那么，在《野草》中，类似的空间隐喻和意象反复出现，形成了复杂多义的空间表象系统。鲁迅将这种空间表象与对自我灵魂的解剖和对个体存在的哲学沉思结合起来，进一步强化和加深了充满危机的空间体验。例如《秋夜》中后花园里，“奇而高的”天空；《影的告别》中我不愿去的“天堂”“地狱”“黄金世界”；《雪》中“无边的狂野”“凛冽的天宇”；《死火》中的“冰谷”；《失掉的好地狱》中“荒寒的野外”“地狱的旁边”；等等。这些空间的描述极富图像性，色调阴冷、灰暗，其空间构图和色彩运用整体性地表现出人生存状态的压迫性和威胁性。我们知道，在艺术表意实践中，空间不是客观的，而是主观的，

① 鲁迅：《呐喊·自序》，《鲁迅全集》第1卷，人民文学出版社2005年版，第441页。

它只有跟个体发生关系时，其价值才能充分体现出来。鲁迅笔下的空间描摹和建构与他当时低落、苦闷和彷徨的情绪紧密结合在一起的。在《南腔北调集·〈自选集〉自序》中，鲁迅谈到创作《野草》的背景时这样写道：

> 后来《新青年》的团体散掉了，有的高升，有的退隐，有的前进，我又经验了一回同一战阵中的伙伴还是会这么变化，并且落得一个“作家”的头衔，依然在沙漠中走来走去，不过已经逃不出在散漫的刊物上做文字，叫作随便谈谈。有了小感触，就写些短文，夸大点说，就是散文诗，以后印成一本，谓之《野草》。得到较整齐的材料，则还是做短篇小说，只因为成了游勇，布不成阵了，所以技术虽然比先前好一些，思路也似乎较无拘束，而战斗的意气却冷得不少。新的战友在那里呢?①

从这里我们可以看出，面对新青年群体解散的惨淡现实，鲁迅只能孤独地在散乱、碎片化的空间里，用幽暗晦涩的散文诗的审美形式来刻写和显现自己当时的困惑、迷惘和焦虑不安的精神状态。或者说，现实的异己力量与不同话语在空间上交汇，彰显出充满冲突和抗争的空间格局，构成了我们不断浏览和观赏的空间文本。进一步讲，早期启蒙所要努力消除的焦虑和恐惧在《野草》中再次滋生，使得鲁迅再次坠入“铁屋子”一般的空间中被残酷地囚禁在里面，从其呐喊的表情中可以窥探到生命的焦灼不安。的确，这样的空间“是异己的，是充满骚扰、压抑、摧残自我生命的异己的力量。生命时时在危机中”②。这一空间是鲁迅自我感觉到的特殊空间，一方面与鲁迅自身构成一种强烈的对峙和冲突，另一方面试图向人们展现

---

① 鲁迅：《南腔北调集·〈自选集〉自序》，《鲁迅全集》第4卷，人民文学出版社2005年版，第469页。

② 王富仁、赵卓：《突破盲点——世纪末社会思潮和鲁迅》，中国文联出版社2001年版，第73页。

觉醒者和启蒙者在空间感知中的危机体验，在这种异己的空间中，启蒙者觉察不到安全感和信任感，反而总有一种被遗弃的感觉主导着人的精神，并且随时都有被空间挤压和吞噬的危险。

时间和空间是一对矛盾统一、相互依存的概念。时间在空间想象和建构的过程中同样引发和强化了启蒙主体的焦虑，空间被蒙上时间的面纱而更显得神秘、恐惧和不安。在《野草》中，鲁迅对于时间的理解和表达也极具隐喻和象征色彩，具有超乎想象的情感力度。《过客》中，老翁象征着过去，是围困人的黑暗牢笼，而小孩则是未来的符号，代表着未来和希望，过客却痛恨他们，既不愿意回到过去，也不愿意朝向未来，只能焦灼地彷徨于现在，这种时间的象征性表达暗示了一种居无定所的生存困境。更有审美意味的是，《野草》集中建构了“暗夜”这一群体意象，并让“夜”的意象成为整个散文诗集的中心意象。虽然用“夜”来比喻当时中国现实社会的黑暗，表达人们对现实的不满，这是中国现代文学作品中常见的修辞，但是，与其他作家不同，鲁迅的“夜”不是停留在对社会外部的指涉上，而是与空间紧密结合在一起，嵌入人的精神中，让人的希望和绝望在夜空中闪烁，表达出一种真实的自我意识。《影的告别》中，黑夜与白昼、黄昏与黎明、暗与明之间的冲突和张力突出表现和强化了异己空间的时间向度，使充满生命意识的空间有了动感，让人感觉到黑暗中生命的真实。在《颓败线的颤动》中荒原里的“深夜”，《好的故事》中的“昏沉的夜”，《希望》中七次出现的“暗夜”，其中所描摹的“夜”在异己空间建构和想象中成了基本的基调。也正是由于依赖于“夜”，空间的焦虑、恐惧和想象才能显得更真实、更深刻。而颓废、反常、悲观、绝望的异己空间彻底在“夜”的时间点上投射出来，试图消解人存在的勇气，削弱了自我解放和拯救的能力。但是，鲁迅深信，“只有我被黑暗沉没，那世界全属于我自己”，只有承担这实有的“黑暗”和“虚无”，才能感觉到一个纯粹自我生命的真实，才能昭示着自我生命的觉醒，以此在更高的意义上高扬人的尊严和独立。对于“夜”与“黑暗”的理解，在《两地书·四》中，鲁迅曾这样说道：

> 这些空想，也无法证明一定是空想，所以也可以算是人生的一种慰安，正如信徒的上帝。你好像常在看我的作品，但我的作品，太黑暗了，因为我常觉得惟“黑暗与虚无”乃是“实有”，却偏要向这些作绝望的抗战，所以很多着偏激的声音。其实这或者是年龄和经历的关系，也许未必一定的确的，因为我终于不能证实：惟黑暗与虚无乃是实有。所以我想，在青年，须是有不平而不悲观，常抗战而亦自卫，倘荆棘非践不可，固然不得不践。①

因此，可以说这是鲁迅通过对中国历史文化传统和现实社会深入观察所获得的认识，更是一种对社会和人生形而上学的思考和体悟，让人们更深刻和更真实地领会到这个病态化的社会，即由“黑暗”和“虚空”共同构成的一个“人吃人”的人间地狱。

从启蒙的角度来看，《野草》中种种幽暗的荒原式的时空反复呈现，昭示着鲁迅更加认清了自己所从事的思想启蒙事业的悲剧性现实存在，努力消除的焦虑和恐惧却又以空前的力量压迫着人的灵魂，然而，在这种充斥黑暗和虚空的焦虑体验中，鲁迅完成了对自我精神状况和外在非人间的生存困境的辩证思考。一方面，《野草》告诉我们，残杀人性的生存空间，导致鲁迅心灵深处的痛苦、焦虑和搏斗，这种精神状态的表达超越了对社会现实的不满，成为一种鲁迅个人精神心理表现和对人生价值刻意探求的隐喻表征。另一方面，《野草》所建构的幽闭黑暗的空间不是空洞的、静止的，也不是绝对客观和僵死的，而是富有批判、启发和召唤精神的空间。在这样的空间体验中，《野草》向人们诉说着，人的灵魂将再次经受深刻而

① 鲁迅：《两地书·四》，《鲁迅全集》第11卷，人民文学出版社2005年版，第21页。

残忍的炼狱过程，最终完成灵魂的再创造，实现一次新的觉醒，重新唤醒启蒙。

鲁迅曾在《热风·随感录三十六》中写道："现在许多人有大恐惧；我也有大恐惧。许多人所怕的，是'中国人'这名目要消灭；我所怕的，是'中国人'要从'世界人'中挤出……于是乎中国人失去了世界，却暂时仍要在这世界上住！——这便是我的大恐惧。"① 在当时所处的历史环境和生存境遇中，鲁迅以巨大的理性自觉的方式体察到个体生命存在的恐慌感和民族意识的危机感，为作为主体的"人"的存在方式和存在意义而焦虑，并为此向世人提出警示："东方发白，人类各民族所要的是'人'！"这里鲁迅提出的"所要的人"就是启蒙的目标和信念之一，即人应该自觉地利用理性来面对复杂多变的世界，通过内在的潜能来克服各种形式的困难，摆脱外在的权威、奴役加于人的重重枷锁，从而把握自己的命运，实现自由和平等，成为一个真正自足自立的主体。在实现主体自足自立的道路上，鲁迅走得异常艰难。在《野草》中，鲁迅沉浸在对自我主体的强烈不安和极度的自我剖析中，以此方式撼动被黑暗笼罩和奴役的主体，唤起主体的觉醒，还原真实的主体。

倘若实现主体的觉醒，必然要求主体独自承担自己，与现实沉沦的个体决裂，从泯灭了个性和独立性的平均或常规状态中解脱出来。在《野草》中，鲁迅更多的是让自我主体处在一个分裂的状态。在《影的告别》一文中，"影"与"形"的分离和决裂，就是鲁迅将自我主体置于分裂状态的集中表现。"影"是觉醒的自我，想逃离和拒绝"形"，它对"形"这个自我的现实形象，即它自己的另外的一种存在表现得异常焦虑和不安，从而引发不满和抗争，因此，要与"形"决裂。但是觉醒后的"影"却无路可走，这种游走不定的渺茫和失落却又把自我主体引向虚无主义的精神焦虑。在

① 鲁迅：《热风·随感录三十六》，《鲁迅全集》第1卷，人民文学出版社2005年版，第323页。

《求乞者》中，鲁迅感觉自己苟活在灰暗的社会空间中，自我主体也是一个为人所“烦腻”“疑心”和“憎恶”的“求乞者”，与现实中大多数人属于同类，这正是他所否定、批判和痛恨的，但是自我主体又不甘沉沦于现实的窘境，便“自居于布施之上者”，表现出一种坚决分裂的态度。这种主体强烈的内省意识与自我的现实存在形成冲突，预示着鲁迅将孤独地承担着焦虑不安的痛苦。在《死后》中，通过梦的方式，借助“死者”主体的言说：“恐怖的利簇忽然穿透我的心了。在我生存时，曾经玩笑地设想：假使一个人的死亡，只是运动神经的废灭，而知觉还在，那就比全死了更可怕。谁知道我的预想竟的中了，我自己就在证实这预想。”① 作品中的自我主体与“死者”的“我”是分裂的，“死者”的“我”在死后成为看客们观赏和议论的对象，死后不得安宁的痛苦只能由“生者”的我在失去生存意义的处境中承担，这充分表达出鲁迅对命运和死亡的本体焦虑。

进一步来看，主体的存在是自我与异在他者之间的关系性存在。如果自我能够成为一个普遍的担当性主体，为他者的存在起到支撑的功能，而对象他者也在自我主体可控的范围内，在更高的层面上，主体能在其中看到它自身的存在，一般而言，这种关系会停留在一种相对和谐的状态，而“一旦把主体视为与外物和他人没有关联、自足自立的内在自我，异在就是一个引发麻烦和焦虑的存在者”②。因此，主体觉醒后脱离他者必然引发一种主体置身他者之外的焦虑，走向从彼此的相互依赖和承认到彼此的分离和决裂的境地。在《颓败线的颤动》中，鲁迅在梦中虚构的少妇忍受饥寒交迫的生活，为了养育女儿不惜出卖自己的肉体，等女儿长大成人后却将母亲赶出家门，因为母亲的所作所为对她而言是一种耻辱。在这里，少妇作为觉醒者，充满热情的探索和誓死不顾的牺牲精神，却得不到他者的支

① 鲁迅：《野草·死后》，《鲁迅全集》第2卷，人民文学出版社2005年版，第214页。
② 刘森林：《焦虑：〈启蒙辩证法〉的主题》，《社会科学辑刊》2012年第1期。

持、理解和承认，遭到的是非议和诋毁，因此，在道德层面上，鲁迅将自我主体置于生存困境和道德观念的冲突中，深刻地揭示出他者的生存逻辑对伦理道德观念的吞噬和阉割，主体必然在精神和道德上表现得无比孤独、绝望和焦虑。我们知道，在鲁迅的作品中，庸众是愚昧麻木的民众，是沉睡的大多数，永远扮演的是看客，是需要启蒙理性之光照亮和消除的异在他者。而正是这些沉默的大多数用流言、闲言、无聊的观赏等方式整体性地建构了一种沉沦式生存模式，并形成一种与自我主体相对立和冲突的强大的异在力量。更为重要的是，庸众用麻木不仁与无动于衷的存在方式固化了一股根深蒂固、无孔不入、难以动摇的强大的他者力量，并通过这种力量形成一种带有遮蔽生命本真色彩的历史文化传统，再依靠庸众在日常生活的共生状态中将此种文化传统不断传播出去。在《立论》中，鲁迅用简洁的语言深刻而真实地表达了在由庸众建构的流行的庸俗社会哲学中，自我主体想发出自己真实的声音却遭到“民众”势力毒打的强烈不满，因为，“民众”言说的惯性力量已经形成一种社会秩序，在这种遮蔽真实的虚假秩序中，民众之间只能用“瞒”和“骗”的方式来表达、沟通和交流，“造出奇妙的逃路来，而自以为正路”，“一天天的满足着，即一天一天地堕落着，但却又觉得日见其光荣”。面对这种“失语”的病态困境，作为先觉者，自我主体将被置于一种孤独的悲剧境地。这意味着主体游离于秩序之外，独自承受着一种放逐感，进而“透露出先觉者对世界感到无名恐惧的陌生和迷惘，一种被抛入不可理解的荒谬现实之中，任人摆布、焦虑不安的情绪”①。这种被放逐和被抛弃的境地在许多篇什中以不同的方式反复呈现。《过客》中，在庸众宰制的黑暗空间中，过客不知道自己是谁，也不知道自己从何处来，到何处去，只知道“从我还能记得的时候起，我就在这

① 李玉明：《“人之子”的绝叫：〈野草〉与鲁迅意识特征研究》，北京大学出版社2012年版，第137页。

么走，要走到一个地方去，这个地方就在前面”①。这种无家可归的漂泊状态，揭示出觉醒者处在被抛弃的境地，容易怀疑自己存在的价值和意义。在《复仇》中，“路人们从四面奔来，密密层层地，如槐蚕爬上墙壁，如马蚁要扛鲞头。衣服都漂亮，手倒空的。然而从四面奔来，而且拼命地伸长脖子，要鉴赏这拥抱和杀戮。他们已经豫觉着事后的自己的舌上的汗或血的鲜味”②。在《复仇（其二）》中，面对十字架上的觉醒者和受难者，“路人都辱骂他，祭司长和文士也戏弄他，和他同钉的两个强盗也讥消他”③。如此这般，自我主体在庸众面前试图发出自己真实的声音，却又不得不接受“失语”的冷酷现实。同时，由于自我在众嚣和“围观”场景中无法找寻并确定自己的位置和归宿，势必造成自我的分裂和失落，进而自我存在的价值和意义消失殆尽，其内心世界的空虚和焦虑不断加重。从这个意义上说，焦虑体验来源于主体的觉醒，是主体自我与外在现实自我分离的结果，同时自我主体只能在分裂的痛苦和焦虑中，通过对自己的反复拷问才能确定自己的存在，确证自我生命的价值和意义。

由此观之，《野草》充分彰显了启蒙本身充满张力和悖论的逻辑。在鲁迅所努力追求的精神维度上，一方面，在启蒙的意义上，自我力求成为一个具有独立意识的自为存在，就必须摆脱和破除束缚自我的迷信、礼教宗法和依附性的意识，用怀疑和批判的精神让自我的内心不断敞亮。另一方面，自我成为充满理性的主体却也无法摆脱内心的焦虑和恐惧，因为，具有强烈自我意识的主体总是与那个具有依赖意识的他者共在，当自我主体无法被具有他者意识的主体所承认，以至于无法获得自我的确认，那么，从整体中分离出来的自我主体即便是建构和凸显了自我的地位，而得不到承认和认同的恐慌和焦虑同样成为压抑主体的精神现实，只要这种压抑依

① 鲁迅：《野草·过客》，《鲁迅全集》第2卷，人民文学出版社2005年版，第195页。
② 鲁迅：《野草·复仇》，《鲁迅全集》第2卷，人民文学出版社2005年版，第176页。
③ 鲁迅：《野草·复仇（其二）》，《鲁迅全集》第2卷，人民文学出版社2005年版，第178页。

然存在，焦虑不安的精神体验形式就一直伴随着觉醒的主体。可以说，《野草》集中体现了鲁迅作为一个具有强烈自我意识的主体，在面对整体性和依附性存在的“庸众”时所展现出的内心紧张和焦虑的精神图式。换句话说，主体的觉醒本身蕴含着焦虑和恐惧。

《野草》写于1924年至1926年间，是鲁迅最苦闷的时期。这两年里，鲁迅经历了与周作人的决裂、女师大风潮、新月派文人的围剿和骇人听闻的“三一八”惨案等事件。无论是面对私人生活经历，还是正视公共生活领域，《野草》无疑悲哀地显现出现世空间是奴役、囚禁和蒙蔽人的黑暗牢笼，而处在这样一个没有任何安全感和认同感的空间中，孤独、恐惧和焦虑成为觉醒的主体的情感本体，“看客”们作为异在他者成为启蒙精神永恒的对立面，是无法克服和解救的强大“异化”力量，这是否就意味着沉沦、被抛弃和绝望的生活和精神状态是无法化解的呢？在启蒙的艰难路程中，主体是否没有希望找到消除焦虑，推进启蒙的出路呢？显然，鲁迅并没有陷入精神荒芜和沉沦的深渊，而是以充满诗意的方式传达出独特的拯救方式。

在《野草》中，鲁迅悲情地沉浸在自我主体的分裂中，在黑暗与光明、虚无和实有、绝望和希望、庸众和个体、沉沦与抗争的两极里，一方面要展现出自我所处的本真生活状态，这是鲁迅深刻洞察和体悟现实的结果；另一方面要真实地显现自我主体蕴含着的“必要张力”，这是对自我在世的“真”的体悟，启蒙主体应秉持“真”的姿态，唤醒自我和他人，以此决然走出困境。

《希望》是《野草》中最具张力和冲突的一篇。鲁迅这样写道：“希望，希望，用这希望的盾，抗拒那空虚中的暗夜的袭来，虽然盾后面也依然是空虚中的暗夜。然而就是如此，陆续地耗尽了我的青春……绝望之为虚妄，正与希望相同。倘使我还得偷生在不明不暗的这‘虚妄’中，我就还要寻求那逝去的悲凉缥缈的青春，但不妨在我的身外。因为，身外的青春倘一消灭，我身中的迟暮也即凋零了。”[①] 鲁迅坚信，“希望”与“绝望”是互为解构和相互制衡的同一性情感，正是这样高度紧张的对立状态，却是自我主体在面对外在压抑人的力量时所展现的最真实、最酷烈、最具能量的精神状态，正如李欧梵所说：“他的多种冲突着的两极建立起一个不可能逻辑地解决的悖论的旋涡。这是希望与失望之间的一种心理的绝境，隐喻地反照出鲁迅在他生命的这一关键时刻的内心情绪。”[②] 面对这种心理恐惧的绝境，人们往往会试图逃走。鲁迅并没有启用逃避这一常人应对恐惧的典型行为模式——尽可能远离恐惧的对象，使自己置身于危险之外。[③] 相反，鲁迅充分意识到，这种内心情绪和情感张力具有一种强大的、极端的感召性精神力量。虽然这给鲁迅带来了巨大的痛苦，但是，他并没有回归传统，利用传统的精神资源缓解甚至解决现实非人化处境而产生的精神焦虑，也没有一味求助于将来，设想建构一个理想的乌托邦世界，来逃避现实的困境，换取精神的抚慰，更没有遁入空门，寻找平淡和超然的安静来忘却在世的烦恼。鲁迅勇敢地正视和面对这令人痛苦的精神焦虑，并在这种极端体验之上孕育出自己独特的解救方式，那就是借助主体自身的情感张力和心理的绝境来唤起对社会、人生和自我的沉思与醒悟，在“希望”和“绝望”之间安顿自己的灵魂，“于浩歌狂热之际中寒；于天上看见深渊。于一切眼中看见无所有；于无所希望中得救”。这种充满理性的怀疑和否定精神，与启蒙紧密联系在一起。既然，鲁迅不回望过去，也不设想将来，他从摧残人性、令人窒息的空间中视现时是一个常常充满危机和战栗的时代，在《过客》中，过客不愿回转到过去，因为，回到那里去，“就没一处没有名目，没一处没有地主，没一处没有驱逐和牢笼，没一处没有皮面的笑容，

① 鲁迅：《野草·希望》，《鲁迅全集》第2卷，人民文学出版社2005年版，第181—182页。
② ［美］李欧梵：《铁屋中的呐喊》，岳麓书社1999年版，第111页。
③ ［挪威］史文德森：《恐惧的哲学》，范晶晶译，北京大学出版社2010年版，第27页。

没一处没有眶外的眼泪”[①]。过客憎恨过去，那么，如何面对将来？《影的告别》中，鲁迅写道：“有我所不乐意的在天堂里，我不愿去；有我所不乐意的在地狱里，我不愿去；有我所不乐意的在你们将来的黄金世界里，我不愿去……然而我终于彷徨于明暗之间，我不知道是黄昏还是黎明。我姑且举灰黑的手装作喝干一杯酒，我将在不知道时候的时候独自远行。”[②] 将来也是不能指望的归宿，这就要求人们在现时中不断地进行战斗和抗争，体味社会和人生的真谛，从这个意义上说，鲁迅是一个真正的现时型英雄，为了保持和高扬自我主体的理性精神，宁愿“彷徨于无地”，恪守本真的存在。于是，《秋夜》中的“枣树”，《影的告别》中的“影”，《求乞者》中的“求乞者”，《墓碣文》中的“死尸”，《这样的战士》中的“战士”等都是鲁迅处在心理绝境中生成的充满英雄气概和战斗精神的反抗者形象。在西方现代启蒙观念中，神话就是启蒙，神话中的英雄就是启蒙主体，就是利用某种方法、力量和理性使人免遭焦虑和恐惧侵袭的先觉者。虽然鲁迅笔下的英雄们，并不像西方神话中所描写的“奥德修斯式”的英雄那样，有神谕的启示和教导，但是，他们能够借助自己对现实世界的清醒认识和特立独行的人生信念，让真实的人性张力袒露在黑暗的天空下，放射出清澈、澄明的光芒来驱散愚昧和无知，让人们看清楚这个世界的本相。从这个角度看，我们以为，这种求真意志是鲁迅一以贯之的根本态度，是战斗者的精神气质，也是实现自我升华和超越的美学精神。鲁迅笔下的抗争者和文化斗士都具有这样一种美学精神，这从根本上贴近鲁迅思想的本质，从更高的意义上说，也是鲁迅为整个民族走出精神困境和文化焦虑开出的一剂良方，那就是用本真的尺度来安度人的灵魂，让人与本真相亲近，只有澄清现实和看清真相，才能返回因伪善、虚假、麻木不仁、“瞒”和

① 鲁迅：《野草·过客》，《鲁迅全集》第2卷，人民文学出版社2005年版，第196页。
② 鲁迅：《野草·影的告别》，《鲁迅全集》第2卷，人民文学出版社2005年版，第169页。

“骗”的隔膜而失去的精神家园。在《三闲集·无声的中国》一文中，鲁迅曾站在历史和现实的交汇点上这样写道：“青年们先可以将中国变成一个有声的中国。大胆地说话，勇敢地进行，忘掉了一切利害，推开了古人，将自己的真心的话发表出来。——真，自然是不容易的。譬如态度，就不容易真，讲演时候就不是我真态度，因为我对朋友，孩子说话时候的态度是不这样的。——但总可以说些较真的话，发些较真的声音。只有真的声音，才能感动中国的人和世界的人；必须有了真的声音，才能和世界的人同在世界上生活。”① 因此，鲁迅断言，如果我们放弃了对真的沉思和践行，抛弃了本真的核心价值在社会和人生道路上的决定性作用，那么，我们只有任由“瞒”和“骗”编制的虚假意识摆布，被愚昧和无名的恐惧主宰，而只有沉思“真”和发出“真”的声音才能让人们处在澄明的状态，只有用真实的感性去激发、去触动人们的灵魂，才能最终摆脱恐惧和焦虑，才能获得真正的自由。

鲁迅冷酷无情地贬低和揭露现实的虚假和低级，从总体上确立了主体求真的态度和策略，从而凸显和高扬主体的理性精神，以此来对付和消除恐惧和焦虑。其实，在高扬主体精神的过程中，鲁迅一刻也没有放松对自我的剖析和虐杀，以自我“向死而生”的救赎方式来应对外在强大的异己力量，实现自我的新生。《死火》中的“冰谷”和“死火”构成一种尖锐的对立和冲突，鲁迅毅然用“死火”的形态来绝望地反抗被冰封的焦灼不安的悲剧命运，以“走出冰谷，重新燃烧”的生命欲望来确定自我的价值，从而获得新我。在《墓碣文》中，鲁迅假托亡灵的自我拷问来澄明自己的内心世界。“有一游魂，化为长蛇，口有毒牙。不以啮人。自啮其身，终以殒颠。抉心自食，欲知本味。创痛酷烈，本味何能知?”借助对自我灵魂的透视和残忍的盘诘，自我主体将在难以言说的悲剧中解放出来，“死尸已在

① 鲁迅:《三闲集·无声的中国》,《鲁迅全集》第4卷，人民文学出版社2005年版，第15页。

坟中坐起，口唇不动，然而说—‘待我成尘时，你将见我的微笑!’”在对现实自我的彻底否定和扬弃中实现自我的永恒存在，因此，在鲁迅的眼中，死亡并不是生命的对立面，而是让“活着的人生”时刻处在一种觉醒和警惕的状态，进行谋划属于主体最本真的存在方式。《死后》中，鲁迅以梦境的方式剖析自我的内心世界，通过对死后人处在被宰制命运的惊悚展示，逼迫着人们对自己的人生之路重新加以认识和调整，勇于抛弃旧我，重新找到自己的位置。在《题辞》中，鲁迅写道：“过去的生命已经死亡。我对于这死亡有大欢喜，因为我借此知道它曾存活。死亡的生命已经腐朽。我对于这腐朽有大欢喜，因为我借此知道它还非空虚。”① 在这里，鲁迅表达了对死亡的形而上学诉求，死亡和腐朽是真实人生的确证，因为，腐朽的生命是充实的、有真情和真性的，死亡让生命变得永恒和完美。通过以上的分析，我们可以得知，《野草》中对“死亡”的沉思和去蔽，是鲁迅敢于正视和把握生命的悲剧性结局的表现。这种澄明死亡的方式让主体自我经历炼狱的过程获得一个新我的诞生，一切“已死、方生、将生和未生”，如此一来，《野草》也预示着，人只有掌握和摸清自我的命运，死亡才会变得不再可怕，人们也不再为之焦虑不安和忧心忡忡，死亡在本质上也就成为唤醒生命感觉的美学力量。

无论是对“真”的忠诚捍卫，还是对死亡的哲理沉思，都是鲁迅作为启蒙主体应对和消除生命与文化焦虑的手段，力图让自我主体从非人化的世界中逃离出来，获得生命的超越性存在。从这个意义上说，鲁迅以彰显极端焦虑体验的形式真切地推进启蒙不断朝前走。

启蒙和焦虑构成了《野草》的隐秘主题。“野草”时期是“五四”运动和新文化运动高峰之后的启蒙低谷，在这充满冲突和危机的文化低潮中，鲁迅不再以“我以我血荐轩辕”的激情来实践自己的启蒙理想，而是以冷

① 鲁迅:《题辞》,《鲁迅全集》第2卷，人民文学出版社2005年版，第163页。

峻和酷烈的方式拷问自我的灵魂，让蛰伏和埋葬在内心的焦虑和恐惧彻底释放出来，化成像火山爆发迸发出的岩浆一样的原始动力，冷酷无情地摧毁和撕裂令人窒息的惨淡现实，让世界的真相赤裸裸地显现在世人面前，惊醒人们对自己“活的人生”和走过的启蒙之路进行一次深刻的反省和彻底的清理。因此，焦虑不安和恐惧惊悚是《野草》致力于对启蒙怀疑、反思和重构进行隐秘彰显的深层情感根基，而《野草》力图揭示启蒙主体在场的失落感和被抛弃之境地，以此激发人们用理性之光照亮那个令人焦虑和恐惧的空间场景，还原一个无蔽和澄明的本真世界，这也是启蒙的要义。

启蒙是一项未完成的事业。在消费文化、视觉文化占主导的今天，面对娱乐至死的生活场景，我们缺乏的正是鲁迅式的对启蒙精神的自我承担与守望，以及忍受精神的焦虑和灵魂的挣扎来沉思存在的意义和启蒙的价值。我们以为，《野草》在当代的意义，就是唤醒知识分子的良知，依靠启蒙本身的情感潜能推进启蒙事业。

通过以上的分析，我们可以看出，虽然《老残游记》《文明小史》和《野草》三部重要的文学作品，不能完全涵盖中国的现代性焦虑体验问题，不能完全体现中国现代性问题的全部线索和研究内容，但是，可以肯定的是，从中我们能够获取中国现代性焦虑体验所具有的历史具体性和本土化的独特问题及提问方式。针对这一点而言，在时间和空间的维度上与西方现代性问题区别开来，使得中国现代性体验应该植根于它自己的特殊问题和特殊语境，也使得中国现代性焦虑体验的美学问题的研究从“迷雾”中显现出来，起到铺垫和引导的作用。笼统地看，刘鹗的《老残游记》侧重从日常生活的层面，利用游记体的审美形式，将遭受西方现代性逼迫的晚清社会所具有的交错复杂且焦虑不安的内心体验呈现出来，在此过程中提出如何评价和处理中国传统文化与西方现代文化之间的关系问题，从平凡而复杂的日常生活景观的描写中，还原中国近代知识分子焦虑不安的存在状态。李伯元的《文明小史》则倾向于从文化冲突的维度来呈现中国现代焦虑体验。也就是将现代性问题放在中西文化的冲突语境中，反思现代性的发生所带来的传统文化的失序和文化认同的危机。如果说《老残游记》的现代性焦虑体验偏向一种日常生活混乱之后的主体本能的感性宣泄和精神抚慰，而《文明小史》则是在文明批判的立场，赋予中国现代性焦虑体验理性的内涵，承认中国文化过渡期的艰难而痛苦的选择。总的来说，两部作品在审美上倾于社会文化指向。我们再看《野草》，鲁迅以先觉的孤独者的姿态，运用奇异晦涩的笔调将在文化启蒙过程中萌生的中国现代性焦虑体验升级到启蒙哲学的高度，在文化焦虑的时代语境中，反思作为真正“中国人”存在的价值与意义。与此同时，在作品中开启“启蒙与焦虑”关系的审视和批判，彻底反思自己所走过的启蒙之路，将启蒙的自反性特质呈现出来。通过细读《野草》，一方面，我们能够切身体会到鲁迅作为现代文化启蒙的先驱身上所背负的文化焦虑的痛苦和无法完成使命的挣扎，孤独、彷徨、悲哀、恐惧和焦虑成为《野草》的循环往复的旋律；另一方面，我们也从中领会到鲁迅在对“庸众”的冷酷批判中以“尼采式”的“超人”姿态，汇聚“超人”的“权力意志”，在最为残酷而接近绝望和虚妄的灵魂苦斗中超越现实的自己，找回自己，实现主体自我的生存意义和存在目的。从这个意义上说，《野草》堪称中国现代性焦虑体验和中国现代社会“创伤记忆”① 的绝命之作。

① 这个概念是由著名学者张志扬提出的，在此引用主要是想阐释鲁迅将自己经历的文化创伤和文化启蒙的焦虑归于个人的生存论根底。张志扬认为，“创伤记忆”是作为一个外部切入的条件看待的，意在为了内部的激发与生长，即在个人的“病理”—“诊断”—“救治”—“转换”—“生成”的个体论上的意义。同时“创伤记忆”也应被看作这个民族、这个社会的现代性自我意识程度的标志。参见张志扬《创伤记忆——中国现代哲学的门槛》，上海三联书店 1999 年版，第 38—41 页。虽然张志扬并没有在此论述现代性焦虑体验，但是在我们看来，焦虑是创伤的一种表现，特别是在精神上遭受敌意、压制、自卑、恐惧威胁、排斥之后心理上烙下的焦虑症状，同样也会构成一种“创伤记忆”。同时，我们也认为，焦虑比创伤更能表现出中国现代性体验的深层心理内涵。在此基础上，我们有理由认为，作为创伤记忆的《野草》和鲁迅的其他作品所体现出的现代性焦虑体验也是中国现代社会深层的文化心理的典型表现。

四 余论

虽然说，三部作品从不同层面上对中国现代性问题进行了审视和呈现，但是，它们也赋予中国的现代性问题和现代焦虑体验某些共同特质。主要表现在两个层面上：一、中国的现代性焦虑体验将主体自我、民族、国家三者结合起来。如果说，西方的现代性焦虑体验源自现代性自身内在的矛盾冲突和悖谬，归结为世界本体的荒谬，那么，中国的现代性焦虑体验在很大程度上则是被纳入民族和国家的危机感和紧迫感之中，是民族和国家的危难和落后造成的。之所以有这样的特质，与中国传统思想中，个体与国家、民族的统一有关，与个体对国家、民族在价值上的认同有关。“国家、民族的利益在中国人的价值追求中往往是存在于个我之前的。生存的问题，而且是民族、国家的生存问题才是关键中的关键。梁启超、孙中山皆是如此，中国共产党更是继承了这一点。他们都不推崇个体主义，而是强调群体的救赎。在这种背景下，国家与民族的发展才是建立认同的主要之所在。在社会中具有更多机会和资源表达这种思想的知识分子，会更自觉地建立这样的言说。他们会把自己置于国家、民族之后，或把自己的命运与国家、民族的命运联系起来，甚至有时会把自己的苦闷、焦虑、忧郁归咎于国家的柔弱。”① 因此，感时忧国的中国作家在对焦虑体验的表达中都能充分体现出民族文化伦理、国家政治意味的特征。《老残游记》《文明小史》和《野草》都不留情面地揭示民族危亡、文化冲突与“中国人要从世界人中挤出去的大恐惧”。这种焦虑体验的审美形式，在近现代中国许多

① 刘森林：《焦虑、中国特性与国家认同》，《现代哲学》2012 年第 1 期。

作家的作品中都有不同程度的体现。比如在郁达夫的小说《沉沦》中，“我”的苦闷、自卑、忧郁总是与国家、民族的虚弱联系在一起。小说中曾这样直接表达出主体的此种现代性焦虑：祖国呀祖国！我的死是你加害我的！你快富起来！强起来吧！你还有许多儿女在那里受苦呢！这在“五四”时期作家的作品中表现得较为突出。后来，这种现代性焦虑体验延伸到新时期文学的审美表达中。虽然时代氛围和文化语境发生了很大的变化，但是主体自我所经历的伤痕、创伤、苦难与国家、民族所出现的灾难、变革、断裂等问题结合起来。新时期以来的伤痕文学、反思文学、意识流小说、改革文学、朦胧诗、新写实小说、先锋文学等，从精神和形式上都具有20世纪初文学所表达的现代性焦虑体验的共通的审美特征。特别是以“改革开放”为主要创作背景的文学作品，“文化大革命”的“创伤记忆”过去之后，人们再次陷入改革的阵痛中，全面实现现代化成为中国的奋斗目标，这又一次将中国社会推向西方发达国家建构的现代性观念中去。摆在我们面前的是社会结构的变迁以及随之而来的社会资源的分配与身份地位的重新确立、传统与现代、西方与中国等一系列问题，置身其中的普通大众和知识分子群体内心经历了前所未有的文化震荡。这很像晚清社会人们对传统与现代、西方与中国等问题的认识一样，这些同样成为当代中国知识分子作家关注的焦点问题。王蒙的意识流小说《春之声》、贾平凹的“商州系列”、路遥的《人生》和《平凡的世界》、蒋子龙的《乔厂长上任记》等改革小说，以及20世纪90年代以来兴盛的“新写实小说”，如《单位》《一地鸡毛》等，诸如此类反映社会各个层面改革的一大批优秀作品，让我们体会到新时期以来中国的现代性体验。一方面传统文化再次遭遇现代文化的挑战，面临艰难的蜕变；另一方面在现代化的征程上暴露出前所未有的矛盾与冲突，比如乡村与城市、保守与革新、物质与精神之间的矛盾。一方面，改革成为中国“历史发展的必然要求”，极力突破封闭僵化的思想观念；另一方面，产生这一要求的历史条件和实现这一要求的历史条件却严重脱节。一方面，国家现代化和民族振兴的目标使得主体不顾一切地投入；另一方面，在市场和消费逻辑的主导下，在充满“喧哗和骚动”的生存本相中，主体告别崇高，再次蜕变成“庸众”，或者成为一个个被压抑的个体。从这个意义上说，中国改革的社会现实背后隐藏着中国人充满焦灼不安的复杂心路历程。我们称这一复杂心路历程为新时期以来中国的现代性焦虑体验。在某种意义上，是中国早期现代性体验在当代的延续和发展，就像西方学者称“现代性是一项未完成的事业”一样，而我们套用这句话，可以说，现代性焦虑体验也是一项无休止的心理体验。这一心理体验也构成了中国当代文学所特有的美学特征。另外，值得注意的是，20 世纪 90 年代以后，文史哲领域在《读书》杂志率先发起“寻思人文精神”的热烈讨论，讨论的主要目的是对当前社会转型期的人文精神的失落和价值的失范做出回应，并解释出现此种现象的原因和寻找解决的方案。这一现象触及传统文化地位及其创造性转化、传统审美观念和当代市场经济与消费社会的审美价值观念的变化以及知识分子人文精神的缺失等问题。通过对这一文化现象和审美现象的探究，一方面表现出知识分子在市场经济时代自身地位的边缘化，从一个“立法者”逐渐转变成一个“阐释者”，知识分子地位的失落也体现出其对以往身份地位的依恋和认可；另一方面，突出表现为市场经济对人文精神的腐蚀，“感官满足成了文化的最高指令，物欲泛滥冲决了道德的堤坝，财富的聚敛置换了理想的追求”①。种种现象归纳起来，就是它带来的知识分子的“精神侏儒化和动物化”②。这虽然是对人文精神枯萎的极端刻薄的批判，但也是知识分子对自身存在的不满。再加上消费主义与享乐主义的冲击，所谓的终极关怀、崇高的精神追求和独立的价值

① 何晓明：《百年忧患——知识分子的命运与中国现代化进程》，东方出版中心 1997 年版，第 405 页

② 张汝伦、王晓明、朱学勤、陈思和：《人文精神：是否可能和如何可能》，《读书》1994 年第 3 期。

立场等，知识分子安身立命之根本被无情掏空，致使一些有良知的知识分子开始在精神的荒原上流浪。他们一方面对以往的知识分子传统和时代文化氛围保持一种想象，试图在过去美好的文化传统中获得一种身份认同和人格独立；另一方面，他们也深切体验和品味市场经济和消费社会所带来的惊慌失措和焦躁不安。这种生存状态，无疑显现出当代文化心态因过去与现代的对立而被认为具有了焦虑的性格。也正是在这个意义上，“人文精神大讨论”集中体现了20世纪90年代中国现代化进程中，知识分子阶层，包括许多作家在内，浸润在焦虑体验中。这一焦虑情绪的出现展现着知识分子对中国传统社会和“五四”时期以来现代文化的回望，也是对当前一个时期改革开放和现代化进程的一种反思和对精神现实的哀叹，同时也潜藏着对未来的希冀。这一点延续了鲁迅开创的现代性焦虑体验精神——绝望与希望同在。当然一些知识分子在市场经济和娱乐至死的社会中走向沉沦，变得“精神侏儒化和动物化”，完全失去作为一个知识分子所具备的精神根基和审美信仰。

中国的现代性焦虑与作家笔下的疾病修辞有着密切的关系。疾病和创伤在《老残游记》《文明小史》和《野草》中都有不同程度的表现，这也是将其作为代表性文本分析的重要原因。美国当代思想家苏珊·桑塔格在《疾病的隐喻》一书中，强调从疾病的隐喻出发来关注主体内在的心态。“疾病常常被用作隐喻，来使对社会腐败或不公正的指控显得活灵活现……疾病意象被用来表达对社会秩序的焦虑，而健康则是人人理当清楚明了的东西。”[①] 她在论述癌症隐喻时认为，隐喻的趣味在于，“它指涉的是一种负载了太多神秘感、塞满了太多在劫难逃幻象的疾病。我们关于癌症的看法以及我们加诸癌症之上的那些隐喻，不过反映了我们这种文化的巨大缺陷：反映了我们对死亡的阴郁态度，反映了我们对情感的焦虑，反映了我们对

---

① ［美］苏珊·桑塔格：《疾病的隐喻》，程巍译，上海译文出版社2014年版，第81页。

真正的'增长问题'的鲁莽的、草率的反应，反映了我们在构造一个适当节制消费的发达工业社会时的无力，也反映了我们对历史进程与日俱增的暴力倾向的并非无根无据的恐惧"①。刘鹗和李伯元作为晚清社会转型期社会生活的感性体验者，他们能够以言语的方式传递出社会转型期人的精神状态，在表达上层建筑的变动和政治生态的变化中关注人的内心世界的转化。《老残游记》以一个"江湖郎中"的视线环顾晚清日常生活的现实，看到的多是社会的疾病和文化机体的病症，给出了一些疗救的药方。《文明小说》也呈现了一位读书人把脉和问诊"老大帝国"和"幼稚时代"的中国社会问题，并在日益恶化的文化机体中苦苦寻找治疗的方案。在它们那里，我们能够体会到作家对其现实症状的焦虑不安。总的来说，诸如此类的小说在不同程度上呈现出隐喻晚清时局、显露忧思的疾病修辞的美学倾向，其背后"负载着对生命体全局状态的内向体认，对内在病情的隐忧，以及对疗救、康复的渴望，这都与晚清智识者心系天下、忧国忧时的心态相契合"②。而这种文化悲伤和心理焦虑体验却也能够深刻地表现出中国现代社会的深刻转变。正如西方社会现象学家舍勒在评价现代社会的深刻转变时所说的那样："一种人自身的转化，一种发生在其身体、内躯、灵魂和精神中的内在结构的本质性转化。"③ 而鲁迅更是通过疾病隐喻的形式表达和透视现代中国社会转型所发生的主体身体、灵魂和精神上的焦虑，指出人性的病状所在，并对其进行详细诊断，提出"病根何在"，指出传统文化自身顽疾和外在生存环境的非人化是现代主体病根所在。生存如面对"黑夜"。因此，"改造民族的灵魂"和"改造国民性"的历史要求在某种意义上就是中国现代性焦虑的精神诉求所在。鲁迅在《野草》中表达了主体在阴暗、

---

① ［美］苏珊·桑塔格：《疾病的隐喻》，程巍译，上海译文出版社 2014 年版，第 95 页。

② 徐一超、陆扬：《伤病修辞与中国现代性体验的心态转型——基于晚清政论、"新时期"初期文论的比较研究》，《求是学刊》，2014 年第 2 期。

③ ［德］舍勒：《"谐调时代"中的人》，刘小枫编《舍勒选集》（下），上海三联书店 1999 年版，第 1409 页。

残酷和荒谬的非人世界中的内心焦虑，“过客”“影”“求乞者”“死尸”“战士”“梦者”和“我”等形象都是病态的形象。他们在生理上羸弱、无力，在精神上孤独、沉寂、阴暗，但是内心又充满反抗的力量。这些疾病者的形象，一方面展现了鲁迅对过去一段时间的文化启蒙的怀疑和反思；另一方面也表达了对“改造国民性”的担忧，渴望在焦虑中回到人本身，找回人的本质，重新思考和建构文化启蒙的意义。

启蒙和焦虑、恐惧共同建构的精神旋涡在新时期以来的文学作品中被反复表达，成为当代文学重要的美感特征。鲁迅的现代性焦虑的精神在20世纪80年代以来的先锋艺术中得到较好的继承。先锋艺术主要集中在小说、诗歌和绘画。先锋艺术家能够吸收西方现代派艺术精神，承认人性的共同性和异化，强调人的主体性，这种主体意识的觉醒在很大程度上受萨特的存在主义、弗洛伊德的精神分析和尼采的强力意志的影响。他们能够关注内心生活和自我人格，尤其能够敏感于生存中的苦痛和焦虑以及随之而来的迷惘和空虚。顾城、北岛、刘索拉、孙甘露、苏童、余华、格非、莫言等作家意识到现代化浪潮到来之后，当代中国出现的文化危机和精神危机，以及随之而来的人文价值和自我生存价值的丧失，集中表现就是“失语症的焦虑”。“这一深刻的精神危机出现在八十年代末和九十年代的先锋派艺术家和小说家上。这一危机也促使他们对自我文化精神、自我生存价值、自我的身份（Identity）、西方中心论、后殖民主义和第三世界文化、话语权力等当代课题进行思考。”① 但与此同时，先锋艺术家在思索现代化、理性主义、启蒙和中西文化碰撞中所表现的苦痛、焦虑、失望、感伤、悲观、荒谬、虚无的悲剧性主题成为他们自我意识觉醒的表现。他们也像鲁迅一样在探究中国文化的病根，并试图引起疗救的注意，试图突破理性的束缚，凸显活生生的有血肉的生存体验。

① 尹国均：《先锋实验——八九十年代的中国先锋文化》，东方出版社1998年版，第24页。

通过以上的简单分析，我们可以这样认为，自近代以来，中国的现代性体验的核心在于焦虑体验，换句话说，基本上是焦虑体验统摄着中国的现代性体验，并形成了两种类型的焦虑体验形式。一种是以忧患意识为根基的自省式的焦虑体验。这种焦虑体验立足于中国传统知识分子精神，即对家、国、民族的忧患之思和终极关怀。曹植云："闲居非吾志，甘心赴国忧。"陈子昂云："圣人不利己，忧济在元元。"杜甫云："穷年忧黎元，叹息肠内热。"陆游云："位卑未敢忘忧国，事定犹须待阖棺。"中国古代知识分子就是凭着这种强烈的忧患意识来体现他们对家国天下的终极关怀。他们的这种忧思也决定了与西方建立在理性和神性基础上的终极关怀的不同。因此，此种类型更多体现出主体对内心世界的自省，主要的价值倾向是面对文化冲突和变革进行反思性认识，在历史与现实之间做出艰难选择的精神体验，在焦虑不安中探寻文化的出路。当然这种忧思与传统知识分子的忧患意识在内涵和外延上也有些不同，毕竟近代以来中国社会受西方资本主义价值观念的冲击和东西方文化的冲突而发生深刻的变化，但是其精神传统被现代知识分子继承和发扬。一种是以生存理念为根基的澄明式的焦虑体验。这一点与西方现代性焦虑体验有相似之处。强调主体在生存处境中生理和心理层面上的焦虑不安，不断在生存的荒谬、虚无，自我存在价值的丧失，人格的分裂以及人的非理性等层面上澄明人存在的本质。这种对人存在的关注得到20世纪八九十年代的先锋青年艺术家的关注。以孙甘露、余华、残雪等人为代表的先锋作家努力寻找当下状态中自我的生存体验，而这种生存体验表现为"无根的漂浮感，生存的痛苦体验，乌托邦幻灭之后的精神上的无依感，无历史深度的漂泊感"[①]。孙甘露在小说《呼吸》中借主人公罗克之口这样写道：

① 尹国均：《先锋实验——八九十年代的中国先锋文化》，东方出版社1998年版，第107页。

> 我们的爱和我们的死亡，谁能向我们讲述。我们甚至无暇倾听那些来自我们内心的声音。我们在我们所不在的某处生活着并且最终死去。我们何以守护那份不可轻易得之的情感，我们只是眼见着它随水而逝，永不返回。因为没有特殊的标记，我们很快就彼此忽略，彼此漠视，等到我们痛心疾首瞻前顾后之时，我们又恍惚觉得这一生仿佛是为了某种标记而活着，它植根于我们内心，又外在于我们无法企及的地方，同样，它也存在于我们所不在的地方。我们一生中唯一的一次聚首因为它虚幻的外延而显得格外真实，它维系着我们的全部情感。是我们生命中仅有的至上时刻，就像一次祈祷，满怀着对彼岸的憧憬。

这种生存的虚无感和迷茫感，是先锋小说家生存焦虑的表现，他们在当下文化状态中体会到自己像是海德格尔所说的“此在”“被抛”。而这种当下、此时此刻的感受是人生真实的感受，是生存的最真实的瞬间，是具体感受的时刻，是生命的本真状态。因此，先锋作家能够将理性、逻辑和虚伪从人性中截除，还原人的真实存在。当然，我们应该看到，两种类型的焦虑体验并非是完全独立的，在具体的时代语境和文化情境下是相辅相成、互相交叉、相互渗透的，可能某一类型表现得较为突出，而另一类型则并不那么明显。但是作为基本的焦虑体验形式，为我们理解当代中国社会文化心理提供了一种可能性。

进入 21 世纪以来，随着中国改革开放步伐的不断加快和不断深入，中国社会阶层的分化也不断加速，社会的流动性日益增强，人们日益感觉到存在的不安全感。尤其是，伴随现代化和城市化进程而来的一系列问题，如城乡差异、贫富差异、拜金主义、生态环境恶化等。作为现代性问题的重要表现，焦虑作为人的基本体验没有下限，人存在的恐惧、焦虑体验将在现代化和城市化过程中不断展现出来，我们时刻都在现代焦虑之中。焦虑必将塑造着现代性的精神品格，也必将深刻影响着当代人的审美观念。

虽然焦虑体验并不是生存的本质，但是靠近它、理解它，是我们走进人存在的本质和对待真理的态度。换句话说，我们透过焦虑体验的分析，能够更全面地看到世界的真相和人性的本质。或许，在认清焦虑和体验到焦虑之时，我们会将其转化成生活的动力，从中获得生命解放的潜质。

第六章　后现代媒介消费中的焦虑体验

进入 20 世纪 50 年代以来，伴随着现代化进程的不断加快和全球化趋势的到来，现代社会进入了一个更加不确定的发展势态。意识形态的终结，主体的死亡，文学艺术的低俗化，日常生活的审美化，知识学科边界的模糊，精英文化和大众文化区隔的消失，所有这一切都逼迫着哲学家和美学家重新对当前的文化现实做出思考和寻找新的答案。具体到现代主义艺术而言，形形色色的现代艺术形式与商业化现实联袂制造了现代主义的尴尬场景，凯奇的音乐，拉斯维加斯和洛杉矶的民本主义建筑艺术，朋克和披头士的摇滚音乐，这些都无法用刚刚培育起来的现代主义的审美惯性来欣赏，因而，现代人再次被推入一种审美困境中。当代文化理论家詹明信把这种奇形怪状的艺术语言和不可思议的审美现实高度概括为“后现代主义”，或“晚期资本主义文化”。尽管用这一术语来描述当下的文化现实曾惹来很多非议，但是，他试图对传统审美观念和文学研究对象进行一种新的方法论的梳理，使得现代性本身呈现新的维度，即“后现代状态”，并且对其进行理论化，找到思考当代文化艺术的新方法，毫无疑问，这具有积极的理论意义。在这种情形下，现代性语境中的艺术问题、审美观念和主体性问题都需要重新理解，艺术家无法在自律性艺术中寻找归宿，美学家也开始放弃崇高的想象，现代人也无可奈何地受制于“他者”的主宰。与之相适应，具有反思意识和批判精神的焦虑体验也开始在这种思潮中受到冲洗，开始变得失去往昔的精神特质，成为一个需要重新界定的领域。

从现代性发展的历史进程来看，焦虑体验成为重要的现代性问题凸显出来，这本身就与传统社会中的焦虑和恐惧的情绪区别开来，而这种区别在很大程度上表现为一种强烈的自我意识，其主要根源在于现代工业文明所主张的工具理性精神动摇了现代人的精神根基，致使精神处在动荡和断裂的不确定性中。反过来说，焦虑意识的出现，让我们不得不重新调整目光审视现代性实践和理论形态的功过是非，来探索现代文化发展的新方向和寻找现代人生存的确证。丹尼尔·贝尔有句话说得好，“人们如果不充分考虑资本主义焦虑的自我意识，便不能理解现代社会已经和正在发生的重大变化。这种自我意识决非仅仅是一种上层建筑领域的观念，它本身就是这个制度最重大、最基本的现实之一”①。在这里，焦虑意识和焦虑体验是现代社会最基本的精神现实。从弗洛伊德本能理论的角度看，这种精神意识在现代社会外在的重压之下，由一种内驱力变成了现代人的本能，与此同时，这也成了我们生存于这个社会的精神确证。尽管它是一种令人恐惧和不安的滋味，但是现代文化的发展使得它成为一种精神实在，并且日益成为人关注的精神现象。在这一点上，现代主义艺术已经做出了努力，它试图把焦虑体验作为贯穿其始终的“一条黑线”，用美学的方式来绽放出现代性的精神面相，并在绝望中企求拯救。在我们看来，这条黑线也是一条贯穿整个现代性体验方式的主线。

但是，焦虑体验是一个未完成的精神历险和有待建构的过程。现代性自身的颓势，导致其文化说服力不断下降。后现代主义社会学家史蒂文·赛德曼认为，“启蒙文化正在丧失其为生活在西方的芸芸众生的生活提供合法性、连贯性和目的性的能力。它的确定性和社会目标正在受到挑战，并

① ［美］丹尼尔·贝尔：《资本主义文化矛盾》，赵一凡等译，生活·读书·新知三联书店1989年版，第129页。

且正在丧失其宝贵的文化资本”[①]。这种文化颓势的表现，也充分预示着一种新的文化资本的确立，即后现代文化形式的到来，在这种文化中，焦虑体验应该如何表达和建构？与现代主义的焦虑体验相比，后现代文化中的焦虑将被催生何种意蕴？这必将成为我们认真思考的问题。由于焦虑体验是一个重要的研究领域，它涵盖了当代文化的诸多层面，如焦虑与政治、宗教、性别、性、家庭、个性风格、艺术、教育、自我心理和历史研究等，这些研究内容都与当代大众社会中文化元素有着密切的关系，并且逐渐形成了一些研究的基本问题，比如，焦虑体验与文化消费的关系，焦虑在当代社会中的表现，它与文化的关系，人们如何面对和解决焦虑的问题，焦虑与人存在的意义、身份认同等问题。[②] 由于焦虑体验问题已发展至后现代文化语境中，因此，我们首先关注的焦点就是，焦虑体验在后现代文化如何显现？

一　焦虑体验的生产和消费

按照后现代主义文化理论家鲍德里亚的观点，后现代社会与现代社会根本的区别在于，消费模式取代生产模式成为社会发展的中心。换句话说，现代社会是一个生产占主导地位的社会，而后现代社会则是消费居中心的社会模式。在此，我们无须分析生产和消费在社会中的发展逻辑，但是，应该看到的是，生产和消费的结构模式的转变，为分析当下社会文化问题

---

① ［美］史蒂文·赛德曼编：《后现代转向：社会理论的新视角·引言》，吴世雄等译，辽宁教育出版社2001年版，第10页。

② 参见Stein, Maurice R., eds., *Identity and Anxiety: Survival of The Person in Mass Society*, Illinois: The Free Press of Glencoe, 1960, pp. 17－32.

提供了一个较为真实的基础，因此，我们可以带着这样一个事实进入焦虑体验的问题视域中，具体来说，焦虑体验在生产和消费的不同社会模式中占据怎样的位置?

对于以生产占主导的现代社会，马克思的生产论观点是意味深长的。可以说，他的生产理论不仅揭示了现代社会和人的发展的内在逻辑，而且为我们破译现代人生存过程中的心理秘密提供了一种思考的维度。

> 诚然，动物也进行生产。它也为自己构筑巢穴或居所，如蜜蜂、海狸、蚂蚁等所做的那样。但是动物只生产它自己或它的幼仔所直接需要的东西；动物的生产是片面的，而人的生产则是全面的；动物只是在直接的肉体的需要下生产，而人则甚至摆脱肉体需要的支配进行生产，并且只有在他摆脱了这种需要时才真正地进行生产……动物只是按照它所属的那个物种的尺度和需要来进行塑造，而人则懂得按照任何物种的尺度来进行生产，并且随时随地都能用内在固有的尺度来衡量对象；所以，人也按照美的规律来塑造。①

在这里，作为人本主义者的马克思所描述的生产，主要用于区别人与动物的不同，人的生产是全面性的，而动物的生产却是有局限性的。但是从另外一个角度看，人按照任何物种的尺度来生产，除了生产人需要的产品以外，还生产了人在不断对象化过程中的心理机制，或者说，在所有商品生产的背后总有一种精神的生产，这种生产也就是一种按照美的规律进行的生产，它蕴含着生产或实践主体的内在精神。问题的对立面在于，这种生产在现实生活中却造成了人的“异化”，像我们经常所说的，人被他所生产的物品所奴役，人并不是自主的，这必然造成内在精神和对象物的分离，进一步说，这也是一种生产和消费的分离形式。从这个意义上说，马

① ［德］马克思：《1844年经济学哲学手稿》，刘丕坤译，人民出版社1979年版，第50—51页。

克思的生产理论所生成的“异化”状态，成了人在对象化过程中精神焦虑的致命因素。随着产品的越来越丰富，人的异化程度就会越来越深，人的焦虑也就越来越强烈，因此，在人类发展到商品化阶段时，马克思进一步指出：

> 人们一向认为不能出让的一切东西，这时都成了交换和买卖的对象，都能出让了。这个时期，甚至像德行、爱情、信仰、知识和良心等最后也成了买卖的对象，而在以前，这些东西是只传授不交换，只赠送不出卖，只取得不收买的。这是一个普遍贿赂、普遍买卖的时期，或者用政治经济学的术语来说，是一切精神的或物质的东西都变成交换价值并到市场上去寻找最符合它的真正价值的评价的时期。①

从这个层面上说，社会存在的价值体系和审美观念都被整合到了商品中去，商品生产也就变得深入人心，成了控制人存在的束缚。在整个生产中，劳动者本身丧失了自我意识，一切事情都被商品数量形式化、标准化，人的自主精神受到工业技术的压抑，从整个价值信仰和人格结构中分离出去，变成了一种商品。按照卢卡奇的观点来说，这是人的“物化”现象。因为在这个世界上，人的关系所可能占有的一切自然的形式，人的物理和心理性质所可能发挥的一切方式，无不日益被纳入这一物化过程中。这种商品拜物教的观念，在现代社会根深蒂固，致使人的精神完全依赖于商品或金钱来表达人存在的意义，人本身具有的知识、情趣和表达意义能力，都被归结为商品形式的属性。进一步从马克思的立场来看，“异化不仅表现为一种物化的社会关系，它还表现为一种神秘性质的意识关系，资本主义物质生产不仅为劳动创造了物质外壳，也通过价值形式把劳动产品变成了社会的象形文字，在这个意义上，物化意识就是整个资本主义社会的主流

① ［德］马克思：《哲学的贫困》，徐坚译，人民出版社 1965 年版，第 25 页。

意识形态”[1]。这说明，人比任何时候都关注它所创造的外在物，更容易被这种物化现实所牵引和物化意识形态所控制，从而承受沉重的心理负担和痛苦的精神焦虑。

商品在现代社会的统摄力和异化逻辑，大大加剧了个体意识的变异和分裂。在这个意义上，商品变得主观化和心理化了，以至于这个标示物质性存在的概念丧失了原来的本意，而发展成一个重要的文化心理难题。如特里·伊格尔顿所说，“商品是一种精神分裂的和自我矛盾的现象，仅仅是一种象征，一种意义和存在都完全不一致的统一体，以及仅仅作为外在形式的偶然负荷者的感性身体存在”[2]。这表明，商品生产不仅是一种生成焦虑和造成精神分裂状态的重要因素，而且它本身也被演变成一种心理异化的现实。

当人们在商品所创造的幻想世界中，无法真正实现自我满足时，人被物化现实所引发的焦虑体验和悲剧心理就会浮现出来，这样一种心态，不仅在生产商品的层面上有所表现，在消费领域也表现得较为明显。

> 假设在我们西方文化中，电影、广播、电视、体育运动以及报纸停止活动四个星期，在这几条逃避自我的主要通道封闭之后，人们不得不重新依靠自身力量的时候，情况会怎么样呢？我坚信，即使在这样短暂的时间之内，也会有数以千起精神崩溃的事件发生，更多的人将陷入强烈焦虑的状态，这跟那种被临床诊断为“神经症”的情形没有两样。如果停止了注射减缓社会型缺陷的麻醉剂，明显的病症就原形毕露了。[3]

这里有两点值得我们注意：第一，在马克思生产批判理论以外，弗洛

① 渠敬东：《缺席与断裂：有关失范的社会学研究》，上海人民出版社 1999 年版，第 71 页。
② ［英］伊格尔顿：《审美意识形态》，王杰等译，广西师范大学出版社 2001 年版，第 204 页。
③ ［美］弗洛姆：《健全的社会》，孙恺祥译，贵州人民出版社 1994 年版，第 13 页。

姆的论断是在文化工业中展开对资本主义的文化批判。假如，依附在商品和资本上的焦虑体验，遵循的是一种异化逻辑，那么，在文化工业中，个体的焦虑体验更依赖于精神与意义的生产，深入分析这一点也是我们解开文化研究的历史之谜的关键所在。第二，伴随着消费社会和文化工业的兴盛，人们的物质生活水平不断提高，而物质生产在整个现代性文化中的地位逐渐下降，人们的精神追求和意义要求将成为现代文化发展的重要动力，从这一点来说，焦虑体验作为当代人存在的精神体验开始融入文化工业的内核中，并形成一种文化发展的重要力量。在这种情形下，焦虑体验及其精神特质发生了微妙的变化，即，焦虑失去了现代主义艺术情景中的批判和反思意味。如贝尔所言：

> 今天，现代主义已经消耗殆尽。紧张消失了。创造的冲动也逐渐松懈下来。现代主义只剩下一只空碗。反叛的激情被“文化大众”加以制度化了。它的试验形式也变成了广告和流行时装的符号象征。它作为文化象征扮演起激进时尚的角色，使得文化大众能一方面享受奢侈的“自由”生活方式，一面又在工作动机完全不同的经济体制中占有舒适的职位。①

根据贝尔的观点，现代主义艺术用美学来证明生活，波德莱尔、达达主义、未来主义、超现实主义、表现主义等标志审美现代性的艺术形式，都试图让隐藏在千篇一律的日常生活中的焦虑不安的情绪出场，以一种震惊的美学方式对抗生活的平庸，引起自我意识的警醒。但是在文化工业中，特别是视觉文化的到来之际，这种站在现实对立面上的反抗和谴责的焦虑体验开始被艺术商品化意识所收编，甚至被其取代。

---

① ［美］丹尼尔·贝尔：《资本主义文化矛盾》，赵一凡等译，生活·读书·新知三联书店 1989 年版，第 66 页。

从生产异化到消费异化，所带来的审美观念的变化，使得我们有理由从另外一个角度重新铺陈焦虑体验在生产和消费中的意义转向。如果说，马克思的异化理论被充分心理化和表征化所带来的一个重要心理现实就是焦虑体验，它承担着丧失神圣价值的痛苦和对现实生活强烈不满的情绪，并且在这种痛苦和不满的焦躁不安中思考人存在的出路。这种出路主要集中表现为两种方式：要么是极富激情的革命，颠覆和亵渎传统的价值观念；要么是把自身融入表意实践中成为表征的主题，从而被接受和反省。从这些角度可以揭示现代主体的焦虑，然而，让我们意外的是，在后现代消费文化语境中，焦虑体验不再是主体自我的焦虑，而是分裂的焦虑，不再是一种表现性焦虑，而是自身生产的焦虑。

> 事实的真相——现实处于精神错乱之中的突出的、清醒的是，相对独立的范围或流程这样的事物是没有的：生产直接就是消费，就是没有任何中介的记录过程，这个记录与消费过程直接决定生产，尽管是在生产过程自身内部记录和消费。因此，一切都是生产：生产的生产，行为与激情的生产；记录过程的生产，作为参照点的分配与参照物的生产；消费的生产，感官快感、焦虑、疼痛的生产。一切都是生产，因为记录过程直接被消费，直接臻于完美，而这些消费又直接得到了再生产。①

这里，透过德勒兹透视现实真相的方法，我们不难发现，焦虑体验在生产和消费文化中蕴含另一层含义，也就是，焦虑是一座“工厂”，自身就是生产和再生产的过程，这一点与马克思生产理论所延伸出来的焦虑体验区别开来。如果说，弗洛伊德认为，焦虑是本能压抑的结果，是文化发展

---

① ［法］德勒兹、伽塔里：《反俄狄浦斯：资本主义与精神分裂分析》，转引自汪明安主编《后现代性的哲学话语》，浙江人民出版社2000年版，第39页。

造成的心理痼疾，那么，德勒兹颠覆了弗洛伊德对焦虑和无意识的图解。他认为，无论是无意识、欲望，还是焦虑，是它们本身创造了文化现实，整个社会表征系统的重要组成部分就是焦虑的生产和快感的消费，这也就是德勒兹和伽塔里所倡导的文化批判的“精神分裂分析”。在他们的视野中，后现代文化所表明的精神现实就是，人是欲望机器，要随着欲望的流动来建构以欲望、精神分裂和符码化为主导的社会文化，以此试图逃避压抑性的自我和超我的限制，也就是逃逸弗洛伊德所提出的“俄狄浦斯情结”。因为，这是一个精神分裂的时代，人应该在精神分裂中释放自己的能量，释放欲望和无意识的非压抑性本质。从这个意义上说，作为精神分裂的焦虑，不是一种心理障碍，也不是一种心理顽症，而是个人主体在后现代文化景象中的一种潜在的、欲望性的冲动过程，它是一个不断重复和差异化的过程，用符号学的术语来说，就是一个编码和解码不断循环重复的过程，而恰恰就是这样的过程成了分析整个文化观念和体系的方法。

整个文化观念都如此这般，后现代艺术也不例外。后现代主义艺术家沃霍尔宣布，“我想成为一台机器”，认为艺术不能改变生活，也不能证明生活，艺术家就应该像一台机器一样不断生产产品，印刷、复制和反复生产一些廉价的产品，释放欲望和满足好奇，“沃霍尔把美术界变成美术商业界的功劳超过所有别的当代画家。他通过把自己变成纯粹的产品，驱散了先锋派的传统雄心和精神紧张”①。与之相对应，在具体的艺术实践中，艺术家描述和刻写的灾难、恐惧、神经质、自我放纵、死亡、焦虑都变成了一次性消费的景观。在这里，焦虑体验并不是由于欲望的缺失造成的，也不是天生的，它是被制造出来的，并且，它就像一种符号，完全被视觉行为和消费文化浸染。在我们看来，在当代文化中，风靡全球的卡通动漫中

---

① ［美］罗伯特·休斯：《新艺术的震撼》，刘萍君等译，上海人民美术出版社 1989 年版，第 309 页。

生产的地狱和恐怖场景，以及经典的恐怖电影制造的供人消费的焦虑不安的视觉影像都能够说明这一切。

在精神分裂分析中，焦虑体验呈现的消费性，为我们进一步理解焦虑提供了新的视角。消费社会是一个物质丰裕的社会，但是，它并不是强调物质性的商品社会，而是一种以想象和符号为主的“景观社会”，按照鲍德里亚的术语来说，是一个“物体系”的社会。“马克思所分析的商品形式逻辑：就好像需要、感情、文化、知识、人自身所有的力量，都在生产体制中被整合为商品，也被物质化为生产力，以便出售，同样的，今天所有的欲望、计划、要求、所有的激情和所有的关系，都抽象化为符号和物品，以便被购买和消费。”① 在这个欲望被消费的过程中，我们被置身于一种符号化、抽象化的后现代情感中，也就是置身于主体被符号谋杀的“完美的罪行”中。这里，鲍德里亚和德勒兹等思想家的分析不同，如果说德勒兹是从后精神分析的角度来分析主体的精神分裂，那么，鲍德里亚则是从符号学的角度分析主体在消费中的情感状态，而这种受许多文化理论家“标榜”的后现代情感状态，就是在生产和消费的张力结构中摇摆不定，难以割舍的矛盾心态。

> 我们只能模拟狂欢和解放，装模作样地加速在同一方向上行进，但是，因为一切解放的目的，都已经不知不觉地被甩在我们之后，而我们也因此要为这一切所烦恼和被纠缠不清；因为一切成果都在我们之前提早出现，一切信号、一切形式和一切欲望也都一齐出现在面前而任我们利用，所以，在实际上，我们仅仅是加速地进入空虚中。怎么办？这就是拟像的状况。在这种状况中，我们只能重演一切剧情，因为它们都已经演过了；不管它们是实际地演出，还是隐藏地演出。

① ［法］布希亚：《物体系》，林志明译，上海人民出版社 2001 年版，第 224 页。

这也就是所谓“实现了的乌托邦”，就是“一切乌托邦都实现了”的状况；在这种状况中，我们必须矛盾地继续过日子，似乎这些乌托邦都没有实现过那样。但是，因为这些空想又已经在那儿，而我们又不能继续保持实现它们的期望，所以，我们只好在一种无限制的模拟中去超级地实现它们。这就是说，我们生活在理念、幻想、想象和梦想的无限制的再生产过程中——而这些理念、幻想、想象和梦想，从此被甩在我们之后；而且，我们必须在一种命定的麻木不仁状态中去把它们再生产出来。①

在这一描述中，鲍德里亚为我们设定了一个拟像状态。假如剥离其中的技术因素，那么，它就是一个用符号顶替社会现实的超真实世界，它就是被消费所控制，呈现形形色色风格化的“嘉年华”式的盛世景象。文化哲学家列菲伏尔也曾敏锐地发现，在这样超现实的世界中，“每种物体、任何产品都获得了双重性的存在，即可见的和假装的存在；凡能够被消费的都变成了消费的符号，消费者靠符号，靠灵巧和财富的符号、幸福和爱的符号为生；符号和意谓取代了现实，这就有了大量的替代物，大批的变形物，除了被旋转的令人发晕的旋涡所创造的幻觉外，什么也没有”②。然而，在欲望和期待、满足和诱惑中，人们生活于其中却乐不知疲。从这里，我们可以得知，在消费占主导的社会中，无论鲍德里亚，还是列菲伏尔都试图凸现，生活在可见与假装、现实与符号、真实与超真实的夹缝中，人焦躁不安的文化心态，因此，面对消费社会的吊诡景象，鲍德里亚认为，“消费社会的主要代价，就是它所引起的普遍的不安全感”③，而列菲伏尔则认

① ［法］鲍德里亚：《恶的透明性》，转引自高宣扬《后现代论》，中国人民大学出版社 2005 年版，第 226 页。

② Henri Lefebvre, *Everyday Life in the Modern World*, New Brunswick: Transaction Books, 1984, p. 108.

③ ［法］鲍德里亚：《消费社会》，刘成富等译，南京大学出版社 2000 年版，第 21 页。

为，“我们这个社会的内在骚动已成为一种社会的和文化现象”[1]。

至此，我们的结论是，从马克思的生产理论，到德勒兹和伽塔里的精神分裂分析，再到鲍德里亚的消费符号学分析，焦虑体验在生产和消费中无处不在，无时不在。具体来说，在消费社会中，焦虑体验不但存在于人的物质生活中，存在于艺术表意实践中，更重要的是还存在于客观世界的运作过程的始终。因此，从焦虑本体的角度来说，焦虑本身构成了人的生活、思考、语言和表达等各种精神和消费活动的重要组成部分。从认识论角度来说，焦虑是揭开人们文化心理世界的重要路径，它不可避免地伴随着人的一切体验过程和认识活动的过程。

二　后现代文化语境中的身体焦虑

从生产到消费，焦虑体验呈现出一种从他律到自律、从反抗到顺从的结构性转向，也就是说，在文化消费中，焦虑体验成了被迫去争取舒适和满足消费心理的异化表现。因此，在分析了焦虑体验转向的形成过程之后，我们有必要把焦虑放在消费文化的具体语境中，从一个更加微观和直接的角度来把握它的意义。

在消费文化领域中，日常生活审美化[2]观念成了当下社会重要的审美取

---

① Henri Lefebvre, *Everyday Life in the Modern World*, New Brunswick: Transaction Books, 1984, p. 80.

② 日常生活审美化是当代文化理论中讨论较多的热点问题之一。费瑟斯通认为，日常生活审美化有三个层面的意思：一是指那些艺术的亚文化，即在第一世界大战和20世纪20年代出现的达达主义、历史先锋派和超现实主义运动。二是指将生活转化为艺术作品的谋划。三是指充斥于当代社会日常生活之经纬的迅捷的符号与影像之流。参见［英］费瑟斯通《消费文化与后现代主义》，刘精明译，译林出版社2000年版，第95—98页。本书在论述时倾向于把问题放在第三个层面上来考察。

向。商品和美学的同谋，新的传媒创造的美学理念开始取代传统的审美静观，成为一种极具感召力的新的审美方式。它们相对摆脱了各种真理知识和伦理道德的禁忌，使得曾经备受压抑的各种无法用语言文字表达的欲望、生命体验和心理需求，都在消费文化所精心打造的审美幻境中生长出来。如此这般，在这个释放欲望和获取快感的时代，与日常生活场景形影相伴的焦虑体验，也开始逐渐与消费文化中的关键部分结合起来，比如，电视、电影、广告、手机、时装、形象设计、网络视听、虚拟影响、数码 DV 和花样翻新的可视媒介。在这样多方位、开放的视觉审美场景中，焦虑体验在视觉消费中所呈现的两个重要主题特别值得我们关注：一是身体时尚；二是身体认同。这两个重要的主题和审美文化场景深刻地影响了当代人日常生活的方方面面。进一步说，在后现代消费文化场景中，身体不断合法化，其最具诱惑力和震撼力的感性力量得到了充分释放，而围绕身体时尚催生出来的文化消费的延伸物，与身体所标画出的颠覆性能量一起，形成了对传统审美价值观念的冲撞，并且这种审美观念始终处在变动的状态，这自然会导致或加强人们对自己身体的差异性认识，在自我和他者之间，很容易形成一种认同危机。因此，它们不仅反映了当代人的精神分裂式的心理图景，而且作为一种消费体验形式，它与商业运作、技术需求或者权力诸种要素共同构成了消费文化心理这一不争的事实，并且在欲望和快感的驱使下，渗入人们的文化心理结构中，成为挥之不去的现实行为。

历史地看，“身体”一直是一个被理性压抑的存在。柏拉图、亚里士多德、康德、黑格尔等思想家和美学家都强调理性占据绝对的统治地位。虽然文艺复兴时期的文学艺术使身体放射了短暂的光芒，但是，直到尼采之后，身体才真正意义上开始彻底摆脱被理性、灵魂、意识所宰制的地位，逐渐与需求、欲望、激情、冲动和震惊体验紧密结合在一起。尼采从权力意志出发，塑造了一个激情洋溢的造反的身体形象，它主宰着真、善、美，成为一种生命体验的空间场所。正是这种身体观的发现，使得后现代美学家、思想家和文化社会学家，逐渐勾画了一幅蔚为大观的身体景观，自此，身体成为文化的核心，成为表现精神形式的最好载体。

但是，将身体放在现代向后现代的转型期的当代文化中考察，我们不难发现，不确定性、动荡性、恐惧感日益成为当代文化普遍的精神状态。美国著名后现代文化理论家丹尼尔·贝尔认为，“人们如果不充分考虑资本主义焦虑的自我意识，便不能理解现代社会已经和正在发生的重大变化”①。显然种种焦虑意识和内在骚动在很大程度上左右了当代社会文化心理的发展，不断影响和改变着人们的价值观念和审美趣味。进一步，后现代文化的到来，使得当下文化呈现出一种崭新的形态，即其把商品、美学、日常生活、媒介、仿像技术集中起来，汇聚成一个令人眼花缭乱的景观世界，充分彰显出时尚流行性、视觉消费性和虚拟性等特征。在这样一个混杂的文化景观中，身体日益成为后现代文化的显现方式和精神符码，身体与时尚审美、身体与视觉消费、身体与虚拟技术之间的关系变得越来越复杂，身体的多元性和不确定性变得更加显著，如此这般，“身体是什么”“是什么构造了我们的身体”成为当代人普遍具有的焦虑，而回答和阐释这些问题在当下文化发展中变得愈加紧迫。

在视觉消费文化兴盛的今天，身体往往容易被理解为一种审美化存在，并在此基础上试图追求一种规律性或普世性的价值判定。相反，我们应该看到，与文化的后现代转型相对应，在骚动不安的社会文化场域中，当下的身体在消费社会建构的意象世界中表现得异常复杂和多元，身体焦虑已成为“日常生活审美化”过程中释放出的一种分裂性形态，它与人们的审美追求纠缠在一起，成为当代个体日常生活中的审美悖论。具体来说，身体焦虑展现出时尚审美文化变动和永恒的张力结构；在视觉消费中，身体

① ［美］丹尼尔·贝尔：《资本主义文化矛盾》，赵一凡等译，生活·读书·新知三联书店1989年版，第129页。

被工具理性和视觉观念“殖民化”，变成被视觉快感围困的“牢笼”式存在；在虚拟文化中，身体处在“价值碎形”阶段，成为当代人难以言说的隐忧。

（一）时尚文化与身体焦虑

一般认为，身体是我们最直接、最具体的物质性存在，是固定的、先天的，是人的自然属性的表现。在传统的灵魂与身体的二元对立结构中，身体一直处于被理性、信仰和灵魂所压制的卑贱地位，它依附于灵魂与宗教目的，与流行时尚符号根本无缘，更无法显示其在世俗景观中的主体性地位。而在当下文化的后现代转型中，身体与时尚符号和象征紧密结合在一起，成为一个不断被改造和不确定性的存在，身体自身变成备受关注的时尚对象。虽然古代社会也有时尚主题，但是相对比较恒定，集中表现出古代社会稳定、和谐的审美趣味，身体无法像当代这样撕破理性与伦理体制成为自主的存在。更为重要的是，当代时尚系统向人们提供“炫耀性”衣物，赋予身体一定的美感和象征意味，甚至使身体与艺术发生直接的关联，在很大程度上引发了人们审美观念的变化，影响了人们对身体的审美取向。

追求身体时尚是当代人生活的主题。作为当代社会生活的一种普遍的文化现象，时尚与身体之间的关系成为学者关注的话题。恩特维斯特尔认为，“时尚关乎身体：它依身体而制造，借身体以推广，并由身体来穿戴。身体是时尚倾诉的对象，身体在各种社会场合必须着衣”①。而哲学家史文德森认为，“服装改变了身体，给它以不同的形状、不同的表达方式。这不仅适用于穿着衣服的身体，而且也适用于未穿着衣服的身体，我们对人类身体的理解总是取决于当时盛兴的时尚，我们对时尚的理解又取决于它们

① ［英］恩特维斯特尔：《时髦的身体·引言》，郜元宝等译，广西师范大学出版社2005年版。

在画像、照片和其他媒体中的视觉呈现”[①]。我们不难看出，时尚、衣着与身体彼此之间存在双赢的关系，即时尚借助身体表达自己，为身体提供流行的话语，身体通过衣着实践来诠释时尚，让时尚在个体衣着中绵延，这种关系渗透在日常生活的各个角落，成为后现代文化的重要表征。

在时尚的光环下，身体的冲动、激情彻底爆发出来并受到人们的鼓励和赞赏，一浪高过一浪的身体狂潮成为日常生活的仪式和审美景观，身体开始“作为感觉审美欣赏及创造性的自我塑造的场所”[②]，成为当代许多身体美学研究的起点，其目的是为了回归身体主体，让身体更美好。其实，这种身体美学的背后隐含一种身体审美的悖论，即一方面，我们享受时尚带给我们身体的欢愉，时尚变化越快，身体越丰富多彩，身体完美的视觉形象与视觉快感越一致，身体形象的狂欢化带给人们在日常生活中的感官享受和满足也就越多。另一方面，身体容易遭受时尚不断更迭的强烈刺激，引发了当代人普遍的身体焦虑。尽管身体的焦虑和紧张并不是什么新鲜的生命体验特质，但在后现代社会，特别是都市生活环境中，在时尚审美的引诱下，身体焦虑体验已经成为连续性和普泛性的都市生存体验。

我们可以这样认为，身体焦虑体验来源于时尚的内在机制。模仿和差异是时尚存在的本质形式和运转的内在机制。正如齐美尔所言：“一方面，就其作为模仿而言，时尚满足了社会依赖的需要；它把个体引向大家共同的轨道上。另一方面，它也满足了差别需要、差异倾向、变化和自我凸显……通过某些生活方式，人们试图在社会平等化倾向与个性差异魅力倾向之间达成妥协，而时尚便是其中的一种特殊生活方式。”[③] 从这个意义理解，通过模仿，个体身体与其模仿身体达成一致，在不显现个性化和创造

① ［挪威］史文德森：《时尚的哲学》，李漫译，北京大学出版社 2010 年版，第 77 页。

② ［美］舒斯特曼：《实用主义美学》，彭锋译，商务印书馆 2002 年版，第 354 页。

③ ［德］齐美尔：《金钱、性别、现代生活风格》，顾仁明译，学林出版社 2000 年版，第 94—95 页。

性的前提下，给予个体既定状态的安慰，减轻了个体自我所承受的困境。值得注意的是，一旦自我身体与模仿身体产生距离，身体模仿的社会化冲动受到压抑，身体焦虑便产生，成为一种普遍的文化心理。然而时尚又是变异性的，变化是时尚的永恒，没有哪一种时尚可以长久地占据日常生活方式的主导地位。个体时刻通过服饰、行为和美容等，彰显自我身体的优势，凸显自己标新立异的自由主张。时尚在释放个体身体的自由美感的同时，也让身体生成强烈的现代感。它总是昙花一现，瞬时消逝，牵引人们不再执着于一个固定的对象，使得以身体为主导的文化和生活呈现出不确定性的因素越来越多。因此，在时尚的胁迫和束缚下，身体的道德基础和精神取向转向了生命短暂的感性体验。人们渴望身体占有更多时尚的东西，得到最大化的满足，而一瞬间马上又有超出这种时尚的欲望，走向寻找差异化的道路，于是，身体和生命的内核和意义在时尚文化中被连根拔起，从人们手中滑落，导向另一种身体自由的可能性。按照克尔凯郭尔观点，焦虑总是被理解为朝向自由。① 用蒂里希的话说，就是焦虑受非存在的影响而产生的状态。由此观之，身体在朝向另一种自由空间的过程中总是焦虑不安。针对时尚而言，身体焦虑是人们在面对和追求自己的自由和可能时所呈现的状态。

进一步说，在由模仿和差异的张力结构建构的时尚原理中，身体害怕与模仿的对象分离，因为分离的体验引起了焦虑，它意味着无依无靠，意味着不能主动地把握自己的身体。一旦模仿和复制成功，身体焦虑和时尚的魅力便开始消逝，时尚承担着一种身体安全阀的审美功能。而此时一种与其他人区别开来的诉求开始上升，身体焦虑和不安就转换成一种对时髦的冒险追求和伟大渴望。因此，身体焦虑与时尚形影不离。时尚让身体通过模仿找到依靠，消除个体选择的焦虑。时尚的快速转换，却让现代人来

① S. Kierkegaard, *The Concept of Anxiety*, Princeton: Princeton University Press, 1980, p. 155.

不及注意和塑造自己的身体，身体就被拖入一种漂泊不定的状态，在一种可能性的召唤下，身体的完美和时髦通过创意活动把可能性变成现实，而此时一种新的身体时尚开始。从这个意义上说，身体的焦虑不安是追求新的审美感觉和渴望了解新的意义的征兆。

齐美尔认为，现代文化的冲突和危机往往表现为社会形式、文化形式与生命之间的冲突。“每一种形式一经出现，就立刻要求有一种超越历史阶段和摆脱生命律动的效力。由于这个原因，生命同形式总是处于一种潜在的对抗之中。这种关系很快就在各个领域里表现出来，并终于发展成为一种综合的文化危机。”① 作为一种客观的文化形式和社会形式，时尚的瞬息万变不断带给人们崭新的审美感受，而另一方面，作为个体，却越来越受到这些客观瞬间存在的束缚，反而使自我陷入更加尴尬的境地，主体的主观愿望和独立发展得不到确证，在齐美尔看来，这是现代文化的悲剧。“新旧时尚的迅速转换中，现代人难有固定的注意力集中点，来不及选择，时尚已经变换了。时尚因此与现代心理特征吻合，各种印象的变化中，我们内心的节奏需要的停歇越来越短暂，注意力的重点从实在的中心转移到开始与结束之处。因此可以说，时尚使现代人紧张的心理体验、茫然的生命感觉统统溶化于漂浮不定的时髦感中。”② 很显然，当代身体对时尚的追求就是追寻短暂的现时之美，然而时尚在保证人们获得这种世俗化身体感觉同时，必然让其付出沉重的代价，那就是身体必须被抛入生命和文化形式之间冲突的旋涡中，在一种对立冲突的紧张关系中，背负着现代文化悲剧的后果。因此，当代身体的审美解读不能停留在时尚华丽的表层，其焦虑的特质和存在状态是当代生活的文化发展和整个时代心理结构的强有力的反映。

---

① ［德］齐美尔：《现代文化的冲突》，刘小枫主编《人类困境中的审美精神——哲人、诗人论美文选》，东方出版社 1994 年版，第 242 页。

② 陈戎女：《西美尔与现代性》，上海书店出版社 2006 年版，第 211 页。

（二）视觉消费与身体牢笼

身体焦虑的种子，植根于自我与他者之间的关系中。对每个人来说，个体身体的存在在很大程度上是由一个先定性的他者决定的，他者像一个镜子一样对个体身体形式进行比照和监视。在此情形下，身体意识在身体镜像中萌发，并不断强迫个体关注镜中的身体。拉康将这个发现身体的过程命名为“镜像阶段”，并认为这是“一场悲剧，它的内在冲劲从不足匮乏奔向预见先定——对于受空间确认诱惑的主体来说，它策动了从身体的残缺形象到我们称之为整体的矫形形式的种种幻想——一直打到建立起异化这个个体的强固框架，这个框架以其强硬的结构将影响整个精神的发展”①。视觉文化的来临，让拉康用精神分析的方式言说的镜像悲剧在视觉图像中上演，而焦虑的身体在这场悲剧中是绝对的主角。

后现代文化的一个重要特征就是对视觉进行前所未有的高度重视。“目前居‘统治’地位的是视觉观念。声音和景象，尤其是后者，组织了美学，统帅了观众。”② 这样一来，当代文化的外在表征必然由文字向图像进行转换，建立在图像基础上的视觉观念将渗透到社会各个层面，因此，追求视觉消费、最大限度地吸引观看者的眼球成为后现代文化生活的关键因素。在这样的文化语境中，视觉化成为身体存在的价值体现，同时身体的安全在这样的文化中也遭遇到不可避免的威胁，视觉的“暴政”使得身体陷入焦虑不安中，并且有愈演愈烈的趋势。首先是身体审美标准的确立直接造成身体的焦虑。苗条、瘦身、性感、美白成为女性身体美的形象表达，而健康、活力、健美、有型成为男性身体美的关键词，这些极富感性诱惑力的审美标准在视觉媒介的固化和传播中不断地合法化，构成了当下身体审

---

① ［法］拉康：《拉康选集》，褚孝泉译，生活·读书·新知三联书店 2001 年版，第 93 页。

② ［美］丹尼尔·贝尔：《资本主义文化矛盾》，赵一凡等译，生活·读书·新知三联书店 1989 年版，第 154 页。

美的标准，成为公众认可的理想范型。无疑，这从另一个层面意味着，身体标准构成一个理想“镜像”成为控制和监视自己身体的有效工具，个体通过镜像不断接近审美标准，由此，这种监视和控制必然产生身体焦虑。其次，当代身体工业制造的理想身体和现实身体之间的差距，致使身体始终处在一种焦虑的状态。无论是化妆技术、美容技术，还是充分利用身体进行社会交往和传达情意的身体技术，它们生产普泛化的身体美学标准，一旦个体发现自己与身体的美学标准产生距离时，便必然产生一种心理学上所说的“认知不和谐状态，这一方面是身体的美学规范形态，另一方面是自我尚不完美的体形或面容，两者的差距越大，便越容易导致焦虑和不安”①。由于身体在技术层面上不断被修饰、改变和塑造，身体时尚也因身体技术的发展不断更新，身体始终处在尚未完成和不停进行加工、完善的过程中，从而成为一个不确定性身体。因此，理想身体和现实身体之间的“不和谐的认知状态”将是持久性的存在。而这种身体焦虑的状态成为身体技术和身体标准存在的根据和理由。最后，身体被置入看与被看的复杂关系中容易显现为怀疑自身的不安状态。我们知道，看是人存在的基本状态之一。人与人、人与他的文化世界之间的相互关联，在很大程度上是依靠观看来完成的，而观看行为由于受到文化背景、教育程度、艺术修养、社会地位、种族和性别等差异因素的影响，个体观看产生的意义呈现为多元性和复杂性。由此可见，看与被看之间形成一种复杂的关联，它并不单是一种观看主体与对象之间互设统一的关系。在强调眼球经济的视觉文化面前，看与被看之间往往凸显出一种不对称、不平等的关系。比如在女性身体图像形象中集中体现了男性在视觉上的优越性和霸权地位。按照理论的推理模式，观看的双方都出现在现实的时空中，彼此目光的接触确立着对

① 周宪：《读图，身体，意识形态》，汪民安主编《身体的文化政治学》，河南大学出版社2004年版，第142页。

方的存在，但是，相互确认身体存在的观看行为在女性身体图像中被转化为男性对女性的单向度观看。在斯宾格勒看来，这种单向的观看就是一种以我为中心的向外辐射活动：人类的觉醒意识不再单纯是身体和环境之间的一种紧张关系。它是在一个自扩的光的世界中生活。身体在被看见的空间中移动。深度经验是一种强大的力量，它从一个光的中心——我们称为“我”的点——伸入可见的距离之中。“我”是一个光的概念。从这个点开始，“我”的社会本质上变成一种日光中的生活，而夜晚则是近乎死亡的。由此，又生出一种新的恐惧情感，它把所有其他的情感都吸收到自己的范围之内——在看不见的事物面前的恐惧，对于人们听见或感到、猜到或有效地观测到但没有看到的事物的恐惧。① 因此，我们可以这样认为，在一些电影和广告中频频出现的女性身体图像面前，男性的观看将女性图像固定化，男性通过支配性的观看行为获得一种想象性的满足，男性也因此确定自己身体的精神存在。但是一旦被看的女性图像在视觉面前隐遁，或者说，在女性图像形象中男性观看无法体现出对女性身体的想象性占有，以此表征男性的地位和荣耀，那么，用以确定男性自身的观看行为就转化为男性内心的恐惧和不安的感受，也就是以自我为中心的观看地位无法表明他有能力去规定女性该做什么或为女性做什么，男性身体的优越感和霸权地位遭受威胁，致使男性处于一种存在性不安中。从这个意义上说，斯宾格勒的眼光和思维预设是深邃的。

值得注意的是，在视觉权力的逼迫下，男性的观看地位也在发生转换，由原来的“看”开始变成了“被看”，因此，男性对身体美的要求越来越重视，越来越强烈地意识到自己在他者（包括异性）眼中的形象地位的重要性，于是，以他者的审美标准为依据开始不断通过服饰、美容、化妆、健

---

① ［德］斯宾格勒：《西方的没落：世界历史的透视》（上册），齐世荣等译，商务印书馆1963年版，第90—91页。

身等方式塑造出独特的视觉效果，吸引他者的注意，显然这样会加剧不同地位和身份的男性的焦虑。同样，在男性权力眼光的监视下，女性更是以近乎疯狂的方式投身身体的“战斗”中，使得身体在一种权威性标准的压制下喘不过气来。从更深层次的意义来看，在视觉文化语境中，身体的焦虑与不安是人们“同一性”或者“认同”危机的重要表现。心理学家埃里克森认为，所谓的同一性就是一种熟悉自身的感觉，一种知道自己个人未来目标的感觉，一种从他信赖的人群中获得所期待的认可的内在自信。① 然而在视觉文化中，身体的视觉审美标准的确立，身体技术的不断更新和强化以及身体在影视广告中的被教唆，在诸如此类的视觉性干扰中，一个人怎样通过自己身体的感觉来确立自我意识与自我身份，这是当代人普遍具有的焦虑。

至此，我们可以得出一个结论：在后现代社会的视觉文化语境中，身体焦虑是工具理性扩张和视觉观念对身体“殖民化”的后果。具体来说，一方面，身体审美的实现需要种种身体技术，这种身体技术整合了医学、生物工程、形象设计、传媒技术等发展成为身体的文化工业。另一方面，在“观看”权力的监视下，身体被认知的专门化和标准化所规训，肉体失去精神的形式，处在一种被宰制的地位，因此，在双重的“殖民化”压制中，身体被推入工具理性和权力眼光建造的“牢笼”中，日益成为一种与精神、灵魂分离的存在。

（三）虚拟文化与身体隐忧

后现代社会发展带来的一个重要文化事实就是以电子媒介为载体建构的虚拟文化的出现，其突出的特征就是文化的仿像性。按照后现代理论家

① 转引自［美］赫根汉《人格心理学导论》，何瑾、冯增俊译，湖南人民出版社 1988 年版，第 162 页。

鲍德里亚的看法，所谓仿像，就是与现实没有任何关系，它不是对某个指涉对象或者某个实体的模拟，而是“通过模拟而产生的影像或符号”，这些影像或符号被称为“超真实”，它对当代社会和文化产生了重要影响，如一位学者所言：“如今，整个日常生活的、政治的、社会的、历史的和经济的现实，都被并入超真实的模拟维度中；我们已经生活在现实的审美幻象之外。”① 在这样一个由虚拟制造的超真实语境中，身体成为一种仿像奇观。在各种电视广告和网络图像画面中，身体被时装模特、演艺明星和体育明星等完美展现。男性面目俊朗、高大挺拔、事业成功，女性则苗条瘦削、青春靓丽、性感时尚。但是这些身体形象并不是现实身体的直接模仿，而是按照一种审美符号的游戏规则通过设计技术和数字技术处理以后才进入公众视野，因此，“表象的身体形象经过去真实化转变成了无现实指涉的身体拟像，我们所看到的完美身体拟像向我们展示的是一种超真实的身体之美”②。在我们看来，种种具有感染力和号召力的身体拟像成为现实身体崇拜的对象，激发了人们对身体的想象和满足，同时，身体拟像审美背后的隐忧将是后现代社会带给当代人的新的精神阵痛。因为，身体似像遵循虚拟影像符号内爆的原则，旨在消除确定性。在政治与游戏、信息与娱乐、文化与经济的差异缝隙中，身体吸收一切符号影像，又被其他影像符号所吸收，致使自身陷入不确定性中。一方面，身体原本具有的历史感与其所承担的追问这个世界、人生之意义的功能被彻底碎片化，身体没有言说的根据，而被无情地复制和模拟，被超真实所淹没，这便导致身体再现的危机。另一方面，在电子媒介的控制之下，身体的真实性、意义和社会性成为影像符号的“滑动”和“狂欢”，成为主观意识虚假的产物。由此，身体意义走向它的反面而被一种非理性的方式吸收到纯粹符号的模拟中，这也

① 周宪：《20 世纪西方美学》，南京大学出版社 1999 年版，第 201 页。
② 梅琼林：《视觉文化传播时代的审美化生存》，《文艺研究》2008 年第 6 期。

暗示着身体意义的灾难，也就是说身体不再有确定、永恒的价值和意义，而只是在符码建构的模型中流通。这种情境必然带来身体的隐忧，而这种隐忧成为当代人难以言说的痛苦。

随着网络技术和虚拟现实技术的超速发展，“赛博人”日益成为媒介文化的符号之流的身体景观，成为超真实世界中另一种身体存在。它以一种“后人类”的生命状态和“身体动姿”在当代文化舞台上奋力前行，它的出现和涌动进一步加剧了人们对身体客体性的怀疑，导致身体审美和认知行为的复杂化。作为人—机混合体，赛博身体“既不是自然躯体，也不是文化躯体，而是作为政治身份的第三躯体，以可感可触的视觉形式象征身体从经济、性别和文化诸种体制的监禁下解放出来”①。世界上第一位虚拟女主播“阿娜诺娃”充分体现出赛博空间产生的“第三种躯体”的解放特性。她有非常漂亮的人的面孔和人的性格，有一套自己处理即时新闻的智能系统，具有一定的自主性。从赛博身体发展的另一个角度看，哈拉维认为，生物技术和通信技术是重构我们身体的关键工具，其重要的表现就是我们的身体正被植入越来越多的“硬件”和“软件”，这预示着，“人类身体上的诸零件——四肢、五官、五脏六腑，甚至大脑——都有可能被一一研制出电子版。这意味着，随着相关技术的迅猛发展，人类身体的内部的技术含量也就越来越高”②。进一步说，生物技术和通信技术成为书写身体的手段，通过语言和控制理论对身体进行重新编码和解码。在这种人与机器混合杂交生成的身体形态面前，激发和强化了一种对于身体自然真实性与“身体是什么”的普遍怀疑与高度忧虑。

这种身体的混合奇观及其身体烦恼在科幻小说《神经漫游客》（1984年，加拿大科幻小说家威廉·吉普森创作）中得到体现。小说主人公凯斯

① 胡继华：《赛博公民：后现代性的身体隐喻及其意义》，《文艺研究》2009年第9期。

② 陈月华、王妍：《机器与身体》，《自然辩证法研究》2006年第8期。

属于生活极不稳定的下层阶级，为了偷窃讯息和情报，利用各种人工智能为自己服务，借助电脑技术在赛博空间中漫游，逃避肉体的束缚。他崇拜网络技术中的认知结构，认为网络世界明显优越于身体，表现出对自己身体的厌恶和藐视。科幻电影《银翼杀手》（*Blade Runner*，1982 年上映）也以超乎常人的想象与虚构的方式展示身体去中心化和去稳定性的隐忧。“银翼杀手”迪克被指派去杀死那些冒险回到地球寻找自己创造者的复制人，然而，复制人为了获得生存的权利与人类展开斗争，他们希望从创造者那里获得延长生命的密码，解决自身身体的性别烦恼和身体的真实性问题。影片中，阴暗的天空、潮湿的街道潜伏着人们对自身身体的忧郁思考，无论是作为探员的迪克，还是人类创造的高科技结晶——复制人，他们都对未来充满恐惧，对自己身体认知的不确定感感到惊慌。在诸如此类的科幻作品中，拟像取代真实，身体、性别、身份都失去了稳定性，身体自身的独一无二的特性被消减，成为哈拉维所说的“资讯的星丛”“数据的组合”“共通的幻觉”。鲍德里亚把这种生命状态命名为“价值碎形阶段”，“这个阶段不再有任何参照物。价值向各个方向辐射开去，充斥所有的缝隙角落，除非偶然与某物联系在一起以外，它不需要任何参照物”①。身体深陷这种“碎形”状态，穿越“仿像”的夜空，便消失在无边的虚无中，留给人们的却是对身体碎片和身体扰乱现象的忧虑，或者通过人机混合体以及“后人类”的生命形式来重新反思生命的价值和身体的意义。

通过以上分析，我们基本上可以认为，无论是在时尚审美面前，在视觉的限定和“暴政”下，还是在虚拟文化制造的符号幻象中，身体深陷焦虑不安和价值碎形中是一种当代审美文化的宿命，是触摸和理解后现代文化的重要路径。

---

①［美］凯尔纳、贝斯特：《后现代理论》，张志斌译，中央编译出版社 1999 年版，第 176 页。

那么，身体焦虑将带给我们什么？又将我们引向何处？我们可以再进一步具体分析。上面已经论述到，伴随着身体在场的正名，随之而来的身体焦虑也开始浮出水面，并且成为消费文化中的重要精神体验。只要我们稍加留意就会发现，现代消费生活已经变成一个被身体意象包围着的花样世界，焦虑体验也在其中滋生出震撼性的心理效力。

首先，焦虑在身体解放中呈现为一种差异化的踌躇感。按照索绪尔的符号学原理，符号由能指和所指两个部分组成，能指代表符号的形式，所指表示符号的意义。符号的价值是通过它与其他符号之间的差异性决定的，也就是它们之间彼此的区别性。然而，在鲍德里亚那里，这种符号学原理被改造后运用到了商品生产的意义解读上来。在他看来，在商品生产中，同一产品本身并不表示任何意义，它只有通过一定的差异方式被赋予某种社会意义，这样才能成为符号，而符号意义的形成，必须得到社会的广泛接受和认可，因此，就身体而言，在不断符号化的过程中，身体的能指形式和符号意义必须与其他的身体符号相区别，只有遵循差异化的逻辑，身体符号才能被赋予意义，换句话说，差异化是身体符号的意义逻辑，也只有这样，身体才有意义。但是，在日常生活中，身体的符号意义又是如何表现的？如何才能最好地展示自己身体的意义？我们知道，广告是公认的商品符号化过程中最有效的方式，因为，广告定位的目的就是使商品不断差异化，广告专家通过广告策划、创意和包装设计为消费者提供理想满意的能指，借助情感和形象等文化因素实现差异化。例如，麦当娜与玛丽莲·梦露代言的同质性的产品的身份地位、品格就明显不同，从这个角度来说，差异化的身体符号自然会把消费者带入充满复杂的社会“习性”和符号意义中去。“广告从整体上看没有意义，它只有一些含义。它的含义（及它们唤起的行为方式）从来都不是个性的，它们都是区别的、都是边缘的且组合的。也就是说它们从属于差异的工业化生产——我认为，正是通过这种生产，消费系统被最有力的规定了。”① 按照鲍德里亚的观点，进一步说，“身体”是一种按照差异化逻辑生产的“最美的消费品”，并且日益成为一种统摄消费的功能性力量。既然身体在差异化中实现其自身的意义，那么，它又是通过什么机制来实现的？从精神分析的角度来说，那就是一种重复的运作机制。标志不同身份、地位、个性的身体能指在广告等视觉媒介中频频播放，反复传播，不断强化、固化了身体审美的价值和意义。如弗洛伊德所说的那样，“任何人，倘若想要对一个集体施加影响，不必考虑如何使他的论证有逻辑的力量，而只需危言耸听，只需夸张其词，只需一而再地重复同一件事情”②。因此，广告通过对身体做“夸张其词”的组织传播，使身体符号的消费理念普及到文化大众中去，人们在花样翻新、浮光掠影的身体符号面前，浮想联翩、举棋不定和踌躇满志。这种由视觉媒介制造的身体消费体验，在我们看来，是一种后现代式的焦虑体验和快感。

其次，焦虑体验在身体审美化过程中是一种精神张力的表现。在消费文化中，身体的在场是一个不断审美化的过程，它遵循“商品美学”的逻辑。按照文化社会学家卢瑞的观点来说，“商品变得能够自由地获得许多文化联想和幻想；这就是所谓的商品美学的基础。据说，广告能够利用这样的自由，使浪漫、奇特、满足或好生活的概念与世俗的消费品，例如，肥皂、洗衣机、汽车以及酒类饮料联系起来。这些想象或面具决定了物体能够在社会互动中充当传递意义的载体。它们将商品译成消费者无法抗拒的符号代码”③。这里，卢瑞强调了广告美学的基础作用。其实，整个大众传媒都承担着如此魔幻般的审美强势的诱导功能，从这个意义上说，身体在这一“上帝般操纵”逻辑下不断地进行审美化的编码。然而，这种身体的

---

① ［法］鲍德里亚：《消费社会》，刘成富等译，南京大学出版社 2000 年版，第 82 页。
② ［奥］弗洛伊德：《弗洛伊德后期著作选》，林尘等译，上海译文出版社 2005 年版，第 85 页。
③ ［英］卢瑞：《消费文化》，张萍译，南京大学出版社 2003 年版，第 33 页。

审美化过程与现代人的精神危机结合在一起，仿佛身体重新回到被宰制的位置。按照贝尔的观点来说，现代主义的真正问题是信仰问题，用不太时兴的话说就是精神危机，新观念还相对混乱，充满虚幻，旧的观念却不复存在。很明显，曾经震撼人心的现代主义审美观念已无法应对精神的危机和焦虑。在这种情形下，迅速崛起的视觉文化似乎成了文化危机的救世主，被人们寄予厚望，“视觉文化是缓解人们焦虑的祷文，为的是加强人们置身于新交流方式中的舒适感。它们是心灵的蒸汽浴”①。就身体而言，按照贝尔的观点来推论，我们会得出这样的结论，视觉文化的到来，在很大程度上使得身体从道德和政治的束缚中解放出来，通过影像转换和美学化妆，使充满感性和欲望的身体被视觉赋予了合法性的存在，在这样的审美空间中，身体突破了视觉的禁忌，成为大众凝视的快感，人们应该在电视、电影和广告制造的身体幻象中获得一种自由和闲适，在视觉文化精心制作的视觉盛宴中享受美丽身体的愉悦。但是，这并不是身体在视觉文化中的全部图景。在身体意象的背后却存有种种不可避免的心理隐患，在我们看来，其中一种相当重要的表现，就是人心理的焦虑不安，而这种心理情绪主要是依靠大众视觉媒介对身体的视觉运作表现出来的。一方面，通过制造身体偶像，比如，主持人、模特、演艺明星、体育明星等确立标准形象；一方面通过广告、电视娱乐节目、时尚栏目等媒介传播形式塑造身体美学规范，甚至通过步态和身体姿态等方式来表述美学身体，形成交往的意义。这样一来，身体发展的一个重要后果就是形成一种同质化的美学身体。“美女千篇一律地拥有白皙的肌肤、丰满的胸部、平滑的小腹、圆而翘的臀、细长的双腿；棱角分明、肌肉发达、体格强壮的男性身体已经有些过时，取而代之的是拥有俊秀的脸、修长的身体、中性装扮的具有阴柔气质的花

① ［美］丹尼尔·贝尔：《资本主义文化矛盾》，赵一凡等译，生活·读书·新知三联书店1989年版，第121页。

样美男。”[①] 身体是自我的容器，它表示着一个人的“个性”和“本真性”，然而这些同质化和标准化的“时髦的身体”，却被文化大众误认为想象中的自我，这必然使得人们对身体和自我的认识变得异常微妙，而这种微妙之处的重要表现就是，如何对待“生理的身体”与“社会的身体”之间的关系问题。国内学者周宪在分析了人类学家道格拉斯的身体观之后，对“生理的身体”和“社会的身体”做出了一种较为恰当的归纳，在他看来，自然的身体就是现实的自我，而社会的身体则是理想的自我，两者之间的距离构成了身体的张力。假如两者趋近或一致，张力便趋向于零，如果两者距离渐趋扩大，便会造成主体的内心焦虑。[②] 这种内心的焦虑不仅代表着一种对标准身体的渴望，而且也是技术“暴政”之下，身体所承担的风险和压力的心理体验，因为，身体在技术面前，变得越来越碎片化。从这个意义上说，当代身体越来越倾向于这种紧张的结构，并且在身体时尚的策动下，义无反顾地把文化大众推向焦灼不安的情绪中。

通过以上的简单分析，我们不难发现，在消费文化语境中，身体消费不再遵循一种功能性消费模式，而是倾向于身体符号消费，它主要是依靠差异和重复、区分和类同的循环逻辑来进行的。它既表现出一种身体审美的“个性化”，又能体现出身体消费体验的“共通感”，它既以一种差异性的面孔出现，又总是以同质化目的而终结。换句话说，身体消费并不是一种流水线式的重复同样风格和时尚的流程，而是一种以差异和创新的形式所进行的更为潜在的重复。如鲍德里亚所说，“消费并不是围绕某个个体组织起来的，因为根据名望或类同的要求，个体的个人需求是以集体语境为索引的。其中首先有一种区分的结构逻辑，它将个体生产为个性化的，也就是生产为相互区别的，但是根据某些普遍范例及它们的编码，它们就在

① 梅琼林：《囚禁与解放：视觉文化中的身体叙事》，《哲学研究》2006 年第 3 期。

② 周宪：《社会空间中的身体审美化》，陶东风等主编《文化研究》（第五辑），广西师范大学出版社 2005 年版，第 9 页。

寻找自我独特性的行为本身中相互类同了”[①]。在区分和类同的夹缝中，人存在的一个真实的心理体验就是一种矛盾和焦虑。鲍德里亚说得好，“人们身上真实的差别使他们成为矛盾的存在”[②]。但是这种焦虑体验已被身体的符号消费深深吸收着，在持续不断的差异化和同质化制造的旋涡中，身体符号消费已经把焦虑变成了一种不安的等待、无奈的持存和冷漠的观望。

最后，焦虑是一种身体认同的力量。在符号消费中，身体认同危机问题的出现构成了焦虑体验内容的重要主题。在我们看来，这一主题的形成与文化大众的形成和转变有着密切的关系。其实，对于大众的形象，在许多艺术和美学思想中都有精彩的描述，波德莱尔的“病态”大众，恩格斯的“利益”大众，尼采的“奴隶”大众，加塞特的“庸众”等，都从某些层面反映了大众的内在含义。但是在众多的“大众”含义中，本雅明对“大众”的理解值得我们注意：

> 一条街道，一场大火，一起车祸把没有按阶级路线划分的人们集聚到一起。他们以具体的实体的形象出现，但在社会的意义上，也就是说，在他们孤立的自我利益上，他们依然是抽象的。商店的顾客便是他们的模式。这些人各怀着自己的利益云集市场，环绕起他们的“共同目标”。在很多情况下，这样的人群只是一种数字的存在。这种存在隐藏着人们身边的一个巨大的怪物：由于私利的巧合而集中起来的个体。[③]

在这里，本雅明告诉我们，大众不是一个阶级或集团，它仅仅是行走在街道的人群，它看上去并没有明确的目标，但是一旦发生什么事情，它

---

① ［法］鲍德里亚：《消费社会》，刘成富等译，南京大学出版社2000年版，第87页。

② 同上书，第82页。

③ ［德］本雅明：《发达资本主义时代的抒情诗人》，张旭东等译，生活·读书·新知三联书店1989年版，第80页。

便驻足观看，而事情本身会成为它们共同的目标，从事情本身得到某种满足后，便悄然离去，再次成为街道上“无定形的过往的人群”。其实，这些无定形的人群所面对的冷冰冰的现实利益生成了日常生活的身体认同氛围。这种氛围的营造在大众传播信息的诱导下愈演愈烈，成了信息社会人们身体焦虑的重要场景，因为，人群不再定格在巴黎的街道上，而是进入信息高速的接收通道中，并且在信息媒介面前，人人都是他人的导向者。在此情形下，身体将面临信息的轰炸而呈现焦虑和恐惧，令人欣慰的是，这种焦虑不安并不是一种消极的力量，相反，焦虑成了一种积极的认同力量，帮助个体约束自我，实现存在的意愿。“他人导向者则必须能够从远或近，都能接受信息，信息的渠道来源众多，变化迅速。可以内化的东西，不是一种行为的密码，而是需要收集信息，且偶尔参与信息传播的复杂装置，由于这些装置，他人导向者可以对抗罪恶与耻辱感的控制，他们主要的心理约束是一种无处不在的焦虑。”[①] 如果按照理斯曼对社会性格的规定，传统社会导向依靠的是文化整体，心理文化产生耻辱感，而内在导向的社会则是依赖权威，铸成负罪感的心理力量，那么，在他人导向的社会，人们则是面对更多的焦虑和不安，时刻对抗着自我的失却，因此，社会文化信息泛滥的时代，身体承受着他人导向的认同命运。一个明显的例子就是，在广告渲染的身体和时尚消费中，身体将不断接受广告的囚禁和监督，同时，广告制造和建构了身体认同焦虑。

> “大家好，才是真的好”（啫喱水）
> “今天，你用了吗？”（护肤品）
> “穿森马（什么）就是森马（什么）！”（semir 运动衣）
> “我买我存在”（I shop therefore I am）（银行卡）

---

① ［美］大卫·理斯曼等：《孤独的人群》，王崑等译，南京大学出版社 2002 年版，第 24 页。

诸如此类的广告，为我们提供了一种新的主体建构模式，即，我消费什么，我就是什么，这不仅为身体认同铺垫了道路，而且也为我们提供了身体认同的动力，那就是由广告信息导向牵引的焦虑。一个渴望融入消费大众的个体，是通过大众所认可的意义来获得认同的，因为，“认同是人们意义与经验的来源”①，这是认同的宿命，身体也必然接受这种命运。如果说在这个消费文化盛行的时代，大众以平庸为荣，来对抗精英和元叙事所设定的存在意义，用加塞特的话说，“我们这个时代的典型特征就是，平庸的心智，尽管知道自己是平庸的，都理直气壮地要求平庸的权利，并把它强加于自己触角所及的一切地方”②，那么，被平庸浸染的身体自然也会把寻找意义和经验的焦虑作为一种无言的票根，时刻在渴求存在的意义。因此，被大众传媒包装的身体形式作为商品形象，已经让身体变得四分五裂，支离破碎。换句话说，身体不再是一个有整体性意义的具体物，而只是剩下一个个飘浮不定和焦虑不安的亟待包装和认同的碎片，在这种碎片化存在中，“没有人会对自己的境况感到满意，一旦人们的焦虑感解除了，那么生命也就失去了意义”③。如此一来，焦虑不安是人获得意义的认同力量，它不断鼓动着个体在精神释放中建构自我和实现新的理想。

行文至此，我们不妨总结一下。生产模式和消费观念的变化在很大程度上促进了焦虑问题及其体验方式的转变，重新引发了人们对焦虑问题的思考，但是这种转向使焦虑体验从功能性的实在物的层面进入了一种虚拟和符号化的意义领域，特别是大众传播媒介对日常生活领域的“暴政”，使焦虑体验呈现两个向度。一方面，通过意义的生产，满足人们不断增长的

① ［美］曼纽尔·卡斯特：《认同的力量》，夏铸九等译，社会科学文献出版社 2003 年版，第 2 页。

② ［西班牙］奥尔特加·加塞特：《大众的反叛》，刘训练等译，吉林人民出版社 2004 年版，第 10 页。

③ 转引自［美］大卫·理斯曼等《孤独的人群》，王崑等译，南京大学出版社 2002 年版，第 142 页。

精神需要，以视觉文化为主导，从日常生活审美化的角度来逐渐消除人的精神焦虑。另一方面，消费文化的降生，也加剧了焦虑体验，人被桎梏在大众传播所设定的时空框架中，被不断肢解，并使其日趋碎片化，人必须在一种不断分裂的精神状态中，才能感觉到存在。从这个意义上说，人在焦虑体验中实现了一种主体的重新建构，而这种精神建构却又使精神分裂延伸，成为一种生存的现实。这种现实也在身体及其认同中得到了实质性的表现。身体作为“最美的消费品”，把人的整个焦虑体验集聚在自己的空间结构中，折射出焦虑的实质，即，在消费文化或视觉文化中，焦虑体验是一种对同质和差异存在的双重诉求，也是审美张力和认同力量的呈现。从这个角度来说，我们也就明白，焦虑体验已经彻底融入了消费文化中，被赋予存在论的意义。因而，从精神分裂分析的角度来看，焦虑作为一种症状，也让我们清楚地知道，人们为什么总是把奴役自己当作解放自己来奋斗？为什么人甘愿被自己蹂躏和无情地蹂躏别人？为什么艺术或审美越来越不断地朝向对快感的凝视？

荷兰社会学家约斯·德·穆尔的一番话值得我们深思：“在我们这个时代，人们用流动性而不是稳定性来描绘健康。现在至关重要的是要能够适应和改变——新的工作、新的事业方向、新的性别角色和新的技术，由此观之，发展多重人格是面对信息社会的社会文化生活的变化所做出的一种正常而健康的回应——未必更为卑下或者更为病态，而是明白无误的迥异其趣。”① 如此这般，身体焦虑不应该仅仅从消极的意义上来理解，认为它是恼人的、错乱的和病态的。事实上，它提供给我们双重的意义：一方面，身体焦虑是这个时代文化危机的隐喻，即身体生命形式的表达和存在的意义在文化发展中受到质疑，变得越来越不确定，这时刻提醒人们对后现代

① ［荷兰］约斯·德·穆尔：《赛博空间的奥德赛》，麦永雄译，广西师范大学出版社 2007 年版，第 187 页。

文化保持一种必要的警惕；另一方面，它又启示人们在身体的不稳定性和流动性中实现自我救赎，或者说，穿越身体的幻象，以身体的多重现实去抵抗幻象的霸权，以差异化和多样性的名义抵制技术的专制，在不确定性中复活多元的救赎逻辑。如此看来，身体焦虑为我们提供了一种对生命权力和生命形式重新深入思考的机会。同时，我们也应该看到，作为一个开放和未完成的话题，在今天全球化和本土化发展的复杂张力结构中，身体焦虑问题也将变得越来越复杂，其中许多难题需要我们进一步探索。

三　视觉文化与恐惧、焦虑体验的审美再生产

当下世界是一个技术化、媒介化和世俗化的世界。在技术理性的控制和推进下，现代社会飞速发展，人们一方面必须面对物质文化的不断增长给每个个体的内在精神带来的威胁和压制，另一方面又要满足个体心灵世界的不断成长，享受文化发展速度和消费欲望带来的生活激情，获得个体自我的自由自在。面临这种生活的内在紧张和冲突，社会学家吉登斯认为，“我们今天生活于其中的世界是一个可怕而危险的世界”。社会学家富里迪认为恐惧已成为公众的普遍情绪，今天的社会可以被恰当地描述为恐惧文化。具体而言，当下社会就是一个流动、不稳定的社会。也有学者认为：“在这里传统的种类分崩离析，界限模糊，制度陷入困境，主流叙事崩溃，必然规律被破坏，人们通常所见的题材的基本状况已经瓦解。权威丧失了，那些放之四海而皆准的伟大的理论遭到怀疑，而稳定、统一、协调的自我纯属虚构。”[①] 因此，诸

① ［美］伊·彼耐多：《娱乐性恐怖：当代恐怖电影的后现代元素》，王群译，《世界电影》1998 年第 3 期。

如此类归纳性表述都在提醒我们：我们面临的社会文化环境越来越危险，传统的完整和确定的世界逐渐走向瓦解和分裂。这也就意味着现代生活倾向流动性、不确定性和瞬间性，这必然使得人们的负面情感和生存困境即恐惧意识和焦虑情绪不断加剧。然而，这种负面情感和精神分裂并没有让世界变得暗淡和苍白，相反，恐惧和焦虑的存在让“我们的世界多姿多彩。没有了它，生活会很无趣”①。更为重要的是，恐惧和焦虑体验是现代主体不安全感和无家可归的普遍情绪，是现代主体存在的基本情感，直接影响着人们的活动空间，激发着人们不断认识主体自我和反观世界的真相。

随着现代大众传播技术和视觉技术的不断进步和普及，“必然涌现出越来越多的视觉形式和体验，它们都在不同程度上改变了我们的社会和文化，甚至改变了我们对世界的理解和经验，凸显出视觉性在文化中的重要性”②。在这种文化场景中，恐惧和焦虑被视觉和传媒技术充分征用，通过艺术的形式在审美和消费的层面上被放大、强化、表征和再生产。按照霍尔表征理论的理解，这种实践就是意义的再生产，指“把各种概念、观念和情感在一个可被转达和阐释的符号形式中具体化”，“我们的恐惧和幻想、欲望和对抗以及矛盾和侵犯的情愫，都一样介入其中”③。其中当下愈演愈烈的恐怖电影就是一种恐惧和焦虑体验的典型的表征实践。作为一种独特的视觉文化形式和电影类型，恐怖电影（包括哥特恐怖片、汉默恐怖片、恐怖惊险片、僵尸恐怖片和吸血鬼电影④）能够紧紧把握现实生活中的恐怖情境、事物事件，同时能够充分利用想象和虚构的手法来编织虚无缥缈和离

① ［挪威］拉斯·史文德森：《恐惧的哲学》，范晶晶译，北京大学出版社2010年版，第75页。

② 周宪：《视觉文化的转向》，北京大学出版社2008年版，第4页。

③ ［英］斯图尔特·霍尔编：《表征：文化表征与意指实践》，徐亮、陆兴华译，商务印书馆2013年版，第15页。

④ ［美］苏珊·海瓦德：《电影学关键词：恐怖片》，侯克明、钟静宁译，《电影艺术》2005年第5期。

奇怪诞的非现实的“恐怖形象”①，散发着激进和另类的美学锋芒。无论是来自现实的情境，还是源于想象的王国，恐怖电影以变幻多端的视觉形式试图唤醒和激发人们的恐怖情感和焦虑体验。在这种极富极端体验的视觉场景中，人们对世界的理解和经验在悄然发生改变。同时人们的思维观念和审美取向也受到强有力的牵制，开始与传统美学追求的和谐静穆的原则相背离。

基于对现代社会发展所面临的困境和危机的认识，在视觉文化的语境中，我们探讨大众对恐惧和焦虑体验的审美期待，剖析恐惧和焦虑体验空间的形成及其审美属性，并对恐惧和焦虑体验的审美再生产进行批判性反思。

（一）视觉文化与大众对恐惧、焦虑体验的审美期待

从历史文化背景来看，对恐惧和焦虑体验的审美期待是大众对现代社会生活困境的自觉反映。西方自 18 世纪后期以来，恐惧和焦虑像一对孪生兄弟一样开始在文学艺术作品中被不断表现。其中，哥特小说就是其中的代表，它也被称作现代恐怖小说和恐怖电影的鼻祖。这类小说作品大都以神秘恐怖的气氛、大胆神奇的幻想和被压抑的焦虑情绪引起无数读者的兴趣。重要的是，哥特小说在很大程度上也在回应和解救社会现代化所面临的困境，正如法国著名作家波德莱尔在评价恐怖文学的代表作家爱伦·坡时所说：“爱伦·坡从一个贪婪的、渴望物质世界的内部冲杀出来，跳进了

---

① 这里的恐怖形象，张法有较为详细的描述和分类。他认为，恐怖与魔幻世界的形象相连，这些形象来自人间、深山、天空、海底甚至外星，它们的形象是对理性分类和类型本质的一种违反和越界，这些恐怖形象及其构成，类型甚多，重要的有四类：第一类，对理性分类中的严格界限予以打破和违反，形成恐怖形象，如鬼魂、僵尸、木乃伊等形象。第二类，把理性分类中不同的两类或多类拼合到一起，形成恐怖形象，如怪物是人与猿猴的结合。第三类，以理性分类中的残缺形象出现，这些形象显示出魔力和恐怖。第四类，以理性分类中不可能是生命的无固定形态或气态或凝胶状等形象出现。参见张法《美学导论》，中国人民大学出版社 2011 年版，第 155—156 页。这种分析和归纳对本书的研究具有重要的启发和借鉴意义。

梦幻。美国的气氛压得他喘不过气来，他在《吾得之矣》的前面写道：我将此书献给这些人，他们相信梦幻是唯一的真实。”① 因此，从某种意义上说，恐怖文学倾泻了人们对现代社会进步和文明发展的不满，以自己的方式表达一种抗议，这也就奠定了现代人对恐怖、灵异、神秘、超自然和焦虑心理的审美期待，并且这种审美期望一直绵延到今天，让恐惧和焦虑体验演变成一种新的视觉魅力。

自西方启蒙运动以来，社会现代化和合理化进程加速发展，传统社会文化秩序和审美原则逐渐走向衰微。与此同时，工具理性向社会各个领域不断渗透和侵入，人们的日常生活被纳入韦伯所说的“科层制”的统摄之下，这种建立在技术工具理性基础之上的社会管理体制造成了非人格化统治的合理化，使得整个日常生活成为没有灵魂和生命感的“铁笼”。弗洛伊德从精神分析的角度将这种生存状态解释为文明的压抑。海德格尔则从哲学的高度指出人的自身命运和现代技术造成了人背离本真的生存而跌落到日常生活的深渊。在《存在与时间》中，他认为人在日常生活中是处于平均状态的常人，其存在方式就是“庸庸碌碌，平均状态，平整作用”，显然这是一种异化的状态，是一种“非本真状态的存在”。人们在日常生活中失去了人本来的面貌，变得千篇一律，机械呆板。而现代技术则加速了人在日常共在中的沉沦。“由于技术生产，人本身和他的事物遭受到日益增长的危险，即成为单纯的物质，成为对象化的功能。”② 面对建立在同一性逻辑基础上的日常生活以及现代技术导致的人在日常共在中的沉沦，理论家并没有丧失拯救的信心，韦伯借助艺术的自主性来调和社会分化造成的价值冲突，法兰克福学派提倡建构审美乌托邦来摆脱日常生活合理化困境，海德格尔则提出用诗意的栖居缔造一个澄明的世界。诸如此类的美好设想目

① ［法］波德莱尔：《1846 年的沙龙：波德莱尔美学论文选》，郭宏安译，广西师范大学出版社 2002 年版，第 170 页。

② ［德］海德格尔：《林中路》，孙周兴译，上海译文出版社 1997 年版，第 270 页。

的都是试图摆脱和驱除日常生活的沉沦。与这些解救的方案不同，恐怖艺术，特别是恐怖电影，试图在恶中发掘美。如果说电影更多的像是梦，而恐怖电影则是噩梦，其专注于制造刺激性和恐怖性的极端体验，故意激发起人们的紧张、恐惧和焦虑心理，以此帮助我们暂时摆脱乏味的日常生活状态。“我们主动选择了去直面自己的恐惧。这么做的原因是，它能给我们一种成就感和现实感。一些强烈的情绪波动，才使生活变得有血有肉。如果一个人没有任何激情，生活也是不温不火，那么他一定会觉得无聊透顶。对于这种一成不变的生活，一些负面情绪能起到调节作用。”① 这种对恐惧和焦虑体验的偏爱和痴迷成为对现代城市日常生活的整一化和单调性、重复性的反抗，这种反抗尤其被具有冒险精神和好奇心的都市青年人所推崇。

不可否认，像拉德克利夫的哥特式小说和斯蒂芬·金的现代恐怖小说为人们营造了极具诱惑力的阅读期待，积淀了对恐怖艺术的创作特色和审美价值的理解，培养了数量众多的阅读群体。恐怖小说大师斯蒂芬·金的作品，销量已高达25亿册，足以看出人们对恐惧体验的着迷。这也在某种程度上，改变着人们对小说叙事的理解，深刻影响着人们的审美观念。而视觉文化的来临和视觉革命的掀起，图像转型和视觉传播技术将人们对恐怖小说所营造的阅读期待推向了另一个高潮和极端，深刻改变着人们对先前恐惧和焦虑体验的感受和认知。种种迹象表明，当代的视觉技术和图像增值不但重塑着恐怖主题和恐怖题材，而且再生着恐怖影像的类型，比如恐怖电脑游戏和恐怖主题景观等，游戏者能够直接参与其中，更能体验到惊心动魄、万分恐惧。在这一类型的制造中形成恐怖形象和场景的变异和重塑，而视觉技术借助经典文学的支持也获得图像的增值。

在西方，早在20世纪40年代，好莱坞恐怖电影发展成为稳定和成熟的类型电影，在题材上主要依靠西方的小说、戏剧和诗歌或者民间传说和艺

① ［挪威］拉斯·史文德森：《恐惧的哲学》，范晶晶译，北京大学出版社2010年版，第77页。

术作品。许多文学家的著作中都留下过吸血鬼的形象，如拜伦的《吸血鬼》、柯勒律治的《克里斯特贝尔》、济慈的《无情的美人》、斯托克的《德拉库拉》等。其中的吸血鬼成为恐怖电影的经典形象，在荧幕上大放异彩。在日本，一些作家的作品也被改编成恐怖电影，比如著名作家铃木光司的《七夜怪谈》改编成经典的恐怖片《午夜凶铃》。中国恐怖电影发展较晚，但是许多恐怖形象也源于中国古典文学作品和民间神怪传说等，比如近年根据《聊斋志异》改编的两部恐怖惊悚电影《画皮》，让观众再次体验到中国古代恐怖场景和视觉元素在当代的再生魅力，其中唯美主义的视觉冲击，恐怖迷离场景的大胆设计，纠缠在命运、厄运和心惑之间的爱情主题的重新演绎，都在重塑和打造中国式恐怖和惊悚片的经典。这样一来，恐怖文学中吸血鬼和恐怖形象的现代塑造和电影制作有机结合起来，使得语言文字得以转移，其中的形象价值和审美形式获得再生，这也为恐怖文学的生产提供了新的路径和新的方式。换句话说，恐怖文学只有借助视觉文化艺术形式，才能继续生存下去，文学中的恐怖形象和恐惧感借助影视、动漫、电脑游戏等形式被重新塑造，而更为重要的是，通过视觉技术的介入，在颠覆性的恐怖视觉化盛宴中改造着人们对恐怖和焦虑的审美体验，培育着人们对恐惧感的审美期待。因此，从这个意义上说，视觉文化的来临，恐怖文学的地位逐渐让渡给恐怖电影和恐怖游戏等，也为恐惧感和焦虑情绪的再生提供了新的机会，这也在不同程度地诱发观众的观影期待，渴望在视觉空间中体验更加刺激和更加直接的恐惧和焦虑。

从心理上讲，除了已经形成或具有的对恐惧和焦虑情绪的既定心理图式之外，好奇心是观影者审美期盼的心理基础，只有在这个基础上，才能实现对恐怖艺术的偏好和欣赏，才能催促自我完成审美和观影期盼。心理学研究成果表明，好奇心的不断释放与满足是人成长过程的重要标示。自然界和超自然界对人类来说始终是神秘的，值得人们敬畏的。生产力和技术的不断革新、发展，祛除了自然界的一些神秘感，但是一些新的神秘的东西随之而来，吸引和困扰着人们，好奇心也因此不断产生和诱发。从幼年到成年，随着空间位置、社会阅历、自然环境和教育经历的变化，人的好奇心总是在消退和再生之间交替变换，因此，好奇心是人与生俱来的思维形式和心理品质，它深刻地表明了人对神秘的自然界和超自然的事物具有想去认知和了解的欲望。而恐惧总与好奇心联系在一起。正如电影理论家所言："好奇心通过其调查和揭秘的能力，将自身投射到空间之上并进入空间之中，传递僭越和危险的含义。"① 从这个角度来说，恐怖艺术就是充分利用情节、悬念、幻象、色彩、语言等手段制造隐秘性和怪诞性内容，激发和撬动人们的好奇心。电影作为一种视觉文化形式，具有其他艺术类型不具备的诱发和生产好奇心的优势就是"只有它能以自然手段、以无可比拟的说服力表达美妙迷人、奇异、超自然的事物"②。因此，恐怖电影故意用阴森恐怖，包含一些使观众毛骨悚然的视觉元素，激发起人们的紧张和恐惧心理，以此来满足，甚至迎合人们的好奇心所承担的视觉期待。

好奇心贯穿人的一生，而年轻时期的好奇心却是人生中最旺盛和突出的心理表现。当这种心理表现与特定的对象紧密联系在一起，或者说对该对象的认知、欣赏、理解和依靠达到一定的程度时，必然内化成一种无意识的心理暗示和养成。用社会学家布尔迪厄的话说，这种暗示就是某种类似于生活的惯习和品位。在这里，"品味是对分配的实际控制，它使人们有可能感觉或直觉一个在社会空间中占据某一特定位置的个体，可能遭遇什么，因而适合什么。它发挥一种社会导向作用，引导社会空间中特定位置的占有者走向适合其特性的社会地位，走向适合位置占有者的实践或商品。在给定了被选定的实践或事物在社会空间中的分布，以及其他行动者就商

① ［英］劳拉·穆尔维：《恋物与好奇》，钟仁译，上海人民出版社2007年版，第83页。
② ［德］本雅明：《经验与贫乏》，王炳钧、杨劲译，百花文艺出版社1999年版，第273页。

品和群体之间的对应所具有的实际知识的情况下，它意味着一种实际的预期，即预期了这种实践或事物所具有的社会意义和价值是什么”[①]。对于恐怖电影或者恐怖艺术而言，从目前的调查来看，偏好恐怖电影的群体主要是年轻人。劳伦斯·克莱默博士用调查数据表明，一般美国恐怖电影的观众大体上年龄在17岁到23岁之间，而韩国导演朴基亨也认为韩国恐怖片的主要观众群是20岁左右的年轻人。李云良也同意这一说法，认为中国恐怖片的观众也是以20岁上下的年轻人为主。他甚至认为，这个年龄段的女性观众比男性观众对恐怖片更有兴趣。[②] 国内研究者对998位“80后”青年进行调查，也发现45%的受访对象对灵异电影、恐怖游戏、鬼怪故事等作品兴趣盎然，恐怖灵异文化已经成为80后青少年追逐的另类时尚。[③] 因此，我们必须承认，年轻人对恐怖电影的喜爱，充分表现出这一群体好奇的心理倾向，追求新奇的审美情趣以及生活的品位。在视觉文化的冲击下，一些恐怖灵异故事、恐怖形象（如吸血鬼、蝙蝠、异形人、魔鬼、僵尸、厉鬼怪物、精神分裂者等）重新被视觉符号编码，在荧幕上再现，孕育了年轻一代对恐惧和焦虑的消费想象。在消费想象中，年轻一代在享受和占有这类视觉文化形式时，表现出他们对恐怖电影的文化认知，体现出具有文化特色的思维形式、知觉和行动。比如西方当代年轻人中的哥特族，他们崇尚视觉恐怖场景，以此体现自身存在的异质性和反叛性，“暗指他们是带有一套价值观的群体，一些反叛性的群体认同，暗指参与成员之间的彼此信赖和承诺，或者至少暗指脱离了社会其他人的某种程度的自治”[④]。在视

---

① P. Bourdieu, *Distinction: A Social Critique of the Judgement of Taste*, Cambridge: Harvard University Press, 1984, pp. 466 – 467.

② 石川、李志强：《中外专家聚焦恐怖电影探讨国产类型片发展前景——“中国首届恐怖电影创作与产业研讨会”综述》，《当代电影》2004年第4期。

③ 毛常明、李鲲鹏：《“80后”青少年热衷恐怖灵异类作品现象初探及其对策思考》，《山东省青年管理干部学院学报》2009年第1期。

④ ［英］安迪·班尼特、基思·哈恩—哈里斯编：《亚文化之后：对于当代青年文化的批判研究》，中国青年政治学院青年文化译介小组译，中国青年出版社2012年版，第171页。

觉文化的语境中，消费行为已成为个体认同建构的重要手段之一。从这个意义上说，年轻人观看恐怖电影也是如此。年轻一代将热衷观看恐怖电影的行为作为一种生活方式和价值品位，必然与青年人的认同结合起来。对于喜欢看恐怖片的年轻人来说，这是一种极端的现代生活消费方式，能够体现自己的冒险精神，内含某种个人主义和英雄主义。而对于那些厌烦恐怖电影的年轻人来说，显得在视觉消费方面有些落伍，缺乏冒险精神或者不去主动体验冒险精神而显得令人遗憾。显然大众生活品位的客观需要，特别是年轻人的视觉消费行为以及渴望达到的审美效果，在很大程度上影响和侵染着对恐怖和焦虑体验的审美期待，也直接影响着恐怖和焦虑心理的图像增值和视觉传达。

另外值得注意的是，影响大众对恐怖电影观看兴趣的就是媒体大肆地宣传和炒作，这在很大程度上会激发大众特别是年轻人观看的压力和冲动，这种压力和冲动转化为他们关于恐惧和焦虑体验的种种观念，形成恐惧和焦虑体验对年轻人的诱惑。对于年轻人来说，不看恐怖片，感觉自己缺乏勇气和冒险精神，不看恐怖片，感受不到其中刺激性的体验，彼此之间无法相互交流。其实，在观看恐怖电影之前，媒体已经完成了对观众的启发和规训，规定了他们对恐惧和焦虑心理的期待和满足。

（二）视觉建构与恐惧、焦虑的审美属性

接下来的问题是，在视觉文化语境中，电影是如何完成恐惧、焦虑体验对大众的审美诱惑的呢？或者说是通过什么方式来满足大众的审美期待的？在视觉呈现的背后，作为独特的审美体验形式，恐惧和焦虑到底具有什么样的属性？

在视觉文化时代，形形色色的影像产品在资本运作和商业营销中被高度修辞化，即通过图像来影响人与人之间的价值和观念的交流与传播，让受众在无意识中接受或认同某种价值观和理念。这也就是所谓的视觉修辞。

视觉修辞只有运用视觉语言表达的方法、技巧和策略来建构话语形式，以求得意义表达的效果，实现某种价值。恐怖、焦虑影像作为具有视觉吸引力的符号，必然也要经过修辞学的侵染，才能引起大众的视觉注意力和诱惑力。进一步而言，恐怖电影是通过哪些元素来完成自己的视觉修辞建构，从而满足现代人的精神需要的呢？

首先，将恐怖、焦虑体验的视觉修辞建构放在历史文化传统中，利用古典题材、古代故事、古代背景等，利用视觉技术手段，将其转换成丰富而有复杂意义的文化形象。在这种转换中，电影充分利用镜头制造和凸显邪恶、惊悚、怪诞的古代魔怪形象，既可以贴近原来的历史文化语境，也可以通过艺术构想重塑和再生传说中的恐怖形象和故事。显然，恐怖和焦虑体验的呈现需要高度的选择性、先锋性和表现性，这和其他类型电影的视觉建构有所不同。而恐怖形象和焦虑体验的视觉再现和建构的关键在于其意义的再生产，这也是最吸引观众的地方。比如西方恐怖电影中的“吸血鬼”形象。爱尔兰作家斯托克的小说《德拉库拉》中的“吸血鬼”形象德拉库拉，被多次改编和翻拍。“吸血鬼”是恐惧、焦虑的象征符号，也是极具繁殖力的让人恐怖而迷人的象征符号。许多影片调动西方历史和文学传统中关于“吸血鬼”的恐怖和浪漫元素，并将这一形象当作恐怖和焦虑影像的重要源头。一方面将文学和传说中的经典恐怖形象“运用夸张的布景、反常的色彩、不规则的构图，失去方向感的对角线，强烈的明暗对比来制造恐怖氛围”①，同时从经典的恐怖形象中汲取创作的灵感，或者对经典的形象进行改造和加工，使人们再度关注和聚焦于吸血鬼的形象，再次体验刺激性的恐惧感和焦虑感。另一方面，如果说恐怖氛围的视觉建构是表层修辞的话，那么，将吸血鬼形象编制到哲学、宗教和伦理等文化中，

---

① 李志强：《黑色“梦魇”的足迹——论好莱坞恐怖片发展的四个历史阶段》，《当代电影》2005年第5期。

赋予恐惧和焦虑深层的文化意蕴，可以说是一种深层的修辞。从这个角度来看，建立在古代历史文化背景中的恐惧和焦虑形象让人们一方面了解到一个历史时期和民族发展过程中的文化传统，认识到一个民族和国家的文化心理根源，另一方面，透过恐怖形象及其带给人们的焦虑体验和来自异域时空的超自然之物的威胁，人们能够深刻领会到邪恶、黑暗、死亡和幻想的美，当然这也让人们对正义、光明和拯救有所启示和思考。应该说，这些深层的修辞建构，构成了恐怖和焦虑的审美体验的隐秘和核心内容。

其次，借助精神心理和日常生活隐藏的恐惧和焦虑，将自我主体的非理性状态通过影像的方式再生产出来，从而完成对自我的观照和视觉建构。上文我们论述到，我们生活在一个可怕和危险的世界中，日常生活充满乏味和无聊，观看恐怖电影可以帮助我们暂时性地脱离危险和乏味的生活，现在我们又主动去体验恐惧和焦虑，似乎有些矛盾。但是，我们必须承认，在恐怖电影中，我们能体验到一种与实现恐惧不一样的感受，并且无须付出现实生活中该付的代价，这超出了现实给予我们的精神体验，是一种现实的超越。譬如《精神病患者》《德州电锯杀人狂》和《沉默的羔羊》等影片，此类型的心理恐怖电影大都触及潜意识的压抑，即某种无法言传的对心理欲望的压抑，并借助视觉形式将人本有的非理性精神传递出来。这些影片关注人类精神世界，将人性中变态和扭曲的一面充分呈现出来，比如变态杀手诺曼，彬彬有礼而嗜血成性的莱斯特等。当这些恐惧的对象以影像的方式出现在观众面前时，当人变态的心理世界被惟妙惟肖地深刻剖析时，观众势必在影片所引发的强烈的心理恐怖效果中，学会控制自己的情绪，反思人性中被压抑的无意识存在的价值。这也导致人们对自我不确定性心理状态的警觉，加深对主体自我的心理认知和建构。

在日常生活的层面上，一般来说，在家庭伦理、科层体制、公共道德的制约下，人的生活是连续性、惯常性的。当面对突如其来的生活变故和冲击，恐惧和焦虑随之而生。恐惧和焦虑达到不可承受的状态，往往会发生令人痛心疾首的事情，并借助其他手段来治疗。在这种状态下，恐惧和焦虑只是现实生活中的心理体验，并没有引起应有的重视，甚至被忽视和隐藏。毫无疑问，这也无法上升到普遍的社会感知和认识系统。恐怖电影能够捕捉到“日常生活中的突变对人们的正常生活造成的不安带来的恐慌”，能够反映“现代生活的恐慌情绪和焦虑意识，对于人伦道德的丧失、对于社会变化的不适应等等”①，因此，有关家庭、残酷竞争、住所、失业、职业压力、身份危机、性失控等诸种日常生活的焦虑体验开始以视觉的方式被完整地显现。以围绕家庭为中心再生的恐惧和焦虑为例来说，强调日常生活表象下隐藏的家庭结构的脆弱、危险和混乱是恐怖电影中焦虑体验的审美再生产的重要策略。比如国产电影《午夜心跳》，呈现心脏外科医生面对家庭的变故和工作压力所产生的诡异和恐怖幻象。同样，《异度空间》中突如其来的横祸，摧毁了美满的家庭，却在诡异的陷阱中越陷越深，展示了生活的不幸。而韩国恐怖电影中，《蔷花红莲》中一个中产阶级家庭由于年轻继母的闯入，陷入了恐怖之中。而恐怖的景象是女儿蔷花接受不了残酷的现实而神经错乱，由此产生幻象。《安静的家族》中隐喻地展现中产阶级对丧失经济和家庭的恐惧。总之，类似的电影都是让受害者在面对日常生活正常轨道的背离、异在他者的威胁、传统人伦道德的丧失时所产生的焦虑、精神恍惚、压抑和恐惧等情绪状态弥散在整个电影文本中。

最后，将恐惧和焦虑的视觉再现放在科幻世界中进行，激起人们对非真实世界的好奇和不安。伴随现代高科技技术的快速发展，当下的电影拍摄超越了传统的拍摄和制作传统，恐怖故事的想象力和视觉震撼力也发展到一个新的高度。科幻和仿真技术在恐惧和焦虑的视觉生产中越来越占据主导地位，一些依靠电脑特技制作的科幻和灾难恐怖电影大量涌现，将电

① 陈伟龄：《视觉快感、日常生活与心理焦虑——当代泛亚地区恐怖电影心理研究》，《艺术百家》2006年第4期。

影中的恐怖效果发挥到极致。譬如《侏罗纪公园》《异形》《生化危机》等影片，它们制作的大量的恐怖形象，如巨大的恐龙、水怪、外星人、蟒蛇、苍蝇，跟原本的形象不同，是根据大众的心理需要主观臆造出来的，按照鲍德里亚的说法，完全是一种仿像，是通过模拟而生成的影像，是现实中不存在的模拟物。这些仿像比现实的还真实，因此，在科幻的恐怖世界中，观众不仅会被呈现在眼前超真实的陌生而另类的怪物和震撼心魄的暴力吓得发抖，也会被暗藏其中的既想看又怕看的矛盾感和欲望所诱惑，在这样的心理冲突和纠结中，观众能够体验到种种与现实或者传统的恐惧和焦虑不同的惊悚效果。从根本上说，这些恐怖元素没有本真性可言，它们不过是虚拟和虚构的产物，但是观众在不间断的恐惧场景的刺激和体验中，恐怖形象的虚拟性和虚假性被隐藏和遮蔽，他们在欣赏的过程中，被异己的超真实存在威胁所震慑，被科技文明带来的后果所震惊，进而深深地沉浸在对于恐惧和焦虑的担忧中。相反，他们不再关心和追问恐怖形象的本真性，而是在视觉快感中产生了种种真实的幻觉，仿佛生活在一个真实的世界。从这个意义上说，此类影片超越了以前恐怖电影对恐惧和焦虑的影像建构，给观众新的视觉体验，燃起了一种新的观影欲望和新奇心。

正如有学者所言："无怪乎 20 世纪以来，震惊效应成了大众传播的本质追求，因为满足欲望已不能成为满足欲望的先决条件，它必须积极地生产欲望来满足人们的需要。"① 因此，建立在虚拟技术之上的视觉文化无论在大众产品的制作上，还是在传播上都为喜爱恐怖电影的"粉丝"提供了绝佳的途径。更为重要的是，借助视觉拍摄技术，恐怖电影为大众创造了一个凝聚着恐惧与焦虑的影像空间，此空间依靠电影自身发展的规律和趋势，建构成了一个融合叙事与奇观、快乐和现实、感性与理性、神秘与好奇、隐秘与开放、身体与精神不断冲突和纠缠的心理空间，这个空间能够

① 陈佳奇：《大众媒介与现代主体的镜像化再生产》，《文艺研究》2014 年第 6 期。

容纳鬼怪、科幻异形、灾难、梦魇、梦幻、御灵、神谕等各种各样能引起大众好奇和震惊的恐怖形象，这些空间形象一方面能够满足大众的观影欲望和好奇心，创造出与大众自身生活情境相关的快感和意义，另一方面能够生产出大众的欲望，并将这些欲望通过恐怖影像符号在大众中传播，培养和诱发潜在的欲望。

在恐怖影像空间中，恐惧和焦虑的审美生成的属性首先表现在惊吓性上。惊吓性决定了恐怖类型片的存在，无惊吓性特征也就无法称该电影为恐怖片。具体来说，在类型电影中，如果说情爱电影表现浪漫和凄美，战争片呈现残酷和悲壮，警匪片则展现正义和邪恶的对抗，那么，恐怖片突出的审美特性就是心理上的惊吓性。可以说，这种惊吓性来源于电影本身，即电影的诞生本身就是一个能令观众大吃一惊的恐怖事件。正如电影评论家戴维·巴塞洛缪所说：它（恐怖）的起源，实际上也是所有电影的起源，可以一直追溯到1895年卢米埃尔兄弟的电影《火车进站》的放映。这是很短的一组纪实镜头，却引起了当时观众的狂乱，他们躲避着从银幕上看正猛冲过来的火车，带着恐惧逃离了礼堂。当然，卢米埃尔兄弟的小电影并不是我们所认为的恐怖片，但是它引起了其观众（那些还没有学会怎样看电影的人）的恐惧和心理的不安，这恰好就是以往恐怖片的效果所在。[①] 虽然今天人们不会因为看到银幕上急驰的火车而跑开或吓晕过去，但是普通观众、电影评论家们仍然会被电影中稀奇古怪的镜头惊吓。如果说，作为一种新的艺术形式，电影产生之初带给人们震惊性的全新体验，引起人们的恐惧，但是随着电影的普及和发展以及观众接受的适应性，这种原初的恐惧逐渐消失。电影依靠新奇和特殊类型的叙事及场景来重新生产恐惧和焦虑的审美体验。从大量的对恐怖电影的分析来看，电影惊吓效果的核心

① 转引自［美］R. 贝尔德《惊吓效果——观众认知与媒体理论的含义》，吕奇莹译，《世界电影》2001年第3期。

元素是（1）角色的出场，（2）银幕外潜在的威胁，以及（3）对角色所在空间的突然闯入。[①] 具体来说，在令人惊悚的电影中，惊吓性体现在缓慢的叙述铺垫和突然爆发的恐惧场景，比如《大白鲨》中毁坏的船体中突然浮现一具尸体，《侏罗纪公园》中巨大恐龙的突然出现，《床下有人》中女鬼从床下爬出等恐怖场景。虽然这些恐怖场景可以独立于叙事和情感之外，但是能够迅速有效地营造出令人惊讶的恐怖氛围。关键在于，在银幕上，观众明明知道在这些场景镜头中一定会有某个角色出现，或者某些事情要发生，但是就是不知道是什么角色从哪个地方突然出现，事情以什么方式呈现，这种不确定性的镜头设置也给观众预设了突如其来的震惊体验，因此，角色的出场会直接引起观众强烈的恐惧心理反应。另外，经典的恐怖片处理威胁或危险的闯入往往将恐怖主体隐藏在银幕外的空间里，让观众去想象，唤起观众的恐惧和焦虑。其次，恐惧和焦虑的审美再生中的悬疑性。在一些经典的恐怖电影中，比如《午夜凶铃》中，女记者贞子看完一盘神秘的录像带之后，展开了一场与御灵的周旋和较量，这其中的悬疑抓住了观众的心理，让观众在观看时紧张和焦虑得喘不过气来。再如希区柯克的《精神病患者》中一场浴室杀人的情节，观众能够看到一个黑影出现在浴帘之后，而在洗澡的玛丽安却毫不知情，随着黑影越来越靠近玛丽安，观众对发生在她身上的危险情景感觉越来越强烈。这些悬念性恐怖片，在很大程度上，设置了观众与剧中人物之间的互动关系，剧中人物处在危险的境地而不自知的视觉图像成为观众凝视的对象，这种视觉图景需要观众去凝视，进而去猜测，并且塑造着观众的视线，而观众对此镜像的观看能让自己卷入故事中去，为恐怖电影中的主人公的安全和命运担心，从这样的影像表达中获得恐惧和焦虑的视觉体验。最后，恐怖和焦虑的审美生产

---

① ［美］R. 贝尔德：《惊吓效果——观众认知与媒体理论的含义》，吕奇莹译，《世界电影》2001 年第 3 期。

的延伸性和融合性。恐惧文化与恐惧形象、焦虑体验之间构成了多元复杂的创造空间和想象空间，这一空间能够容纳一切恐惧元素，既能够给恐惧和焦虑的审美再生提供延伸的机会，又能为不断变换花样地改造、塑造恐惧和焦虑的审美体验提供可能。这种改造和塑造遵循电影产业资本发展的内在逻辑和大众视觉消费的基本需要，也表现出极强的吸纳和融合性。一方面，大量出现的电脑恐怖游戏，比如《鬼屋魅影》《第七访客》《生化危机》等，运用各类风格的悬念叙事策略、电脑技术、视频影像技术将鬼怪、神魔、异灵、英雄、僵尸等恐怖形象任意改造、随意赋形，将故事情节重新设置、重构延伸，为游戏玩家提供了更加自由和任意的参与度，在虚拟的网络空间中重新开发和挖掘恐惧与焦虑的审美体验。另一方面，以恐怖元素为主导吸纳其他类型元素，形成具有融合性特征的恐怖电影。爱情恐怖片《惊情四百年》、校园恐怖片《惊声尖叫》、侦探恐怖片《七宗罪》等，这类恐怖电影能够打破界限，兼收并蓄，表现手法和叙事策略变化无穷，震撼性的惊吓效果能够满足大众的审美期待和认同。

（三）恐怖、焦虑的审美再生产的反思

毫无疑问，恐怖电影用诡异的画面、悬念式的情节、惊险的动作和震惊刺激的视听效果完成了对恐惧和焦虑体验的视觉建构和审美表达，给大众一种新奇的审美感受，形成了它相较其他类型电影与众不同的魅力。用韩国导演朴基亨的话说："恐怖电影的魅力在于它制造了令人惧怕的危机，同时又能够将这些危机一一化解，观众在阴森恐怖的气氛中体验着危险，在现实中，这种危机体验却能转化为一种摆脱恐惧的快感。"① 这种视觉快感与现实性的恐惧、焦虑体验具有一定的距离，它能让大众在安全的氛围

① 石川、李志强：《中外专家聚焦恐怖电影探讨国产类型片发展前景——"中国首届恐怖电影创作与产业研讨会"综述》，《当代电影》2004 年第 4 期。

中体验危险、惊悚、恐惧和焦虑，激起和唤醒大众对可怕事物、不确定性的外在危险的恐惧，使人变得兴奋起来，从某种程度上达到抗拒平庸的“常人”的存在状态和超越乏味无聊呆板的日常生活的目的。从这个意义上说，恐惧、焦虑的审美视觉建构具有强烈的反抗性和超越性，是一种具有先锋性和极端性的艺术审美理想表征。然而，从另外的角度看，恐惧和焦虑的视觉建构和再生还有严重的片面性和缺失性，对此我们必须保持清醒的认识。

首先，一些恐怖片对恐惧和焦虑的视觉审美传达，偏重视听感官的刺激，为恐怖而恐怖，只遵循娱乐和资本逻辑，只是让大众体验恐惧的场景和获得恐惧影像狂欢带来的感官满足，而忽略和轻蔑恐惧和焦虑所具有的深刻意义。针对处在起步阶段的国产恐怖片而言，像《孤岛惊魂》《绣花鞋》《荒村公寓》《午夜出租车》等影片，在某种程度上抽空了社会文化现实，徜徉在幻觉和噩梦编织的震惊感中，歪曲了恐惧和焦虑的本质并使之贫乏化和娱乐化，这种倾向缺乏一种深刻的社会历史维度，缺乏对恐惧和焦虑的本质认识。从生存哲学的角度来说，恐惧和焦虑是人本真的存在，也是人类存在的一种基本境况，是海德格尔所说的此在之“畏”，与个体的自由有着紧密的关系。恐怖片在表达人类对生活在一个不稳定和危机四伏的世界里的恐惧和焦虑同时，应该让人们更多地深思社会文化心理的变迁和人存在的荒谬和危机状态，使人们在体验心理恐怖的过程中有意识地探寻造成这种恐怖和焦虑的社会、文化和心理根源，而不是让人们在充斥着血腥、暴力和杀人场面的恐怖之中吞咽由此而引发的社会不良后果。其次，在对恐惧和焦虑的视觉建构和再生中，缺乏对人类恐惧和焦虑的生存困境的救赎之路的指引。恐惧和焦虑的视觉震撼无论是在生理上，还是在心理上都征服了观众。观众吓得提心吊胆，却满怀惊喜，痛快淋漓。但是，我们注意到其中的悖论，一方面人们享受恐惧和焦虑的极端审美体验，在日常生活的平淡乏味中获得了不同凡响的“高峰体验”，缓解了生活压力；另一方面，由于过度脱离社会生活的土壤，恐怖片成为象牙塔里的游戏，这实际上是对生活本身的逃避。尽管恐惧和焦虑的视觉呈现，试图在人性危机、社会危机和科技危机等方面凸显恐惧与现实之间的紧密关系，但是往往在“玩的就是心跳”之后，面对社会现实的恐惧和焦虑困境，人们并没有在视觉表达中找到救赎之路。各类恐怖艺术的视觉建构表明，这种奇思幻想和神秘悬疑遁入了影像游戏之中，缺乏对现实困境的救助式的观照。一方面，日常生活世界中的异化、恐惧、焦虑、断裂、虚无和道德沦丧等并没有在其本身得到解决，在艺术中也没有给出救赎的良方，另一方面，电影艺术与日常生活之间并不是简单的割裂或者等同，作为一种审美形态，电影世界源于现实生活，以日常生活为前提，应该以不同的方式回答社会现实中的难题，并积极探寻解决这些难题的方法。因此，要想生产出更多高质量的呈现恐惧和焦虑的视觉精品，需要不断地挖掘和探索。

视觉文化开启了恐惧和焦虑体验的再生的新时代。尽管人们都渴望自己生活在安全、宁静和舒适的环境中，没有任何危机感和恐惧感，但是现实并不是这样子，风险、不确定、恐惧和不安比比皆是。有意味的是，人们在试图逃避各种恐惧和焦虑的同时，却又在追逐和欣赏恐惧，很难想象，一个完全没有恐惧和焦虑的世界，还有任何趣味吗？视觉文化为人们提供了一个可以在安全的氛围中欣赏恐惧和焦虑的空间。因此，这也为视觉文化的发展和社会转型期的视觉建构提出了更高的要求，视觉文化应该依靠重复和差异的原则、现实和快乐的原则不断重塑和再生恐惧和焦虑的形象类型和价值承载，更有效地传播现代人的生存状况和价值立场以及人性的内在逻辑，从更高的艺术品位上不断引领大众对恐惧和焦虑的审美期待。

第七章　美学范畴维度中的焦虑体验

焦虑是人类的一种生命体验，也是人类生命活动的一种需要，它从原始的恐惧状态中成长出来，始终伴随着人的生命旅程。面对这种生命体验和生命需要，不同的知识领域从不同的角度对其进行了观照和审视，文学、艺术、哲学、宗教神学、精神分析、心理学、社会学、政治学、美学等领域对焦虑进行了不同的考量，形成了一些相对独立而又交叉融合的艺术表现形式和理论观点。其中，美学领域的讨论将焦虑体验推向了一种美和美的艺术上的思考和研究。以谈论美和美的艺术的方式来探讨焦虑，形成了焦虑体验研究的特点和长处，也使得焦虑这一生命形式成了一种较为明确和突出的审美形态。

如果说，焦虑在西方哲学思想中面对的是对整个西方文化情境的反思和诊断，那么，在美学现代性中，它以现代主义艺术的自律性为基础，对现代工具理性及其意识形态进行否定和颠覆，它关注平庸、刻板和无聊的日常生活，在一种超凡脱俗和超乎想象的体验中，用不和谐和扭曲变形的方式寻求生命的救赎，表现出对非理性世界和丑怪世界的迷恋，以痛感和不安的方式触动和激发人的本真自我。这在象征主义、表现主义、未来主义、达达主义、超现实主义、立体主义等现代主义思潮中表现得较为突出。从这个意义上说，焦虑体验艺术所呈现出的恐惧、丑、快感、痛感是否与古典美学中崇尚的悲剧、崇高、优美、荒诞有着内在的关联？换句话说，西方古典美学所内含的复杂概念和命题是不是也在某些层面上蕴含着焦虑从传统形态到现代形态的转变的内在逻辑。英国现代美学家鲍桑葵在《美学史》一书中论述“美学史”建构的内在逻辑时指出：“在任何学术中，我们都必须不断地联系具体生活来进行叙述，因为实际生活乃是我们所研究的各种形式的观念的基础。每一个时代的思辨理论，一方面固然都渊源于过去的形式学说，另一方面也渊源于意识所不能不加以注意的现实世界。”① 如此看来，我们可以认为，鲍桑葵的审美观念的发展和演进是建立在历史原则和现实逻辑有机统一的基础上，因此，任何一种审美命题和理念都不是孤立地存在，它总是和以往的审美形式、审美范畴有着千丝万缕的关系，这种关系可能在焦虑体验的美学研究中并没有彻底浮现和突出，而是隐藏在审美范畴发展和演变的内在理路中被当时审美研究的主潮所遮蔽，它需要现实生活的语境来启动和触发，才能将自己的存在价值和意义复活和浮现。因此，这里的工作集中在两个方面上：一是梳理与焦虑相关的审美范畴的关系以及内涵；二是清理与焦虑相关的审美范畴之间的内在逻辑关系，把握文化和艺术发展中蕴含的不同话语冲突所形成的审美嬗变。具体来说，我们尝试着将焦虑放在西方美学史的维度中，从美学思维方式的发展和演进、审美范畴的区分和关联的角度来论说焦虑在不同审美评价层面上的内涵和品格。比如，分析焦虑与恐惧、悲剧、崇高、荒诞等审美形态之间的诸多联系，在充分揭示不同审美类型的特点的同时，也彰显焦虑的审美内涵和文化价值，进一步说，从美学范畴的维度来透视，我们可以更好地理解焦虑在诸多美学范畴之间的话语博弈和在不同美学观念中的异变及其内在发展机制，进而也揭示焦虑美学背后隐藏的历史和文化价值。

---

① ［英］鲍桑葵：《美学史》，张今译，中国人民大学出版社 2010 年版，第 1 页。

一　焦虑与悲剧

西方美学从古希腊开始，古希腊哲人面对一些审美现象，对美进行了理论化和科学化的思考和概论，试图从各种各样的审美现象中抽象出美的本质和范畴。悲剧就是古希腊艺术家创造的经典审美范畴之一，跟焦虑、恐惧体验有着密切的关系。亚里士多德在《诗学》中给悲剧下了一个经典的定义："悲剧是对一个严肃、完整、有一定长度的行动的摹仿：它的媒介是语言，具有各种悦耳之音，分别在剧的各部分使用；摹仿方式是借人物的动作来表达，而不是采用叙述法；借怜悯和恐惧来使这种情感得到净化（Katharsis）。"① 这个经典的定义内涵丰富，意味深长，承载着诸多美学密码和审美智慧。根据现代人类学的发现和证明，戏剧或者悲剧起源于原始宗教祭祀仪式。"希腊悲剧的形式追随的是一种古老仪式的形式，即草木动物之神，或生长季节之神的仪式的形式"②，而悲剧与焦虑、恐惧体验之间关系的建立与悲剧的宗教起源有着密切的关系。从宗教起源来看，宗教起源于远古人类对生存处境的苦恼。电闪雷鸣、风雨交加、瘟疫猛兽、疾病灾难，时刻威胁着人类的祖先，令人敬畏恐惧，神秘莫测。这一切都归结于对死亡的恐惧和焦虑，在这样的生存困境中，原始人用巫术仪式来获得超自然的力量，试图利用自己的智慧来解除生存的困境，来解释人怎么产生的，人为什么会死，世界是怎样起源的，人死后会怎样等。在人类身处无可奈何而又苦苦挣扎的悲凉心境，在人类遭遇生存焦虑和生存危机之时，

---

① ［古希腊］亚里士多德：《诗学》，罗念生译，人民文学出版社 1984 年版，第 37 页。

② Fergusson, *The Idea of A Theatre*, Princeton: Princeton University Press, 1972, p. 26.

宗教可以抚慰人类的心灵，给人以安全感和生命意义。宗教之所以能够给人精神的抚慰和生存的安全感，在于它具有处理重大生存危机的功能[①]，“仪式创造种种焦虑的处境以便克服它们，从而提供克服诸如此类的焦虑处境的模式；仪式以同样的方式重复而又重复，以便提供主观上的安全感，感到甚至在一个重大危机中，一切均运转正常”[②]。宗教仪式创造恐惧、焦虑场景的目的在于为解除恐惧、焦虑的困境提供可能性，通过重复的手段和节奏来为人们提供心灵的安慰，这种功能后来被移植到悲剧身上。换句话说，悲剧传承了宗教这一根本性和严肃性的功能。

宗教仪式向悲剧的转化是伴随着原始宗教的被遗弃和遗忘。当出现这样的情形的时候，人们会产生毫无思想的、连自身都不再意识到的绝望，一种单纯的得过且过，一种虚无主义和一种混乱的迷信，而想走出这种精神的焦虑困境，人们选择了文学中的悲剧，它能够利用语言的魔力，借以唤起人们心中的想象力达到不知不觉地展示想象的世界和把握我们现实本质的全部内容。亚里士多德定义中的悲剧模仿开始逐渐“接管”宗教仪式中的模仿，“希腊悲剧是一种宗教崇拜活动的组成部分。它是一种争取众神、争取物的意义、争取正义的实施。它最初（埃斯库罗斯和索福克勒斯时）是与信仰秩序和神，信仰合理和有效的机构，信仰城市国家结合在一起的，最后（欧里庇得斯时）却怀疑所有这一切已变成历史的东西，但却不怀疑正义的观念本身，不怀疑善与恶”[③]。悲剧以严肃和有一定长度的行动开始在情节的安排，在悲剧冲突的形式、长度和整一性中将人生存的恐惧和焦虑重复再现出来，利用这种艺术体验的方

---

① 关于宗教处理人类生存困境的重要功能，西方许多宗教学家对此有不同的论述，在古埃及、古希腊、印度、北美印第安人宗教中也都有不同程度的表现，目的在于强调原始人对自身群体所处的生存困境的意识。参见任生名《西方现代悲剧论稿》，上海外语教育出版社 2003 年版，第 12—15 页。

② 转引自任生名《西方现代悲剧论稿》，上海外语教育出版社 2003 年版，第 15—16 页。

③ ［德］雅斯贝斯：《悲剧知识》，刘小枫主编《人类困境中的审美精神——哲人、诗人论美文选》，东方出版社 1994 年版，第 445 页。

式来解救人的生存困境，在争取神、秩序和正义的冲突快感中获得心灵的净化。

综上所述，我们可以做出这样的判断：如果说宗教试图通过利用超自然的力量来解除自然对人们的征服和威胁，在面对焦虑和危机时始终表现出一种神秘主义的乐观，那么，继承和延续了宗教精神的悲剧在某种意义上，将神的仪式和形象降临到人间，将目光聚焦到世俗人生的生存困境，并对生存困境中的人的真实性开掘，这个真实性也就是人与生存困境之间的各种冲突。而冲突引发的无休止的焦虑和恐惧驱动着人们对道德和审美进行不断思考，因此，悲剧对宗教精神的世俗转化，也意味着悲剧的作用和功能在于解救宗教一直以来所关注的人的生存困境，使人的生存得以正常延续。这样一来，作为一个审美范畴的悲剧本身内含着焦虑和恐惧，悲剧与焦虑之间有着内在的关联。

首先，焦虑、恐惧是悲剧的情感根基。从上文关于悲剧的宗教巫术的起源来看，我们有理由断定，悲剧是源自原初人类的一种深层恐惧和焦虑，即对神秘自然界的敬畏和对死亡的恐惧，包括肉体的死亡和灵魂的死亡。对于原始人来说，死亡从来不是一种自然现象，而是被想象成具有神秘性质的，这在某种意义上也肯定了灵魂的不朽和对生命的不可毁灭性。原始人一方面要面对死亡的恐惧和焦虑，而另一方面相信生命没有界限，它能扩展到自然和人的全部领域，能强烈地否定对死亡的恐惧，这正是原始人生存困境的本质。毫无疑问，面对人生存的悖论，悲剧能够容纳和呈现人在面对这种悖论时所产生的焦虑和恐惧体验。在悲剧中，这种焦虑和恐惧体验的出现主要体现在悲剧主人公的主体性的觉醒。如希腊悲剧家索福克勒斯的《俄狄浦斯王》中的俄狄浦斯、《安提戈涅》中的安提戈涅和埃斯库罗斯《普罗米修斯》中的普罗米修斯等悲剧英雄，敢于与神、命运做斗争，敢于与邪恶、邪念抗争，还原人类的主体精神。他们试图脱离神、命运的纠缠及其恐惧威胁，渴望自立自足，能够用内在的潜能克服所遭受的不幸和痛苦来掌握自己的命运，或者说他们试图通过命运的抗争表达个人强烈的自由意志，放弃建立在命运和神之上的自然存在，力图主宰命运，成为同一性的自我。虽然悲剧英雄能够各自承担责任，接受惩罚，但是，他们的悲剧结局让我们看清楚，主体能够以自己的方式使责任和道义与不幸和痛苦联系一起，能将各自的生活与神性、自然秩序联系起来。主体只能跟自然整体结合起来才能获得确认和认同。如果主体能够独自承担、自足自立，能够从整体中分离出自己，达到建构自我的目的，那么必然也会带来某种恐惧和焦虑，即分离所带来的不安。因为，主体要从自我生存的环境或有依赖关系的先前处境中脱离出来，要活出自主性的个人，这就必须面对此种“生命焦虑”，就像婴儿脱离母亲合一的处境，被抛掷到一个截然不同的存有状态。从这个意义上说，悲剧中主体的觉醒蕴含着更为深层的焦虑和恐惧。悲剧审美所包含的焦虑和恐惧的情感形式，在莎士比亚和以后的现代悲剧中不断发展和演变。

伴随着文艺复兴以来西方文化价值的发展，特别是后来西方工业化进程中主体个体化倾向的不断加剧，主体的恐惧和焦虑也不断凸显。西方自文艺复兴以来，强调人的价值，特别是强调个人的价值。这不免使得个人意识不断出现和觉醒，对自我的内在的精神进行审视和反思。在这样的文化背景下，自我意识和人性的复杂成为悲剧审美的重要源泉。此时的英雄不再是悲剧的主角，社会个体则成为悲剧表现的重要对象，他们承载着国家民族所遭遇到的不幸和困难。悲剧中社会个体的焦虑和恐惧在于他们脱离了自我从神性中走出来之后，如何面对自我他者和自我本性的弱点。克尔凯郭尔认为：“在我们所生活的这个世界的背后，在远离我们所生活的这个世界的地方，存在着另一个世界。这两个世界的关系就像戏剧舞台上前后的真实场景与后面纱幕上的背景投影一样。通过一层薄薄的纱幕，人们仿佛看到了一个迷雾般的世界，一个轻盈的、审美的世界，它与前台场景的真实世界迥然不同。”① 按照克尔凯郭尔的理解，主体的焦虑来源于生活在真实世界场景之后的另外一个世界，即人性真实的存在。但是我们对这个世界不了解，更无法掌握和主宰这个复杂的人性世界。恰恰是这个自我他者的存在造成了世界的混乱和痛苦，生成了欲望、嫉妒、猜疑、敌意、冲突、复仇和阴谋等。人身上这些本性的弱点使主体自我陷入生存的困境中而无法自拔，自我无法在这种痛苦和复杂的人性困境中找到认同和确认。正如莎士比亚所塑造的悲剧主体哈姆雷特所说的那样，生存还是毁灭。这句意味深长的独白包孕着主体觉醒之后的焦虑和恐惧。一方面主体在两难的困境中争斗而找不到走出去的出口，可能会面临各种选择，像哈姆雷特一样陷入无意义的焦虑；另一方面，主体自我的灵魂世界得以呈现，让人们感受到了人性世界的复杂和深奥。因此，对复杂和深奥的人性世界的无知和难辨，很容易产生焦虑和恐惧。很明显，莎士比亚的悲剧以及受其影响的悲剧，在审美上追求对人性世界冲突的表达，将自我主体放置在自我内心世界的复杂争斗中呈现，在冲突和争斗中，释放出主体自我意识解放之后的恐惧和焦虑，刺激人们对人性和现实社会进行更深刻的思考和领悟。这也是悲剧审美存在的根基和价值。

其次，净化是悲剧艺术中解救和克服焦虑与恐惧的方式。亚里士多德的悲剧定义，指出悲剧的审美效果将是“借怜悯和恐惧使这种情感得到净化”。仔细推敲可以发现其中包含恐惧和焦虑在悲剧艺术中的辩证存在：一方面怜悯和恐惧是悲剧审美的情感基础，也是悲剧唤起的一种情绪或情感的内心状态，另一方面唤起的恐惧和焦虑使人达到净化状态，从而使得悲剧艺术完成对人生存的困境中的焦虑和恐惧的解救。如果说，宗教能够让人类面对的客体世界处于未知、令人惧怕的境地中，进而让人们对这个令

① ［丹麦］克尔凯郭尔：《恐惧和颤栗》，一谌、肖聿、王才勇译，华夏出版社 2004 年版，第 124 页。

人惧怕的世界充满敬畏，跪拜在神的脚下获得精神的抚慰和安宁，那么，悲剧世界则能够让人们面对生存的困境，以抗争和毁灭的方式来表达正义和善良，激发人存在的勇气，反击道德的沦丧、生命价值的无意义，从恐惧和焦虑的生存困境和阴影中走出来，摆脱情感沉积而保持人灵魂的平静。在悲剧审美中要想完成这样的效果，必须将悲剧的特有快感和灾难紧密结合起来。按照西方文艺理论家利普斯的观点就是“心理阻塞法则”：“一个心理变化、一个表象系列，在它的自然发展中，如果受到遏制、阻碍、隔断，那么，心理运动便被阻塞起来，即停止不前，并且就在发生遏制、障碍、隔断的地方，提高了它的程度。”① 从这个意义上说，灾难是悲剧必须具备的关键因素。只有在灾难干预中，悲剧中的情节、性格和思想才能产生惊奇之感，只有在灾难的冲突中，才能引起人们的恐惧和焦虑。在亚里士多德看来，恐惧是“一种痛苦的或恐慌的感觉，其原因是人想象有某种足以引起破坏或痛苦的灾祸即将发生”②。这种恐惧之情也必然引起人们对灾难和悲剧主人公的同情和怜悯，这样一来，悲剧使怜悯和恐惧之情得到净化。从现实生活的角度来看，人们总会经历和体验焦虑和恐惧，在道德和情绪、精神层面上造成一些积淀而无法宣泄。而悲剧能够把观众日常生活中的怜悯、恐惧和焦虑等情绪转化成艺术的体验性情感，能够通过艺术虚构的方式将灾难表现出来，在人们心中激起跟现实生活不一样的恐惧和焦虑。它的作用在于使心灵缓和，甚至根除淤积心中的宣泄情绪。这种情绪的缓和类似弗洛伊德压抑理论一样，人的本能冲突和原始情绪被压抑之后，其潜在的能量或无意识的攻击性本能就会郁积在一起，从而导致心灵上的一种痛苦的压力，在较为严重的情况下，这种痛苦的压力可能引起各种精神病状。但是，压抑的本能和情绪被清除，能量可以通过合理的方式

① ［德］利普斯：《悲剧性》，刘小枫主编《人类困境中的审美精神——哲人、诗人论美文选》，东方出版社 1994 年版，第 223 页。

② ［古希腊］亚里士多德：《诗学》，罗念生译，人民文学出版社 1984 年版，第 116 页。

畅快地顺通出来，紧张的状态也就必然得到缓和。悲剧艺术在某种程度上能够承担这样的功能，这也就是古典主义作家高乃依分析的悲剧净化：推人及己，节制激情，即“我们看见与我们相似的人们遭受厄运的怜悯，引起我们自己遭受同样厄运的恐惧；这种恐惧引起我们避免厄运的愿望；这种愿望促使我们从心里净化、节制、改正，甚至于根除那在我们面前把我们怜悯的人物投入这一厄运的激情”①。更为重要的是，悲剧在充分调动和利用自身所具有的情感感染力和艺术效果，淡化和忘却观众自己的日常存在和生存困境，融于悲剧所提供的艺术快感之中，进行动情的艺术观照与情感体验，得到一种艺术的享受。② 在这其中感受和体验到的恐惧和焦虑比日常生活中的恐惧和焦虑更加惊奇和赞叹，是一种无利害的快感，体现出悲剧的净化功能。

悲剧对恐惧和焦虑的净化与解除不仅在于恐惧和焦虑在艺术模仿和虚构中，因极具灾难性和冲突性的那些事件结果而惊心动魄，引起人们的怜悯，使恐惧之情得到净化。相反，日常生活中的恐惧和焦虑可能更加直观，更加纯粹，却不能鼓舞人和激励人，也容易让人郁闷和意志消沉。关键在于，悲剧能够将恐惧和焦虑的情绪调节到恰到好处，转化成思想美德，能够打动慈善之心，获得道德的满足感。这里的道德感就是美德在人性格中的体现，如高尚、正义、善良、勇敢、公正、智慧等。因此，正如德国戏剧评论家莱辛所言：“悲剧对情绪的净化全在于把怜悯和恐惧转变成为合于美德的思想感情。而据亚里士多德所说，每一种美德都在于中庸有度，在它的两面都各是过度或不足的极端。悲剧如果把怜悯转变成为美德，它就必然能使我们完全摆脱怜悯的两个极端；对于恐惧，悲剧也必定能起到同

① ［法］高乃依：《论悲剧》，《古典文艺理论译丛》第6辑，1963年第6期。

② 汪正龙：《亚里士多德悲剧净化说新释》，《湖北大学学报》（哲学社会科学版）1999年第1期。

样的作用。”① 因此，通过悲剧净化功能的分析，我们能够找到在悲剧艺术审美中克服恐惧和焦虑的一些有益启示。但是，悲剧净化毕竟是一种经过艺术虚构之后的艺术幻觉和审美效果，显然对焦虑和恐惧的解救与现实生活的处理方式存有不同之处，悲剧审美中的恐惧和焦虑体验是在对宇宙世界的混乱和人与命运争斗的困境的基础上，形成的自我在道德和伦理上对生命意义的追问，对自我真实性存在的可靠性的质疑和追问，并从艺术创作和审美欣赏中寻找和确立解决主体自我存在的方案。正如朱光潜先生所言：“悲剧中情绪的缓和不仅是自己感到情绪，而且是和别人分享自己的情绪，从而导致紧张状态的松弛。”② 因此，人原本存有的恐惧和焦虑的情绪和情感必然会在悲剧的中得到缓和。

最后，焦虑的审美经验在现代悲剧审美中凸显，成为审美现代性的一种典型体现。自启蒙运动以来，理性开始逐渐取代宗教神性，主宰西方社会的发展，并逐渐占据人的精神世界。人们乐观地向理性靠拢，并享受理性带给人们看得见的幸福的时候，也感受和体验到由理性控制而导致的信仰危机、自由和意义的丧失，人们试图依靠理性为自己设计理想的发展图景，反而凌驾于人自身之上，人沦落为一种手段和工具。因此，马克思将这种社会状态的实质理解为人的异化，自我牺牲给了它的创造物；尼采则宣布“上帝已死”，世界必然陷入虚无主义，人的生存将被无意义所围困，心灵无所适从；马克斯·韦伯认为一旦理性取得支配权，便将出现生命自身毁灭的悲剧。这种令人不安的社会图景决定了西方现代悲剧必须勇于正视和揭示这种建立在启蒙理性基础之上的焦虑和恐惧。就这一点而言，西方现代悲剧艺术在某些层面上超越了古希腊和莎士比亚开创的悲剧审美传统，将悲剧的审美取向朝向社会现实，走向世俗化、祛魅化，充分表现现

① 转引自朱光潜《悲剧心理学》，江苏文艺出版社 2009 年版，第 154 页。
② 朱光潜：《悲剧心理学》，江苏文艺出版社 2009 年版，第 160 页。

代人的无意义、道德谴责和精神空虚的焦虑，还原现代人真实的精神状况。奥尔格·毕希纳的《沃伊尔克》表现现代社会小人物的悲剧，展现小人物自由意识的失落和无处寻找自我归属之后的生存窘迫感和精神漂泊感。而埃尔莫·莱斯的《街景》则塑造了一群小人物的生存镜像，以此反抗资本主义文明所带来的人性异化，突出灵魂和肉体遭到奴役和摧残之后的空虚无聊的日常生活状态，就像海德格尔对此在的思考一样，此在的存在即是在世操劳辛苦的无名痛苦体验——畏或烦。用萨特的话说，就是存在即恶心，他人即是地狱。另外，易卜生的《建筑师》，斯特林堡的《红房子》，阿瑟·密勒的《推销员之死》等作品都集中在人类灵魂的荒漠和丛林中发掘和表现人精神的焦虑，以此对抗和反思工具理性所支配的社会现实。在对社会的否定性表现中，焦虑体验在悲剧审美形式中凸显出来，成为一种现代"感性形式"。这种感性形式带有浓重的悲观主义色彩。但是这种感性形式或者审美特质在悲剧审美对抗资本主义工具理性的张力中充分表现出来，一方面"向人们敞开了一个科学技术无法提供的关于生存意义的思考，为人们深刻认识工业文明社会所缺乏的关于生命的意义和体验提供一种可能性；另一方面又把人们带回到本真的领域，遭遇到自己的感性身体、欲望和情绪"①。

二　焦虑、恐惧与崇高

熟悉康德《判断力批判》的人都能深刻地领会到，悲剧中的审美效果在于崇高感。而这种崇高感可以理解为面对某种压倒一切的力量而感到恐

① 参见周宪《审美现代性批判》，商务印书馆2005年版，第160页。

惧之后的自我扩张感。正如康德所说："崇高的情绪是一种仅能间接产生的愉快；那就是这样的，它经历着一个瞬间的生命力的阻滞，而立刻继之以生命力而更加强烈的喷射，崇高的感觉产生了。它的感动不是游戏，而好像是想象力活动中的严肃。所以崇高同魅媚人的魅力不能和合，而且心情不只是被吸引着，同时又不断地反复地拒绝着。对于崇高的愉快不只是含着积极的快乐，更多地惊叹或崇敬，这就可称作消极的快乐。"① 从这里，我们能看出，引起崇高感的对象与主体之间形成强烈的敌对和对抗关系。在讨论悲剧和恐惧、焦虑的内在关联时，我们也都会认识到，悲剧美感在于抗争、行动的主体间力量的冲突。主体在斗争、毁灭的过程中，也将客体力量摧毁，将邪恶和非正义完全暴露出来。这种悲剧性结局突出了悲剧主人公的崇高性，显出了对邪恶、不义、片面的巨大冲击力。② 因此，悲剧中的正义性和悲剧中的崇高的死，成为悲剧审美的重要内容。从这个意义上说，悲剧和崇高有着必然的关系。从上文我们对悲剧与焦虑、恐惧之间的内在关系来看，崇高感在某种意义上与焦虑、恐惧也有着比较隐秘的关系。我们有必要将焦虑和恐惧体验与崇高对比起来深入思考，在相通和区别、交叉之中加深对焦虑、恐惧内涵的精微理解。

首先，在审美对象上，焦虑、恐惧与崇高是在面对外在压倒性和压抑性的力量或者危险性力量的时候，产生的最强烈的情感体验。焦虑和恐惧产生的根源比较复杂，既有自然界的威胁，又有人自身的心理和道德的内在困境，同时也有社会发展对人造成的围困和压抑，当这种情感在文学艺术中表现出来，被充分挖掘和想象出来时，为人们提供了相对其他审美样态不同的审美体验。这是一种来源于现实，又超越了现实的阴暗、焦灼、不安，甚至不道德的审美体验。或许，并不是所有的读者或观众亲身体验

① ［德］康德：《判断力批判》（上卷），宗白华译，商务印书馆 1993 年版，第 84 页。
② 参见张法《美学导论》，中国人民大学出版社 2013 年版，第 146 页。

到的现实中的恐惧，但是通过审美的把握，却能在审美艺术中得到不同程度的满足。而对于崇高而言，古罗马修辞学家朗加纳斯在《论崇高》一文中将崇高作为审美范畴提出。朗加纳斯认为，崇高的主要来源在于庄严伟大的思想，强烈而激动的情感，运用藻饰的技术，高雅的措辞和整个结构的堂皇超越。[①] 从这里可以看出，崇高的根源虽然与焦虑、恐惧有所不同，但是朗加纳斯强调和突出的是修辞上的威力和压制，给人造成的心理和认识的冲击。相比而言，它们都必须面对外在的尚未把握和征服的客体，在本质上与焦虑、恐惧有着相通之处。并且从朗加纳斯提出崇高修辞审美的社会背景来看，他提出这种审美观念的目的在于，试图通过崇高感的重塑来制服当时社会内心的混乱，用庄严、宏伟的崇高美来震慑人心。另外，值得注意的是，焦虑、恐惧和崇高的对象都具有可怖性。英国现代美学家博克指出，崇高对象在感性性质上体现出庞大的体积，晦暗、无限、空无等等。具体来说，于社会是专制政府、异教徒的寺庙；于动物，是狮、虎、狼；于自然，是悬崖、高山、布满星斗的夜空；在艺术里，是维吉尔和弥尔顿诗歌中的鬼魔。这里的崇高从性质上可以归类为：晦暗、力量、庞大、无限性、空虚、沉寂、困难、突然性等，[②] 体现出一种可怖的神秘性与人的敌对性。而焦虑在很大程度上都与之有关，强调灾难、冲突、敌意、无限、无意义等引发的主体的强烈痛苦和生命力的阻滞。这也就决定了焦虑感和崇高感带给人们的不是优美那样的审美静观，而是惊心动魄、战栗、不安的震惊，让人们有种疏远感，同时又激发起人们的好奇心。

其次，在审美取向上，焦虑、恐惧和崇高都倾向一种审美抵抗力。在焦虑、恐惧体验艺术中，焦虑和恐惧的表现一方面能够揭示某些现时代的感觉，比如，孤寂、无意义、无家可归，无法体验到爱与被爱，感觉自己

---

① ［古罗马］朗加纳斯：《论崇高》，伍蠡甫、胡经之主编《西方文艺理论名著选编》（上卷），北京大学出版社 2006 年版，第 119 页。

② 参见张法《美学导论》，中国人民大学出版社 2013 年版，第 149 页。

像无根的野草一般；另一方面则体现了其对现代社会变迁中的精神困境进行深思和反抗，并将社会大众普遍的恐惧和焦虑经验传达出去，形成一种社会文化氛围，引起人们的广泛注意，驱使人们来检视和监督自己的心灵。在美国现代诗人奥登的诗歌《焦虑的年代》中，诗人用战栗的诗句表达了现代人陷入无意义的机械化的常规之中，失去体验的能力以及自己的具有独特价值的个体信念。诗人哲学家加缪将这个时代命名为“恐惧的世纪”，而现代主义小说家卡夫卡则用《变形记》和《审判》表达出20世纪的焦虑，呈现出整个时代变迁所带来的文化氛围和精神基调。诸如此类的焦虑体验的文学表现，不断警示人们对时代、社会和自我进行反思和审视，激发人们去探索如何面对这个不确定和流动的恐惧世界，去寻找和选择什么样的路径走出时代的精神困境。这种审美抵抗力和反思力度在崇高的审美取向中也能体现出来，只是它的情感传达与焦虑不一样。面对威力和可怕的存在，人即使自己战败也不害怕，这便是崇高的。正如德国美学家席勒所说：“任何对象，它虽然使我们看到了作为自然本质我们的无能为力，同时却在我们心中揭示出完全不同的一种反抗能力，这种能力虽然不消除对于我们肉体存在的危险，但是（这种力量更是无限地）把我们的肉体存在与我们的人格区分开来，这个对象就是实践、崇高的。因此，不是物质的和仅仅涉及个别情况的安全感，而是理想的延伸到一切可能的情况之上的安全感，使我们在有崇高的表象时成为意识到自己的。”① 在崇高感中，一方面，崇高主体需要实现肉体和人格的瞬间分离，当肉体完成对崇高客体的抗拒，人格理想从肉体中脱离出来，崇高主体意识到自己不能被外在威力所胁迫和压倒，反而激起自我的振作；另一方面，崇高感的获得需要令人恐惧、焦虑的对象，必须经过焦虑和恐惧痛感的转化。换句话说，恐惧

---

① ［德］席勒：《论崇高——对康德某些思想的进一步发挥（1793年）》，刘小枫主编《人类困境中的审美精神——哲人、诗人论美文选》，东方出版社1994年版，第27—28页。

和焦虑的对象让人们感觉到自己的渺小和无能、不能确定和理解，不敢贸然接近，对它们有几分退让的态度，这带有明显的痛感，在此之后，或者说，与之保持一定的距离之后，它们便引起人们的关注，“借助于与他的道德人身的关系变成一个崇高的客体”。“高耸而下垂威胁着人的断岩，天边层层堆叠的乌云里面挟着闪电与雷鸣，火山在狂暴肆虐之中，飓风带着它摧毁了的荒墟，无边无界的海洋，怒涛狂啸着，一个洪流的高瀑，诸如此类的景象，在和它们相较量里，我们对于它们抵抗的能力显得渺小了。但是假使我们自己却是在安全地带，那么，这景象越可怕，就越对我们有吸引力。我们称呼这些对象为崇高，因它们提高了我们的精神力量越过平常的尺度，而让我们在内心里发现另一种类的抵抗能力，这付于我们勇气来和自然界的全能威力的假象较量一下。”[①] 从康德的意义上说，在体验崇高的过程中，恐惧和焦虑在某种程度上起到决定性的作用。正如英国美学家鲍桑葵在论证康德美学时说的那样：“在康德的理论中，崇高感的一种主要情况是由恐惧产生的。这种恐惧相当于伯克所说的同自我保存关系的、大都系于痛苦或危险的种种激情。康德关于以某种方式对我们的感官想象力施加暴力的知觉可以引起精神上的重新振奋的见解，很可能是从温克尔曼的一句话中得到启发的。这句话就是，在观看大海时，心灵最初是压抑的，后来又更有力地振奋起来。”[②] 尽管主体是安全的，但是必须经过巨大的恐惧，或者说“不愉快的感觉”。一旦这种“不愉快的感觉”被理性克服，主体才可能体验到一种崇高感。“我们现在可能已经明白了，为什么恰恰是这种性质，在其最混沌、无限、恐怖之维上，偏偏最有资格在我们身上激发起崇高感。”[③] 焦虑、恐惧和崇高都使我们显示出一种抵抗力。我们有理由

① ［德］康德：《判断力批判》（上卷），宗白华译，商务印书馆1993年版，第101页。

② ［英］鲍桑葵：《美学史》，张今译，中国人民大学出版社2012年版，第249页。

③ ［斯洛文尼亚］斯拉沃热·齐泽克：《意识形态的崇高客体》，季广茂译，中央编译出版社2002年版，第278页。

从总体上认为它们可以综合起来认识，它们都是主观的和普遍的，但是我们也可以在细微的地方确认它们属于两种审美判断，前者偏向一种消极的快感，而后者偏向一种痛感。

最后，在审美效果上，焦虑、恐惧和崇高都体现出非理性的特质，能引起人惊心动魄的审美感受。按照鲍桑葵的说法，“在古希腊时代，美的基本原理是和节奏、对称、各部分的和谐等观念分不开，用一句话说，是和多样性的统一这一总公式分不开的。而近代人，我们觉得他们比较注重意蕴、表现力和生命力的表露”①。从这里，我们不难看出，古代西方美学注重美学的理性分析，渴望从世界万物中抽象出美学的本质，比如，早在毕达格拉斯学派时代，哲人就认为世界万物起源于数，那么，一切事物的美需要遵循数的规律即比例。而近代美学随着学科的不断分化，美从哲学中分离出来，成为专门研究人的感性认识的科学，开始关注人如何获得美感，将艺术作为重要的分析客体来探究美学。这种美的分析扩大了氛围，同时强调美的生命感受力和表现力以及审美可传达性。实际上，这种美感的分析并没有脱离先验的理性主义的藩篱。从古代到近代，西方美学观念的转换在某种意义上聚焦不同的问题，但是都试图通过分析美来把握美的规律。因为，无论是美、美感都与理性的力量紧密联系起来。古希腊经典美学倾向于“逻各斯”即道、理性，近代美学则偏重超验的理性和“绝对精神”。因此，这在某种程度上忽视了理性观照之外的美。而焦虑、恐惧和崇高在美学上的浮现，在某种意义上是作为理性的对立物而出现的。由于受到时代的局限，从古希腊康德、黑格尔时代，焦虑、恐惧作为人的生命需要和治疗人心理问题的核心问题，是被排斥在理性主义之外的。原因在于，理性只关注无限、整体、神、物自体、灵魂不朽、自由、绝对精神等领域，而恐惧、焦虑、死亡、无意义、空虚、罪恶、疾病、自卑等经验的、非理

① ［英］鲍桑葵：《美学史》，张今译，中国人民大学出版社 2012 年版，第 4 页。

性的领域并没有实质性的探究。但是，这些又是在经验界中合理存在的。因此，启蒙运动之后，它们的出现表征出了与刻板、平庸的理性格格不入的非理性特质。在审美效果上，焦虑和恐惧带给人震荡、迷狂、紧张、战栗、不安、害怕、尖叫。18 世纪欧洲流行的哥特小说，19 世纪以美国浪漫主义作家爱伦坡为代表的恐怖小说，19 世纪后期在欧洲盛行以波德莱尔和王尔德为代表的唯美主义和象征主义，19 世纪末和 20 世纪初西方流行的表现主义文学艺术思潮，还有后来的以萨特和加缪为代表的存在主义文学思潮，在不同程度上都在反对理性主义的禁锢，以对恐惧和焦虑情绪的迷恋来抗拒传统的美学观念和审美趣味。如果说，传统的美学带给人们更多的是心灵深处的平静和安息，而焦虑与恐惧更多的是一种破坏的、冲动的、动荡的快感来超越传统的审美疲劳，从而获得一种创造性和超越性的真实存在。而崇高感以恐惧为基本原则，在产生之处就暗示着非理性的色彩。朗加纳斯认为崇高的效果是“专横的”“不可抗拒的”，是迷狂性的激情，能够“操纵一起读者，不论其愿从与否”，“那些巨大的激烈情感，如果没有理智的控制而任其为自己的盲目、轻率的冲动所操纵，那就会像一只没有了压舱石而漂流不定的船那样陷入危险”①。从这个意义上说，崇高的审美知觉是非理性的，这就意味着崇高偏离了西方经典美学家所培育的建立在理性主义基础之上的审美知觉。在康德那里，崇高感并没有直接表现出非理性的倾向，但是，在探寻崇高根源上，康德认为想象力无法把握显现对象的“无形式”和巨大威力，这些巨大的威力也就是康德所说的“数学的崇高”和“力学的崇高”。鲍桑葵认为，前者“证明感官无力满足整体性观念的那些对象所唤起的崇高”，后者证明“我们作为自然人无力战胜自然力量的那些对象和事件所唤起的崇高”②。席勒在康德的基础上有所发挥，

① ［古罗马］朗加纳斯：《论崇高》，伍蠡甫、胡经之主编《西方文艺理论名著选编》（上卷），北京大学出版社 2006 年版，第 116 页。

② ［英］鲍桑葵：《美学史》，张今译，中国人民大学出版社 2012 年版，第 251 页。

将激起人们崇高的对象称为“威力之观照的崇高”和“激情的崇高”，前者侧重神秘的、黑暗的、掩藏起来的、不确定性的东西以及像孤独和空寂一样的异乎寻常的东西，这些都是完全支配着想象力的东西，而不容易被确认，进而容易引起崇高感。而后者主要是指与情绪激动和与我们内在道德自由的意识相联系的异己痛苦的表现。比如，害怕的同情、惊恐的同情、焦虑的同情、恼怒的同情、绝望的同情等。① 从这里我们也可以看出，崇高感无论是在表象上，还是在深层心理机制上，都含有康德时代知识领域所依赖的理性观念无法掌握和理解的非理性元素。正是这种能够唤起崇高感的对象与理性主体形成敌对关系，从而激发不为崇高客体所撼动的理性为之解围，是感性的无能唤醒了理性的潜能，“面对崇高，起初的震撼会唤醒我们内心更高的体验，即理性。这种升华，最终能带来一种愉快的感觉”②。这也就意味着，在康德美学的层面上，崇高感和恐惧感、焦虑感一样是一个悖论性的审美评价。一方面，它是人类生命本能的表现，在自然界和人类社会历史发展过程中能够发现，在神话故事、绘画、文学、戏剧和电影等艺术中可以发现，它代表着人类的激情、本能、迷狂和惊奇，总是给人惊心动魄的审美快感；另一方面，它总是与理性精神密切相关，受理性的牵制和分析，进而激起人们对生存的反思和对存在勇气的确认。崇高感这种内在的张力关系，触及了西方现代文化发展的核心问题，即发展过程中的二元对立的文化逻辑。这一点也在不同时期的哲学和思想家的理论中表现出来。如尼采对酒神精神和日神精神的理解，弗洛伊德建立的快乐原则和现实原则的人格对立范畴，以及韦伯所提出的西方现代文化中价值理性和工具理性的对立和合法化，等等。在某种意义上，它们都是在这一点上肯定社会文化发展中所蕴含的本真性的冲动和非理性的特质。

---

① ［德］席勒：《论崇高——对康德某些思想的进一步发挥（1793 年）》，刘小枫主编《人类困境中的审美精神——哲人、诗人论美文选》，东方出版社 1994 年版，第 29—35 页。

② ［挪威］拉斯·史文德森：《恐惧的哲学》，范晶晶译，北京大学出版社 2010 年版，第 82 页。

在初步明确了焦虑、恐惧和崇高的相通之处或相似的特征之后，我们有必要进一步分析焦虑体验与崇高感之间的细微区别，在此基础上充分认识到我们所研究的焦虑、恐惧体验所发生的特定语境以及特殊的美学意义。

首先，从美学史的发展来看，焦虑、恐惧体验裹挟在崇高审美范畴之中，是崇高审美的内在介质，是一个崇高审美过程中的情感元素，是崇高感产生的基本原则和前提，因此焦虑体验是限定在美学史讨论和美学学科讨论范围内的。在某种程度上，焦虑和恐惧也是社会制度和价值序列陷入混乱或者发展过程中，人们所希望建构和崇尚的精神信仰的情感表现，而我们所要讨论的焦虑、恐惧体验与之有着密切的联系。一方面，它进一步明确和回应了恐惧、焦虑在人生命需要中的重要性以及在审美体验和感受等方面的独特性；另一方面所要讨论的焦虑体验则主要针对启蒙运动以来，随着西方工业文明的巨大发展、城市化进程的不断推进以及技术化、网络虚拟化和大众化主宰了几乎整个世界，而出现的一种集体性的情绪和精神危机的表现，像尼采所说的“上帝死了”“重估一切价值”那样，人的精神和价值陷入了真空。20 世纪的精神现实验证了尼采的寓言。因此，焦虑、恐惧体验所发生的特定语境是整个资本主义社会或者现代文明发展出现的困境，这也决定了焦虑体验的审美指向性和超越性。

其次，焦虑、恐惧体验截取或者说接管了崇高感中的恐惧痛感，超越了单纯的审美体验，而引导人们倾向于一种对生命的形而上的沉思。上述已提到崇高感以恐惧感为前提。“只有在以理性克服强烈的恐惧之后，人才能体验到一种崇高感”①。在这里，焦虑和恐惧体验能够甩掉其最后所要达到的崇高审美目的，直接面对人的生存结构。表现主义画家蒙克是为人们呈现焦虑和恐惧体验的代表性艺术家，在他的许多画作中，比如《呐喊》（1893 年）和《焦虑》（1894 年），以抽象和变形的艺术表现形式完成焦虑

① ［挪威］拉斯·史文德森：《恐惧的哲学》，范晶晶译，北京大学出版社 2010 年版，第 83 页。

的哲学语言转化，这种焦虑和恐惧体验形式再也没有英雄主义的崇高，也没有鲜明的冲突和矛盾的悲剧效果，只带给人们对焦虑本体和焦虑本身的审美凝视，但却能引起千百万人的共鸣，启示人们在感受画布上的恐惧和焦虑体验的同时，引导人们参悟生存的本真含义，因此，蒙克也被称为画坛上的“克尔凯郭尔”。另外，艾略特的《荒原》、加缪的《局外人》和萨特的《无出路》等以象征和暗示的方式刻画和表现人的焦虑体验。很明显，这种痛苦思考、审美表现与存在主义有相似之处。海德格尔选择“畏”（恐惧、焦虑）作为此在的处境，以存在论和总体的方式来把握缘在（此在），同时在畏惧的情景中把缘在从沉沦的状态中带回来，并使缘在（此在）看清楚了：本真状态和非本真状态都是它存在的可能性。[①] 而缘在总是“存在于世界之中”。这个世界也就是由本真状态和非本真状态的关系构成，缘在要存在只有与之体验，合用和共存。从这个意义上说，蒙克、艾略特等现代艺术家都是在孤独、焦虑、恐惧的体验中思考生命存在的本质结构，指认焦虑是人的生存的影子，怎么也摆脱不了的影子，[②] 并将焦虑上升为形而上学的高度，以此探寻和揭示世界的意义。即便到头来是空荡荡的虚无，是恐怖和痛苦的梦魇，这也是他们带着形而上的眼睛来思索的结果。

最后，焦虑和恐惧的审美体验彰显了现代人的主体性。自笛卡尔以来，西方思想界一些理论家在探讨主体性问题时，从“我思故我在”的立场上建构主体性，并将主体与真理、辩证法、道德、历史、性别等结合起来，使得主体承载着越来越多的东西。主体超强的承受力和支撑力来源于理性，习惯上也称主体为理性主体或者启蒙主体。理性支撑着主体质疑和阻碍主体自我陷入那些习以为常的迷信、权威和习俗。正如恩格斯所言：“一切都

① ［美］帕特里夏·奥坦伯德·约翰逊：《海德格尔》，张祥龙等译，中华书局2014年版，第34页。

② 赵鑫珊：《天才与疯子——天才的精神构造》，江苏文艺出版社2003年版，第398页。

必须在理性的法庭面前为自己的存在作辩护或者放弃自己的权利。”① 从这个意义上说，理性主体必须遵循普遍的规则，在此基础上建立良好的社会秩序。但是随着世俗化社会的加速发展，理性主体无法僭越世俗的逻辑和力量，主体认同和肯定的东西日益在社会中获得合法化，因此，主体自我身上异于理性的东西开始获得更高的地位，比如情感、欲望、意志、孤独、空虚、恐惧、焦虑、死亡等，这些恰恰是笛卡尔式的理性主体所着力排斥的东西，而这些东西的存在也证明了主体的软弱性和不可靠性。“启蒙主体在越来越有知识和力量，越来越变得面对诸多客体时更加自信和伟岸的同时，可能也变得越来越不知所措，越来越迷失。自身面对外部客体的力量增强了，自己的内在却越来越空虚了。”② 自浪漫主义以来的西方文学艺术，特别是以表现焦虑、恐惧主题的艺术形态准确把握了理性主体的软弱性和不可靠性，站在启蒙和理性主体的对立面上，重新建构了一个崭新的现代主体。这种现代主体应该是真正回归自我的主体，不依靠对客观外物的占有、控制和依恋来确立自身，而是依靠个体对普遍性的对抗。浪漫派的先驱卢梭较早发现了理性的悖谬，表现出对主体的担忧并以回归自然的个性姿态来反抗理性建构的普遍秩序，来伸张个性自我的存在。毕尔格在《主体的退隐》一书中这样写道：“笛卡尔的我清楚自己是一个一般性的我，是理性的处所，而卢梭感知到的我，最起码自传作品中的我，却是一个绝对的例外：我敢断言自己与任何活着的人不同。这一转向式的我的确定性具有了另一种品质，它的基础不再是理性的普遍性，而是个体独一无二的特殊性。”③。在理性将主体慢慢变得平庸和千篇一律，以至于退化之时，被理性所忽视和排斥而挡在主体大门之外的恐惧、焦虑等生命体验开始承担起

① ［德］恩格斯：《反杜林论》，《马克思恩格斯选集》第3卷，人民出版社1995年版，第355页。

② 刘森林：《追寻主体》，社会科学文献出版社2008年版，第46页。

③ ［德］彼得·毕尔格：《主体的退隐》，夏清译，南京大学出版社2004年版，第87页。

拯救和重构主体的责任。有西方学者将对死亡的恐惧和焦虑看作人的所有欲求中最强烈、最根本的欲求，也是最初的、自我保全的欲求。从这个角度上说，这种欲求高于理性。在浪漫主义、唯美主义以及其他的现代主义艺术中都试图表达人们对理性的失望和担忧，通过艺术形式唤起被日益工业化和工具化并愈来愈被消解和被迫片面化的个人存在，回归或还原作为人的真实本质的存在，将个性、率真、尊严、爱、个性、意义等浮现出来。

通过比较分析，我们发现，恐惧、焦虑和崇高有许多相通之处和诸多的差异。在审美体验上，崇高感要以恐惧、焦虑体验为前提，倾向于一种英雄式的、宏大的、充满生命力的审美体验，能将主体审美带入“高峰体验”的状态，而恐惧、焦虑体验与崇高对比显得低沉、哀叹，带着忧郁的生命气质对主体自我存在和社会合法性存在之间的矛盾进行无穷无尽的追问和沉思，同时，也是在痛感的状态中对生命个体存在的坚守以及对个体沉入虚无深渊的抵抗。从更深层的意义上说，追求焦虑体验审美的艺术家为了追寻更深层、更潜在的意义，总是向人的精神的深层和潜意识不断掘进，在不断探索的过程中彰显个体生命的真实，进而超越生命的意义。因此，从这个角度而言，焦虑体验的审美艺术表现也具有崇高的一面，而焦虑体验在某种形式又是扭曲的、病态的、抽象的，因而又与崇高区别开来，呈现出梦魇的色彩，显得恍惚迷乱，始终处在一种无能为力的痛苦挣扎状态。

三　焦虑与荒诞

随着现代文明的高速发展，各种社会弊病与日俱增，被理性限定和遮蔽的连续性、稳定性和一致性的世界逐渐被差异性、流动性、多样性的世界取代，无聊、不安、非中心、不确定性、反传统、断裂、局部、微观、边缘、次要、多元、孤独、恐惧、震惊、瞬间、虚妄等被压抑的状态涌入现代人的视野，这也使得现代世界异常复杂，充满矛盾。但是冲破理性的限度，让非理性的生存状态暴露出来，无疑让现代人深刻地认识到，理性所设定的意义之外的意义是世界和人存在的真实性，理性只有冲破自己为自己固定的客观性、因果性和确定性，才能获得重生。在异常复杂和多元的世界中，人重新陷入对世界的无知，我们不知道自己怎样被安置到这个世界上，也不知道这个世界将来是什么样子。因此，在这种追问的背后暗示着人们一种新的审美评价的觉醒，那就是荒诞，也就是不合乎理性、荒唐可笑的存在境遇。如尤奈斯库所说，“是缺乏意义……和宗教的、形而上学的、先验论的根源隔绝之后，人就不知所措，他的一切行动就变得没有意义，荒诞而无用”[①]，“是对理性和规律否定后的产物。没有理性和规律，也就没有标准，人怎么做都行，人彻底地自由了，这种自由是摆脱了上帝、历史、规律的自由。没有标准也就没有理想，人怎么做都不能证明这样做从一个最后的标准来说是对的，因为本身就没有了最后的标准”[②]。毫无疑问，荒诞感不再是人们日常生活的经验，而是与人的生存境遇紧密结合起来。这在存在主义哲学美学观念中表现得较为突出。克尔凯郭尔、帕斯卡尔、胡塞尔、海德格尔、雅斯贝斯、萨特、加缪等存在主义哲学家、美学家都奋力切断传统美学史中的逻辑思维和审美判断，重新在非理性和边缘化的空间中发现存在和真理的正确道路，指认荒诞是人的基本的存在状态和生存体验。值得注意的是，无论是在现代文化的危机语境中，还是在存在主义的哲学话语体系中，荒诞作为一种生存体验和生命评价，与焦虑的生存体验和生命需要有着密切的关系，荒诞体验具有恐惧、焦虑、恶心、

① 转引自袁可嘉《现代主义文学研究》（下册），中国社会科学出版社 1989 年版，第 675 页。
② 张法：《美学导论》，中国人民大学出版社 2013 年版，第 152 页。

苦闷等情感体验。因此，我们有必要从荒诞体验或荒诞美的角度来认识和理解焦虑体验，这无疑有助于进一步把握焦虑体验的内涵，进而从一个微观的角度来理解现代美学观念的丰富性、复杂性和异变性，也从中可以看出荒诞体验或荒诞美与焦虑有着许多相似点。首先，荒诞体验与焦虑体验都是对建立在理性基础之上的现代社会的批判性结果，是主体面对工具理性控制之后的自觉和觉醒的情绪或情感表现。其次，荒诞美与焦虑体验在现代派艺术中得到充分表现，两者共同支撑着现代主义文学艺术的基调、风格和主题，以精神上的痛苦和形式上的丑陋来实现现代人对自我的认识和保护，这种能力的实现和体现远远超越了传统美学所想象的地步，更倾向于审美感受的多元性。波德莱尔的“恶之花”，夏多布里昂“孤独，忧郁的世纪病患者”，蒙克的“呐喊”，卡夫卡笔下的“甲壳虫”，萨特的“恶心”，尤奈斯库的“秃头歌女”，加缪中的“局外人”等，都能让人们感受到丑陋和苦痛中的荒诞和焦虑。面对这样的极端艺术表现，我们有理由认为：“对于一个失去价值支点而越来越需要看精神病大夫的文明来说，这种疯狂的描写可能是最正常的。”① 因此，面对当代社会中的人性异化，艺术化地透露和显现焦虑体验和荒诞体验也是现代人迎接无法抗拒的命运的有力方式。再次，进入现代以来，荒诞体验与焦虑体验已不再是人生中偶发的个别现象和情感表现，而是现代人的一种普遍的生存状态或者境遇。这在现代主义文学艺术和现代哲学理论话语中充分得到确认，这种生存境遇贯穿于现代人的全部生活中，这不是针对某一个人的生存感受，而一种形而上的生存苦痛。最后，荒诞体验和焦虑体验凸显出人的清醒的自我意识以及对现实的一种反抗。很明显，焦虑和荒诞都是个体对自身与世界敌对关系的一种主观体验，也是对现存社会和人不得不变成非人命运的否定和批判，这也意味着人们对存在和社会现实的反抗。在相似点上，它们都是

① 刘东：《西方的丑学：感性的多元取向》，北京大学出版社 2007 年版，第 196 页。

理性失败和意义丧失的产物，是在理性的认识框架和前提下启发人们对人与自身、人与社会、人与宇宙之间的关系的沉思，是精英知识分子关注社会生活彰显个性气质的表现。为了进一步更好地理解焦虑在文化转型中的审美特质，我们不妨对荒诞和焦虑之间的不同之处进行一番诠释。

首先，从主体的感觉上，荒诞倾向于在荒诞的世界中表现荒诞的人，荒诞中没有崇高的灵魂，没有悲剧英雄，也没有理想信仰，只有被理想信仰抛弃之后的哀叹。荒诞世界已被确定，人在其中无法逃逸，只能荒诞地生存。加缪的《局外人》中主人公默索尔在人群、社会和世界之外，他对一切都无所为，都坦然处之。其形象充分表现出荒诞世界中的无意义。而焦虑体验则是对理性落寞和永恒真理沉沦之后的痛心疾首，是绝望之后试图逃离固定信仰体系的努力，能够体现出悲情之后的崇高感，是对生命整体的肯定，给读者以恐惧和震惊感。尼采寻找的悲剧精神即酒神精神就是这样的。正如周国平在论述尼采的酒神精神和权力意识时所总结的那样：

> 尼采要我们看到，痛苦是生命不可缺少的部分。生命是一条毯子，苦难之线与幸福之线在上面紧密交织，抽出其中一根就会破坏了整条毯子，整个生命。没有痛苦，人只能有卑微的幸福。伟大的幸福正是战胜巨大痛苦所产生的生命的崇高感。痛苦锻炼了意志，激发了生机，解放了心灵。人生的痛苦除了痛苦自身，别无解救的途径。这就是正视痛苦，接受痛苦，靠痛苦增强生命力，又靠增强了的生命力战胜痛苦。对于痛苦者的最好的安慰方法是让他知道，他的痛苦无法安慰，这样一种尊重可以促使他昂起头来。生命力取决于所承受的痛苦的分量，生命力强盛的人正是在大痛苦袭来之时格外振作和欢快的。英雄气概就是敢于直接面对最高的痛苦和最高的希望。[1]

---

① 周国平：《尼采：在世纪的转折点上》，上海人民出版社 1986 年版，第 76 页。

尼采对生命痛苦的理解所带来的恐惧感和崇高感，在唯美主义、未来主义、表现主义、达达主义和超现实主义艺术中能够表现出来。比如唯美主义中波德莱尔能够在焦虑和恐惧中捕捉到一种崇高，预感到极端中有一种力量，“恶之花”的内在冲动。加拿大社会学家查尔斯·泰勒这样解释波德莱尔式的英雄主义审美：

> 如果我们把艺术作为某种更高的事物加以考虑，即作为人类恢复其完整性，至少作为逃避堕落和支离破碎的一个方法，那么，我们可以想象一种感受性，对于这个感受性来说，任何属于自然的东西都过于懒惰、无序、晦涩、迂腐，以至不能成为艺术家的根源。对自然的浪漫主义的解释似乎是一种亵渎，一种向仅仅是既定的东西、普通的东西和平庸的群众的屈服。艺术只有与之决裂，建立一个与之毫无关联的领域，才能完成自己的使命。①

他坚信现代人面对的生存状况所表现出的艰难的感受性，“要求人们在瞬间消失的事物中进行斗争，这种斗争无疑比不上昔日显赫一时的战士所进行的斗争那么享有盛名，但它并不比后者缺乏英雄气概”。因此，对于波德莱尔来说，“现代人不是去发现他自己、他的秘密、他是隐藏的真实的人，而是试图去创造他自己的人”②。同样，对于未来主义、表现主义而言，艺术家都试图抓住瞬间的事物创造一种能够承载现代人生存恐惧和孤独以及焦虑挣扎的审美形式，让艺术超越德性，让艺术成为自身的目标，最终实现人自身的救赎。

其次，在审美形式上，荒诞倾向于用笑和诙谐的形式表达不可表达的真实，反对社会现实生活、人与人之间的不协调性、不合逻辑性。它总是

---

① ［加］查尔斯·泰勒：《自我的根源：现代认同的形成》，韩震等译，译林出版社 2001 年版，第 681 页。

② 肖伟胜：《现代性困境中的极端体验》，中央编译出版社 2004 年版，第 158—159 页。

带着嘲讽的调子和滑稽的面具，在绝望中大笑。在众多现代派艺术中，黑色幽默和荒诞派戏剧将幽默和诙谐的审美形式发挥到了极致。如果说，“传统的幽默也可以表现辛辣的讽刺，但是比较主要的类型是表现一种滑稽的情趣，而黑色幽默则有一种绝望、疯狂、荒谬和非常残酷的东西出现了”①，在荒诞派戏剧中，用滑稽的模仿将事物之间的不合逻辑性表达出来。荒诞派剧作家尤内斯库说：“我第一个剧本《秃头歌女》，是企图对于戏剧加以滑稽的模仿，由此而对人类某一方面的特点加以滑稽的模仿。在这个剧本中，正是通过深入日常的平庸生活、把那些日常语言中滥用的口头禅夸张到极点的办法，来表现我觉得整个生活都沉浸在其中的奇特性。”② 而焦虑体验虽然包含在荒诞体验中，但是与之不同，它更主张人要勇敢地接受荒诞的生存条件，通过强烈的抗争和自由的选择而获得有价值的生命形式，对人的存在保持一种严肃和负责任的态度。在一些现代派艺术中，焦虑体验的审美形式在某种意义上强调在焦虑、恐惧、不安和绝望中感受生命的真实，并在这种状态中改变人生命的节奏，赋予生命救赎的希望。

最后，荒诞体验倾向于在主体与客体二元对立的关系上追求两者之间的不协调性，突出荒诞世界中主体与客体之间的错位，嘲弄主体存在的苦痛，自觉表达主、客体之间的隔阂以及主体对客体的无法战胜，否定人类的虚假希望。而焦虑体验虽然建立在主体与客体之间敌对关系和自我压抑的基础之上，但是它更注重对主体自我的超越，对自我存在的不断质疑和无穷追问，是强者存在的力量的展现。在焦虑生成的驱动力和存在体验的带动下，主体能够进入存在的认识境界，领会到存在的价值。

通过以上的分析，我们可以看出，在美学范畴的演变中，焦虑作为一种审美对象和美学范畴，与悲剧、崇高和荒诞之间有着密切的关系。它们

① 陈焜：《西方现代派文学研究》，北京大学出版社 1981 年版，第 7 页。
② 袁可嘉：《现代主义文学研究》（下册），中国社会科学出版社 1989 年版，第 624 页。

都是人在宇宙中探寻自身位置过程中的情感表现和审美体验。而焦虑是悲剧、崇高和荒诞美产生的元情感，在与它们的融合和纠缠中被赋予了丰富而复杂的审美内涵。人类对自然、神、宇宙和人的命运的恐惧和敬畏以及对不可把握东西的一种抗争成为悲剧的核心，自然而然在抗争的过程中，焦虑和恐惧体验承载悲剧的意蕴，使得审美主体在悲剧冲突中得到悲戚的审美享受。而崇高是主体战胜一切可怖的对象时产生的快感，最终倾向于道德高尚的精神境界，因此，焦虑和恐惧在崇高感产生的过程中承担着痛感到快感的转化功能，使得焦虑体验自身具有的崇高性。在与荒诞美的相遇中，荒诞因为焦虑而生，焦虑是荒诞的自然表现，这样一来，焦虑呈现为现代个体在无意义的荒诞中体验现实的精神形式，引诱现代人在荒诞而真实的现实世界中将人性引入个性的深处，深入梦境和梦魇中去探寻世界和人性的本真。因此，我们有理由认为，以悲、崇高和荒诞为依托而建构的焦虑将从更加深层的意义上诠释美学观念发展和变迁的内在机制，更为重要的是，焦虑也超越了传统经典的审美范畴，成为与悲剧、崇高和荒诞并长争高、相互诱发、互联互通、携手共进的美的体验。

结　语

毋庸置疑，焦虑是人类共有的基本的情感和生存体验。从本质上讲，焦虑体验属于人类个体的心理特质，是个体对意义的缺席，社会文化的断裂、冲突和价值失范所导致的生活失落感和危机感的激烈反应。由于个体的心理构成和特征与整个社会的构成和文化结构有着密切的联系，社会总是有意和无意地塑造属于自己的性格，人的生存才能被限定为某种性格特征。因此，在现代社会文化转型的历史大背景下，当时代精神和文化变迁赋予大众恐惧和极度不安的生活感受时，个体的焦虑就容易变成社会性的焦虑，变成现代人的集体心理。从这个意义上说，可以认定，焦虑体验既是现代文化转型期社会集体心态的表现，也是现代文化急剧变迁和冲突矛盾的后果。

从生存论的角度看，主体存在的实质是日常生活世界中的生存，而主体是如何在日常生活世界里显现自身存在的呢？在克尔凯郭尔、海德格尔等存在主义者看来，作为呈现个体内心世界的焦虑是主体生存的本质结构，能够显现主体的生存状态，因此，焦虑体验说到底是主体存在的问题或者主体性问题。在生存面前，焦虑源于主体在世存在的可能性，起始于主体的辩证存在。在社会转型和发展中，主体承担着秩序的追求、知识和实践的确定性，以至于最后承担着创建一个理想社会的重任。但是，在实际的完成的过程中，主体总是承受着理性与感性、普遍性和个性、神圣性和世俗性、超验性和经验性、确定性和不确性、本我与自我、无意识与意识、快乐与现实、自律与他律之间的相互矛盾和冲突，恰恰是这种辩证结构的存在和不断反复呈现，孕育着主体的焦虑。换句话说，焦虑存在于主体存在的辩证和张力结构中，它随时警告主体和客体之间的不恰当关系，努力将主体和客体之间的冲突引向和解，同时展开对主体自我和客体的反思。主体无法摆脱其内在的张力结构，也难以摆脱构成主体的多方面力量的冲突和撕扯，因此，焦虑是现代主体自身存在的心理机制和正常心理反应，也是建构主体精神和控制、增进主体自我发展的重要力量。

主体存在的焦虑除了存在于主体内在的辩证结构之外，在复杂和多元的现代社会世界中也得到了确证。主体在启蒙理性的烛照下，走出了愚昧和黑暗，开始致力于自己的自由王国时，却面临韦伯所说的“铁笼”的围困和阿多诺所谓的启蒙陷阱，主体陷入了茫然无措的状态，似乎没有能力对自己的未来进行谋划。在现实社会生活中，主体被自己弃在门外，只能依靠文化工业生产的虚假需要来获取归属感和存在感，实现自身应该具有的安全感。但是，现代社会与前现代社会的不同在于，社会生活总是处在变动不居之中，是流动、短暂、偶然的，是不断地位移和打破界限，这样一来就容易造成价值的失范。同时，主体又渴望追求一种瞬间的永恒和对社会的归属感，抗议先前的总体性和价值序列，试图恢复被压抑和遗忘的主体的诸多方面，如本能、感性和虚无等，这种生存的矛盾和张力才是主体的生活本质，因此，在这种空间体验、物质体验与精神诉求之间形成了一种矛盾和冲突的关系，在心理的层面上诱发主体存在的焦虑。用未来学家托夫勒的话描述就是：

> 从来没有那么多国家里的那么多的人民，甚至是受过教育的和老于世故的人，感到精神上如此空虚和沉沦，好像生活在混乱和咆哮的思想大漩涡中。互相冲突和矛盾的观点，震撼着每个人的精神世界。

> 每天都有新的时尚，新的发明，新的宗教运动，或宣言这类东西出现。自然崇拜，超感官论，机能整体性药物，社会生物学，无政府主义，唯技术论，恐技术论，及其许多许多思潮和反思潮，以他们自己的科学虔诚，或在十分钟的宗教头头的率领下，横扫我们每个人的意识屏幕。①

由此，我们发现，作为一种对现代性困境的精神反应，焦虑是人存在的精神维度，建构了人的生存论意义。需要强调的是，它不仅是现代性发展所产生的重要的精神后果，也是现代性自身不断向前推进的动力。“作为一种生活方式，现代性通过为自己确立一项不可能的任务而使自己变得可能。正是这种在全部努力中到处呈现的不确定性，使得焦虑不安的生活既可行又不可避免，并有效地杜绝了全部努力最终停歇的可能。”② 进一步而言，从存在论的角度来说，基督教衰落的文化事实和“上帝之死”的毁灭性话语的出现，使人存在的意义蒙上了一层不确定性的阴影，人对存在本质的理解进入了一个转型期，这一转型在人的心理上难免表现为一种动荡和焦虑不安，“一切坚固的东西都烟消云散了”，人被推向了一个混乱无序和焦躁不安的大旋涡，托夫勒在描述当代文化时这样表述过，现代性永不停息的发展速度建构了人存在的心理状态。他认为：

> 飞快的变化速率有时候使得现实像一只疯狂旋转的万花筒。飞速的变化不仅袭击着各种工业和各个国家，它也是一股深深地渗透到我们个人生活之中的有形的力量。它迫使我们在生活中扮演新的角色，使我们面临着一个新的令人不安的心理病变的威胁。③

---

① ［美］托夫勒：《第三次浪潮》，朱志焱、潘琪等译，生活·读书·新知三联书店 1983 年版，第 358 页。

② Zygmunt Bauman, *Modernity and Ambivalence*, Cambridge: Polity Press, 1991, p. 10.

③ ［美］托夫勒：《未来的震荡》，任小明译，四川人民出版社 1985 年版，第 5 页。

从这个意义上说，焦虑体验将是现代性的内在特性。从精神分析的角度来看，无论是弗洛伊德，还是拉康，在反思和建构现代主体意识时，都不同程度地破解、阐释和生发着焦虑体验隐秘的心理机制，以此颠覆传统理性主义的主体性原则和压抑性观念，试图通过揭橥焦虑的心理事实来建构一个不受理性控制和操纵的真实自我。仔细考量，我们会发现，托夫勒所说的令人不安的心理病变是一种现代意识，是对现代变革速度以及这种速度对人生活方式的影响和改造的敏感体验，也是“对现存秩序的不确定性的怀疑或觉察”，由此，“现代存在不断地受到现代意识的纠缠并被搅和成一种焦躁行为”①。

焦虑作为一种重要的精神体验，与被治疗的精神病症候不同。从文化发展的角度来看，它是上帝死后人的精神陷入虚无主义的结果，是人无根基存在的精神状况的体验形式。在这种精神形式下，人容易被抛入无边的自由选择中，成为个人主义者和自恋主义者，一个重要的原因在于，无根基的存在状况，让人们浮躁、无聊、空虚，容易乐此不疲地寻找新异的形式满足自己的需要，以此获得自我的认同。因此，在解释虚无的开放空间和沉重的心理负担时，文化心理学家拉斯奇说得好，“折磨新一代自恋主义者的不是内疚，而是一种焦虑。他并不企图让别人来承认自己存在的确凿无疑，而是苦于找到生活的意义，他已经从过去的迷信中解放出来，但却对自己现在的存在发生了怀疑”②。从这个角度来说，焦虑体验的目的强调的是对人生活意义的追寻，在这个过程中，人始终处在体验焦虑的维度上，用荣格的话说，我们是“寻找灵魂的现代人”。

在存在的意义和灵魂的寻找中，焦虑体验在本质上又属于一种审美行为，焦虑面对他者的威胁或者非存在的威胁，并非直接被主体设定和判断

---

① Zygmunt Bauman, *Modernity and Ambivalence*, Cambridge: Polity Press, 1991, p. 9.

② ［美］克里斯多夫·拉斯奇：《自恋主义文化：心理危机时代的美国生活·前言》，陈红雯等译，上海译文出版社2013年版，第4页。

为美的，而这种设定必须经过审美构思和想象力的参与，体现焦虑主体在形式和风格上想象焦虑的审美意义，并形成对传统审美经验和审美判断的超越。因此，焦虑作为一种审美行为，一方面它能够激发人们对社会和人存在意义的认识和思考，真实地揭穿现实的谎言，审视和批判社会存在和主体自我存在的价值；一方面它能够建构意义，形成文化力量，体现焦虑主体的审美追求和理想，进而变成审美现代性的关键向度，也在某种程度上建构了作为一个审美范畴的焦虑所具有的基本内涵和特性。具体来说，面对现代性时空的转换和压缩以及价值的多元化和均质化，以标画焦虑体验为旨趣的现代主义艺术，通过非理性的形式，用沉闷的主题风格和扭曲抽象的艺术形式创造出一幅幅被忽视或被压抑的现实图景，在反思和批判的基础上，用激进的笔触，刻写了主体真实的自我意识，发泄被挤压和操纵的生存困惑。因此，如伊格尔顿所言，艺术中的痛苦和分裂的“审美是一种心理防御机制，受到过多的痛苦威胁的心灵借此机制把痛苦的原因转化成无害的幻觉”①。从这个意义上说，焦虑不安的精神情绪在现代主义艺术中的呈现，在很大程度上释放了工具理性所带来的令人窒息的痛苦体验，它以一种非强制性的形式实现对现代性问题的反思，启发人们寻找希望和救赎。

如果说审美现代性的目的在于使个体摆脱理性的“牢笼”和千篇一律、呆板乏味的日常生活，用审美化的方式建构一个充满激情和想象的乌托邦式的理想世界，让生命的情愫自由迸发，那么，在充斥着焦虑不安和浮躁空虚的艺术世界中，尽管人们相信在绝望和焦虑的背后孕育着未来的希望，但是它所呈现的审美取向不单单是以艺术的方式渴求从不确定性的心境中解放出来，而且也是让审美主体和残酷的现实保持一种永恒的共振效果，让人们用更加直觉的方式感受真实。因此，焦虑体验在艺术上的审美取向在于突破审美主体的中心化、普遍化和和谐性，从另一种异在的维度上确

① ［英］伊格尔顿：《审美意识形态》，王杰等译，广西师范大学出版社 2001 年版，第 155 页。

立审美的必要张力，在一种共振的审美感受性上，警示着人们如何应对和纠正现代性文化的不足，同时，用艺术的震撼力直观地表达现代人发自内心的真实。

在现代性视野中，焦虑体验背负着寻找意义的重负，对无意义、虚无、价值失范进行某种抗议和控诉。而后现代社会的降临，主体对自我的焦虑和恐惧变得较为宽容，将焦虑和恐惧体验当作后现代主义文化的感觉逻辑，“恐惧现已深入我们的生活，渗透进我们日常的生活规律中。它不需要任何外来的刺激，因为它日复一日所激发的人类行为已为其复制自身提供了足够多的动力与能量”①。因此，后现代文化把焦虑问题推进到了一个新的研究领域。我们知道，后现代主义文化逻辑的一个主因就是消费主义，也就是，人所有的一切都被纳入消费的控制中，按照差异和重复的逻辑规则对日常生活的景象进行生产和再生产，并且这种规则在人的消费心理中蔓延，从而成为控制人的意志的重要手段。因此，在不断差异化和同一性的过程中，人始终找不到固定的意义和真实的自我，而是时刻处在碎片化的状态中，时刻处在符合意义的生产和再生产的旋涡中，我们可以称这种状态是一种举棋不定的焦虑体验。在这种情形下，焦虑体验放弃了寻找灵魂和存在意义的责任，也背离了现代性反思和批判的意识，成为被时尚、广告媒介等大众文化所操纵的消费意识形态，并且在大众文化的虚假意识的大肆渲染中被再生产出来。所以，在身体不断被掏空而日益成为消费意识形态的监控对象的过程中，我们发现，个体自我无法轻松和闲适，相反，只能在不断变化的差异中感受被撕裂的紧张感，在充满冲突和矛盾的旋涡中感受生存的张力，在危机四伏的生活节奏中寻找认同的力量和标准。

英国当代社会学家吉登斯在集中讨论现代性中的安全与危险、信任和

---

① ［英］齐格蒙特·鲍曼：《流动的时代——生活于充满不确定性的年代》，谷蕾、武媛媛译，江苏人民出版社 2012 年版，第 12 页。

风险的问题时指出："正像每个生活在20世纪末的人所看到的那样，现代性是一种双重现象。同任何一种前现代体系相比较，现代社会制度的发展以及它们在全球范围内的扩张，为人类创造了数不胜数的享受安全的和有成就的生活的机会。但是现代性也有其阴暗面，这在本世纪变得尤为明显。"① 显然，极度不安的焦虑体验是现代性进程带给人们心理上的阴暗面，是现代性所带来的消极的负面作用。我们不能低估和简化焦虑体验在现代社会进程中存在的必要性和复杂性，更不能夸大和泛化它在日常生活领域中所具有的价值和隐含的意义。我们应该辩证地看待和思考焦虑体验及其所表现出的各种实际问题。一方面既然焦虑体验是现代性的后果和自身的弊病，是现代文化转型的产物，我们不能用消极和负面的焦虑体验来否定和诋毁现代化进程的正面功能；另一方面焦虑体验是现代性的产物，承担着对现代性的反思和审视，为现代性发展提供经验价值，在美学上为现代性提供积极的意义。一方面，以焦虑体验为主题建构的审美形式，是通过主体的审美意识和审美理想以抽象的形式呈现出来的，强化和丰富了焦虑的表现形态，满足了焦虑主体的内在需要，为生命提供了意义；另一方面，虽然在激活主体的生命力和建构艺术风尚上，焦虑发挥了其他力量所不可替代的独特功能，但是我们不能因此片面夸大焦虑的审美现代性功能，不能否认和取代现代社会的多元审美价值取向。如果脱离了现代性自身的参照，焦虑的审美意义也就失去了其相对的意义。

总之，焦虑体验的美学呈现是对人的生存考量和对现代社会潜藏问题的揭示，能够显现人存在的真实状态，启示着人们在焦虑的时代充分认识自己，激发着人们在不确定性的时代寻求生存之道，呼唤着人们不断迈向自由。无论是西方，还是中国，都必须积极和客观地面对焦虑的现实性和复杂性。因此，在全球化语境中进一步探讨这一问题具有重要的学术和现实价值。

---

① ［英］安东尼·吉登斯：《现代性的后果》，田禾译，译林出版社2000年版，第6页。

附录　影响的焦虑与认同危机

——中国当代文学理论的困境与出路

进入新时期以来，中国文学理论发展此起彼伏。从方法论热到古代文论的现代转换，到日常生活审美化与文化研究热，再到晚近文学理论的反思热，文学理论研究已有长足进展，形成了多种理论观点，取得了丰硕成果。但是从另一个层面看，当代文论研究却始终暗含着危机和被质疑的声音，诸如研究对象边界的模糊、方法的碎片化和研究的有效性等问题成为许多从事文论研究的专业人员时常讨论的话题。钱中文先生在2012年中国中外文论第九届年会上的致辞中通过回顾当代文学理论的发展，也指出这种危机的存在，认为面对新的世纪，当下文学理论处在焦虑与不安中，似乎一切还没有真正开始，似乎一切都要重新再来。① 如此这般，文学理论处于变幻不定的状态，被不确定性包围着，随时都会可能陷入一种碎片化状态和价值碎形中，进而对自身有限性和易逝性的处境产生担忧和焦虑。换句话说，中国当代文论患上了"焦虑症"或"经验贫乏症"，因此，这就需要我们搞清楚，作为一个基础性学科，文学理论在当下的境况如何？为何

① 钱中文：《21世纪的文艺理论：国际视域与中国问题国际学术研讨会暨中国中外文论学会第九届年会上的致辞》，山东师范大学文学院编《中国中外文论学会第九届年会论文集》，山东师范大学，2012年。

会这样？可能会向什么方向发展？只有诊断好其症状才能开出一些药方，才能找到出路，走出困境。

一

中国当代文论的焦虑根源于西方他者的存在。按理说，中国文论的整体形象实际上是我们自己对本土文学和文学理论认知的结果，其研究对象、言说方式和理论价值应当体现中国的时代品格和民族特色。但是，30 年多来，俄国形式主义、唯美主义、精神分析、存在主义、结构主义、解构主义、符号学、叙事学、后殖民理论、国外马克思主义等西方文艺理论思潮在中国文论的土壤中“生根发芽”，成为文学理论研究共同体成员探讨的话题，进一步说，就是以西方的问题为自己研究的问题，把西方的规则奉为自己知识创新的规则。长此以往，我们会情不自禁地感觉到西方文论就像“镜像”一样，只有通过它来观看自己，最终形成自我的形象，这样一来，在西方文论的话语空间中，我们似乎找到了研究的问题和方法，至于历史语境、文学历史发展变迁、逻辑起点等是否与中国当代文学与文论的发展有相似、相通之处，彼此之间有没有对话的可能，这些问题我们没有很好地考虑到。如果说，我们只是研究西方文学理论，研究西方文学理论发展演变的规律以及讨论其中属于热点前沿的文学问题，这似乎是没有问题的，类似西方文学界研究中国文学一样。但是，当这些理论主宰中国当代文论发展的时候，或者说，在讨论文论时，西方文论就像幽灵一样，构成中国当代文论言说方式的阴影，也像一面镜子一样对中国文学理论的发展进行比照和监视，在这种情形下，我们不得不考虑，西方文论在中国建构本土文学理论中到底扮演着什么样的角色？这是中国当代文论建设过程中必须认真反思的问题。

美国当代文论家布鲁姆写过《影响的焦虑》一书，该书在中国影响很大。作者很好地吸收了尼采和弗洛伊德两位非美国本土理论家的思想观念，并把他们的理论成功地运用到西方传统诗论的否定性研究中，向世人展示了传统影响的焦虑以及超脱这种忧虑的方式，创造了独树一帜的“逆反”式批评理论。在西方，这种文学理论研究的路数有很多。布鲁姆给我们的启示是，他者化的理论是自我创造新的观念和方法的基点，在否定、抵制与接纳、对话中，以现实的文学文本为依据，让异域的理论话语在本土理论建构中释放出新的生命力，实现理论的创生。对于这个道理，赛义德的表述较为精当：第一，有一个起点，或类似起点的环境，使观念得以生发或进入话语。第二，有一段得以穿行的距离，一个穿越各种文本压力的通道，使观念从前面的时空点移向后面的时空点，重新凸显出来。第三，有一些条件，不妨称其为接纳条件或作为接纳所不可避免之一部分的抵制条件，正是这些条件才使被移植的理论或观念无论显得多么异样，也能得到引进和容忍。第四，完全（或部分）地被容纳（或吸收）的观念因其在新时空中的新位置和新用法而受到一定程度的改造。[①] 我们以为，这是西方文论之所以不断发展和革新的根本原因，也是西方文学发展的基本途径。

对于中国而言，随着改革开放的不断深入，中西方文化交流的不断加强，社会文化生活也随之发生了深刻变迁，西方各种学术资源在中国不断穿梭和旅行，我们讨论一些文学理论基本问题都具备了外在的可能性，拥有了一个“发轫的环境”，按说这应该成为中国文学理论发展和创生的契机。遗憾的是，精神分析、形式主义、新批评、结构主义、解构主义、后殖民理论等学术话语系统，我们对此耳熟能详却在吸收和接纳的过程中走

---

① ［美］爱德华·赛义德：《赛义德自选集》，谢少波、韩刚等译，中国社会科学出版社 1999 年版，第 138—139 页。

向了种种“滥用”和“泛化”的道路。1996年国内学者提出的“失语症”命题就是对中国当代文论面对西方文论话语时发出的“集体无意识式”的责难，这也是中国当代文论患上“焦虑恐慌症”的深刻表征。

我们不得不承认，“失语症”命题的提出是文论研究者向中国当代文坛发出的焦虑的呐喊，指出了现阶段中国当代文论发展中最严峻的问题，就是集体失语。

> 中国现当代文坛，为什么没有自己的理论，没有自己的声音？其最基本原因在于我们根本没有一整套自己的文论话语，一套自己特有的表达、沟通、解读的学术规则。我们一旦离开了西方文论话语，就几乎没有办法说话，活生生一个学术“哑巴”。想想吧，怎么能指望一个“哑巴”在学术殿堂里高谈阔论！怎么能指望一个患了严重学术“失语症”的学术群体在世界文坛说出自己的主张，发出自己的声音！一个没有自己学术话语的民族，怎么能在这个世界文论风起云涌的时代，独树一帜，创造自己的有影响的文论体系，怎么能在这各种主张和主义之争中争妍斗丽！①

这番话带着一些激愤和不满，把整个文论界压抑已久的“焦虑不安”的精神窘境集中表达出来，展现出整个中国当代文论“焦虑恐慌症”的面相。正如蒋寅先生评论道：“其实我感觉，近年‘失语症’一词的流行，已表明在这个问题上的确集中了学术界的某种焦虑。”② 周宪先生也分析道：“其实是一种文化认同焦虑的表征。这种焦虑自近代以来像一个幽灵始终萦绕在文化共同体中。说穿了，这是一种对中国文化‘他者化’的忧患意

① 曹顺庆：《文论失语症与文化病态》，《文艺争鸣》1996年第2期。
② 蒋寅：《对失语症的一点反思》，《文学批评》2005年第2期。

识。”①“失语症”的提出以及对其分析的态度和立场让我们共同体悟到：中国当代文论的焦虑症状就是西方他者的影响造成的。我们知道，西方现代文论深刻影响了中国现当代文论的发展，包括王国维、梁启超、蔡元培、朱光潜和宗白华等老一辈文学理论大家，他们深受西方“他者”文化的影响，能融通中西、汇聚古今，创造了中国现代文论辉煌的画卷。但是，目前来看，作为“强者”的西方文论遮挡和垄断了我们的注意力，使我们无法真正观察和表达自己，在很多层面上“模仿”和“迁就”西方的文论话语，致使自己完全笼罩在西方文论的光芒中，一旦脱离这种光芒，我们就无法按照自己的逻辑去推理和求证，进而丧失了自己说话的权力和创新的能力。布鲁姆在论述“影响”的负面效果时引用王尔德的话说：“影响乃是不折不扣的个性转让，是抛弃自我之最珍贵物的一种方式。影响的作用会产生失落感，甚至导致事实上的失落。”② 我们以为，“失语症”的表述就能说明这一点。在西方他者面前，我们转让了自己表达的个性，对文学和文学理论的想象不再是从自己内心原发出的真正属于自己的想象，在很大程度上是西方文论所发出的声音的回音。

布鲁姆深陷“影响的焦虑”的理论困境中，为此开出的药方就是对传统、强者诗人的误读，只有这样才能摆脱传统、强者诗人的影响，才能保持自己的创作个性。他这样写道：

> 诗的影响——当它涉及两位强者诗人，两位真正的诗人时——总是以以前一位诗人的误读而进行的。这种误读是一种创造性的校正，实际上必然是一种误译。一部成果斐然的“诗的影响”的历史——亦即文艺复兴以来的西方诗歌的主要传统——乃是一部焦虑和自我拯救

① 周宪：《“合法化”论争与认同焦虑——以文论“失语症”和新诗“西化”说为个案》，《南京大学学报》2006年第5期。

② ［美］布鲁姆：《影响的焦虑》，徐文博译，生活·读书·新知三联书店1989年版，第4页。

之漫画的历史，是歪曲和误解的历史，是反常和随心所欲的修正的历史，而没有所有这一切，现代诗歌本身是根本不可能生存的。[①]

布鲁姆的理念和方法似乎并不过时。在对待外来文学理论的态度上，我们并没有像布鲁姆那样去“误读”，去阐释与过度阐释，完成对西方文学理论话语的转换，在交流与冲撞中提出新的命题或理论。然而现实是，在引进西方文论话语的时候，不是从文学发展的实际和学术发展的内在需要出发，只是为了跟上西方的潮流，对西方文论话语资源进行初级的简单加工，进一步说，“一些理论话语的引进，往往只维持一种话语的简单复制层面。一旦某种话语不再流行，便毫不留恋地迅速撤离，转入其他话语的复制工作中。这样一种浮在表面的学术话语实践方式，必然导致对话能力的丧失、话语转换的失效”[②]。因此，我们在充分认识到这种简单的复制对中国当代文论造成的“精神创伤”之时，也是文论自觉之时，失落感和焦虑感自然会从看似热闹的场面中浮现出来。当再次面对西方文论的“他者化”影响时，我们不难觉察到西方文论在中国文论面前像一个虚假的“镜像”，像一个虚幻的“父亲形象”，彼此之间充满矛盾。一方面我们把西方文论作为中国当代文学理论发展的重要参照，对西方文论流派众多、思潮迭起的发展趋势心存敬佩，感叹西方文论对西方文学史、文学发展变迁和文学文本的深刻认识；另一方面为了保持中国本土文论话语的独立性和自主性，对西方文论预先抢占了中国当代文论的建构空间而无法超越，表现得却是更多的担忧、害怕和惊恐。如此一来，只要这种张力存在，中国当代文论患上“焦虑症”也是必然的，这也是目前中国文学理论发展的窘境。

---

① ［美］布鲁姆：《影响的焦虑》，徐文博译，生活·读书·新知三联书店 1989 年版，第 31 页。

② 李健：《文学理论发展与学术认同机制》，《文艺理论研究》2008 年第 1 期。

二

随着消费文化的到来，视觉文化日益占据社会文化的主导地位，视觉愉悦压倒理性的静观，以语言文字为媒介进行书写的文学开始逐渐被边缘化。与之呼应，经典意义上的文学理论的言说空间变得越来越狭窄，无论是在大学课堂，还是在社会文化领域，听众越来越少，文论研究也就成为少数专业人士在小圈子内谈论的话题。在这种情况下，作为具有自我高度反思性的主体，文学理论研究者自然会意识到如下问题：我是谁？我们是谁？我们应该做什么和能够做什么？我们所做的关于文学理论知识的阐释和建构能不能在彼此的交流和对话中站得住脚，我们所推进的文学理论研究是停留在“能指的游戏”的层面上，还是与现实的文学、时代紧密结合在一起，充分发挥出理论的解释能力？当文学理论研究者在诸如此类的问题中找不到确切的答案，或者说自我在学术共同体和现实社会经验的位置得不到主观肯定的时候，认同危机及其诱发的身份焦虑便由此而生。

在文学理论界，文论家大都在相当长的一段时间里扮演着“立法者”的角色，他们“牢牢地控制着趣味和艺术判断领域。这里的控制意味着不受任何挑战地操纵各种机制，以使不确定性变成确定性，意味着做出决定，发表权威评论，隔离，分类，对现实施以限制性的规定。换句话说，控制意味着对艺术领域行使权力”①。因此，在立法者的维护下，文学理论形成了一套充分体现知识分子良心、社会责任、人文精神和审美观念的知识体系，在此基础上，立法者之间的立论、辩论和交流才是合法的。重要的是，

① ［英］齐格蒙·鲍曼：《立法者与阐释者》，洪涛译，上海人民出版社2000年版，第179页。

在那样一个充满追求崇高精神的意义世界里，文学理论研究者能够确认自己的身份认同。

根据美国存在主义理论家蒂里希的分析，人的实存都是被非存在（空虚、无意义）所包围着，随时可能陷入虚无。个体体验到自身被这种非存在所包围并为之担忧，这便是焦虑，即意味着对自己认同的存在可能会丧失的担忧，或者自己的同一性丧失的恐惧，进一步说，一种熟悉自身的感觉，一种从他信赖的人们中获得所期待的内在自信的感觉遭受到诋毁和威胁。对中国当代文学理论研究者来说，日常生活审美化与文化研究的盛行，使得文学理论的学科界限以及研究对象不断扩容，研究方法开始向多学科、跨学科的方向发展，研究视角也向多元和建构主义的方向发展。这样一来，文学理论所预设的对文学经典的阐释、文学永恒价值和普遍审美法则的建构被充斥着物欲与粗俗气息的大众文化包围，而大众文化培育的实利主义又让高高在上的文学理论养就的精英主义难以适应。同时，过去以哲学和美学为主导的文学研究方法被多学科和跨学科的方法所取代，文学的本质主义和统摄性思维被许多文学理论研究者指责为“一种僵化、封闭、独断的思维方式和知识生产方式”①。诸如此类观念和方法论上的轮番冲撞，让大多数人对自己认同的存在感到担忧，一种熟悉自身的感觉开始消逝。即使那些主张解构主义的文学理论工作者，虽然他们抵制文学的本质主义特质，把解构和建构作为文学理论的知识生产方式，强调地方性建构和知识社会学的反思，但是围绕知识建构引发的一些问题：建构什么？如何建构？建构的价值标准是什么？知识建构在什么条件下何以可能？都是不确定的，悬而未解的。对于大多数人而言，空虚和无意义的焦虑将在相当长的时间内伴随着文论的研究，成为一种当下知识分子的精神体验。借用蒂里希的话说：“人的存在包括他与意义的联系。只有根据意义和价值来对实在（包

① 陶东风：《文学理论基本问题·导论》，北京大学出版社2004年版，第3页。

括人的世界和人本身）加以理解和改造，人才成为其人。”① 因此，面对文学理论知识体系的快速转换和现实世界的工具理性的价值诉求，文学理论研究者对于所从事的研究工作容易产生一种丧失意义之源的焦虑。换句话说，建立在共同体基础之上的意义世界已经倒坍，相对主义、价值虚无主义开始盛行，固定与安身立命的价值准则丧失，面前永远飘荡的是一些固定的“非存在”和“虚无”的东西，再加上学术道德的滑坡，无意义、无根基、无方向感和漂泊感成为当代学人的精神状态，认同的焦虑将是许多有学术良知的知识分子精神上的“慢性病”，即他们对自己身份的不安和担忧。

面对种种不安和担忧，文论家应该重新调整自己的言说立场，重新确立自身的文化身份。在现代性和后现代性的文化语境中，鲍曼指出了现代以来的知识分子在相当长时间里扮演着“立法者”的角色，这些文人教养良好、经验丰富、气质高贵、趣味优雅，左右着艺术的审美判断，拥有区分艺术价值与非价值的权力，对社会文化领域具有举足轻重的干预能力。而进入后现代以来，在非理性、混乱和“缺乏历史动力”的时代，人文知识分子只能以“阐释者”的身份，在阐释的活动中，追寻一种对意义的探索，使各种交往融合的方式得以相互接近，同时希望这种探索和沟通得到他人的理解从而确认自己的存在。鲍曼所描述的两种不同时代的知识分子，虽然行使的权力和发挥的功能不一样，前者容易成为绝对主义、权威主义的代言人，后者则展现出一种相对主义和多元主义的形象，但是他们在谈论文学与艺术的时候都是建立在一定的文学和艺术观念的基础上，否则无从谈起。他们对自己时代的社会政治、经济与文化发展都有清醒的认识，这样一来，对社会文化发展的前景和面临的问题就有正确的判断。从这个意义上说，在这个价值多元、言说方式多样的文化世界中，我们不能否认

① ［美］蒂里希：《存在的勇气》，成穷、王作虹译，贵州人民出版社1988年版，第66页。

“立法者”所努力承担的历史使命，当然也不能把“阐释者”推向另一个学术极端，去一味地反对“立法者”。对于中国当代文学理论工作者而言，那种满怀雄心壮志去做“立法者”和重新建立“立法者”权威的认同是一种不太现实的想法。笔者以为，在一个到处浮现“合法性危机”的时代，我们只有在一种流动性、不稳定和矛盾的状态中去思考和塑造自身的身份认同，这也是面对形形色色和五花八门的文化现实所做出的一种正常和健康的反应。如法国当代思想家阿加辛斯基在评价现代文化时所说：“今天，如果承认世界是不稳定的，其中包括货币本身也是不稳定的，那么，认为存在着超越时间、永恒的模型的观点，在我们眼里就会显得有些荒谬。”① 进一步讲，用一种普适性思维、一劳永逸的观念去观照和审视文化现实反而有些“不正常”，甚至有些“病态”。海德格尔说，“只有面对虚无，才会想到存在”，所以，在笔者看来，面对流动、不确定和可能性的虚无状态以及由此产生的焦虑不安的心境，文学理论工作者更像一个“摆渡者”，摆渡于历史与未来、历史与现实、传统与现代、现代与后现代、中国与西方、中心与边缘、地方性与总体性之间，在摆渡和动荡中经营和体验对文学和文学理论的认识。这里“摆渡者”的提法是受法国当代思想家阿加辛斯基对“时间”的哲学思考的启发而提出的，她认为，“现代意识是‘摆渡’和‘过客’的意识。今后我们要这样去思维：一切都‘到达’和‘经过’。没有任何固定的因素，赋予事物扎根现在并抵制时间所必需的东西”，“‘摆渡’是一种运动和短暂的体验，一种起伏变动和必然消失的体验，那么它应该有很多面孔；现代不仅抛弃了永恒，也抛弃了时间性和历史性的单一形式”②。从这个意义上理解，生活在不确定和偶然性的世界中，人人都应该是一个现世的“摆渡者”，也像美学社会学家施托奎斯所描述的“边际

---

① ［法］阿加辛斯基：《时间的摆渡者》，吴云凤译，中信出版社2003年版，第28页。
② 同上书，第10—11页。

人”，人人都脚跨两个或多个世界或社会，心理摇摆不定。而对于文学理论工作者来说，做一个理论的“摆渡者”，脱离了“立法者”的永恒性和权威性，同时把自己抛入一个非存在（哲学将存在与永恒等同起来）中，用变动的方式来体验这个世界，在丧失了一切意义的语境中思考世界，从这一点来看，“摆渡者”与“阐释者”区别开来。如此这般，回过头来看看，文论家的身份演变经历了“立法者”到其身份地位的“倒塌”，再到“阐释者”的兴起及其地位的确立，再到当下“摆渡者”形象的浮现。由此，我们可以断定，文论家应该在变动和摇摆中确立和寻找自己的身份感。进一步，在知识建构和解构的冲突中，在个体存在与虚无的互动中，在精神体验的短暂和永恒的复杂张力中，大多数中国文学理论工作者的身份认同或许将是一个未知数，而在焦虑不安的心境中艰难前行却是确定性的现实，或者说被文学理论知识生产的机制拖着前行，不可避免地呈现出身份表征的焦虑。当然，我们也不应该对此持悲观态度。

三

本雅明在论证西方现代文化复兴时说：“这并非真正的复兴，而是一种遮掩。”“我们经验的贫乏只是更大的、以新的面目——其清晰与精确就像中世纪的乞丐一般——出现的贫乏的一部分。因为如果没有经验使我们与之相联系，那么所有这些知识财富又有什么价值呢。”[①] 中国文学理论工作者过多地把目光聚焦到西方文学理论身上，试图“照着讲”和“接着讲”西方文论正在讨论和讨论后的话题，在讲述的过程中建设和复兴中国文论。

① ［德］本雅明：《经验与贫乏》，王炳军译，百花文艺出版社 1999 年版，第 253 页。

然而，从当代文学理论研究的发展来看，从本质主义、历史主义到解构主义，再到文化研究，文学理论研究大都围绕原典或制造一些抽象概念以及对概念的不同理解和演绎展开讨论，并且这些概念和理论观点的讨论大都是建立在西方经验的基础上，日益背离中国鲜活的文学经验和现实。换句话说，当代文论离我们的现实经验越来越远，即使我们试图为自己建构一个如何多元开放的文论形象，也无法掩饰实际上的精神空洞和“经验贫乏”，因为，中国当代文论尚未从根本上形成属于自己的言说方式，既与历史经验相隔阂，又缺乏现实经验，甚至无法把握好自己。从这个意义上说，医治好中国文论的这一“经验贫乏症”，是中国文论摆脱“影响的焦虑”和确立“本体安全感”的关键所在。

首先，文学理论应该直面中国文学鲜活的经验与现实问题。何谓文学的经验和现实？在笔者看来，实际上就是被理论模式和话语方式所遮蔽的中国文学发展过程中文学本身新变的现实问题。这些现实问题有本土的文化背景作为支撑，其建立在中国本土文学经验基础上的学术命题有真实性和现实关怀性。正如有学者所言：“如果我们不能面对当下的文学现实，也就失去了理论的有效性，意义不大。我们当下所面对的文学花样翻新，目不暇接，丰富多彩，我们的文学理论应该面对这一现实，应该花费更多的精力去关心和阐发这一现实。”① 的确，新时期以来，中国文学丰富多彩，文学现象层出不穷。比如，伤痕文学、反思文学、先锋文学、网络文学、超文本写作、口语诗写作、微小说、生态文学、底层文学、图文叙事体等，这些鲜活的文学形式体现了中国文学现实和经验的复杂性、特殊性、多元性和异变性，我们不能简单地套用西方的概念和术语去归纳和阐释中国文学的经验和现实问题，否则可能就是隔靴搔痒。这就要求文学理论必须从

① 赵宪章、曾军：《新时期文艺学的学科建设与反思——赵宪章教授访谈录》，《甘肃社会科学》2007年第4期。

中国的文学实情出发，跳出单纯地追求文学理论自身的完美性和自洽性的冲动或设想，从中国文学的经验中产生本土性和原创性的理论。比如，晚近在文学理论界出现的文学与图像的关系问题日益成为新世纪的“新学问”。文学与图像关系问题直面文学遭遇到了“图像时代”而带来的“文学危机”，以及此危机背后整个人类所面临的“符号危机”，这一现实经验把一个鲜活的、有意义的问题推至学术前沿。这一研究有清醒的本土意识，不“停留在文化研究层面反复‘打滑’”，不过分“迷恋西方现代西学”而感到“影响的焦虑”，而是“注重中国传统和本土资源，更强调历史纵深感和实证精神，更关注个案分析和小中见大”①。类似这样的研究，超越了以往本质主义和反本质主义各持一端的做法，从历史命题和现实课题的立场上生发文学研究的理路，可以说为我们走出文学理论研究困境提供了一种可供参考的解决方案。

其次，倡导多元主义的方法论理念。文学是多元复杂的，由于主观价值判断的不同，以及种种价值判断随着不同历史发展而不断变化，因此，文学始终从整体上呈现出非稳定的特质，那么设想用单一的或者统一性的研究方法来解决文学的相关问题，是不现实的。在这个意义上，强调研究方法的多元性、差异性以及合法性，不是只承认一种方法或一种价值的合法性，而是在平等、民主和协商的语境中，坚持自身的差异与尊重他人方法的不同，达到最终肯定不同研究方法及其价值的合理性的目的。但是，在坚持多元主义方法论的合法性之下，我们还必须关注一些容易被忽视的相关问题。正如伊格尔顿所认为的那样，我们应该庆幸各种批评方法的多元性，采取一种宽容的普世主义姿态，并为我们能够摆脱任何单一方法的专制而欢呼鼓舞。然而，且慢兴奋过度。这里依然存在着某些问题。其一，

① 赵宪章：《文学与图像关系研究：向学理深层挺进》，《中国社会科学报》2012 年 9 月 21 日第 4 版。

这些方法并非都能并行不悖。其二，这些方法中有些几乎就不是什么方法。[①] 从伊格尔顿的立场出发，我们应注意到，一方面尊重文学研究方法的多元性和差异性，从某种意义上为研究者奠定自身进行文学理论知识生产和建构的合法性，另一方面，多元主义研究方法存在的基础是差异，但问题是，一些方法是不是切实可行，是不是并行不悖，能不能符合当前文学理论研究路径，这是必须引起我们警惕的问题。更为重要的是，如果多元性和差异性被不适当地无限夸大，以至走向一种工具性的技术形态，或者仅是一种研究的意识形态，就有可能走向研究价值的混乱和无序，必然导致不同方法之间的冲突和对立。因此，多元主义方法论观念需要建立在文学研究方法发展规律的基础上，贴近文学理论和文学发展的现实，超越不同方法各执一端的做法，在彼此互补协商的情形下，推进文学研究的不断发展。

最后，重建文学理论的公共性品格。按照伊格尔顿的理解，“现代文学理论的历史乃是我们时代的政治和意识形态的历史的一部分”，“是用以观察我们时代的历史的一个特殊角度”，“纯文学理论只是一种学术神话”[②]。从这个意义上说，文学理论与时代的政治、意识形态、文化现实等有着特定而密切的关系，因此，文学理论的知识生产不应该直接为大众的物质消费服务，为大众获得审美快感而辩护，也不应该脱离作家、现实文本而只作为文学批评理论不断演绎的工具变得越来越深奥。在笔者看来，文学理论承担着向社会传播公共文学经验，以及以文学经验为基础向公众传达对社会现实的批评和反思的职能，表达一种公共性的主体性话语。比如进入新时期以来，在拨乱反正、思想解放的时代语境下，文学理论摆脱了依附于极“左”政治的地位，逐渐确立自主性的地位，表现出对个体与社会的

---

① ［英］伊格尔顿：《二十世纪西方文学理论》，伍晓明译，北京大学出版社 2007 年版，第 199 页。

② 同上书，第 196 页。

本质关系、权力和生命的关系、历史文化传统和当下社会人的主体性等问题的反思和批判。“80年代美学文艺学热乃至整个人文科学热的根本原因正在于它与当时整个中国社会、政治、文化思潮的内在联系，在于它充当了思想解放（意识形态革命）的急先锋。”① 这些研究都渗透着文学理论工作者对知识、真理、生命存在、自由、社会正义、良心和个体价值的深刻思考。虽然这些体现终极关怀的思考未必能够直接指导公众的生活，但是这些具有深度的思想观念能够影响社会公众对文学价值和人文精神的感知与评价。而当下的事实是，视觉文化的崛起和消费主义的盛行，使得人们的生活转向对个人物质幸福的追逐，而对社会公共领域的批判性反思能力显得相对匮乏。与之相应，文学创作与文学理论呈现出公共精神素养“缺失”或者“消失”的景象，当下文学书写时尚、娱乐、休闲、惊悚、玄幻的世界远远多于对人性、道德和民族精神世界的沉思，而文学理论知识的价值取向也不再面对社会现实获得自己的公共性品格。更值得思考的是，文论成果也成为文学理论学科建设、高校研究者职称评价体制中的硬性材料，或者成为物质消费和文化消费以及专业化道路上知识生产链条上的“零部件”和“副产品”，这种过度“专业化”和“专家化”的走向，必将使得研究者陷入身份认同的焦虑和知识生产的合法性危机，而不敢于“独立关注”公众文学经验和重大的公共领域事务。虽然20世纪80年代的社会语境和文化氛围不可能重现，但是作为一种精神沉淀，公共性品格应该是当下文化实践和理论思考的基点，所以，面对消费意识形态的“吞噬”和学术体制的“规训”，文学理论工作者应该避免退缩，重建文学理论知识原本拥有的批判和反思的公共性品格，发挥其在中国当下文学现实和社会公共领域中的重要作用。

当然，中国当下文论的发展和建构，无论是在问题视域的开拓上，还

① 洪子诚、孟繁华主编：《当代文学关键词》，广西师范大学出版社2002年版，第165页。

是在研究方法的融合上，应该体现出合力性和自适性，面对西方他者，应该具备转化生成和自我调适能力，更为重要的是，应该保持一种建立在学术立场上的理论自反性，不断自觉地反思和考量自己。只有这样，文学理论才能处在良性的生态环境中，其“本体安全感”才得以呈现，才能充分彰显其内在强大的生命力。

参考文献

中文文献

《鲁迅全集》第 1 卷，人民文学出版社 2005 年版。

《鲁迅全集》第 2 卷，人民文学出版社 2005 年版。

《鲁迅全集》第 4 卷，人民文学出版社 2005 年版。

《鲁迅全集》第 6 卷，人民文学出版社 2005 年版。

《鲁迅全集》第 11 卷，人民文学出版社 2005 年版。

［奥］阿德勒：《超越自卑》，黄国光译，国际文化出版公司 2005 年版。

［德］阿多诺：《美学理论》，王柯平译，四川人民出版社 1998 年版。

［挪威］阿恩·爱格尤姆：《蒙克》，宋红梅译，湖南美术出版社 1989 年版。

［美］阿恩海姆、霍兰等：《艺术的心理世界》，周宪译，中国人民大学出版社 2012 年版。

［德］阿尔布莱希特·维尔默：《论现代和后现代的辩证法——遵循阿多诺的理性批判》，钦文译，商务印书馆 2003 年版。

［法］阿尔都塞：《保卫马克思》，顾良译，商务印书馆 2006 年版。

［法］阿加辛斯基：《时间的摆渡者》，吴云凤译，中信出版社 2003 年版。

［英］阿克塞尔·霍耐特：《分裂的社会世界——社会哲学文集》，社会

科学文献出版社 2011 年版。

［加拿大］阿拉普拉：《作为焦虑和平静的宗教》，杨韶刚译，华夏出版社 2000 年版。

阿英：《晚清小说史》，东方出版社 1996 年版。

阿英：《文明小史叙引》，北京通俗文艺出版社 1955 年版。

［美］埃伦·H. 约翰逊编：《当代美国艺术家论艺术》，姚宏翔、泓飞译，上海人民美术出版社 1992 年版。

［英］艾瑞克·霍布斯鲍姆：《断裂的年代：20 世纪的文化与社会》，林华译，中信出版社 2014 年版。

［法］安德烈·布勒东：《超现实主义宣言》，袁俊生译，重庆大学出版社 2010 年版。

［英］安迪·班尼特、基思·哈恩－哈里斯编：《亚文化之后：对于当代青年文化的批判研究》，中国青年政治学院青年文化译介小组译，中国青年出版社 2012 年版。

［英］安东尼·吉登斯：《现代性与自我认同》，赵旭东、方文、王铭铭译，生活·读书·新知三联书店 1998 年版。

［英］安东尼·吉登斯：《现代性的后果》，田禾译，译林出版社 2000 年版。

［加拿大］奥尔特加·加塞特：《大众的反叛》，刘训练等译，吉林人民出版社 2004 年版。

［法］奥利维耶·阿苏利：《审美资本主义：品味的工业化》，黄琰译，华东师范大学出版社 2013 年版。

［英］奥兹本：《弗洛伊德和马克思》，董秋斯译，中国人民大学出版社 2004 年版。

［美］巴雷特：《非理性的人》，段德智译，上海译文出版社 1992 年版。

［古希腊］柏拉图：《柏拉图文艺对话集》，朱光潜译，人民文学出版社

1959年版。

［古希腊］柏拉图：《理想国》，郭斌和、张竹明译，商务印书馆2003年版。

［德］保尔·福格特：《20世纪德国艺术》，刘玉民译，上海人民美术出版社2001年版。

［英］鲍桑葵：《美学史》，张今译，中国人民大学出版社2010年版。

［德］本雅明：《发达资本主义时代的抒情诗人》，张旭东等译，生活·读书·新知三联书店1989年版。

［德］本雅明：《经验与贫乏》，王炳军译，百花文艺出版社1999年版。

［英］彼得·巴里：《理论入门：文学与文化理论导论》，杨建国译，南京大学出版社2014年版。

［德］彼得·毕尔格：《主体的退隐》，夏清译，南京大学出版社2004年版。

［西］毕加索等：《现代主义大师论艺术》，常宁生编译，中国人民大学出版社2003年版。

［法］波德莱尔：《波德莱尔美学论文选》，郭宏安译，人民文学出版社1987年版。

［法］波德里亚：《消费社会》，刘成富、全志钢译，南京大学出版社2000年版。

［英］波微：《拉康》，牛宏宝、陈喜贵译，昆仑出版社1999年版。

［美］伯曼：《一切坚固的东西都烟消云散了——现代性体验》，徐大建、张辑译，商务印书馆2003年版。

［法］布尔迪厄、帕斯隆：《再生产》，邢克超译，商务印书馆2002年版。

［美］布莱恩·沃利斯主编：《现代主义之后的艺术：表现的反思》，宋晓霞译，北京大学出版社2012年版。

［英］布莱克：《现代化的动力》，段小光译，四川人民出版社 1988 年版。

［美］布鲁姆：《影响的焦虑》，生活·读书·新知三联书店 1989 年版。

曹顺庆：《文论失语症与文化病态》，《文艺争鸣》1996 年第 2 期。

曾繁仁：《美学之思》，山东大学出版社 2003 年版。

曾艳兵：《卡夫卡研究》，商务印书馆 2009 年版。

曾长生：《超现实主义艺术》，台北艺术家出版社 2000 年版。

车玉玲：《总体性与人的存在》，黑龙江教育出版社 2001 年版。

陈佳奇：《大众媒介与现代主体的镜像化再生产》，《文艺研究》2014 年第 6 期。

陈嘉映编著：《〈存在与时间〉读本》，生活·读书·新知三联书店 1999 年版。

陈焜：《西方现代派文学研究》，北京大学出版社 1981 年版。

陈良运：《中国诗学体系论》，中国社会科学出版社 2003 年版。

陈平原：《中国现代小说的起点——清末民初小说研究》，北京大学出版社 2005 年版。

陈戎女：《西美尔与现代性》，上海书店出版社 2006 年版。

陈树林：《危机与拯救》，人民出版社 2004 年版。

陈伟龄：《视觉快感、日常生活与心理焦虑——当代泛亚地区恐怖电影心理研究》，《艺术百家》2006 年第 4 期。

陈炎：《反理性思潮的反思》，山东大学出版社 2002 年版。

陈月华、王妍：《机器与身体》，《自然辩证法研究》2006 年第 8 期。

［加拿大］查尔斯·泰勒：《自我的根源：现代认同的形成》，韩震等译，译林出版社 2001 年版。

［西］达利：《达利访谈录》，杨志麟等译，江苏美术出版社 1991 年版。

达巍、王琛等编：《消极自由有什么错》，文化艺术出版社 2001 年版。

［美］大卫·理斯曼等：《孤独的人群》，王崑、朱虹译，南京大学出版社 2002 年版。

［英］戴维·霍普金斯：《达达和超现实主义》，舒笑梅译，译林出版社 2013 年版。

［英］戴维·罗宾逊：《尼采与后现代主义》，程炼译，北京大学出版社 2005 年版。

［美］戴维·斯沃茨：《文化与权力：布尔迪厄的社会学》，陶东风译，上海译文出版社 2012 年版。

［美］丹尼尔·贝尔：《后工业社会的来临》，高铦等译，新华出版社 1997 年版。

［美］丹尼尔·贝尔：《资本主义文化矛盾》，赵一凡等译，生活·读书·新知三联书店 1989 年版。

［美］蒂里希：《蒂里希选集》（上卷），何光沪选编，上海三联书店 1999 年版。

［美］蒂里希：《存在的勇气》，成穷、王作虹译，贵州人民出版社 1998 年版。

［法］杜布莱西斯：《超现实主义》，老高放译，生活·读书·新知三联书店 1988 年版。

［美］杜威：《艺术即经验》，高建平译，商务印书馆 2005 年版。

［法］多斯：《从结构到解构——法国 20 世纪思想思潮》（上卷），季广茂译，中央编译出版社 2004 年版。

［德］恩格斯：《反杜林论》，《马克思恩格斯选集》第 3 卷，人民出版社 1995 年版。

［英］恩特维斯特尔：《时髦的身体》，郜元宝等译，广西师范大学出版社 2005 年版。

［德］斐迪南·腾尼斯：《共同体与社会——纯粹社会学的基本概念》，

林荣远译，商务印书馆 1999 年版。

［英］弗兰克・富里迪：《恐惧》，方军等译，江苏人民出版社 2004 年版。

［英］弗兰西斯・弗兰契娜、查尔斯・哈里森：《现代艺术和现代主义》，张坚、王晓文译，上海人民美术出版社 1988 年版。

［英］弗里斯比：《现代性的碎片》，卢晖临、周怡译，商务印书馆 2003 年版。

［美］弗洛姆：《健全的社会》，孙恺详译，贵州人民出版社 1994 年版。

［美］弗洛姆：《逃避自由》，陈学明译，工人出版社 1987 年版。

［美］弗洛姆：《为自己的人》，孙依依译，生活・读书・新知三联书店 1988 年版。

［奥］弗洛伊德：《弗洛伊德后期著作选》，林尘等译，上海译文出版社 2005 年版。

［奥］弗洛伊德：《弗洛伊德论美文选》，张唤民等译，知识出版社 1987 年版。

［奥］弗洛伊德：《精神分析引论》，高觉敷译，商务印书馆 2004 年版。

［奥］弗洛伊德：《论文学与艺术》，常宏等译，国际文化出版公司 2001 年版。

［奥］弗洛伊德：《一种幻想的未来・文明及其不满》，严志军等译，河北教育出版社 2003 年版。

［英］弗内斯：《表现主义》，艾晓明译，昆仑出版社 1989 年版。

傅雷：《世界美术名作二十讲》，天津社会科学院出版社 2004 年版。

［德］伽达默尔：《真理与方法》（上卷），洪汉鼎译，上海译文出版社 1999 年版。

高建平：《全球与地方：比较视野下的美学与艺术》，北京大学出版社 2009 年版。

［法］高乃依：《论悲剧》，《古典文艺理论译丛》第6辑，1963年第6期。

高宣扬：《当代法国哲学导论》（上卷），同济大学出版社2004年版。

高宣扬：《后现代论》，中国人民大学出版社2005年版。

龚鹏程：《游的精神文化史论》，河北教育出版社2001年版。

［英］贡布里希：《艺术与错觉：图画再现的心理学研究》，杨成凯、李本正、范景中译，广西美术出版社2012年版。

［德］古茨塔夫·勒内·豪克：《绝望与信心——论20世纪末的文学和艺术》，中国社会科学出版社1992年版。

［美］Herschel Chipp编：《欧美现代艺术理论①三个人的天空》，余珊珊译，吉林美术出版社2000年版。

［德］哈贝马斯：《现代性的哲学话语》，曹卫东译，译林出版社2004年版。

［美］哈维：《后现代的状况》，阎嘉译，商务印书馆2003年版。

［德］海德格尔：《存在与时间》，陈嘉映、王庆节译，生活·读书·新知三联书店1987年版。

［德］海德格尔：《林中路》，孙周兴译，上海译文出版社2004年版。

［德］海德格尔：《尼采》，孙周兴译，商务印书馆2002年版。

［德］海德格尔：《演讲与论文集》，孙周兴译，生活·读书·新知三联书店2005年版。

何成洲主编：《跨学科视野下的文化身份认同——批评与探索》，北京大学出版社2011年版。

何晓明：《百年忧患——知识分子的命运与中国现代化进程》，东方出版中心1997年版。

［美］赫伯特·马尔库塞：《单向度的人：发达工业社会意识形态研究》，刘继译，上海译文出版社2008年版。

［英］赫伯特·里德：《现代艺术哲学》，朱伯雄、曹剑译，百花文艺出版社 1999 年版。

［奥］赫尔嘉·诺沃特尼：《时间：现代和后现代经验》，金梦兰、张网成译，北京师范大学出版社 2011 年版。

［美］赫根汉：《人格心理学导论》，何瑾、冯增俊译，湖南人民出版社 1988 年版。

［德］黑格尔：《精神现象学》，贺麟、王玖兴译，商务印书馆 1979 年版。

洪子诚、孟繁华主编：《当代文学关键词》，广西师范大学出版社 2002 年版。

胡大平：《崇高的暧昧》，江苏人民出版社 2002 年版。

胡继华：《赛博公民：后现代性的身体隐喻及其意义》，《文艺研究》2009 年第 9 期。

黄晋凯编：《荒诞派戏剧》，中国人民大学出版社 1996 年版。

黄子平、陈平原、钱理群：《论“二十世纪中国文学”》，《文学评论》1985 年第 5 期。

［美］霍尔：《弗洛伊德心理学入门》，陈维正译，商务印书馆 1985 年版。

［德］霍克海默、阿多诺：《启蒙辩证法》，渠敬东、曹卫东译，上海人民出版社 2006 年版。

［德］霍克海默：《霍克海默集》，渠东、付德根等译，上海远东出版社 2004 年版。

［法］加斯东·巴什拉：《火的精神分析》，杜小真、顾嘉琛译，岳麓书社 2005 年版。

［美］简·罗伯森、克雷格·迈克丹尼尔：《当代艺术的主题：1980 年以后的视觉艺术》，匡骁译，江苏美术出版社 2012 年版。

蒋寅:《对失语症的一点反思》,《文学批评》2005年第2期。

[美]詹明信:《后现代主义与文化理论》,唐小兵译,北京大学出版社1997年版。

金元浦主编:《文艺心理学》,中国人民大学出版社2003年版。

[德]卡尔·曼海姆:《意识形态与乌托邦》,黎鸣、李书崇译,商务印书馆2002年版。

[美]卡林内斯库:《现代性的五副面孔》,顾爱彬、李瑞华译,商务印书馆2002年版。

[美]卡伦·霍妮:《精神分析新法》,雷春林、潘峰译,上海译文出版社1999年版。

[美]卡伦·霍妮:《我们时代的神经症人格》,冯川译,贵州人民出版社2004年版。

[德]卡西勒:《启蒙哲学》,顾伟铭等译,山东人民出版社1988年版。

[英]凯尔纳、贝斯特:《后现代理论》,张志斌译,中央编译出版社1999年版。

[德]康德:《判断力批判》(上卷),宗白华译,商务印书馆1993年版。

[俄]康定斯基:《论艺术的精神》,查立译,中国社会科学出版社1987年版。

[奥]康拉德·洛伦茨:《文明人类的八大罪孽》,徐筱春译,安徽文艺出版社2000年版。

[美]考夫曼编:《存在主义》,陈鼓应等译,商务印书馆1987年版。

[美]克里斯托弗·拉什:《自恋主义文化:心理危机时代的美国生活》,陈红雯、吕明译,上海译文出版社2013年版。

[印度]克里希那穆提:《恐惧的由来》,凯锋译,学林出版社2007年版。

［苏］库列克娃：《哲学与现代派艺术》，井勤荪等译，文化艺术出版社 1987 年版。

［法］拉康：《拉康选集》，褚孝泉译，上海三联书店 2001 年版。

［挪威］拉斯·史文德森：《恐惧的哲学》，范晶晶译，北京大学出版社 2010 年版。

［挪威］拉斯·史文德森：《时尚的哲学》，李漫译，北京大学出版社 2010 年版。

［英］莱恩：《分裂的自我》，林和生、侯东民译，贵州人民出版社 1994 年版。

［古罗马］朗加纳斯：《论崇高》，伍蠡甫、胡经之主编：《西方文艺理论名著选编》（上卷），北京大学出版社 2006 年版。

［英］劳拉·穆尔维：《恋物与好奇》，钟仁译，上海人民出版社 2007 年版。

［美］雷德·海蒂斯、罗宾·道斯：《不确定世界的理性选择——判断与决策心理学》，李纾等译，人民邮电出版社 2013 年版。

李伯元：《文明小史》，郭洪波校，岳麓书社 1988 年版。

李华兴、吴嘉勋编：《梁启超选集》，上海人民出版社 1984 年版。

李健：《审美乌托邦的想象》，社会科学文献出版社 2009 年版。

李健：《文学理论发展与学术认同机制》，《文艺理论研究》2008 年第 1 期。

［美］李欧梵：《铁屋中的呐喊》，岳麓书社 1999 年版。

［美］李普曼：《当代美学》，邓鹏译，光明日报出版社 1986 年版。

李松明：《奴役与抗争——科学与艺术的对话》，江苏人民出版社 2001 年版。

李晓林：《审美主义：从尼采到福柯》，社会科学文献出版社 2005 年版。

李新宇：《鲁迅的选择》，河南人民出版社 2003 年版。

李玉明：《“人之子”的绝叫：〈野草〉与鲁迅意识特征研究》，北京大学出版社 2012 年版。

李泽厚：《美的历程》，天津社会科学院出版社 2008 年版。

李志强：《黑色“梦魇”的足迹——论好莱坞恐怖片发展的四个历史阶段》，《当代电影》2005 年第 5 期。

［英］里德：《拉康》，黄然译，文化艺术出版社 2003 年版。

［英］理查德·墨菲：《先锋派散论：现代主义、表现主义和后现代性问题》，朱进东译，南京大学出版社 2007 年版。

［美］理查德·沃林：《存在的政治——海德格尔的政治理想》，周宪等译，商务印书馆 2000 年版。

［美］理查德·沃林：《文化批评的观念——法兰克福学派、存在主义和后结构主义》，张国清译，商务印书馆 2001 年版。

［法］利奥塔：《非人——时间漫谈》，罗国祥译，商务印书馆 2001 年版。

［德］利普斯：《悲剧性》，载刘小枫主编《人类困境中的审美精神——哲人、诗人论美文选》，东方出版社 1994 年版。

［苏］列·斯托洛维奇：《审美价值的本质》，凌继尧译，中国社会科学出版社 1984 年版。

刘东：《西方的丑学：感性的多元取向》，北京大学出版社 2007 年版。

刘鹗：《老残游记》，钟夫校点，上海古籍出版社 2011 年版。

刘法民：《诡诞的本来面目》，社会科学文献出版社 2012 年版。

刘法民：《魅惑之源：艺术吸引力分析》，中央编译出版社 2010 年版。

刘森林：《焦虑、中国特性与国家认同》，《现代哲学》2012 年第 1 期。

刘森林：《启蒙与焦虑：以〈启蒙辩证法〉为核心的分析》，《天津社会科学》2011 年第 6 期。

刘森林：《追寻主体》，社会科学文献出版社 2008 年版。

柳鸣九主编：《未来主义 超现实主义 魔幻现实主义》，中国社会科学出版社 1987 年版。

［匈］卢卡奇：《理性的毁灭》，王玖兴译，江苏教育出版社 2005 年版。

［英］卢瑞：《消费文化》，张萍译，南京大学出版社 2003 年版。

［法］卢梭：《爱弥尔》（上卷），李平沤译，商务印书馆 1996 年版。

［法］卢梭：《论人类不平等的起源和基础》，李常山译，商务印书馆 1982 年版。

［德］鲁道夫·奥伊肯：《生活的意义与价值》，万以译，上海译文出版社 1997 年版。

鲁迅：《中国小说史略》，人民文学出版社 1973 年版。

陆扬：《日常生活审美化批判》，复旦大学出版社 2012 年版。

［美］罗伯特·戴维·萨克：《社会思想中的空间观：一种地理学的视角》，黄春芳译，北京师范大学出版社 2010 年版。

［美］罗伯特·休斯：《新艺术的震撼》，刘萍君等译，上海人民美术出版社 1989 年版。

［美］罗蒂：《后哲学文化》，黄勇编译，上海译文出版社 2004 年版。

［法］罗兰·巴特：《流行体系：符号学与服饰符码》，敖军译，上海人民出版社 2000 年版。

［法］罗兰·巴特：《罗兰·巴特随笔选》，怀宇译，百花文艺出版社 2005 年版。

［美］罗洛·梅：《焦虑的意义》，朱侃如译，台北立绪文化事业有限公司 2004 年版。

［美］罗洛·梅：《焦虑的意义》，朱侃如译，广西师范大学出版社 2011 年版。

［美］洛维特、沃林格等：《墙上的书写——尼采与基督教》，田立平等

译，华夏出版社 2004 年版。

［英］马・布雷德伯里、詹・麦克法兰编：《现代主义》，胡家峦等译，上海外语教育出版社 1992 年版。

［美］马丁・杰伊：《法兰克福学派史》，单世联译，广东人民出版社 1996 年版。

［美］马尔库塞：《爱欲与文明》，黄勇、薛民译，上海译文出版社 1987 年版。

［美］马尔库塞：《审美之维》，李小兵译，广西师范大学出版社 2001 年版。

［美］马克・斯劳卡：《大冲突：赛博空间和高科技对现实的威胁》，黄锫坚译，江西教育出版社 1999 年版。

［德］马克思、恩格斯：《共产党宣言》，中共中央马克思恩格斯列宁斯大林著作编译局编译，人民出版社 1949 年版。

［德］马克思：《1844 年经济学哲学手稿》，刘丕坤译，人民出版社 1979 年版。

［德］马克思：《哲学的贫困》，徐坚译，人民出版社 1965 年版。

［美］马塞勒：《文化与自我》，任鹰译，浙江人民出版社 1988 年版。

［美］马斯洛：《存在心理学探索》，李文恬译，云南人民出版社 1987 年版。

［美］马文・佩里主编：《西方文明史》（上卷），胡万里、王世民等译，商务印书馆 1993 年版。

［德］玛格达雷娜・M. 梅拉等：《德国表现主义艺术》，魏伶容等译，台北艺术家出版社 2004 年版。

［英］迈克・费瑟斯通：《消费文化与后现代主义》，刘精明译，译林出版社 2000 年版。

［美］曼纽尔・卡斯特：《认同的力量》，夏铸九、黄丽玲译，社会科学

文献出版社 2003 年版。

梅琼林：《视觉文化传播时代的审美化生存》，《文艺研究》2008 年第 6 期。

［捷克］米兰·昆德拉：《小说的艺术》，董强译，上海译文出版社 2014 年版。

［法］米歇尔·福柯：《规训与惩罚》，刘北成、杨远婴译，生活·读书·新知三联书店 2013 年版。

［法］米歇尔·福柯：《知识考古学》，谢强、马月译，生活·读书·新知三联书店 2004 年版。

［法］米歇尔·福柯等著：《激进的美学锋芒》，周宪译，中国人民大学出版社 2005 年版。

［法］米歇尔·福柯：《另类空间》，《世界哲学》2006 年第 6 期。

［美］莫蒂默·埃德勒、查尔斯·范多伦编：《西方思想宝库》，《西方思想宝库》编委会译编，吉林人民出版社 1988 年版。

［德］尼采：《悲剧的诞生》，周国平译，北岳文艺出版社 2004 年版。

［德］尼采：《查拉图斯特拉如是说》，黄明嘉译，漓江出版社 2000 年版。

［德］尼采：《快乐的科学》，黄明嘉译，漓江出版社 2000 年版。

［德］尼采：《论道德的谱系》，谢地坤译，漓江出版社 2001 年版。

［德］尼采：《权力意志》，张念东、凌素心译，中央编译出版社 2000 年版。

［美］尼尔·波兹曼：《娱乐至死》，章艳译，广西师范大学出版社 2004 年版。

［丹］尼尔斯·托马森：《不幸与幸福》，京不特译，华夏出版社 2004 年版。

［美］帕特里夏·奥坦伯德·约翰逊：《海德格尔》，张祥龙等译，中华

书局2014年版。

潘知常：《美学的边缘——在阐释中理解当代审美观念》，上海人民出版社1998年版。

［法］皮埃尔代克斯：《超现实主义者的生活（1917—1932）》，王莹译，山东画报出版社2005年版。

［加］皮尔逊：《焦虑简史》，王宝泉译，海天出版社2010年版。

［英］齐格蒙特·鲍曼：《自由》，杨光、蒋焕新译，吉林人民出版社2005年版。

［英］齐格蒙·鲍曼：《立法者与阐释者》，洪涛译，上海人民出版社2000年版。

［英］齐格蒙特·鲍曼：《流动的恐惧》，谷蕾、杨超等译，江苏人民出版社2012年版。

［英］齐格蒙特·鲍曼：《流动的生活》，徐朝友译，江苏人民出版社2012年版。

［英］齐格蒙特·鲍曼：《现代性与矛盾性》，商务印书馆2003年版。

钱中文：《21世纪的文艺理论：国际视域与中国问题国际学术研讨会暨中国中外文论学会第九届年会上的致辞》，载山东师范大学文学院编《中国中外文论学会第九届年会论文集》，山东师范大学，2012年。

［美］乔纳森·弗里德曼：《文化认同与全球性过程》，郭建如译，商务印书馆2004年版。

［英］乔治·索雷尔：《进步的幻觉》，国英斌、何君玲译，光明日报出版社2009年版。

渠敬东：《缺席与断裂：有关失范的社会学研究》，上海人民出版社1999年版。

任生名：《西方现代悲剧论稿》，上海外语教育出版社2003年版。

［瑞士］荣格：《心理学与文学》，冯川、苏克译，译林出版社2014年版。

汝信：《看哪，克尔凯郭尔这个人》，河南大学出版社 2008 年版。

［美］R. 贝尔德：《惊吓效果——观众认知与媒体理论的含义》，吕奇莹译，《世界电影》2001 年第 3 期。

［葡萄牙］若泽·萨拉马戈：《谎言的年代：萨拉马戈文集》，廖彦博译，中信出版社 2014 年版。

［法］萨福安：《结构精神分析学——拉康思想概述》，怀宇译，天津社会科学院出版社 2001 年版。

［法］萨特：《存在与虚无》，陈宣良等译，生活·读书·新知三联书店 1987 年版。

［法］萨特：《存在主义是一种人道主义》，周煦良、汤永宽译，上海译文出版社 1988 年版。

［法］尚·布希亚：《物体系》，林志明译，上海人民出版社 2001 年版。

［德］舍勒：《“谐调时代”中的人》，载刘小枫编《舍勒选集》（下），上海三联书店 1999 年版。

盛宁：《文化困惑与反思——西方后现代主义思潮批判》，生活·读书·新知三联书店 1997 年版。

盛宁：《现代主义·现代派·现代话语——对“现代主义”的再审视》，北京大学出版社 2011 年版。

［美］史蒂文·赛德曼编：《后现代转向：社会理论的新视角》，吴世雄等译，辽宁教育出版社 2001 年版。

［德］叔本华：《叔本华论说文集》，柯锦华、范进等译，商务印书馆 1999 年版。

［美］舒斯特曼：《实用主义美学》，彭锋译，商务印书馆 2002 年版。

［德］斯宾格勒：《西方的没落：世界历史的透视》（上册），齐世荣等译，商务印书馆 1963 年版。

［斯洛文尼亚］斯拉沃热·齐泽克：《意识形态的崇高客体》，季广茂

译，中央编译出版社 2002 年版。

［美］斯坦利·罗森：《启蒙的面具》，吴松江、陈卫斌译，辽宁教育出版社 2003 年版。

［英］斯图尔特·霍尔编：《表征：文化表征与意指实践》，徐亮、陆兴华译，商务印书馆 2013 年版。

［美］苏珊·海瓦德：《电影学关键词：恐怖片》，侯克明、钟静宁译，《电影艺术》2005 年第 5 期。

［美］苏珊·桑塔格：《疾病的隐喻》，程巍译，上海译文出版社 2014 年版。

孙斌：《审美与救赎：从德国浪漫派到 T. W. 阿多诺》，复旦大学出版社 2014 年版。

［丹］索伦·克尔凯郭尔：《致死的疾病》，张祥龙、王建军译，商务印书馆 2012 年版。

［丹］索伦·基尔克果尔：《概念恐惧》，京不特译，上海三联书店 2004 年版。

［丹］索伦·克尔凯郭尔：《非此即彼》，封宗信译，中国工人出版社 1997 年版。

［丹］索伦·克尔凯郭尔：《或此或彼》，朱万忠、徐英译，四川人民出版社 1998 年版。

［丹］索伦·克尔凯郭尔：《恐惧与颤栗》，一湛译，华夏出版社 1999 年版。

谭善明等著：《审美与意识形态的变奏》，中国社会科学出版社 2013 年版。

［英］汤因比等：《艺术的未来》，王治河译，广西师范大学出版社 2002 年版。

［美］唐·伊德：《技术与生活世界：从伊甸园到尘世》，韩连庆译，北

京大学出版社 2012 年版。

陶东风等主编:《文化研究》(第五辑),广西师范大学出版社 2005 年版。

陶东风:《文学理论基本问题》,北京大学出版社 2004 年版。

童强:《空间哲学》,北京大学出版社 2011 年版。

[美] 托夫勒:《第三次浪潮》,朱志焱、潘琪等译,生活·读书·新知三联书店 1983 年版。

[美] 托夫勒:《未来的震荡》,任小明译,四川人民出版社 1985 年版。

汪民安、陈永国编:《尼采的幽灵》,社会科学文献出版社 2001 年版。

汪明安主编:《后现代性的哲学话语》,浙江人民出版社 2000 年版。

汪正龙:《说反讽——对西方美学史上一个重要范畴的考察》,《人文杂志》2007 年第 3 期。

汪正龙:《亚里士多德悲剧净化说新释》,《湖北大学学报》(哲学社会科学版) 1999 年第 1 期。

[美] 王德威:《中国现代小说十讲》,复旦大学出版社 2003 年版。

王富仁、赵卓:《突破盲点——世纪末社会思潮和鲁迅》,中国文联出版社 2001 年版。

王平:《生的抉择:克尔凯戈尔的哲学思想研究》,商务印书馆 2000 年版。

王齐:《走向绝望的深渊——克尔凯郭尔的美学生活境界》,中国社会科学出版社 2000 年版。

王学钧:《以理杀人与有罪推定——〈老残游记〉对理学化清官的批判》,《明清小说研究》2007 年第 2 期。

王一川:《中国现代性体验的发生:清末民初文化转型与文学》,北京师范大学出版社 2001 年版。

王岳川、尚水编:《后现代主义文化与美学》,北京大学出版社 1992 年版。

王泽庆：《传媒时代的“语—图”关系研究》，中国社会科学出版社 2015 年版。

［德］威廉·狄尔泰：《历史中的意义》，艾彦译，译林出版社 2011 年版。

［德］韦伯：《新教伦理与资本主义精神》，于晓、陈维纲译，生活·读书·新知三联书店 1987 年版。

［美］维克多·弗兰克尔：《活出生命的意义》，吕娜译，华夏出版社 2012 年版。

［瑞士］维雷娜·卡斯特：《克服焦虑》，陈瑛译，生活·读书·新知三联书店 2003 年版。

魏绍昌：《李伯元研究资料》，上海古籍出版社 1980 年版。

［德］文德尔班：《哲学史教程》，罗达仁译，商务印书馆 1987 年版。

［德］沃尔夫－迪特尔·杜贝：《表现主义艺术家》，张言梦译，生活·读书·新知三联书店 2005 年版。

［德］沃林格：《抽象与移情》，王才勇译，辽宁人民出版社 1987 年版。

［德］沃纳·霍夫曼：《现代艺术的激变》，薛华译，广西师范大学出版社 2002 年版。

吴增定：《尼采与柏拉图主义》，上海人民出版社 2005 年版。

［德］齐美尔：《金钱、性别、现代生活风格》，顾仁明译，学林出版社 2000 年版。

［德］齐美尔：《时尚的哲学》，费勇、吴䶮译，文化艺术出版社 2001 年版。

［德］齐美尔：《叔本华与尼采》，莫光华译，上海译文出版社 2006 年版。

［德］齐美尔：《货币哲学》，陈戎女等译，华夏出版社 2002 年版。

［德］齐美尔：《桥与门——齐美尔随笔集》，涯鸿等译，上海三联书店

1991年版。

［德］齐美尔：《现代文化的冲突》，刘小枫主编《人类困境中的审美精神——哲人、诗人论美文选》，东方出版社1994年版。

［德］希勒布雷希特：《现代派艺术心理》，陈钰鹏译，上海文艺出版社1989年版。

［德］席勒：《论崇高——对康德某些思想的进一步发挥（1793年）》，刘小枫主编《人类困境中的审美精神——哲人、诗人论美文选》，东方出版社1994年版。

［德］席勒：《美育书简》，徐恒醇译，中国文联出版公司1984年版。

肖伟胜：《现代性困境中的极端体验》，中央编译出版社2004年版。

熊伟主编：《存在主义哲学资料选辑》（上卷），商务印书馆1997年版。

徐一超、陆扬：《伤病修辞与中国现代性体验的心态转型：——基于晚清政论、“新时期”初期文论的比较研究》，《求是学刊》2014年第2期。

许寿裳：《我所认识的鲁迅》，人民文学出版社1952年版。

［德］雅斯贝斯：《悲剧知识》，刘小枫主编《人类困境中的审美精神——哲人、诗人论美文选》，东方出版社1994年版。

［古希腊］亚里士多德：《修辞术》，颜一、崔延强译，中国人民大学出版社2003年版。

［古希腊］亚理里士多德：《诗学》，罗念生译，人民文学出版社1984年版。

杨大春：《沉沦与拯救》，东方出版社1995年版。

杨大春：《语言 身体 他者——当代法国哲学三大主题》，生活·读书·新知三联书店2007年版。

姚文放：《审美文化批判》，山东文艺出版社1999年版。

姚文放：《现代文艺社会学》，社会科学文献出版社2007年版。

叶浩生主编：《心理学理论精粹》，福建教育出版社2000年版。

［美］伊·彼耐多：《娱乐性恐怖：当代恐怖电影的后现代元素》，王群译，《世界电影》1998 年第 3 期。

［法］伊夫·瓦岱：《文学与现代性》，田庆生译，北京大学出版社 2001 年版。

［英］伊格尔顿：《二十世纪西方文学理论》，伍晓明译，北京大学出版社 2007 年版。

［英］伊格尔顿：《审美意识形态》，王杰等译，广西师范大学出版社 2001 年版。

［德］伊沃·弗伦策尔：《尼采传》，张载扬译，商务印书馆 1988 年版。

尹国均：《先锋实验——八九十年代的中国先锋文化》，东方出版社 1998 年版。

余虹：《思与诗的对话：海德格尔诗学引论》，中国社会科学出版社 1991 年版。

余虹：《艺术与归家：尼采·海德格尔·福柯》，中国人民大学出版社 2005 年版。

余英时：《士与中国文化》，上海人民出版社 1987 年版。

虞建华主编：《美国文学辞典作家与作品》，复旦大学出版社 2005 年版。

袁可嘉：《现代主义文学研究》（下册），中国社会科学出版社 1989 年版。

［英］约翰·伯瑞：《进步的观念》，范祥涛译，上海三联书店 2005 年版。

［美］约翰·菲斯克：《解读大众文化》，杨全强译，南京大学出版社 2006 年版。

［荷兰］约斯·德·穆尔：《赛博空间的奥德赛》，麦永雄译，广西师范大学出版社 2007 年版。

［美］詹明信：《晚期资本主义的文化逻辑》，陈清侨编译，生活·读书·新知三联书店 1997 年版。

［美］詹姆逊：《论现代主义文学》，苏仲乐、陈广兴、王逢振译，中国人民大学出版社 2010 年版。

张秉真、黄晋凯主编：《未来主义·超现实主义》，中国人民大学出版社 1998 年版。

张法：《美学导论》，中国人民大学出版社 2013 年版。

张汝伦、王晓明、朱学勤、陈思和：《人文精神：是否可能和如何可能》，《读书》1994 年第 3 期。

张一兵：《不可能存在之真——拉康哲学映像》，商务印书馆 2006 年版。

张志扬：《创伤记忆——中国现代哲学的门槛》，上海三联书店 1999 年版。

赵静蓉：《怀旧——永恒的文化乡愁》，商务印书馆 2009 年版。

赵宪章、曾军：《新时期文艺学的学科建设与反思——赵宪章教授访谈录》，《甘肃社会科学》2007 年第 4 期。

赵鑫珊：《天才与疯子——天才的精神构造》，江苏文艺出版社 2003 年版。

周国平：《尼采：在世纪的转折点上》，上海人民出版社 1986 年版。

周宪、刘康主编：《中国当代传媒文化研究》，北京大学出版社 2011 年版。

周宪：《“合法化”论争与认同焦虑——以文论“失语症”和新诗“西化”说为个案》，《南京大学学报》2006 年第 5 期。

周宪：《20 世纪西方美学》，高等教育出版社 2004 年版。

周宪：《超越文学》，生活·读书·新知三联书店 1997 年版。

周宪：《读图，身体，意识形态》，汪民安主编：《身体的文化政治学》，河南大学出版社2004年版。

周宪：《审美现代性批判》，商务印书馆2005年版。

周宪：《视觉文化的转向》，北京大学出版社2008年版。

周宪主编：《文化现代性与美学问题》，中国人民大学出版社2005年版。

周宪主编：《中国文学与文化的认同》，北京大学出版社2008年版。

朱存明：《汉画像之美——汉画像与中国传统审美观念研究》，商务印书馆2011年版。

朱存明：《中国的丑怪》，中国矿业大学出版社1996年版。

朱光潜：《悲剧心理学》，江苏文艺出版社2009年版。

朱光潜：《西方美学史》，人民文学出版社1979年版。

朱国华：《文学与权力：文学合法性的批判性考察》，北京大学出版社2014年版。

朱立元、李均主编：《二十世纪西方文论选》（下卷），高等教育出版社2002年版。

朱立元主编：《当代西方文艺理论》，华东师范大学出版社2005年版。

英文文献

Adorno, T. W. *Negative Dialectics*, New York: Continuum, 1983.

Baugh, Bruce. *French Hegel: From Surrealism to Postmodernism*, New York: Routledge, 2003.

Bauman, Zygmunt. *Modernity and Ambivalence*, Cambridge: Polity Press, 1991.

Berman, Marshall. *All That Is Solid Melts into Air: The Experience of Modernity*, New York: Penguin Books, 1988.

Bourdieu, P. *Distinction: A Social Critique of the Judgement of Taste*, Cambridge: Harvard University Press, 1984.

Fergusson. *The Idea of A Theatre*, Princeton: Princeton University Press, 1972.

Freud, Sigmund. *The Problem of Anxiety*, New York: The Psychoanalytic Quarterly Press, 1936.

Freud, Sigmund. *New I ntroduction Lectures in Psychoanalysis*. New York: Norton, 1974.

Frisby, David. *Fragments of Modernity*, Cambridge: The MIT Press, 1986.

Habermas, Jürgen. *The Philosophical Discourse of Modernity*, Cambridge: The MIT Press, 1987.

Kierkegaard, S. *Either/Or*, Princeton: Princeton University Press, 1971.

Kierkegaard, S. *The Concept of Anxiety*, Princeton: Princeton University Press, 1980.

Kierkegaard, S. *The Concluding Unscientific Postscript*, Princeton: Princeton University Press, 1941.

Kierkegaard, S. *Two Ages: The Age of Revolution and the Present Age*, Princeton: Princeton University Press, 1978.

Lash, Scott. *Sociology of Postmodenism*, London: Routledge, 1990.

Lefebvre, Henri. *Everyday Life in the Modern World*, New Brunswick: Transaction Books, 1984.

Murray, James A. H. ed. *The Oxford English Dictionary*, VolI, Oxford: Clarendon Press, 1989.

Stein, Maurice R. eds. *Identity and Anxiety: Survival of the Person in Mass Society*, Illinois: The Free Press of Glencoe, 1960.

Welch, Wolfang. *Undoing Aesthetics*, London: Sage Publications, 1997.

后　记

本书是在我的博士论文基础上完成的。自工作以来，我觉得曾经在读博期间设定的问题并没有完全解决，在学位论文答辩过程中，专家给我提出的宝贵建议也尚未完全吸收好，还需要对博士论文的研究内容、范围和视角进行再思考和深入探究。本书的完成，是我对自己继续探寻该领域的"交代"，更是对专家对我厚爱的回报和致谢。

三年的南京大学读书生活，现已化作美好的回忆。"诚朴雄伟 励学敦行"的南大校风是一面精神旗帜，引领着我走向学术道路，培育了我踏实做事的品格。诸位先生的谆谆教诲，如沐春风，是我走向社会人生，迈向学术旅程的精神财富。诸位先生开阔的学术视野、深厚的学养和严谨的治学风格至今都使我受益匪浅。在此向我的导师胡有清教授，向赵宪章教授、周宪教授、周群教授、汪正龙教授等先生致以崇高的敬意和衷心的感谢！

在思考和研究的过程中，许多学者也给予我倾心指导和莫大帮助。姚文放教授、王杰教授、陆扬教授、万书元教授、左健教授、肖伟胜教授、朱存明教授等先生为我解惑答疑，提出宝贵的修改建议。在书稿完成即将出版之际，赵宪章、姚文放两位教授仔细阅读书稿，拨冗作序，再次向两位先生表示诚挚的感谢！感谢我的师兄王泽庆教授、周计武教授、谭善明副教授在学术上给我的无私帮助。

本书得到国家社科基金青年项目（项目编号：11CZW011）的资助。本书是该项目的结项成果。本项目能够顺利完成，要感谢中国矿业大学科学技术研究院的大力支持，感谢中国矿业大学公共管理学院（原文学与法政学院）几任领导在工作和生活上给予的关心和帮助，同时也感谢同事和朋友们的热情帮助。本项目的阶段性成果在《文学评论丛刊》《明清小说研究》《理论学刊》《中南大学学报》（社会科学版）《河南师范大学学报》（哲学社会科学版）《文化研究》《兰州学刊》等学术刊物上发表，感谢各位期刊编辑老师的支持和帮助。感谢中国社会科学出版社的郭晓鸿女士和席建海先生，他们的辛勤付出，使本书得以顺利出版。感谢辛楠老师、我的硕士研究生周李帅、王慧对书稿的校对。

最后，感谢我的父母、妻子和孩子对我工作的理解、鼓励和付出，你们辛苦了！

史修永

2017 年 11 月 30 日晚于矿大寓所